魔印人 Ⅲ

白昼之战
上册

【美】彼得·布雷特 PETER V. BRETT ◎著
程栎 邹蜜 ◎译

重庆出版集团 重庆出版社

THE DAYLIGHT WAR by Peter V. Brett
copyright © 2013 by Peter V. Brett
This edition arranged with JABberwocky Literary Agency, Inc., through the Grayhawk Agency.
Simplified Chinese edition copyright © 2013 Chongqing Green Culture Co., Ltd.
All rights reserved.

图书在版编目(CIP)数据

魔印人Ⅲ：白昼之战 /（美）布雷特著；程栎译. —重庆：重庆出版社，2015.3

书名原文：The daylight war

ISBN 978-7-229-09401-0

Ⅰ.①魔… Ⅱ.①布… ②程… Ⅲ.①长篇小说—美国—现代 Ⅳ.①I712.45

中国版本图书馆CIP数据核字(2015)第023813号
版贸核渝字(2013)第194号

魔印人Ⅲ：白昼之战

MOYINREN Ⅲ：BAIZHOU ZHI ZHAN
（美）布雷特著　程　栎　邹　蜜译

出 版 人：罗小卫
责任编辑：张立武
责任校对：刘小燕
封面绘图：Larry Rostant
装帧设计：重庆出版集团艺术设计公司·卢晓鸣

重庆出版集团
重庆出版社　出版

重庆市南岸区南滨路162号1幢　邮编：400061　http://www.cqph.com
重庆出版集团艺术设计有限公司制版
自贡兴华印务有限公司印刷
重庆出版集团图书发行有限公司发行
E-MAIL:fxchu@cqph.com　邮购电话：023-61520646
全国新华书店经销

开本：880mm×1230mm　1/32　印张：25.75　字数：590千
2015年6月第1版　2015年6月第1次印刷
ISBN 978-7-229-09401-0
定价：68.00元(上下册)

如有印装质量问题，请向本集团图书发行有限公司调换：023-61520678

版权所有　侵权必究

致 谢

随着岁数的增长,我变得更加偏执了,和以前相比我用这本书把自己给套牢了。我只让很少的几个人知道我的进度,但最终我要感谢他们的想法和投入。非常感谢我的代理人乔苏亚,以及麦克、劳伦和达尼,我的编辑特丽希亚和艾玛,我的助手梅格和丽贝卡,文字编辑劳拉,以及全世界的出版商和翻译者。他们孜孜不倦地工作着,把我的故事带到世界的各个角落。特别感谢我所有的读者,特别是那些花时间来和我联系的——你们的信件、评论、推特、回帖、在线评论、粉丝争辩的内容,以及其他所有这些成为了我攀登恶魔系列山峰的坚固基石和众多援手。感谢你们与我一路同行!

译者序

大幕渐开

不知不觉间,结缘魔印人系列已经将近两年的时间。时光荏苒,我已经完成了魔印人系列的第三卷《白昼战争》,自己在开始这份工作之初,真的没有想到在工作之余做翻译的艰辛,也没有想到自己真的能走到今天这步。在此我要感谢广大读者和重庆出版社编辑们的大力支持。

在魔印人第三卷《白昼战争》中,应该说故事已经发展到了中途,作者布雷特也基本确立了自己的风格。首先是缓慢地增加POV人物视角,而不会出现大幅度的人物更替,本卷新增的POV人物,基本上都是第一卷里面登场的人物,本卷中主要增加了英内薇拉的视角,相信看过上卷《沙漠之矛》的朋友也会对贾迪尔这位神秘妻子的故事感兴趣,而本册中很多故事的发展也需要英内薇拉的视角。

其次,本系列作品的篇幅虽然一直在增加,但是作者的控制力很好,不会大幅度地增加剧情,每一卷都是有计划地引导剧情按照作者的设想来发展。在与我交流中,布雷特也说过,他不是那种"随性而写"的作家,而是先会构架故事的大纲,对大纲进行仔细地推敲和完善,框架打好之后,会根据大纲内容开始每段具体的情节描写;这样保证剧情不会失控,篇幅不会大幅度超标。众所周知,很多超长篇的史诗奇幻小说,都是反

复地在挖坑和填坑,而且坑越挖越大,越挖越深,越填越难,最后导致剧情失控或者不断地增加卷数,读者也感觉越追越乏味。在这方面,作者针对魔印人系列还是有很好的控制力的。

最后,本系列作品很好地保持了自己独有的世界设定,一直在写一个"简单明快"的故事,作者对增加人物和POV视角都持审慎的态度;同时,在每卷书中最后都有一段紧张而又有张力的动作场景来结束,让读者保持阅读的快感,并且给下一卷留下了悬念,杜绝史诗奇幻常见的"话痨病"。但是每一卷书中"奇幻"的成分都在不断增加;如果说第一卷中地心恶魔也许仅仅像部恐怖片的内容,并不那么的奇幻,那么到了第三卷中魔印魔法的出现,让本书的奇幻内容不断充实和完善。

此外,还要介绍一些关于本系列的消息。首先,魔印人系列的第四卷《骷髅王座》(暂译名)于2015年3月底在美国发售,不出意外的话,大陆的读者可以在今年晚些时候或者明年初看到中文版的《骷髅王座》,布雷特在《骷髅王座》的宣传时也宣布魔印人系列将拓展为六部曲,因为还剩下较多的剧情内容,而勉强放在一本中会让篇幅过大,也会增加读者等待的时间,但大致的故事框架已经想好,不会继续增加篇幅了。作者布雷特是个低调而有计划的作家,目前在结束了短暂的新书宣传后,已经开始了第五卷的写作。作者还向我透露,如果正常的话魔印人系列第五卷将于明年在美国发售。在此,我希望布雷特能稳定地完成魔印人系列的故事。

开卷有益,相信购买本书的都是魔印人系列的老读者和老朋友了,我就无须在这里作太多剧透了,大家赶快进入魔印人的世界一睹为快吧。

程栎

2015年1月于北京

目　录
Contents

白昼战争（上）

序　幕　英内薇拉　　　　　　　　1

第一章　　甜井镇　　　　　　　36
第二章　　承诺　　　　　　　　56
第三章　　燕麦镇民　　　　　　69
第四章　　亚伦·贝尔斯　　　　91
第五章　　海斯牧师　　　　　　130
第六章　　耳环　　　　　　　　156
第七章　　影之殿　　　　　　　161
第八章　　达玛丁　　　　　　　203
第九章　　阿曼恩　　　　　　　239
第十章　　达玛基丁之死　　　　263
第十一章　罗杰的婚约　　　　　281
第十二章　阿邦的卫队　　　　　308
第十三章　库西酒　　　　　　　336
第十四章　月亏之歌　　　　　　354
第十五章　佩伯家的女人　　　　398

v

白昼战争（下）

第十六章　雷克顿计划	417
第十七章　萨凡	444
第十八章　伐木洼地郡	460
第十九章　真相	498
第二十章　狂欢舞会	521
第二十一章　灵气	552
第二十二章　新月	583
第二十三章　恶魔的魔印	610
第二十四章　化身魔之死	643
第二十五章　再见：魔印圈	661
第二十六章　沙鲁姆丁	671
第二十七章　月亏	710
第二十八章　收割大战	730
第二十九章　阉人	746
第三十章　真正的朋友	768
第三十一章　挑战书	779
第三十二章　多明沙鲁姆	787

附录　克拉西亚名词解释

序幕　英内薇拉

300 AR

黄昏时分，小摊上只有少许阴影，英内薇拉和哥哥苏利坐在阳光下，两人都光着脚，各夹着一个篓子，灵巧的手指一边编织一边转动着篓筐。他们的母亲蔓娃也坐在一边编着自己的篓子。三人中间的那堆棕叶正渐渐减少。

其实，英内薇拉才九岁。苏利却比她大将近一倍，不过对于换上戴尔沙鲁姆黑袍的人而言，算是十分年轻的了。他身上的黑袍非常新，因为他赢得这身黑袍还不到一个星期，因此他坐在草席上，以免沾上大市集地上的尘土。他将黑袍转向身后，露出光滑结实的胸肌，上面汗津津的闪着水光。

他不时抓几片棕叶扇风，"艾弗伦的胡子啊，这黑袍真热，真希望像以前那样，出门只用绑上一块拜多布。"

"坐到这边阴凉的地方来吧，沙鲁姆，我们换个位子。"蔓娃说道。

苏利摇摇头，"你以为我赢得黑袍回来后就忘了长幼之序，任意使唤家人吗？"

蔓娃笑了笑。"你真是我的好儿子。"

"对你和亲爱的小妹应该如此。"他说着伸手揉了一把妹妹的头发。她只是笑了笑，推开了他的手。苏利在家时，英内薇拉总是异常开心。"对于别人来说，我可比沙恶魔还可怕。"

"去你的。"蔓娃说,她并不喜欢听儿子把自己比成沙恶魔的笑话。但英内薇拉却认为恰如其分;她还记得他是怎么收拾那两个敢欺负自己的玛嘉部族小屁孩的——弱者是没法熬过黑夜的。

英内薇拉编好了一个篓子,就叠到其他篓子上,迅速数了数。"还差三个,贝登达玛的订数就凑够了。"

"或许卡西弗来取货的时候,会顺便邀请我参加满月宴会。"苏利说。卡西弗是贝登达玛的凯沙鲁姆,也是苏利的阿金帕尔,一个曾经和他一起在大迷宫度过第一晚的生死兄弟。相传这是上天安排的生死伙伴,会相伴一生。

蔓娃不屑地哼了一声,"如果他真的叫你去,贝登达玛定会要你全身一丝不挂,抹满油脂抱着篓子,将自己的满月之夜为那帮老淫棍服务。"

苏利哈哈大笑。"我听说,要注意的不是那些老头,因为他们大多数有心无力,而在腰带里放油瓶的都是那些年轻人。"他满心向往地叹气道:"尽管如此,杰拉斯说过,他曾去贝登达玛以前举办的长矛宴会帮忙,达玛们付给他两百卓奇。这个价钱真是诱人,就算累到腰酸背痛也值得。"

"你这话,可别让你老爸听见。"蔓娃警告道。苏利转头瞅了瞅身后的门帘。父亲正在里面睡大觉。

"他迟早会发现我是普绪丁——"苏利说。"我不会为了不被发现而糟蹋人家的好女孩。"

"为什么不?"蔓娃问。"她可以和我们一起编篓子,想的时候,随时可以在她体内播种几次,给我生个孙子就这么为难你吗?"

苏利扮了个鬼脸。"这差使你就留给妹子吧。"他看向她。"明天是你的汉奴帕许,亲爱的妹妹,或许达玛丁会给你找个

好丈夫。"

"别胡扯！"蔓娃笑着拿棕叶抽他。"你宁愿面对大迷宫城墙内的恶魔，也不愿面对个漂亮的女人？"

苏利又扮了个鬼脸。"至少在大迷宫里，还有一大群大汗淋漓的强壮战士。谁知道哪个普绪丁达玛会喜欢我。像贝登这种有权有势的达玛会让最宠爱的沙鲁姆担任贴身侍卫，只须在新月之夜出去作战，一个月也就三个晚上，有什么可怕的。"

"三个晚上还是太多了。"蔓娃有些心疼地喃喃说道。

英内薇拉不太明白。"大迷宫是圣地？不是很荣耀吗？"

蔓娃只是叹了一口气，回头继续编篓子。苏利盯着她看了一会儿，他的双眼里写满了苦痛。英内薇拉脸上天真的笑容也在渐渐僵化、消逝……

"大迷宫是一个神圣的墓场，"苏利神情黯淡地说道，"据说死在大迷宫里的男人会进入天堂，但我还不想这么早就去见艾弗伦他老人家……"

"很抱歉提到这个。"英内薇拉说道。

苏利苦笑着摇摇头。"我的小妹，不用担心这些事，顺其自然吧，你不用老挂在心上。"

"大迷宫的圣战，是所有克拉西亚人牵挂的心事，包括女人。"蔓娃说。"尽管我们没有与你们一起面对恶魔。"

这时门帘后传来一阵轻轻的呻吟和穿衣服的窸窣声响。片刻过后，卡萨德低着头从门帘里站了出来。英内薇拉的父亲连看都不看蔓娃一眼就用脚把她挤出了阴凉处，他在地上铺了几个枕头，躺在地上很悠闲地喝起酒来。跟从前一样，他没有理睬英内薇拉，只是盯着苏利。"苏利，你现在已经穿上沙鲁姆的黑袍了，无须像个卡菲特一样干这些家务杂活，快放下那破玩意儿。"

3

"老爸，客户向我们家订了一大批篓子，我们得抓紧时间赶出来。"苏利回道。"卡西弗……"

"去你的。"卡萨德不屑地挥挥手道。"我才不管那个穿花衣服打香水的普绪丁想要什么。你赶紧放下那破玩意儿，快过来，千万别让人看见你玷污你的新黑袍。我们不得不白天待在这样肮脏的市集里就够掉价的了。"

"真不可思议，他竟然不知道家里挣点钱有多么不容易——"苏利没有理卡萨德，只是小声嘀咕着。父亲似乎没听到，也没有一丝反应。

"还有每天的一日三餐。"蔓娃翻着白眼补充道，"最好还是照他的吩咐去做吧。"

"既然我已经成为戴尔沙鲁姆，想干什么就干什么，那凭什么要听任他指挥？相反我觉得编篓子让我心情平静。"苏利说着编得比刚才更快了。他手上的篓子眼看就要完工了。英内薇拉只是目瞪口呆地看着他，他的速度简直可以赶上母亲了。

"他毕竟是你的父亲。"蔓娃说，"如果你不听话，我们一家人的日子会不好过的。"

她转向卡萨德，柔声说道："你和苏利只要待到达玛宣告黄昏到来就行了，我的丈夫。"

卡萨德脸色一沉，喝光另一杯。"我到底哪里得罪了艾弗伦，能将无数恶魔送往深坑的卡萨德，英明的卡萨德·阿苏·卡萨德·安达玛吉·安卡吉，竟然穷到了要靠卖篓子混饭吃？"他一边抱怨，一边将手挥向那堆新编好的篓子。"我应该赶去参加今晚的阿拉盖沙拉克才对。"

"他就是惦记着跟那帮沙鲁姆喝酒。"苏利小声地对妹妹说道。"提前集合的战士都窝在大迷宫里，等待着战斗；在家里只会一个人喝闷酒，喝到四肢发软，也没有一点荣耀可言。"

英内薇拉很讨厌库西酒——发酵的谷物加入不少肉桂,酒瓶又很小,喝酒的杯子也小。只要闻那股气味,就让她呕吐到头昏眼花。那种酒味,根本没有半点肉桂的美味——据说,要喝到第三杯才能品得出一丁点儿,但谁敢相信喝了三杯酒的人说的话是真话还是胡说了?那玩意儿就是战士们开战前的兴奋剂,喝了只会让他们亢奋不已,不惧生死。

"苏利。"卡萨德大叫道,"把那些家务事留给女人吧,过来陪老爸喝两杯!我们为你昨晚宰掉四头恶魔再庆祝一番。"

"那是我们小组所有成员的功劳,不是我一个人的战绩。"苏利有些反感地解释道,编篓子的双手一刻也没有停下,"老爸,我不喜欢喝库西酒。《伊弗佳》禁止战士喝酒。"他大声补充道。

卡萨德白了他一眼,自己端起酒杯又喝了一杯。"蔓娃,那就给你那位沙利克儿子准备点茶吧。"他又拿起库西酒往杯子里倒酒,结果酒瓶里只剩下不够一小口酒了。"顺便给我再拿瓶过来。"

"艾弗伦让我悉心伺候你。"蔓娃很不情愿地叹气道,"我的丈夫,家里也只有你手上拿着的那一瓶了。"

英内薇拉听出母亲的无奈和反感。"大市集里的大多数店铺都打烊了,我们必须得在卡西弗来之前完成这批订货。"

卡萨德不耐烦地挥手。"那个穿花衣的普绪丁就该多等等。"

苏利倒吸了一口凉气,慢慢吐出来。英内薇拉看到他的左手上多了一道棕叶划出来的伤口。但他只是咬咬牙,继续默默地编织着。

"原谅我吧,伟大的丈夫,我们得罪不起贝登达玛的人。"蔓娃一边说,一边编篓子,"如果,我们没有及时凑够订数,

卡西弗会向克莉莎买篓子。而且我们还得交战争税，你也就别指望再喝库西酒了。"

"什么？"卡萨德大声吼道，"你把我的钱都花光了？我可是每周都收入超过一百卓奇啊！"

"有一半都交了战争税，"蔓娃说道，"你自己每次还要带走二十多卓奇。其余的你买了库西酒和蒸麦粉，你还每次带一大帮沙鲁姆来喝酒。你那点收入根本就不够用。你知不知道因为私贩库西酒的贩子担心会被达玛砍掉手指，他们的酒都卖得很贵的。"

卡萨德愤愤道。"谁要能把太阳从天上摘下来，卡菲特也有胆子贩私。现在最重要的是给我拿酒来，让我打发时间，直到那个假男人来取货。"

苏利编完手上的篓子，站起身来，将篓子轻抛在面前那堆篓子里。"母亲，哪里有卖的，我去吧，我会赶在黄昏之前把酒买回来。"

蔓娃眯着眼看着自己手下的篓子，琢磨了一会儿，她也开始越编越快。"我希望把这些你帮忙赶了一个多月的篓子卖出去了再出门，会妥当些。"

"父亲在家里，没人敢来抢东西的。"苏利说道，但在看着父亲紧握着倒空了的酒瓶迟迟不愿放下时，他叹了口气，"我会尽快回来的。"

"继续工作，英内薇拉。"蔓娃在苏利离开时说道。

英内薇拉埋下头继续编织篓子，之前一直在看他们说话，不自觉地停下了手上的活。她不敢大胆看父亲，但忍不住悄悄瞟上一眼。他正盯着忙前忙后的妻子。母亲的黑袍快速地飘动着，不时露出一小截原本裹着的白皙的脚踝和小腿。

卡萨德不自觉将一只手慢慢放在小腹上，摸索着。"快过

6

来帮个忙,老婆——"

"正在忙着呢。"蔓娃从棕叶堆里取出几片棕叶,慢慢挑选着。

卡萨德似乎被触怒了。"你竟敢在离天黑只有不到一个小时之时,拒绝你家的主人?"

"因为这批货都赶了好几个星期了。"蔓娃说道,"天马上就要黑了,街上人都回家了,而我们家门口摆满篓子,却只有一个发疯的酒鬼守着,这样安全吗?"

"谁会来抢这些破玩意儿?"卡萨德哈哈大笑道。

"谁会来抢?"这时一个陌生的声音问道。他们全都转身抬起头来,克莉莎从街角处钻了出来。

她是个身材很结实的女人。对于克拉西亚人来说,她很高大,但是不算胖。身为战士的女儿,她确实显得很沉稳,裹着如同所有戴尔丁一样的黑袍,双手厚实,手指修长。她也是位编织大师,在卡吉部族里编织手艺仅次于蔓娃,但是克莉莎很狡猾,城府很深。

四名身穿戴尔丁黑袍的女人跟在她身后,其中两名是她老公的小妾,脸上都系着黑面巾;另两名是她的女儿,还未成婚,所以可以露出光滑的脸蛋儿。其实她们都算不上漂亮,相信更多的男人会望而却步;但身材很结实,走进门后就像盯着兔子的野狼一样散开来。

"这么晚了还没收摊啊?"克莉莎不怀好意地问道,"你知道不?所有摊位都关门了。"

蔓娃耸耸肩,目光仍盯着篓子,"还有一个小时才开始宵禁呢。"

"在贝登达玛举办月圆庆祝的日子,卡西弗总是黄昏后才敢来取货,对不对?"克莉莎问道。

蔓娃没有理她。"克莉莎，我的顾客订我的货，与你有什么关系？"

"怎么与我无关？客户是你的普绪丁儿子从我那里抢走的。"克莉莎气势汹汹说道，但声音低得像要发飙的母狼。她的女儿逼近英内薇拉，将她和母亲分开包围。她老公的偏室直接走向卡萨德。

这话让蔓娃有些发怒，她慢慢抬起头来。"我没抢你客户，卡西弗是主动来找我们订货的；他说你的篓子不够结实，装满东西就垮了。你自己丢掉的客户，哪能怪我们呢？"

克莉莎点头，伸手一把抓起英内薇拉编好的一个篓子。"你和你的手艺真是让人羡慕啊。"她边说边用手慢慢抚摸，接着一把将篓子摔在地上，抬起穿着凉鞋的脚用力乱踩。

"你个贱女人，你竟敢撒野？"卡萨德突然吼道。他挣扎着起身，或者想努力站直身子，四处搜寻他的矛和盾，其实那些武器都放在帐篷里。

趁他还在琢磨下一步该怎么应付这种局面时，克莉莎家的两个女人同时冲上来，从宽大的黑袍里摸出尺来长的短杖。其中一个从身后使劲抱住卡萨德的手臂和腰，另一个使出全身的力气挥杖抽打。卡萨德闷哼一声，疼得直咬牙，就在他一愣神之间，一杖又打在他的胯下。卡萨德哀嚎一声蹲下身去。

英内薇拉吓得大声喊叫，从地上跳起身来。但是被克莉莎的女儿拼命抱住了。蔓娃也立即站起身来，不过克莉莎冲着她的脸上就是一脚，把她蹬得坐倒在地上。她疼得大声喊叫。但是天色这么晚了，也没人过来劝架。

这时克莉莎回过身去吃惊地低下头看着地上的篓子。篓子不仅没被踏坏，反而反弹得跳了起来。英内薇拉忍不住笑出声来。女人这下恼羞成怒，直接跳到篓子上，一顿乱踩，才把篓

子踩瘪下去。

这边树荫下,克莉莎家的两个女人一边继续抽打卡萨德,一边大笑道。"他竟然叫得像个女人。"对着他的胯下又是一棍子。

"打起架来,连女人都不如。"另一个女人叫道,放开他的腰。卡萨德直接瘫倒在地,大口喘息,脸因疼痛而扭曲。女人们不理他,直接冲过去踩踏篓子,拿棍子敲打。

英内薇拉试图挣脱,但是抱着他的女子死命地抱紧她,并威胁道。"再反抗就扭断你的手指,让你再也无法编织了。"她挣扎着改变站位,准备踩向抱着自己的女子的脚,但是蔓娃只是默默地摇头示意。

卡萨德用手撑着坐起身体时,猛咳一声,吐出一大口鲜血,"婊子养的,我会向达玛汇报这件事………"

克莉莎大笑道。"达玛?你还有脸去见达玛?卡萨德,骆驼尿之子敢告诉达玛你喝了库西酒之后,被一群女人痛扁?还别说这,你就是被你的阿金帕尔强暴了,你都开不了口……"

卡萨德拼命想站起来时,一个女人立刻踢了他一脚,将他踢得像只死青蛙一样趴在地上。

"呸。"那个女人调笑道,"他就像个尿了裤子的婴儿一样,哈哈。"

"这样,我突然有个好主意。"克莉莎笑着说道,一边走向那一堆篓子,撩起长袍,"何必费劲踩烂这些破玩意儿,我们只需在上面尿尿,弄脏它们就行了。"她蹲下身去,开始在上面尿尿,一边左右摇晃着身子,尽力多洒一些地方,一边哈哈大笑。其他女人也照做。

"可怜的蔓娃!"克莉莎嘲笑道,"家里的男人都是废物,你的老公连卡菲特还不如,儿子更是每天给那帮老男人服务,

哪有时间帮你干活，哈哈哈哈。"

"不尽然。"英内薇拉转过头去，刚好看到哥哥苏利宽厚的手掌抓住抱着自己的少女的手腕，慢慢扭了过去。那少女疼得直叫，接着一脚将她踢得飞出去很远。

"闭嘴。"他冲着摔倒在地上直叫唤的少女警告道，"再敢碰我妹子，我会拧断你的手臂。"

"走着瞧，普绪丁。"克莉莎说道。她家的妾室拉好长袍，举起藤杖，朝苏利冲了过来。克莉莎也抖了一下衣袖，一根短棒已握在手中。

英内薇拉吃了一惊。但是手无寸铁的苏利也冲了过去。第一名女子率先出手攻击，但是苏利比她更快，闪过藤杖，抓住女人的手臂，只听到一阵咔嚓声，那名女人立马抱着手臂倒在地上，藤杖已经落到苏利手中。另一名女子扑过来，苏利闪电般挡开她的棍子，一杖抽在她的脸上，一切犹如舞蹈一般娴熟而完美。英内薇拉在他回家时，还见他演示过沙鲁沙克。女人像沙袋一样摔倒在地上，英内薇拉只见她扯下面纱，吐出一大口鲜血。

在克莉莎女儿扑上来时，苏利已经扔下手中的藤杖，徒手接住对方挥来的武器，化解了她的力道，他以另一只手抓起她的衣领，一把旋倒在篓子堆里，把她的头压在地上，然后伸手抓起她那脚跟处的袍子，一把拉到腰上。

"拜托，"克莉莎哀求道，"求你放过我的女儿，她还没有结婚。"

"去你妈的，"苏利恶心地骂道，"上她还不如上只母骆驼。"

"哦，来吧，普绪丁。"她轻蔑地挑衅道，瞅着他扭扭屁股，"假装我是男人，从后面上吧。"

苏利捡起克莉莎的藤杖，开始抽打她的屁股，他声音低沉，

不过还是盖过藤杖抽打克莉莎屁股的声音。"就算不是普绪丁，老子也不至于把老二插到你这粪堆里。至于你女儿，我绝不会做任何耽搁她们嫁给哪位卡菲特戴上面纱的禽兽之事。"

他松开她的脖子，用藤条追着身后将克莉莎家的女人赶出家门。

蔓娃站起身来，拂拂身上的尘土。他没有去看一眼卡萨德，只是走向英内薇拉。"你没事吧？"英内薇拉点点头。

"大家赶快检查一下篓子。"蔓娃吩咐道，"她们没来多久，看能否将损失降到最低……"

"太迟了。"苏利说着指向街头。三名沙鲁姆正朝这边走过来，他们身穿黑袍坎肩，佩戴黑色的胸甲，突出发达的胸肌。鼓胀的肱二头肌上系着黑色丝带，手腕戴着饰有亮色铁钉的皮护腕，背上是金色盾牌，手里握着短矛，如同狩猎的野狼一般机警。

蔓娃抓起一小瓶水，倒在卡萨德脸上。他呻吟一声，爬起身来。

"快进去。"蔓娃走过去在他的屁股上踢了一脚，催促道。卡萨德嘟哝一声，爬进帐篷里躲了起来。

"我看起来还不算糟吧？"苏利整理着长袍，可以露出大片胸肌。

这是个很滑稽的问题。她本来没见任何男人有自己的哥哥一般俊俏。"很好。"英内薇拉压低声音道。

"苏利，我亲爱的阿金帕尔！"卡西弗在十来米外就大声喊道。他今年二十五岁左右，已经是凯沙鲁姆，显然是三人中最帅的，胡子修剪得特别整齐，涂满香油，古铜色的皮肤很有男人魅力。他的胸甲上刻有贝登达玛的烈日印记——肯定是黄金打造——头巾中间镶着绿松石。"我就想今晚来取货时……"

他走到近前,打量着他们凌乱的摊位。"……会不会遇到你。哦,天哪,难道有一群野骆驼刚路过你们家摊位?"他嗅了嗅。"还边走边撒尿?"他解开挂在脖子上的丝绸面巾,捂在鼻子上。与他同来的也解下面巾捂住鼻子。

"我们遇到了一些麻烦……"苏利说,"都是我不好,我刚离开了一会——"

"真是太不幸了。"卡西弗走到苏利面前,完全没有看一眼英内薇拉。他伸出一根手指抚摸苏利胸膛上的血迹,然后不停地摩擦拇指与食指,以抹掉刚才沾到的血迹,"不过很明显,你及时赶回来,解决了麻烦。"

"那群野骆驼也不会再回来了。"苏利说道。

"但是他们已经达到目的了。"卡西弗有些难过地说道,"我们不得不去向克莉莎买篓子了。"

"拜托,"苏利近乎哀求地抓住卡西弗的手臂,"我们需要这笔交易。我们的货还是有不少完好无损,可以给我们一半的业务量不?"

卡西弗看向苏利抓住自己的手臂,微微一笑。他很不屑地指向地上的篓子。"算了吧,如果有一个篓子沾到了尿,那其他的也不会干净到哪里去,我不敢带这么肮脏的东西给我的主人。你们自己用水洗洗卖给卡菲特吧。"

他凑上前去,把手放在苏利的胸口。"如果你确实需要钱,明天可以到宴会上帮忙搬篓子。"他的手指继续往上抚摸,直伸到苏利的衣袍里,轻柔地抚上他的肩膀。"可以赚到比卖篓子多三倍的钱,只要你……你扛得住……哈哈哈哈。"

苏利也跟着笑了笑。"兄弟,篓子是我的专长,没有人能超过我的。"

卡西弗大笑道。"明天早上我们会来接你去参加宴会。"

"到训练场找我吧。"苏利说道。卡西弗点点头,和他的伙伴一起走向克莉莎的摊位。

蔓娃把手放在苏利的肩上。"很抱歉,孩子,又得让你出去干那种苦差事。"

苏利耸耸肩。"很多事都是迫不得已,哪有那么完美。看到克莉莎赢了我只是不甘心。"

蔓娃撩起面纱,对着地上啐了一口。"她没有赢,她哪来的篓子卖?"

"你怎么知道?"苏利问道。

"我一个礼拜前放了不少老鼠在她的货仓里。"蔓娃笑着道。

帮忙整理好摊位后,苏利在达玛在沙利克霍拉的尖塔上高唱晚歌时陪母亲和妹妹回到了自家泥砖砌的屋子。他们救回了绝大多数篓子,但是好几个得经过修理,还有一大捆棕叶被毁了。

"我要赶去集结了。"苏利说道。蔓娃和英内薇拉在他出门前拥抱了他,算是为他送行。

回到家里,他们打开了家里的暗门,钻进地下城过夜。

克拉西亚所有建筑都有一层地窖,与通往地下城堡的走道贯通,这些通道与石室形成长达数英里的蜂巢式的地下建筑。每天晚上,当男人们进行阿拉盖沙拉克时,女人、小孩、卡菲特就躲在这里。刻有巨大魔印的大石块阻止恶魔从地下钻进来。

地下城是一座坚固的避难所,不但是设计来保护城内平民的,一旦地上的战争没法取胜时,那还是一个暂时的大本营,地下城有足够的住房、学校、宫殿、神庙,以及食物、水等。

英内薇拉和蔓娃在地下城只有一间小小的卧室,里面备有草席、储藏室以及茅厕。

蔓娃点燃油灯,他们坐在桌旁,吃着冰凉的晚餐。餐盘清理完毕,她摊开棕叶开始编篓子,英内薇拉也赶过来帮忙。

蔓娃摇头。"去睡吧。明天是你的好日子,我可不要你红着眼没精打采地去见达玛丁。"

英内薇拉看着前方排成长龙的女孩和她们的母亲,所有人都等着达玛丁的一一接见。艾弗伦之妻下达指令,当达玛宣布春分破晓之日来临,所有年满九岁的女孩都要参加艾弗伦为她们准备的人生之路——汉奴帕许。男孩子的汉奴帕许要经历很多年磨砺,但女孩只需接受达玛丁为她们占卜就行了。

大部分女孩都只要确认发育成熟,就会被授予第一条头巾,但是也有些在离开大帐时就已经订婚,或是分派新的任务。穷人家的女孩会遭到被贱卖的命运,或许成为侍寝的枕边舞者,以吉娃沙鲁姆的身份侍奉战士们,将来能够为每晚参加战斗的战士生育新战士是她们的荣耀。

那天早上,英内薇拉在兴奋的情绪中醒来,穿上褐色裙子,梳好那一头如黑色缎子飘飞的浓密发亮的头发。今天她会以一个女孩的身份走进达玛丁的帐篷,出来时将成为年轻的女人,只有未来的丈夫才能解开她的面纱,欣赏到她的面容与一头乌黑油亮的秀发。她还将换上黑色的长袍,把自己从头到脚包裹得严严实实。

"可能已经是春分时节,但仍然是满月",蔓娃说,"这至

少是个好兆头。"

"或许会有达玛基看上我的,带我进入他的帐篷吧。"英内薇拉央求道,"我会住在宫殿里,而你会收到一辈子吃用不尽的聘礼。"

"我要是靠你的聘礼来过活,你就得一辈子过见不到阳光地生活。"蔓娃说道,声音低到只有自己听得见。"只能和丈夫的其他妻妾在一起,等待一些足以当曾祖父的老头来看望你了。"她摇摇头。"至少我们还交得起税金,你家里还有两个男人挣钱呢,这表示大家都不会把你卖去填充后宫。不过话又说回来,在后宫也总比被达玛丁宣布不孕而被流放好些。"

奈丁。英内薇拉想着这个词不觉浑身发抖。没有生育能力的女人,永远都不能穿上黑袍,一辈子都得像卡菲特一样穿着褐色的长袍,带着屈辱艰难度日。

"也许会被选为达玛丁呢。"英内薇拉安慰道。

母亲摇了摇头。"不大可能,她们从来没有挑选过达玛丁。"

"但是奶奶曾经说,达玛丁是在女孩接受占卜时挑选出来的。"英内薇拉补充道。

"那都是半个多世纪以前的老黄历了,如果真如此。"蔓娃说道,"愿艾弗伦保佑她,其实你奶奶说话总是不靠谱。"

"那么那些奈达玛丁又是怎么来的呢?"英内薇拉一边问,一边指向那些达玛丁学徒。那些女孩没有系面纱,但穿着代表艾弗伦之妻的白色长袍。

"有人说艾弗伦让妻子们怀孕后,生下的女儿自然就成了奈达玛丁。"蔓娃说道。英内薇拉牵着母亲的手,一边望向母亲,不知道她说的是真是假。

蔓娃只是耸耸肩。"我可以肯定地告诉你,这种说法跟其

15

他说法一样——我所认识的母亲中,没有任何一位的女儿被选为奈达玛丁,或是从长相看出是她们中的一员。"

"母亲,妹妹!"苏利和卡西弗一前一后走了过来,他看到蔓娃和英内薇拉叫道。英内薇拉露出灿烂的笑容。苏利的黑袍依然沾满大迷宫的尘土,悬挂在肩膀上的盾牌有些新的凹陷,而卡西弗却一尘不染。

英内薇拉立马跑过去拥抱哥哥苏利。他大笑着,抱起妹子在空中转圈。英内薇拉愉快地尖叫起来,一点也不害怕。有哥哥在,她什么也不怕。他轻松地将她放下,然后走过来拥抱母亲。

"你在这儿干吗?"蔓娃问道,"我还以为你已经赶往贝登达玛那儿。"

"我是准备赶过去呀。"苏利说,"但我想过来为妹子献上阿拉的祝福,让她愉快地迎接属于她的汉奴帕许。"

他伸手抚摸妹子的那一头秀发。她和往常一样猛拍他的手。他也和往常一样,等她举手时,他早已及时地缩了回去。

"你觉得父亲会来祝福我吗?"英内薇拉兴奋地问道。

"啊……"苏里犹豫道,"就我所知,父亲仍在后面的凉亭里面睡觉。昨晚他没有到达集结点,而我告诉训练官他开始严重的腹痛……再次的。"苏利耸耸肩。英内薇拉转过头去,不想让他们看见自己的失望。

苏利弯下腰,用手指轻轻抬起她的下巴,笑笑地看着她。"父亲只是不能亲自过来,但跟我一样都在为你祝福。"

英内薇拉点点头。"我明白了。"她在苏利离开前又拥了拥他的脖子。"谢谢你,苏利。"

卡西弗盯着英内薇拉,好似第一次看见似的。他英俊的脸上挂满笑容,礼貌地鞠了一个躬。"祝福你,英内薇拉·娃·

卡萨德，恭喜你成为女人，愿你拥有英俊的好丈夫，有许多可爱的孩子；每个都像你哥哥一般帅气。"

英内薇拉微笑着点头，只是有些微微脸红。

他们在火热的阳光下静静地等待着，终于，队伍开始前进了。每次一对母女进入帐篷。有些人进去只有几分钟，有些人则将近一个小时。所有人出来时都身穿黑袍，大家也都松了口气；有些女孩不知所措地望向远方，跟着母亲慢慢回家。

快到英内薇拉她们时，她感觉到母亲抱着自己的肩膀越来越紧，指甲不知不觉间透过衣服掐入肉里。

"如果对方不问你，目光保持向下，记住别乱说话。"蔓娃叮嘱道，"绝对不要答非所问，或乱问问题，绝对不要违逆达玛丁，跟我一起说：'是的，达玛丁。'"

"是的，达玛丁。"英内薇拉重复道。

"把这个回答记在脑子里，"蔓娃说，"冒犯一位达玛丁就是在作践自己的命运。"

"是的，母亲。"英内薇拉咽了一下喉咙，感觉到内脏纠结得绞痛。大帐篷里到底是怎么回事？难道母亲没有经历过吗？她为什么这么紧张害怕？

一名奈达玛丁拉开帐篷门帘，排在英内薇拉前面的一对母女走了出来，那位女孩已经戴着褐色的头巾，跟她所穿的衣服一样，她的母亲边走边哭着安慰她。

奈达玛丁，大约只有十三岁，高挑的个子，颧骨突出，鹰钩鼻也很显眼，看起来让人有些害怕。她默默地看着她们走了出去，接着转向英内薇拉和蔓娃。"我叫梅兰。"暗示英内薇拉俩进帐。"魁娃达玛丁现在等着为你占卜了。"

英内薇拉深吸一口气，与母亲一起脱掉鞋，在身前画了个魔印，然后走了进去。

阳光洒落在帐篷顶上，照得大帐里一片通明。所有东西都是白色的，帐篷的墙壁、家具、帆布地毯……

地毯上的血迹格外抢眼，进门的地毯上洒满大片红色与棕色的液体，还有脏兮兮的红色脚印一直延伸到隔间的检查床边。

"那是沙鲁姆的血。"一个声音说道。英内薇拉被吓了一跳，这才发现身穿白袍的艾弗伦之妻站在自己面前。"天亮时从阿拉盖沙拉克送来的沙鲁姆的血。每天，这些帆布地毯都会被割下来，放在沙利克霍拉塔顶焚烧。"

仿佛一切都是安排好的一般，英内薇拉听到四周传来了痛苦的叫声，隔壁的另一边躺了许多受伤的男人。她想着自己的父亲卡萨德——或许更糟的情况，苏利也会躺到他们里面，她不自觉地皱起眉来。

"祈求艾弗伦现在就带我走！"一名男子绝望地叫道。"我不想成为残废。"

"注意脚下。"魁娃达玛丁警告道。"你们的脚没资格触碰那些英雄的血液。"

英内薇拉和母亲绕过沾染血污的帆布，来到达玛丁面前。魁娃从头到脚都包裹在白色丝绸里，只露出眼和手。她的身材比梅兰还高，还结实，很完美的女性身体曲线。

"你叫什么名字，女孩？"达玛丁的声音显得低沉而冷峻。

"达玛丁，我叫英内薇拉·娃·卡萨德·安达玛吉·安卡吉。"英内薇拉说完，深深鞠躬。

"以卡吉娃最初的妻子为名。"听到最后补充的这句话，蔓娃在她的肩膀上狠狠地掐了一下，疼得她直喘气。达玛丁没有注意到。

"我想你认为自己的名字与众不同。"魁娃轻蔑地说道。"如果每个克拉西亚女人都取这个名字，相信沙拉克卡早就结

束了。"

"是的,达玛丁。"英内薇拉答道,在母亲放手的时候再度鞠躬。

"你很漂亮。"达玛丁赞道。

"谢谢你,达玛丁!"英内薇拉鞠躬道。

"如果你没有其他意见的话,大后宫很需要像你这么漂亮的女孩。"魁娃转向蔓娃。"他父亲是谁?你是从事什么工作的?"

"戴尔沙鲁姆卡萨德,达玛丁。"蔓娃鞠躬答道。"我是编织棕叶篓子的技师。"

"第一妻室?"魁娃问。

"唯一的妻子,达玛丁。"蔓娃道。

"男人在春风得意时,总是觉得娶的妻子越多越有面子。卡吉部族的蔓娃,你明白吗?"魁娃说。"但事与愿违,我想过《伊弗佳》的所有旨意,为丈夫多娶几房偏室,帮你丈夫生孩子,你的编织篓子生意也好有个帮手。"

"是的,达玛丁,我做过很多次努力。"蔓娃咬牙切齿道。"不过没有一位父亲……愿意将女儿嫁到我们家。"

蔓娃的回答说明了一切。达玛丁嘟哝了一声,"你女儿受过教育没有?"

蔓娃点头道。"有的,达玛丁,英内薇拉是我最优秀的学徒,她的编织技术不比我差,我还教过她加减法和算账,以及让她为艾弗伦七柱各读过一遍《伊弗佳》。"

达玛丁眼中没有一丝表情。"跟我来。"她转过身朝大帐里走去,瞅都没瞅一眼地上的血迹,飘逸的丝袍就这样掠过地面,她的丝袍没有被鲜血染红。那些血没有那个胆量。

梅兰随即跟了上去,奈达玛丁灵巧地绕过血迹,英内薇拉

和母亲也紧跟在后面。大帐是由白布墙组成的迷宫，她们在里面左拐右拐，没过多久英内薇拉已不知道身在何处。这里的地上没有血迹，就连沙鲁姆伤兵的呻吟都变成了遥远的闷哼。路过一个转角时，布墙和帐篷顶突然由白变黑。好似突然从白天走进了黑夜。再转过一个转角，帐篷里已经黑到几乎完全看不见身穿黑袍的母亲，就连一身白袍的达玛丁及其学徒都变得若隐若现。

魁娃突然停住脚步，梅兰绕了过去，拉开一扇暗门。英内薇拉注意到门里有一道通往更黑暗处的石台阶。打磨过的石阶在她脚下冰凉无比。梅兰关上暗门时，四周立刻陷入完全的黑暗。她们缓缓向下走去，英内薇拉担心摔倒，连累达玛丁和她一起滚下石台阶。

幸好台阶很短，在大家都没有注意时，英内薇拉在抵达尽头时真的跟跄了一下，差点摔倒，只是立刻站稳了脚。

魁娃手中闪现一团阴气森森的红光，让她们足以看见对方，却没法照亮四周的黑暗。达玛丁带着她们走过一排从石壁中开凿出来的黑暗石室，墙壁上到处刻满了魔印。

"和梅兰在这里等着。"达玛丁对蔓娃吩咐道。接着带着英内薇拉走进了石室。英内薇拉在沉重的石门合上时有点害怕起来。

石室的角落里有一座石台，达玛丁将发光物放在上面。它表面上也布满魔印，或者还有发光的煤块。但是英内薇拉想，应该没那么简单，那更像是阿拉盖霍拉——恶魔骨。

魁娃回过头来看着英内薇拉，手里多了一把闪光的刀。在红色的闪光下，好似沾满了鲜血，显得异常恐怖。

英内薇拉不自觉地尖叫着，往后退缩。但是石室很小，她刚退两步就顶到了墙上。达玛丁将小刀举在英内薇拉的鼻子前。

英内薇拉盯着刀尖不住地颤抖。

"这把小刀让你害怕了?"达玛丁问道。

"是,是的,达玛丁。"英内薇拉以惊恐的声音回道。

"闭上眼睛。"魁娃命令道。英内薇拉照做,狂跳的心里担心着刀子会刺穿自己的身体。但是期待着的那一刀迟迟没见下来。"想象棕叶树吧,编织匠的女儿。"魁娃安慰道。

英内薇拉想不明白为什么占卜还要用刀子,但还是点了点头。

"棕叶树会怕风吗?"达玛丁问道。

"不会的,达玛丁。"英内薇拉回答道。

"那风来了,它怎样呢?"

"遇到风,它就弯腰。"英内薇拉说道。

"《伊弗佳》说,恐惧和痛苦就跟风一样。蔓娃的女儿,英内薇拉,请迎接风的吹拂吧。"

"是的,达玛丁。"英内薇拉说道。

"默念三遍。"魁娃命令道。

"恐惧和痛苦都只是风。"英内薇拉深吸一口气说道。"恐惧和痛苦都只是风,恐惧与痛苦只是风。"

"睁开眼睛,跪下。"魁娃命令道。英内薇拉按照命令照做。达玛丁又补充一句:"举起手来。"她觉得举起的手仿佛不再属于自己,但她还是照做。达玛丁卷起她的衣袖,在她前臂上轻轻划了一道口子,一道血痕慢慢显现出来。英内薇拉猛吸一口气,但是没有畏缩或尖叫——恐惧与痛苦只是风。

达玛丁轻轻撩起面纱,舔舔刀口。她将刀插进腰间,然后伸出有力的手挤伤口,让血流到魔印骰子上。

英内薇拉紧咬牙关,恐惧和痛苦都只是一阵风。

鲜血滴落时,骰子开始发光,英内薇拉随即明白它们就是

阿拉盖沙拉克。她的血接触到了恶魔骨,真是太恐怖,太不可思议了。

达玛丁后退了一步,一边振振有词地念叨,一边使劲摇着骰子,骰子的光越摇越亮。

"艾弗伦,光明与生命的赐予者,我恳请你赐予这个谦卑仆人的未来景象。让我看到英内薇拉,卡吉部族达玛吉的卡萨德女儿的未来。"说完后,她将骨骰倒到英内薇拉面前的地上。骨骰魔光爆闪,英内薇拉忍不住眯缝起眼来,接着光线逐渐暗淡,在地板上留下预示她命运的图案。

达玛丁一言不发,眯起双眼,盯着图案看了很长一段时间。英内薇拉说不上来她究竟看了多久,但是她已经实在跪得太久而双腿酸麻,身体渐渐有点发抖。

魁娃看到她身体摇晃时抬起头来。"跪好,别动!"她站起身来,在石室里绕圈走着,从不同的角度细看那幅骨骰图案。尽管光芒正渐渐消散,她还是凝神思索着。

不管有没有想象风中的棕树,英内薇拉心里都非常紧张。她的肌肉紧绷着,焦虑和恐惧随着沉默的延伸而疯长。达玛丁究竟看到了什么?她会不会成为母亲所说的不幸者……

最后,达玛丁看了一眼英内薇拉。"你敢碰一下我的骨骰,我就宰了你。"说完后,她匆匆离开了石室,朝外面的梅兰小声下达命令。一会儿,英内薇拉就听到脚步声快跑着远去。

又过了一段时间,蔓娃走进石室,小心翼翼地从一侧走近图案,跪在英内薇拉身后。"怎么了?"她低声问道。

英内薇拉带着恐惧默默地摇头。"我不知道,达玛丁一直盯着图案,还想有什么奇怪现象。"

蔓娃安慰道。"也可能是她不大喜欢这幅预见的图案。"

"她们跑来跑去在忙什么?"英内薇拉脸色惨白地问道。

蔓娃回答："她们去请示坎莉娃达玛基丁了。"

英内薇拉倒抽一口凉气。"她会来解释这幅图案，也将决定你的命运。我们虔诚地祈祷吧。"

英内薇拉战抖着点头。达玛丁的占卜过程已经让她觉得够恐怖了。现在达玛丁的领袖要来检查……

求求你，艾弗伦，她默默哀求道。让我能够怀孕吧，为卡吉部族生育子孙。我不能羞辱我的家族，答应我这个请求，我就把自己一辈子献给你。

她们在黑暗中跪了很长一段时间，千万次祈祷。

"母亲？"英内薇拉问道。

"我在。"蔓娃母亲回道。

英内薇拉咽了一下喉咙。"如果我真的不孕，你还会爱我吗？"她说到最后几乎哭出声来。她尽力忍住，但是泪水已经溢满眼眶。

一会儿后，蔓娃把她抱进怀里。"你是我的女儿，哪怕天塌下来，我也永远爱你。"

经历了一段漫长的等待，达玛丁回来了，身后跟着一位比较年长，也比较瘦，目光犀利，身穿白袍，但是系着黑色面纱和头巾的女人，克拉西亚最有权势的女人之一，坎莉娃达玛基丁。

达玛基丁看了母女一眼。两人立刻分开，擦拭眼泪，保持标准的跪姿。但是达玛基丁一言不发，绕过她们直接走到骨骸旁，盯着图案看了很长一段时间。最后嘟哝道，"带她走。"

英内薇拉倒抽一口凉气，任由魁娃抓着自己的手臂，把自己拉起来。她焦急地望向母亲，只见母亲也是满脸的惊恐。

"母亲——"

蔓娃全身跪倒在地上,在达玛丁抓走女儿时,拼命抓住女儿的袍子,哀求道。"求求你,达玛丁。我女儿——"

"你的女儿从此与你无关了。"达玛基丁打断她。魁娃拉开蔓娃的手臂。"她从今往后属于艾弗伦了。"

"一定是哪里弄错了吧。"英内薇拉在魁娃紧扣她手臂领着她前进时木讷地问道。她觉得自己更像是被带往鞭笞台,而不是宫殿。达玛基丁和梅兰,奈达玛丁学徒,跟他们一起护送。

"骨骰不会弄错的。"坎莉娃回答道。"其实,你应该感到高兴。你这个编织匠的女儿,将会许配给艾弗伦,你将为你的家族带来无上荣耀,难道你不知道吗?"

"既然如此,那我怎么不能跟他们道别?和我母亲简短地道个别都不行吗?"绝不要用问题回答问题,母亲曾经提醒过她,但惊慌之下,她早已经忘记了。

"你最好跟他们撇清关系。"达玛基丁解释道。"他们的地位让你蒙羞。而且,你将接受训练,这期间你不能和他们见面,而当你准备好接受白袍测试前,也不会再见到他们。"

英内薇拉对这突然的巨变实在没有一丝心理准备,再也不能见到母亲?哥哥?简直荒谬得难以置信。她甚至开始怀念父亲了,尽管父亲从来就不曾在乎自己。

卡吉部族的达玛丁宫殿一会儿就出现在眼前。达玛丁的宫殿可以跟最伟大的达玛基宫殿媲美,二十英尺高的魔印墙,同时可以抵挡人类敌人与恶魔的进攻。穿过城墙,她看见高大的巨型尖塔宫殿的圆拱顶,但英内薇拉从来没有见过里面的结构和景象。只有达玛丁和学徒才有资格进来——男人,包括安德

拉本人都没有走进过这块圣地，至少他们是这么对英内薇拉说的。

当自动开启的宫殿外门在身后关闭时，英内薇拉看到了两名结实的男子在推门。他们身上穿着拜多布和凉鞋，全身都抹了油，手腕和脚上都锁着镣铐，只是她没有注意到这些细节。

"为了守护达玛丁的贞洁，我还以为男人会被拒之门外。"英内薇拉说道。

达玛基丁被英内薇拉的话逗得哈哈大笑，梅兰也跟着小声发笑。

"你说得不全对。"坎莉娃道。"这些门卫是被阉割过的战士，所以不能算你想象中的男人。"

"难道他们是普绪丁？"英内薇拉反问道。

"尽管他们被阉割了，但是他们的战斗力并没有被阉割掉。"坎莉娃回道。

英内薇拉苦笑着走上宫殿里洁白得一尘不染的大理石台阶。看着戴着镣铐的帅气门卫推开内宫门，英内薇拉保持双手自然下垂，尽可能不引人注目。

他们向来人鞠躬敬礼，魁娃伸出一根手指勾住其中一个的下巴，"我今天很累，卡维尔。一会儿带着热石和香油到我的房间来，帮我消除疲劳。"那位门卫没有回话，只是鞠躬。

"你们不准他们说话？"英内薇拉问道。

坎莉娃说："他们说不了话。为了让他们对宫殿里的事情保密，在他们进入之前，就得选长得帅气，且不识字的男人，最重要的是把他们的舌头和睾丸都割掉。"

没错，宫殿的奢华超出英内薇拉的想象——圆柱石、拱顶、台阶等全都是洁白的大理石，打磨得闪闪发光，以及在她脚下柔软而厚厚的地毯铺成的走道；墙上挂着的各式帷幔——记录

艾弗伦传奇故事的壁画,全都是人间珍品;光滑的彩陶摆放在大理石台上;还有很多水晶、黄金白银饰品,经过精雕细琢的大型塑像堪称人间绝品——在大市集里,任何一件藏品都够一家人吃喝一辈子——谁又有胆子到达玛基丁的宫殿来偷取呢?

她们走在宫殿的过道上遇上不少或独行或三五个结伴而行的白袍达玛丁。那些达玛丁都系着白色面巾——即使在没有男人出现的宫殿里也如此。她们会纷纷让到一旁向坎莉娃达玛基丁鞠躬,脸上带着对英内薇拉的异样神色。

很多达玛丁明显都已身怀六甲——这是让英内薇拉感到诧异的,尤其是在宫殿里没有一个真正的男性的情况下。但英内薇拉很明智地没有多问,只是准备以后慢慢观察。

宫殿有七条侧廊,每条都代表一根天堂之柱,位于中间的一条廊道通向安纳克桑——卡吉的坟墓——达玛丁的圣地。这时,英内薇拉被带到第一妻室的接待厅等候,魁娃和梅兰等在门外。

"坐下吧。"达玛基丁指着奢华的桌子边的长布软椅吩咐道。英内薇拉紧张地坐了下去,在这个奢华的接待厅里越发感觉到自己的渺小。坎莉娃坐在桌子的后面,十指交握,盯着她面前这个有点怯怯的小姑娘。

"魁娃说你知道自己名字的来历。"坎莉娃压低声音开口问道。但英内薇拉感觉不出对方是在陈述还是另有所指。"你对英内薇拉这几个字是怎么理解的呢?"

"英内薇拉是卡吉最亲密的朋友和顾问——达玛吉的女儿。"英内薇拉解释道。"据《伊弗佳》记载,她的美貌令卡吉一见钟情,封她为第一妻室是艾弗伦的旨意。"

"小姑娘,达玛佳的功绩不止于此,她在卡吉身边提供智慧,引导他开创大业,成为王者;传说她是艾弗伦旨意的代言

人,这才是这个名字的由来。"坎莉娃解释道。

她继续道。"英内薇拉是历史上第一位达玛丁。她精通医疗、用毒、魔法,她为卡吉编织隐形斗篷,为他的王冠和长矛刻上魔印。"

"她还会再度降世,在沙拉克卡之前找出下一任解放者。"达玛基丁盯着英内薇拉说道。

英内薇拉深深吸了一口气。

坎莉娃接着道:"我见过不下百名叫英内薇拉的女孩如此吸气,但是我们至今还没找到下一任解放者。只是达玛吉一族就有多少个来着?起码二十个以上吧。"

英内薇拉紧张地点头。坎莉娃却从桌子里取出一本用皮革包裹的典籍,封面上的金色字迹已经斑驳不清了。

"《伊弗佳丁》,从今天开始你必须研读这部大典。"坎莉娃吩咐道。

"好的,达玛基丁,只是我已经读过很多次圣典了。"英内薇拉鞠躬后说道。

坎莉娃摇摇头笑道:"你读过的只是卡吉的版本《伊弗佳》——不止一任达玛根据自己的理解或为了自己的目的做了很多修改版本。那种书只是在一定程度上陈述部分事实。《伊弗佳丁》是母版,是由达玛佳本人撰写的,其中包括了她的所有智慧,以及更详细地记录了卡吉的成功历程。你必须把这本书研读透彻。"

英内薇拉接过这部古老的圣典,发现书页很薄、很柔软,与蔓娃平日教她的《伊弗佳》差不多厚。她紧紧地抓住圣典,担心达玛基丁突然改变主意拿回去。

达玛基丁还递给她一个厚厚的深色绒布袋。英内薇拉接下时听到了布袋里物体的咔咔声。

"你的魔法袋。"坎莉娃解释道。

"恶魔骨?"英内薇拉这下更紧张了。

坎莉娃摇了摇头。"你至少需要经过好几个月的训练后才能有那种魔法器物,而且你得花好几年才能刻就自己的骨骰。"

英内薇拉解开袋子口的绳子,将里面的东西倒在手掌上。这是七颗陶瓷骰子,每一面的数据和图案都不一样,所有骰子都是跟恶魔骨一样呈黑色,每一面的图案却好似红色的。

"只要掌握解读的秘方,骰子可以为你预言一切。"坎莉娃慢慢介绍道。"这些骰子的图案代表一切追求,供你练习使用。而《伊弗佳丁》将告诉你如何解读这些组合图案。"

英内薇拉很恭虔地将骰子放回袋子,系好绳子。

坎莉娃继续道。"她们会妒忌你所拥有的一切。"

"谁,达玛基丁?"英内薇拉不解地问道。

"所有女人。"坎莉娃压低声音道。"这里所有女人都会嫉妒你的。"

"为什么?"英内薇拉更纳闷了。

"因为你的母亲不是达玛丁,你是一个外来的平民子女。"坎莉娃说道。"这几十年来,骨骰没有选中一位达玛丁。想要赢得面纱,你得比那些有特权的女孩更加努力。你必须打败那些从一出生就接受特殊训练的女孩。"

英内薇拉点了点头,她算是听懂了达玛基丁的叮嘱——宫殿之外都把达玛丁当成天使了,其实并不是这样的。

"她们会仇视你。"坎莉娃继续说道。"但她们又害怕你,如果你聪明的话应该懂得充分利用自己的优势。"

"害怕?"英内薇拉再次问道。"看在艾弗伦的分上,那些天生受过良好教育的人为什么会惧怕我这个草根女孩呢?"

"因为此刻站在你面前的达玛基丁正是上一次骨骰挑选出

来的草根女孩。"坎莉娃很自信地鼓励道。"骨骸预言你将成为我的接班人。这是卡吉时代就流传下来的规定。"

"我会成为达玛基丁？"英内薇拉惊奇地问道。

"或许而已。"坎莉娃耸了耸肩。"如果你活下来的话——很多人都会关注你，在心里评估你；有些一同学习的女孩或许会利用你，陷害你；也有些会讨好你。总之，你必须比她们强。"

"我——"英内薇拉感觉到莫名的压抑。

"但不能表现得太有侵略性。"坎莉娃叮嘱道。"否则，你会遭到她们围攻，或许直接被除掉，让规则继续——骨骸再次选择。"

英内薇拉紧张得有些发抖了。

"你身边的一切将发生天翻地覆的改变。你会发现达玛丁的宫殿与大市集没什么两样。"坎莉娃补充道。

英内薇拉仰头看着达玛基丁，分不清这一切是真是假。但对方没有看她，只是抓起桌上的那个金色铃铛摇了摇。魁娃和梅兰走了进来。"带她去地窖。"

魁娃拉着英内薇拉的手臂，走出了石室。

"梅兰，未婚妻子的日常训练，就由你来指导她了。"在她们还没完全走出石室时，坎莉娃说道。"接下来一年里，她犯的错你也会承担责任，连带受罚。"

梅兰满脸的不情愿，但还是深深鞠躬道。"是的，祖母。"

地窖不在宫殿的七条侧廊里，它位于宫殿正中的地下，跟沙漠之矛的其他建筑一样，地上有几层，地下也有几层。只是地下没有阳光照射，没有白色大理石的墙壁，没有精美的壁饰，很冰冷，这里并非舒服之地。

但是宫殿下的地窖仍比英内薇拉和家人的泥砖房子雄伟得多，高耸的天花板、巨大的石柱和拱道，以及刻画在上面的魔印更是非常美。即使没有阳光，地下仍然十分温暖。走道上铺着绣着魔印的地毯，厚厚的，非常柔软；就算恶魔能闯进来，达玛丁们仍然会非常安全。

在走道上巡逻的达玛丁与她们擦肩而过，并纷纷向魁娃鞠躬。英内薇拉感觉到她们会在背后偷偷回头看自己。她们继续走下一道楼梯，穿过走道，空气越来越温暖，越来越潮湿。慢慢地，地毯消失了，大理石地板被光滑的瓷砖取代。一名身材很结实的达玛丁站在一扇门前，就像猫盯耗子一样看着英内薇拉。英内薇拉在路过一间墙面钉满木钉的石室前打了个冷战。大部分木钉上挂满白色的长袍和白色丝巾，而且一阵戏水的声音从里面传来。

魁娃转身命令道："脱下你的褐色长袍，留在地上，会有人拿去烧掉的。"

英内薇拉很利落地脱下褐色长袍与拜多布——一块宽布条，在大市集中可以保护自己的私处。蔓娃的拜多布是黑色的，英内薇拉的拜多布打结固定就是她教的。

梅兰脱下白袍，英内薇拉转身之间看见了她的白色长袍下也系着白色的拜多布，不过包裹的方法很复杂，那是一条不足一英寸宽的长丝带反复缠绕而成的。她的头顶也缠着白色丝巾，把头发和耳朵、颈部包裹在内，只留下面部裸露在外。

梅兰解开下颌的小结，解开头巾，以娴熟的手法，将丝巾一边解开，一边缠绕在手腕上。让英内薇拉吃惊的是，梅兰没有头发，橄榄色的头皮像石头打磨过一样光滑。

头巾的末端连在梅兰背后的辫带上，女孩的双手在脑后继

续挥舞,解开了辫带上连着拜多布的一串小结。

其实梅兰的面纱、头巾和拜多布就是一条长长的丝巾。她裸着身体以舞蹈般别有韵味的节奏前后转动着,解开缠绕在拜多布之下大腿上的丝带。

英内薇拉平日编的篓子,一眼就能看得出其手法,而梅兰的丝带缠绕手法堪称完美的艺术——繁复的编织手法,绕遍全身,却一整天也没有丝毫松垮,更没有形成乱七八糟的死结。

"编好的拜多布是一道保护贞操的网。"魁娃说着将一大团丝带扔给英内薇拉。"除了在地窖里沐浴和上茅厕之外,你必须一整天穿着这样的丝网。如果缠不紧,你将受到惩罚。梅兰会教你缠绕的方法,相信对于擅长编织篓子的你来说不是难事。"

梅兰不屑地哼了一声。英内薇拉在她走近时咽了一下喉咙,尽力让自己的眼光避开她光光的头顶。其实梅兰比英内薇拉大好几岁,赤裸的身体显得格外美丽。她伸出缠满丝带的双手示范着。英内薇拉模仿着她的动作,将垂在自己脚下的一堆丝带慢慢缠到自己腰上。

"最开始这个结叫做艾弗伦守护者,"梅兰说着,示范着将丝带拉过两腿间,"一共缠七次,象征天堂的七根柱子。"英内薇拉照做。

过了一会儿,达玛丁打断了她们:"有个地方缠反了,从头来过。"

英内薇拉点头。两个女孩重新解开丝带,从头再来。英内薇拉皱着眉,尽力跟上梅兰的动作节奏。坎莉娃曾说过,梅兰会因为自己的过错而受罚,英内薇拉不希望自己连累这个女孩。她一直跟着梅兰缠到头顶。

这次达玛丁又打断了他们:"别缠那么紧,你只是缠自己的拜多布，而不是帮受伤的战士固定头骨，再来一次。"

梅兰很不高兴地瞪了英内薇拉一眼。这让英内薇拉愧疚得脸微微发红。两人再度解开丝带，脱下拜多布，缠第三次。

第三次时，英内薇拉已经掌握了缠布的手法，让丝带十分自然地不松不紧地贴在自己的身上，一会儿她就缠上了自己的拜多布。

"或许你真的有些天赋，女孩。梅兰可是学了好几个月才学会的东西，你只是一会儿工夫就掌握了诀窍。要知道，她的资质已算不错的了，是不是，梅兰？"魁娃鼓掌赞叹道。

"正如达玛丁所说。"梅兰僵硬地鞠躬。英内薇拉觉得达玛丁更像是在嘲笑她。

"去沐浴吧。"魁娃吩咐道。"抓紧时间，一会儿就是开饭时间了。"

英内薇拉一听说开饭，就发现自己已经饿得有些受不住了。

"你很快就可以享受宫殿里的美食了。"魁娃微笑道。"但你要跟其他女孩学习帮忙摆餐桌，擦洗餐具。"

她笑着指了指冒着蒸汽和水声的地方。

梅兰迅速解开拜多布，快步朝那边走了过去。英内薇拉却花了比较长的时间，以防丝带打结，然后紧跟上去，赤脚踩在湿滑的瓷砖上啪啪直响。

走道另一头是大水池，池水热气腾腾的，空气中弥漫着浓浓的热气。澡堂里有好几十个女孩，全都跟梅兰一样光着头。有些年龄跟英内薇拉相仿，不过绝大部分都会大好几岁，还有些是成年女人。她们全都赤条条的一丝不挂，或站在水池里沐浴，或坐在台阶上修剪指甲。

英内薇拉想着平日里都是跟母亲共用一桶水洗澡的，因为水在沙漠里很珍贵，平民能分配到的很有限。而且要隔很久才

能再领到一桶水。她带着一脸惊奇地慢慢走进水池，让热水漫过自己的脚掌、小腿、大腿、腰部……水面仿佛大市集里的绸缎一样将身子松软地包裹起来。

就在她们走入浴池时，所有人都惊奇地抬起头来——躺在台阶上的人如同嘶嘶作响的毒蛇般突然坐起，澡堂子里的人全都围了过来，将两人围得紧紧的。

英内薇拉转过身去，但是没有后路可退。女孩们慢慢逼近，一面截断她的退路，一面挡住她的视线。

"就是她？"一名女孩问道。

另一个女孩问道："她就是骨骸挑选出来的女孩？"各位女孩围着她慢慢转，跟魁娃从各个角度打量骨骸图案一样。

梅兰点了点头，围观女孩挤得更近了。英内薇拉在众人的逼视下感到有些窒息。

英内薇拉内心紧张得狂跳，朝梅兰伸出求助之手："梅兰，这是？"

梅兰抓住她的手腕，轻轻一拧，接着用力一拉。英内薇拉朝她摔去。梅兰一把抓住她浓密的头发，顺势将她的头按到池水里。

一阵咕噜咕噜冒泡之后，她的耳朵里只留下哗哗的水声。英内薇拉不自觉地喝了一大口水，然后呛了一下，但是头在水里没法呼吸和咳嗽，而她努力憋气的同时，内脏开始痉挛。她拼尽全力挣扎，但是梅兰根本没有放手的迹象。英内薇拉在感觉到肺部即将爆炸的时候大力划水，但梅兰施展出沙鲁沙克，就像苏利在对付克莉莎一样，快速而准确，打得英内薇拉毫无招架之功。

梅兰冲她大吼大叫，但是声音在水里听不真切，英内薇拉也不知道她喊叫些什么。接着，她的大脑开始昏迷，那是一种荒谬的临死感觉——在水源极其匮乏而珍贵的沙漠地区,一滴水可比一寸金,自己竟然有一种暴发户似的满足感——溺死也足够快乐。

在即将失去知觉的一瞬间,梅兰将她拉了起来;英内薇拉的脸色像魔鬼一样惨白,披头散发,一边大声咳嗽,一边大口喘息。

"你个不知天高地厚的野丫头——"梅兰大声教训道,"竟敢像达玛基丁一样一边与祖母亲密交谈,一边大摇大摆地走进来,还只学三遍就掌握了拜多布的缠法。"

"三遍?"所有女孩都惊异地问道。

"单凭这个,她就该死。"另一个女孩叫道。

"自以为高人一等,不可一世——"有一个补充道。

英内薇拉头被揪得歪在一边,以一种很别扭的姿势扫视了一下眼前的女孩,她们已经散开,但都漠不关心自己的死活,也不会有人出手相助。

"拜托了,梅兰,我——"英内薇拉忙解释道。但是梅兰再度将她按进水里,直到英内薇拉气息快耗完了,使劲拍水时才把她拉出来喘口气。

"尽管我们要处一年,但是我告诉你,我们不是朋友,你也别想一夜之间就坐上坎莉娃的位子,更别想超过我,我母亲——我们是坎莉娃的嫡传血脉,而你只是……一把烂骰子。"梅兰冲着几近昏死的英内薇拉吼道。她手里突然多了一把匕首,一把割掉英内薇拉一大把头发,把英内薇拉吓得直哆嗦,"你是废物。"说着梅兰将匕首向空中抛起老高,然后轻松地接住,递给身边的另一个女孩。

另一个女孩也走过来,割下英内薇拉的一大把头发,"你只是个废物。"

其他女孩一个个地走近，割掉英内薇拉的头发，一边嘲笑她，"你就是个不折不扣的废物……"

当最后一个女孩走到身前时，英内薇拉已经被压得跪在水里，全身瘫软，哽咽哭泣，咳嗽，抽搐，就像一具风干了的木乃伊一样。

坎莉娃说得没错，这里跟大市集一样，弱肉强食，更致命的是，没有苏利的保护。

英内薇拉想起了蔓娃，以及她对克莉莎的评价——如果打不过梅兰和她的同党，自己只有忍受并拥抱这一切，服从，学习——

最后，当没有人再看着她的时候，她会找到梅兰藏身的帐篷并在里面放条毒蛇。

第一章　甜井镇

333 AR　夏　新月前一个月的拂晓

微风轻拂着他们的肌肤，吹干了身上的汗水，为他们的激情之夜增添了一丝情调。这时，瑞娜忍不住又吻了亚伦一下，然后依偎在他的怀里，将头靠在他那裸露的胸膛上，听着他心跳的节奏，"我以前就在猜想你那内裤之下绘着怎样的魔印刺青。"

"那叫拜多布——况且，再怎么武装自己也有个极限，那地方不是用来对付恶魔的。"亚伦搂紧她，笑着说道。

瑞娜抬起头，在他的耳朵上咬了一口，撒娇道。"或许你真的需要一位懂绘画的魔印师做妻子，不仅照顾好你拜多布下的东西，还帮着用墨汁刺上强力魔印……"

"只怕还没等到画好，魔印也跟着它变形了——"亚伦咽了一下喉咙，脸色有些发红地调侃道。

瑞娜听了忍不住大笑，一把将他扑倒，压到他的身上。"有时我怀疑自己已经精神分裂了。"

"为什么呢？"亚伦吃惊地问道。

"感觉自己还坐在西莉雅的织布坊里，无神地盯着远方，眼前所发生的一切就像做梦一样，好似跟我完全无关，我的心灵已经飞往远处某个充满快乐的地方，却把麻木的身体留在了那里——"

"如果你把这当成了快乐的天堂,那你的想象力也太有限了。"亚伦说道。

"为什么?"瑞娜问道。"我不仅摆脱了恶魔豪尔和那个恐怖的农场,变得比以前更坚强,在这样美妙的夜晚,跟亚伦·贝尔斯一起比翼双飞,"她挥动着自己的一只手,"所有一切都变得活跃而有色彩了,"她看着他,"而我与亚伦·贝尔斯在一起,难道不该是我快乐的天堂吗?"

瑞娜说完后,紧咬下唇,让自己的感觉更真实。其实这个念头藏在她心里已经很久了,一直都不敢对平日里既冷漠又严厉的亚伦说。当然,担心面对亚伦,但主要是她不确定自己的想法是否够荒诞——自己三姊妹都选择跟自己遇到的第一个外来男子发展这种关系,这难道就是真爱?

小时候,瑞娜认为自己是真心喜欢亚伦的,但当年他们都还是小孩,对一切都不那么了解,而现在她更加了解自己曾经真爱的一切都只是出于自己的幻想,而不是那个男孩本身。

今年初春,瑞娜觉得自己是爱着费雪·科比的,尽管他不是个混蛋,但是那只是个美丽的谎言——其实,当时遇到的不是科比,她也会将他视为自己的救命稻草;只要能逃出魔窟,她也会那么做的,因为离开豪尔和农场是最重要的。

瑞娜再也不能欺骗自己了,她要将压抑的情绪释放出来。"亚伦·贝尔斯,我真的爱你。"

她说完,紧张地注视着亚伦脸上的表情变化,怯怯的。但是亚伦毫不犹豫地一把搂紧她。"我也爱你,瑞娜·谭纳。"

她长长地呼出一口气,将所有的担心和压抑释放出去。

由于魔力伴随着血液流遍全身,他们拼杀了一晚上,坐在地上却没有一点疲倦和困顿。瑞娜躺在亚伦胸口,感到格外温馨,刚才与恶魔王子和化身魔的那场生死大战仿佛是上辈子的事情，他们把一切都抛到九霄云外去了……

　　但随着时间慢慢过去，他们淌下的汗水也慢慢被风吹干，他们又回到了这个世界，看着堆满恶魔死尸的四周，流满黑色脓汁的地上，他们还是觉得有些恐怖。一头躺在地上的化身魔，依然肢体完整，脖子上的伤口流着黑色脓水；再远一些的地上，骨头碎裂的黎明舞者也还躺在地上挣扎着。

　　"我们还得为它治疗一次，才能让它足以上路。"亚伦说道，"即使能站立行走了，也还需要一两天的时间才能回复到往常的状况。"

　　"我不想在这龌龊的地方再逗留一晚。"瑞娜环视着四周小声抱怨道。

　　"我也不想如此。"亚伦说道。"明天会有更多恶魔被吸引过来。我在附近还有个藏身处所，里面还有可以拖拉黎明舞者的拖车，天一亮，我就把车拉过来。"

　　"还是借助黑夜吧。"瑞娜说道。

　　亚伦侧过头去问道："为什么？"

　　"黎明舞者可比你爸的房子还沉呢。"瑞娜道。"没有黑夜的魔力，我们怎么把受伤的马挪到车上？又怎么拉得动它？"

　　亚伦看着她，尽管一言不发，但是表情已表达一切。

　　"别那样看着我。"瑞娜反感道。

　　"怎么？"亚伦问道。

　　"别想欺骗我。"瑞娜叫道。"我们已经有婚约了，夫妻之间不该撒谎的。"

　　亚伦看着她摇摇头，"其实我不是考虑对你说谎的事，只是该不该现在就告诉你一些事情。"

　　"如果你珍惜你的皮肤，就说实话吧。"瑞娜道。

　　亚伦眯缝着眼盯着她看了一会儿，而瑞娜却瞪着他的眼看

着。一会儿后，他耸了耸肩。

"我的神力并不会在白天消失。"他小声说道。"即使烈日当空的大白天，我也能举起一头壮实的奶牛，扔到比你扔石头还远的地方。"

"你为什么会这样？"瑞娜不解地问道。

亚伦这时换了一副表情。瑞娜更迷惑地皱起眉头，故作生气地举了举拳头。

亚伦被逗得笑起来。"等我们到达那个藏身处再告诉你吧，我保证。"

瑞娜笑盈盈地冲过去抱着他，"亲一个，算是说好了。"

趁着等待的空闲时间，瑞娜拿出亚伦给的魔印工具，在地上放了一块干净的布，将工具摆放整齐，掏出自己的石头项链和猎刀，小心翼翼地刻画起来，并轻轻地吹掉刻画出来的尘土。其实，那项链是一根细绳穿着的数十颗光滑的鹅卵石，是当初科比·费雪赠送的定情信物，绳子长到瑞娜需要在脖子上缠绕两圈才不至于拖到地上。

猎刀是非常锋利的，那可是父亲视如珍宝，并随身携带的致命武器；而结果不幸的是，这把刀却结束了他自己和可怜的科比的命……

如果不是发生这一连串的意外凶案，当亚伦回到提贝溪镇时，她可能已经跟科比结婚了——项链是她另一个男人的信物，猎刀则代表那准备囚禁她一辈子的"虎爸"。

但是，瑞娜还是舍不得扔掉这些卵石项链和猎刀——不管从前如何，它们已经成为她仅有的东西，也是唯一伴随她从白天走进黑夜作战的武器。她小心翼翼地在其上加持魔印，项链上绘有防御魔印，猎刀上是攻击魔印，情急之下，她也会把项链当魔印圈使用，勒死恶魔的效率很高，至于猎刀……曾经痛宰了恶魔王子，存留其上的魔力在她魔印眼光中闪闪发光。发光的不只是魔印——整把刀都释放出幽暗的寒光，只要轻轻摸一下，必然能划得手上血流不止。

也许猎刀上的魔力会在白天消失，但是在夜间，那把武器必然是一把顺手的武器。即使到了白天，她也能吸收到更多魔力，也将比以往更强大。魔法总是能够那么神奇，擦拭布只要轻轻一抹，项链就能恢复如初，细绳也会变得更坚韧。

瑞娜在黎明舞者身边一直坐到天亮，看着清晨的阳光点燃散落一地的恶魔尸体，她慢慢喜欢上这种遍地篝火的场景。尽管在恶魔尸骨燃烧时，她手臂上的黑柄魔印会刺痛她的手臂，猎刀在刀鞘中发热灼烧她的火腿。她必须靠在树干上，感觉自己像是吟游诗人手中的玩偶，四肢无力，双眼生花。

她尽自己所能做深呼吸，让不适的感觉也渐渐消退。也许只需要休息休息，她就会恢复，比以前更坚强，但跟作战前的兴奋和精力没法相比。

亚伦又是怎么在阳光下保持自己的魔力呢？难道因为他的魔印是文身刺青，而不是用墨汁绘画的？如果真如此，我干吗不能自己刺呢？

熊熊烈火燃烧过后，一大堆恶魔尸骨只剩下一地焦枯的灰烬和残渣，为了防止大火烧掉整个森林，她赶紧走过去踩熄火苗，然后回到黎明舞者身边枕着它的身体沉沉睡去。

醒来的时候，她发觉自己还躺在黎明舞者的身边，不过不是躺在刚才的苔藓上，而是一辆颠簸拖车后方的简陋毯子上。

他抬起头来，看到亚伦扛着车轱辘走在拖车前面。他以极快的速度拖着他们前进。

这一景象让她睡意全消，瑞娜轻松地跳上马车前座，抓起缰绳，使劲甩动鞭子。"驾。"

她这一喊，把亚伦吓得跳了起来。

亚伦瞪了她一眼，瑞娜只是笑了笑。她跳下拖车，跟着他走。这山路很糟糕，杂草丛生，不过还是没有影响到他们赶路。

"甜井镇就在前面了。"亚伦说。

"甜井镇？"瑞娜问。

"他们是这样说的。"亚伦补充道。"据说那里的井水很甜。"

"我以为我们要避开城镇。"瑞娜说道。

"这是个鬼镇了。"亚伦说，瑞娜听出他话外的遗憾之意。"大概两年前的一个夜晚，全镇人被恶魔给杀光了。"

"你以前来过这地方？"

亚伦点点头。"我做信使时经常过来，镇上有好几十户人家，他们总爱说'近百个勤奋工作的好人'。他们的习俗有点怪，不过对信使很热情，而且他们酿的酒，绝对是我喝过最好的酒。"

"可惜，你没喝过我老爸酿的酒。"瑞娜咕哝道。"不仅可以解乏，还可以做油灯点。"

"你知道不？因为甜井镇的酒很烈，所以安吉尔斯的公爵直接将他们除名了，从地图上抹掉，严禁信使公会派人送信。"亚伦说。

"那你还是来了。"

"我们当然要来了。"亚伦说。"他以为自己是造物主啊，这样就无视一镇人的生存？而且，信使跑一趟，还能挣到半年的生活费了,我更喜欢这里的镇民,整个镇都围在魔印圈里,他们很勤劳,每天从早忙到晚,信使在很远就能听到他们的歌声了。"

"那到底怎么了?"瑞娜问。

他耸耸肩。"近些年,我主要跑南方一些城镇送信,有一阵子没来了,直到我从沙漠里死里逃生回来后才暂住在这座鬼镇附近的山林里。那段时间,我在野外一待就是好几个月,孤独时就和舞者聊聊天,还自说自话,那段时间确实熬得很艰苦,说实在话,几近崩溃。"

瑞娜想起了自己被父亲囚禁在农场里和动物诉说以求解脱的日子。她跟爪爪太太和胡菲度过不少艰难的时光,即使父亲还没过世,她还是觉得心里孤寂苦闷得想发疯。

"有一天我想起甜井镇就在附近。"亚伦说。"于是决定用布裹住脸和手,想编个善意的谎言告诉他们——我被火恶魔吐出的火舌烫伤了——只求与人聊聊天,发泄心中的苦闷。当我走进镇子时,却发现镇子里一派惨状,死气沉沉,了无生机……"

他们钻出一片树林,甜井镇就在眼前了,用粗木板夹的十几间茅草屋和圣堂围着一座水井整齐地排列在前方的平地上。小镇的周围设有很多魔印桩,每间茅屋都是两层楼的,上层住人,下层或许是手工作坊或店铺、打铁铺、旅店、马棚、面包店、纺纱织布店,以及其它看不出是什么用途的房子。

镇上的一切都井井有条,没有一丝恶魔肆虐的迹象,仿佛随时都会有镇民从某个角落里转出来似的。这一切让正穿过木板道通向马厩的瑞娜觉得有种莫名的紧张。她的魔印眼里仿佛能看到镇民们的鬼魂在前后穿梭着。

亚伦看出了她的紧张,"我来的时候,木板道两边堆满了

骨头，恶魔屎。臭味很浓，好像才发生了大屠杀一样，应该没差几天。如果我早来几天，或许可以避免……"

"看来是魔印出现了漏洞，也可能是风吹倒了魔印桩。"亚伦继续说。"恶魔找到了缺口，对正在准备晚饭的镇民发起了攻击，逃出去的寥寥无几，我在周围山林里也只看到几具残骸。"

瑞娜可以想见当时的惨状，井水镇的镇民们围在广场上分享晚餐，却被地心恶魔当成了它们的晚餐，惨叫连连，血肉横飞，镇民们垂死挣扎，但是没有什么出路……这一切让她觉得恶心，她跪在地上呕吐不止。

片刻过后，亚伦伸手拍拍她的肩头，瑞娜这才发现自己竟然流泪了，她满脸心疼地抬头望着他。

"没有什么好遗憾的。"亚伦说。"我当时也很伤心。"

"你当时怎么做的?"瑞娜问。

他长吐一口气。"迷迷瞪瞪地过了几个星期，白天埋葬尸骨，晚上赤膊上阵，杀光所有胆敢进入甜井镇的恶魔，后来我扩大猎杀范围，在方圆数十英里内游走，算是给镇民们报仇了。"

"刚才在路上，我还看到恶魔足迹了。"瑞娜说道。

亚伦冷哼一声。"在明天太阳升起前，我会送它们下地狱。"

瑞娜伸手紧紧握住刀柄，咬牙切齿道。"必须杀光它们。"

他们走近马厩，亚伦轻轻将黎明舞者抱起来放在地上。他喘着粗气，不过动作上显得还是很轻松。瑞娜摇摇头，怀疑自己就算在黑夜里也没法做到。

"我们需要些水。"亚伦说。

"我去打。"瑞娜说着，转身就朝水井走去。"我想品尝下甜井镇的甘甜清冽的井水到底是不是味如其名。"

亚伦跳起来，一把抓住她的手。"井水已经不甜了，我来镇上时，看到了镇上长老的尸体漂在井水里，我亲自爬下去把他几近腐烂的尸体打捞起来埋葬好。我推测，他至少在里面泡了一个星期以上，因此井水有毒，不能再喝了。旅店的水缸里还有些水，不过已经不那么甜了。"

瑞娜又呸了一口，拎上木桶朝旅店走去。她的另一只手不自觉地伸向猎刀的骨柄。天早些黑就好。

伺候好受伤的黎明舞者后，他们在旅店里梳洗了下，就着凉水吃了些冷食算作午餐。"楼上有间客房。"亚伦说。"天黑前我们可以休息几小时，眯一会儿。"

"客房？"瑞娜问。"这么多房子随便挑选一间就行了，为什么非得是客房？"

亚伦摇摇头。"我不喜欢占用死者的床铺。我以前来送信时住的就是那间客房，房间很舒服。"

我爱你，亚伦·贝尔斯。瑞娜心里默默念叨，不过没有必要重复说了，她点了点头，跟着他上楼。

那间客房比瑞娜曾经睡过的房都宽敞，里面摆着一张大大的羽毛床。瑞娜坐在床上，难以想象世界上还有这么舒服的床，她从没有睡过比稻草床更舒服的床了。她躺下去，这张床比棉花还软。

她躺在床上时，一边打量房里的景象。亚伦曾经住在这里一段时间，平台上摆着的东西全都是他的——装满涂料的瓶子、刷子、刻画工具，还有一些书。一张小写字桌被他当成办公桌，地上还有些木片和碎屑。

亚伦走过客房，揭起一片地毯，然后掀开一块松动的地板，原来那些木屑是为了掩饰地下机关做的假象。她坐起身来，瞪

大眼睛,看着他从地板下搬出很多武器,上过油的魔印武器,她从深陷的软床里爬出来,走到他的身边蹲下来,目光被武器上精致的魔印所吸引。

亚伦挑出一把金色的木弓和一捆魔印箭矢递给她。"你应该学一学射箭。"

瑞娜抿着嘴,他又想保护她了,让自己不再冒险于近身搏击。"我不想学弓箭,也不想学长矛。"

"为什么?"

瑞娜一手拎着项链,一手举起猎刀。"我不想做个胆小的偷袭者,我要让恶魔知道是死在谁的刀下。"

她原以为他会反驳,但他只是点点头。

"我明白你的想法。"他继续将弓箭推给瑞娜。"但有时候你深陷恶魔包围圈时,或者想尽快杀死更多恶魔,以救助其他人时。"他微笑。"有时候,站在很远的地方就能将恶魔置于死地的感觉也不赖。"

瑞娜深吸一口气,他说得有道理。没错,他就是总想保护我,用他一贯的方式。教导她保护自己。爱你,亚伦·贝尔斯。

她接下弓箭,出乎意料的轻。亚伦又交给她一小捆魔印箭矢,然后搬出其他的各种武器放在油布包里。

"你今晚准备拿这么多武器干什么?"

"我需要武器,更多的武器。"亚伦说。"我要做很久以前就想做的事情,把魔印武器交给所有想战斗的男人、女人,以及能战斗的小孩。我在提沙各地储存了大量的武器,以往都只是自己使用,现在我已经不需要了,我已经超越了用武器杀恶魔的阶段。"

"为什么?"瑞娜问。她等着他回避这些问题然后转过头去。不管爱不爱他,如果他敢逃避,自己一定要对准他的光头狠狠敲几下。

但是亚伦与她四目相对,目光炯炯有神。"今晚我会示范给你看。"他伸出手抚摸她双眼上的视觉魔印。"你需要拥有黑夜的魔眼。"

瑞娜按住他的手掌,站直身子。她拉着他一起后退,直到双脚跟碰到床脚。他们一起倒在厚厚的羽毛床上,热吻迅速演化成爱抚,热血在体内流通的声音一次次充斥着她的耳朵,让她觉得异常亢奋。

当他们回到酒吧吃晚饭时,太阳已经偏西,晚饭后,亚伦开始在吧台后的柜子里翻找什么。一会儿掏出一个沉重的陶罐。"恶魔喜欢在后面的田野里出现,我们一边喝酒一边等它们,你觉得怎么样?"

甜井镇民的田地位于小镇南部,大概有好几十亩地,田野中每隔一段距离就有一块魔印桩,大部分都已经荒废,偶尔有几根还勉强能用。他俩一起在夕阳里散步,一边检查着这些魔印,看着夜幕徐徐降临。

"你把这地方规划得像个迷宫了。"瑞娜说。"就像你说过的沙漠那种。"

亚伦点头,在吧台边找一块干净的地方坐了下来。"这样可以迷惑恶魔,自己又可以神出鬼没,时而出现,时而躲起来。"他一边说,一边抱着陶罐往酒杯里倒酒。

"克拉西亚的沙鲁姆上战场之前,都会喝'库西酒',据说能让战士们勇往直前。"他放下陶罐,端起两个酒杯,一个递给瑞娜,一个自己喝起来。

"我还以为沙鲁姆会拥抱他们的恐惧。"瑞娜说着在他身边坐了下来。

"通常如此。"亚伦说。"拥抱恐惧不足以驱除寒冷,我也

需要一点烈酒增加我的魔力,像恶魔一样兴奋。"

瑞娜点头,她可以理解这种说法,她不接小酒杯,直接抱起陶罐,豪爽地大喝一口。

这酒就像亚伦所说的火辣辣的,她被呛得猛咳一阵,但还是比父亲的酒甜一些,一团火沿着嘴唇烧到肚子里,让她四肢立刻暖和起来。

亚伦放下酒杯,接过酒罐,像她一样大口喝起来。他们交换着罐子喝,直到太阳完全下山,也就是说地心魔物的魔雾开始升起。那些魔雾逐渐凝聚成田野恶魔,表皮光滑,身形较低,就像长着四肢的狮子,动作却快过世间一切活物。还有几头木恶魔也开始成形,体型较大的石恶魔需要较长的时间才能现身。

瑞娜站起身来,好一阵头晕目眩,好不容易才站稳身体。她冲着一头正在凝聚成形的木恶魔走了过去,用一根手指勾着重量减轻许多的酒罐。

她怒视着恶魔,等待对方完全成形,心里想着被锁在自家农场茅房里的那个恐怖夜晚,她在恶魔不断敲门时大声尖叫的情景。她想到那些空荡荡的房舍,还有身后那座恶臭的茅坑。

她又闷了一口烈酒,然后塞上盖子,以空出来的那只手探向腰间的布袋。

恶魔终于完全成形时,冲着她龇牙咧嘴,张大的血盆大口大到足以吞下她的整个脑袋,里面还有一排一排锋利如匕首的尖牙显得异常恐怖。

在它有机会发出声音前,瑞娜手掌轻扬,抛出一颗橡果到它的嘴里。绘制在橡果上的热魔印一接触到恶魔的舌头立刻爆炸,橡果在巨响声中炸出一道闪光。

就在此时,瑞娜对准恶魔的脸吐出一口烈酒,在恶魔的脸喷出烈焰时退向一旁。恶魔倒在了地上,树干般的外壳燃起熊熊烈焰，全身不停地抽搐着。

身后传来一阵赞赏的笑声，瑞娜一转身，看到亚伦朝她鼓掌。"干得好，不过我可以做得更好。"

瑞娜笑嘻嘻地于胸前叉抱双手，退到魔印桩的守护范围内。"让我见识见识你的高招，亚伦·贝尔斯。"

亚伦很绅士地鞠了个躬。一头田野恶魔在离他数英尺外的地方凝聚成形，体型比夜狼还大。它仰天嚎叫一声后，压低前身，弓起后身，作势欲扑。

亚伦和瑞娜一样淡定地双手交叉抱在胸前，站在原地。他掀开兜帽——现在他无须戴兜帽了——但仍穿着白天的长袍，遮蔽身上所有强力魔印。恶魔的动作迅捷如风，在没有魔印守护的情况下，恶魔很有可能会扑倒他，瞬间把他撕成碎片。瑞娜的手不自觉地移动到猎刀上，用力握紧骨柄，以备不测。

但是恶魔径直穿透亚伦的身体，就像他只是一缕轻烟。他的身体让恶魔穿透的部分如同烟雾般回旋，片刻过后恢复成人形。

亚伦趁恶魔身在空中时微微鞠躬。"如今黑夜里再也没有东西伤得了我了，瑞娜。只要我预先察觉到潜在攻击的方位。"

田野恶魔落地之后立刻转身，再次向他扑去。瑞娜以为它还会穿体而过，但这次亚伦以肉眼难以察觉的速度避开攻击，一手掐住地心魔物的脖子，直接扼杀了它的冲势。他迅速绕到恶魔身后，避开胡乱抓扒的利爪，单凭一手继续扣住对方。他伸出空出的手，以手指在恶魔胸口画了一下热魔印。

他所画的线条在魔印完成的瞬间火光闪现。他随即放手，在恶魔被火焰吞噬之时向后退开。

瑞娜倒抽一口凉气。但亚伦这堂课可还没上完。他朝另一头田野恶魔走去，挑衅对方攻击。恶魔被激怒了，大吼一声，张牙舞爪地扑了过来。

"当然，如果我没有及时发现对方……"亚伦被撞退数步，在被恶魔一爪击中，腹部裂开时闷哼一声。

眼看他的血飞溅开来，瑞娜忍不住倒抽一口凉气。她拔出猎刀，冲向亚伦，挡在他面前。但是亚伦抬头挺胸，扬手指示她不要过去。恶魔再次扑来，而亚伦再次化为一阵烟。

当他重新凝聚成形时，身上已经没有任何伤口，就连长袍也完好如初。"……只要一会儿，就可以治疗所有不致命的伤口。"

恶魔再次袭来，这一次亚伦凭空比画魔印，恶魔还没碰到他就像让驴子踢了一脚般凭空飞出去很远。他的新力量仿佛永无止境。

但当恶魔在数码外落地时，亚伦却微微弓下腰，身体晃了一下。在瑞娜魔印加持的眼中，他片刻之前还绽放出强烈的魔光，现在身上的魔印却变得比之前暗淡了许多。

亚伦看见她的表情，点了点头。"我在恶魔身上画魔印，魔印会吸取地心魔物的魔力。但是凭空绘制魔印的话，魔印就会从我身上吸取魔力。"

恶魔第四次展开进攻。这次亚伦一把扣住它的咽喉，以沙鲁沙克的招式将它摁在地上。当他压着它的同时，瑞娜看见他掌心中的魔印上魔力流窜，而他身上的魔光再度放亮，地心魔物却逐渐暗淡。恶魔尖叫挣扎，但是亚伦就像大人压制小孩一样轻轻松松地制伏它。他掌心中的力量逐渐加重，直到恶魔的脖子脱落。亚伦双手一抖，提起恶魔的脑袋。

瑞娜发现有头田野恶魔悄悄逼了过来，于是装出一副软弱无助的模样。这并不难，只要回想自己这辈子一直在扮演的那个没用的角色就行了——那个受害的村姑——但是那部分的她已经随着豪尔死去。

当地心魔物扑上来时，它撞上如同隐形墙壁的禁忌魔印，瑞娜立刻转身，一刀刺进了它的胸口。刀刃上的魔印大放异彩，刺穿恶魔的外壳，将一股强大的魔力吸收到体内，为四肢带来比烈酒更加强烈的暖意。她奋力向前，一刀接着一刀地砍下，每一刀都在她体内注入强大的魔力。

恶魔倒地死去时，她蹲下身去，伸出手，在恶魔坚硬的外壳上画下热魔印，可是什么也没发生。

"为什么你可以，我却办不到？"瑞娜一边咕哝道，一边在田地里搜寻其他恶魔。还有一些恶魔在附近游走，好似已经对这两个人产生警觉，始终保持距离。

"有很长一段时间，我自己也想不明白。"亚伦说。"完全不了解自己的力量。但是当我在前往地心魔域的路上与那头恶魔王子搏斗时，我们心灵接触的一刹那，许多灵感闪现，许多谜团迎刃而解。我已经变成半个恶魔了。"

"恶魔拉的屎吧。"瑞娜说。"你根本不像它们那么邪恶。"

亚伦耸耸肩。"大部分的恶魔其实并不邪恶，它们根本没有分辨邪恶或善良的智力，说它们邪恶就和说会蜇人的黄蜂邪恶差不多。不过心灵恶魔……"

"那个混蛋比豪尔还要邪恶。"瑞娜说。

亚伦点头。"邪恶多了。"

瑞娜皱起眉头。"所以你的意思……是什么？地心魔物只是动物？我不信，黄蜂不会在天亮时候起火燃烧。就算恶魔不邪恶，也不代表它们是自然界的产物。"

"那是活在白天的人会说的话。"亚伦说。"没有魔印加持双眼的人。看看四周，你能说魔法不自然吗？"

瑞娜琢磨着这个问题。她看见过魔力从地心魔域冒出地面

的景象，如同发光的雾气在脚边翻腾。她在植物和树木之中看见魔力，就连动物和人体内也有。少了魔法，生命有可能存在吗？

"或许不能。"她让步。"但这不能解释你为什么会以为自己是半个恶魔，以及阳光驱散魔法之后为什么还是能保有力量。"

亚伦迟疑片刻，目光瞟向一旁，思考这个问题。瑞娜眯起双眼。

亚伦看见她的表情。"我不打算骗你，瑞娜，也不打算瞒你。只不过这并不是什么值得夸耀的事，而我不希望……你看轻我。"

瑞娜走到他身边，伸手抚摸他的脸颊。他皮肤上传来魔法的刺痛感。"我爱你，亚伦·贝尔斯。世上没有任何东西能够改变这点。"

亚伦哀伤地点点头，没有直视她的目光。"是肉让我拥有这种力量。"

"肉？"

"恶魔肉。"亚伦解释道。"我待在沙漠期间吃了好几个月。当时感觉这样很正常，因为一直以来它们都在吃我们人类的肉。"

瑞娜忍不住倒抽一口凉气，跟着后退一步。

亚伦转头看她，她从他的表情看出自己肯定满脸惊恐。"你……吃它们？恶魔？"

亚伦点头，瑞娜感到无比恶心。"当时我没有选择。被丢在沙漠里等死，没有水，没有食物，没有希望。人最凄惨的处境也不过如此了。"

"我想我宁愿死了。"看到亚伦脸上流露痛苦的神情时，瑞娜立刻后悔自己这么说。

"好吧,"他说。"看来我没有你那么坚强,瑞娜。"

瑞娜跑到他身边,握起他的双手,用自己的额头和他的额头相抵。"你比我坚强多了,亚伦·贝尔斯。"她说,感到泪水在眼眶中打转。"要不是你,我会宁死守住谭纳家不可告人的秘密,那根本算不上坚强,而是愚蠢。"

亚伦摇了摇头,一滴眼泪滴在她的唇上,既冰冷又甜蜜。"这些年来,我不止一次得靠别人帮我看清自己有多愚蠢。"

瑞娜吻他。"你确定是恶魔肉让你拥有这些神奇的力量?"

亚伦点头。"可琳·特利格以前常说,你吃什么就会变成什么。我认为这种说法很有道理。我吸收了恶魔在它们的细胞中储存魔法的能力,但我的皮肤还是能对抗阳光。我变成了蓄电池。"

"细胞?蓄电池?"瑞娜问。

"远古世界的科学技术,那无关紧要。"亚伦以一贯不耐烦的态度挥手带过这些问题,因为他认为这些知识解释起来相当枯燥无味。仿佛她不愿意听他讲一整晚一样,仿佛世界上还有比他更加美妙的声音。"说得简单些,就像大雨里装水的水桶。即使在雨过天晴,地面都干了之后桶子仍然是满的。白天我无法利用这些魔力加持魔印,但可以感觉到它在我体内,疗愈我的伤疼,让我精力充沛,不觉疲惫,力大无穷。到晚上可以厚积薄发,像打开瓶塞般释放魔力,而我也是最近才刚刚开始了解自己新的突破。"

瑞娜停下动作,一边听,一边思考他的话。不管亚伦怎么说,她还是没法接受地心魔物不是自然界的邪恶力量,或者不是对造物主的冒犯。尽管她身上经常沾满它们称之为血的恶心脓汁,她还是无法接受吃恶魔肉或喝那恶心的黑色脓汁现实

可能。

但是那种力量……

"我知道你在想什么，瑞娜。"亚伦说，将她从幻想拉回到现实。"千万不要犯傻。"

"为什么？"瑞娜问。"这么做对你似乎没有什么影响。"

"你没有体验过那种感觉，瑞娜。我当时极度绝望，又精神分裂，甚至有时忍不住想自杀……真是过着像恶魔样的生活。"

瑞娜摇头。"独自一人待在了无人烟的地方，除了黎明舞者和地心魔物外没有其他可以交谈的对象；我知道那是什么感觉。那会让任何人绝望，不管有没有恶魔肉可吃。"

亚伦看着她，算是认可地点点头。"说得有道理。但是吃恶魔肉和在皮肤上涂黑柄汁不同，它们不会在几个礼拜之后消失，而且没有回头路，没有充分的心理准备，你可千万不要胡来。"

"你凭什么认定我准备好了没有？"瑞娜大声问道。

"我没有资格命令你，瑞娜，我在忠告你。"亚伦在她面前下跪。"求你别吃，如果有人问起，你告诉它们恶魔肉有毒，会死人的。"

瑞娜瞪了他很长一段时间，不确定该拥抱他还是打醒他。最后她叹了口气，远离心中纠结的问题。"我会考虑好了再做的。我也保证不跟任何人说起你的秘密。"

亚伦点头，站起身来。"开始狩猎吧。我必须尽可能蓄积魔力，一会儿还要为黎明舞者疗伤。"

当他们回到马厩时，黎明舞者正在痛苦地悲鸣，舌头垂在嘴角。草料完全没动过的迹象，只喝下他们灌入它喉咙里的水，呼吸时断时续。

化身魔单凭一击就打断了巨马的肋骨，击碎了马的五脏六腑，让整匹马腾空而起。舞者撞上一棵巨树，撞断了背脊，落地时又跌断了四肢。亚伦几乎用尽体内的魔力勉强保住舞者的性命，但如果没有进一步治疗的话，它将朝不保夕，更别说是奔跑了。

现在亚伦体内的魔力积聚到身上，所有魔印都闪着强光，将马厩照得像白天一样亮堂。当他伸手去抚摸黎明舞者的腿，将断骨接回原位时，并在断口附近的皮肤上比画魔印时，看起来就像造物主再世一般。

黎明舞者在亚伦结合骨头与软骨时发出痛苦的呻吟，瑞娜几乎难以忍受这种声音。亚伦身上的光芒随着每次治疗而逐渐变得暗淡，而需要治疗的部位太多。他的魔力很快就耗用殆尽，几近完全消失。但他持续疗伤，手指敏锐地检查马的身体各处关节，分辨需要集中力量治疗的伤位。当治好肋骨时，舞者的胸口渐渐隆起，终于勉强可以正常呼吸。瑞娜也跟着松了一大口气，但是亚伦却呻吟一声，瘫倒在地上。

她抬他上床时，他浑身不住地颤抖，呼吸急促。她几乎感受不到他的心跳，而他身上的魔光暗淡到随时可能熄灭。她脱光衣服，躺在他身旁，抱紧他，试图将体内的魔力传到他身上，但效果却不明显。

"你不可以死的，亚伦·贝尔斯。"她说。"我们一起经历了这么多事，我们还有婚约的。"

亚伦昏迷不醒，瑞娜站起身来，擦拭眼泪，来回踱步，心念电转。

*需要魔力，*她心想。*出去杀恶魔，吸取魔力。*

她立刻拔出猎刀，披上斗篷，衣服也顾不得穿就跑出门外。在身披隐形斗篷的情况下，地心魔物看不见她，她很快就在魔印桩外找到一头田野恶魔。

她掀开斗篷，在它察觉她以前跳到恶魔背上，一手拉高它的下颌，割断它的喉咙。她从马厩里拿了个水桶，收集恶魔充斥着魔光的恶心黑脓汁。她将脓汁淋在自己赤裸的肌肤上，感应到她的黑柄魔印饥渴地吸收其中的魔力。她感到难以想象的活力，接着像阵狂风般冲回亚伦的身边。她让他躺在地上，把恶臭的恶魔脓汁倒在他身上，看着他皮肤上的魔印绽放出一团团异光，吸收魔力，接着在他体内灵气发光时再度变暗。但是他的呼吸逐渐顺畅。

瑞娜跪在地上。"感谢造物主。"她低声说道，凭空比画魔印。

这个动作是本能反应，但和亚伦治疗黎明舞者的方式很像。如果她能用同样的手法治疗他就好了。

她看着水桶，桶口上沾着一块湿黏的恶魔内脏。她拿起那块黑漆漆的东西，像拿着冻肉般试着戳了戳。很臭，她感到极度恶心，得转过头，做好一阵深呼吸才不至于把晚餐吐出来。

如果自己什么都不做，或许他迟早会离开我的，她心想。不管有多强，他都很难独自撑过这一劫。他能做到的，我也应该能做到，不然下次他钻进地底时，我还是会被留在地上。

"就这样了。"她坚定地嘟哝道。

她屏住呼吸，将肉放进口中大嚼起来。

第二章　承诺

333 AR　夏　新月前第二十八个拂晓

瑞娜在天亮后一会儿醒来时,看到亚伦还在平静地睡着,为了避免吵醒他,她轻手轻脚地下去洗净身上的污渍。

尽管窗帘紧紧拉上了,瑞娜还能感觉到体内充满魔力,但是一走进阳光,魔力当即跑得一干二净。她试探性地伸展四肢,试图寻找恶魔肉对身体造成影响的迹象。但那只是徒劳,她没感觉到身体有任何明显的改变,而亚伦可是吃了好几个月恶魔肉才获得现在的力量。想到这,瑞娜恶心得想要把肠胃全吐出来。

她走向马厩,帮黎明舞者轻轻刷毛,喂它些草料。巨马已经精力充沛,没有一丝两天前那种朝不保夕的模样,就连伤疤都消失得无影无踪。

忙完以后,她向野外走去,采摘些马铃薯和蔬菜,做一顿早餐。当面容憔悴得仿佛一夜没睡似的亚伦步履蹒跚地走进厨房时,她已经把早饭准备好了。

"这里闻起来像天堂。"他说。

"尽管没有鸡蛋和面包,不过幸运的是,我在野外抓到一只野兔,所以还是有肉吃的。"瑞娜说着将炖肉舀到两个木碗里。

用早餐时,亚伦看着他的碗一会儿,接着双手摸头。"看来昨晚喝得有点太过火了。"

瑞娜哼了一声。"真是委婉的说法。"

亚伦深吸一口气,然后缓缓吐出。"这下后悔不该喝酒了吧。"

"吃。"瑞娜命令道。"肚子里吃点东西就好了。尽量多喝点水,不管水甜不甜。"亚伦点头,随即开始狼吞虎咽起来,风卷残云般清空碗里的食物。

"还有没有?"他抬头问道。

瑞娜微微一惊,忙着看他吃饭,自己碗里的食物竟然忘了动。

"吃我的。"她把碗推到他面前,拿走他的空碗。"我再去盛一碗。"她回来时很高兴,发现他已经把第二碗食物也都倒进肚子里了。

"好点儿了没有?"她问。

"再世为人。"亚伦说,嘴角扬起一丝微笑。"很久没有这种感觉了。"

"我们可以多住一天。"瑞娜说。"今晚再帮你补充点魔力。"

亚伦摇头。"今天还得赶很多路,瑞娜。下午先顺道去个地方,然后我们就尽快赶到解放者洼地。"

"到哪儿去逛一圈?"瑞娜问。

亚伦又笑了笑,这次笑得比较开朗,双眼炯炯有神。"先保密,总之帮你弄个恰当的订婚礼物。"

亚伦迈开矫健的步伐踏上信使大道。几小时后,瑞娜渐渐看出他有点疲惫,但他却拒绝骑马,每次总是说,"黎明舞者比我更需要休息。"

正午过后,他们来到一个岔路口,亚伦转向人比较少走的一条小路,像是通向了荒无人烟的山野。

"这条路到底通向哪里?"她问。

"一位牧场主老朋友。"亚伦说。"他欠我个人情。"

瑞娜等待片刻,但他没有多说什么。

又走了一个多小时,牧场才终于映入眼帘。牧场上有三座马厩,每座畜栏和庭院外围还有魔印桩。放牧的草地周围也同样有魔印桩守护着。

一个男孩出现在最近的马厩屋顶上,拉弓搭箭朝他们瞄准。"什么人?"一边叫道。

瑞娜弓身拔背,随时准备闪避。她右手紧握熟悉的猎刀骨柄,尽管猎刀在这种情况下派不上用场,而且她痛恨豪尔·谭纳,但还是握着猎刀手柄能令她更有安全感。

亚伦不慌不忙地朝男孩回道。"如果你不放下弓箭,去叫你爸爸过来,我当初真该让你被那头木恶魔吃掉了,尼克·史戴利安。"

"信使!"尼克高兴地大叫道,收起弓箭,朝这边大力挥手。"妈!爸!信使来了,带黎明舞者一起来了!"

男孩滑下屋顶,来到前廊檐边,抓住挑方很轻巧地荡落地面。他跑去菜园,拔了两棵红萝卜,然后快步奔向他们,一脸赞赏地盯着黎明舞者。"它壮得像座马厩!"

他小心翼翼地走近巨马,将红萝卜举在身前。"别激动,小子,是我尼克。你还记得我吗?"黎明舞者嘶鸣一声,咬过红萝卜,不过男孩一副紧张兮兮的模样,随时准备拔腿逃跑。

瑞娜不明白他到底在害怕什么。如果男孩认识舞者,就该知道这匹马像黎明一样温和。"它不会踢你或咬你的,孩子。"

尼克转过身来，张口欲言，才注意到瑞娜的存在。他愣在原地，目光在她身上游动。她不确定他是在看她的黑柄魔印，还是吃惊于她裸露在外的肌肤。她不在乎让他看，但是这样很无礼，于是她双手叉腰，瞪了他一眼，提醒他应有礼貌。男孩吓了一跳，迅速偏开目光，看得瑞娜差点笑出声来。

尼克转向亚伦，面红耳赤地问："你驯服它了？"

亚伦大笑。"没有。黎明舞者仍然是世界上最彪悍的马，不过现在它只会攻击地心魔物了。"

他们身后传来一声口哨，瑞娜迅速转身，第一反应就是伸手去爪身后的刀柄。但她很快就放开了手，希望没人注意到。我竟然还要小尼克注意礼貌。

走过来的男人看来没有注意到她刚才的动作。就像男孩一样，他眼中好似只有黎明舞者。他很放松地走了过来，让黎明舞者有时间习惯他的存在。巨马喷着鼻息，在原地踢踏了几下，不过还是让他抚摸自己的鬃毛。

"它长大了。"男子说着又拍拍黎明舞者结实的腹部。他身材高瘦，留着浓密的短胡子，长长的褐发在身后绑成一条马尾似的辫子。"比它爸高出至少两巴掌，但老旋风可是我曾养过的马群中最高大的一匹。"他接着弓下腰提起巨马一条腿。"不过马蹄铁好似该换换了。"

男人终于抬起头来看向他们，然后和男孩一样打量瑞娜，仿佛在检查马匹一样。正当她准备发作的时候，男人终于看见她不满的目光，吓了一跳。

亚伦走到两人之间。"他只是对陌生人有些好奇，才看看你，瑞娜。"他低声说道。"他们都是好人。"

瑞娜咬咬牙。尽管不愿承认，亚伦说魔法会对人造成影响并不是危言耸听，就连白天也一样。最近自己很容易被激怒，她深吸一口气，努力让自己平静下来。

亚伦点了点头，转身面对牧场主人。"瑞娜·谭纳，这位是乔恩·史戴利安和他儿子尼克。乔恩擅长驯养安吉尔斯野马。"

"至少可以说是捕捉和饲养。"乔恩说，他一脸抱歉地伸出手。"想要驯服能把田野恶魔踩死又跑得比夜里所有生物都快的骏马并不容易。"

瑞娜握住他的手，不过在他面露痛楚的神情时立刻放手。"有时候我能读懂它们的感觉。"她喃喃说道。

乔恩朝黎明舞者点头。"就拿这匹马来说吧。抓到它的时候，它才六个月大。我本来很有自信能驯服这么小的马驹，但是它连辔头都不让我挂，而且不止一次踢烂马厩的门逃跑出去。"

"黑夜可不懂得宽容。"亚伦说。"与恶魔对抗六个月会是生命中不可抹灭的痕迹。"

乔恩点头。"我当时还以为你也没法驯服它呢。"

"我没有驯服它。"亚伦说。"只是把它带回它喜欢的环境，让它回归自然。"

"至少你成功给它戴上马鞍和辔头了。"乔恩指出。"不过我想我也不该惊讶。当年你只是个救了我儿子一命、疯狂到在身上文满魔印的信使，可最近我听说的是，你成了了不起的英雄——解放者。"

"不是。"亚伦说。"我只是来自提贝溪镇的亚伦·贝尔斯，只是有时候比常人疯狂一点而已。"

"你毕竟还是有名有姓。"一个女人说着从牧场房的房子里走了出来。她穿着朴素，身体结实，一看就知道平时会承担不少男人做的粗活。她身穿男人的衣服——高筒皮靴、马裤、背

心、简单的白色短袖上衣，和乔恩一样身后扎着褐色发的马尾巴辫子。

"别理那些粗人。"她对瑞娜说。"只要看到了马，他们的话题就永远离不开马。我是葛琳。"

"瑞娜。"瑞娜和她握手，接着在女人拥抱亚伦时不自觉地握紧双拳——魔法让自己讨厌别的女人碰他的吗？

"很高兴又见面了，信使。你能留下来共进晚餐吗？"

亚伦点头。瑞娜第一次看到他朝别人露出亲切的笑容。"恭敬不如从命了。"

"你们来有什么事？"乔恩问。"我想不会只是单纯为了修蹄铁吧？"

亚伦点头。"我还需要一匹马，可以和黎明舞者配种的母马。"

他望向瑞娜，很亲切地微微一笑："准备给它也成个家了。"

住在瑞娜父亲农场附近的马克·佩斯措也养马，母亲在世时，瑞娜常常跑去他的牧场。那里比乔恩·史戴利安的牧场小多了，不过大同小异。乔恩先牵舞者去找蹄铁匠，然后领着他们前往一大片立着魔印篱笆的牧地，几十匹马在骑马的牧人和牧羊犬的监视下静静地吃草。

他们走过一间间高大坚固的畜栏，那些护栏高到即使黎明舞者在白天也没法跳过，那是专门用来训练和隔离的场地。瑞娜看见一匹巨大的黑马在其中一间畜栏中很轻松地奔跑着，旁边有两名牧人拿着鞭子紧张兮兮地监视着。她停下脚步。

"对，那就是老旋风。"乔恩说。"黎明舞者的父亲。我们是在草原上抓到它跟一群母马和小舞者的。我们叫它'旋风',因为把它关进畜栏,就会经历一场打劫。"

"这老混蛋什么活儿也不干,放任它不管的话,晚上还老把马厩的墙给踢烂。像恶魔一样彪悍,不过比它们聪明多了。你千万不要相信城里养马人所说的野马性烈难驭的鬼话。其实,野马有属于它们自己独有的智慧,它们能在毫无防备的黑夜中生存下来。你知道的,大多数人都办不到这点。老旋风喜欢把试图骑它的人摔下马背,然后用脚把人踢回院子。后来我们接骨接怕了,只有把它关在配种畜栏里了。"

瑞娜看着这匹雄壮威武的种马,心中感到无比悲哀。你本是草原上的王者,但这里的人却逼你在畜栏里绕圈,整天跟母马交配。她尽力压抑住一股走上去打开畜栏大门释放它的冲动。

"今年夏天诞生了不少小马。"乔恩在抵达牧地时说道。"有很多小母马可挑。"

"你来选,瑞娜。"亚伦说。"想挑哪一匹都行。"

瑞娜打量眼前的马群。一眼望去,乔恩的马和马克的只有些微不同,但是当她逐渐走近,看清它们的体型后,双眼随即瞪得老大。这些小马在母马旁看起来不大,但是依然比马克牧场中的那些成年马还高大威猛。乔恩这里有些马刚满周岁就能供成人骑乘,完全看不到瘦弱的马——在恶魔的逼迫下,只有最强壮的马匹才能生存,而它们都是身强体健的巨型黑马。

牧地中有许多强壮的小母马,不过瑞娜的目光却被一匹桀骜不驯的成年母马吸引。这匹母马的毛色褐黑交杂,比其他母马都高出一个巴掌。一副唯我独尊的气势,逼得其他马远远地避着它。

"那匹马如何?"瑞娜指着她问道。

乔恩嘟哝一声。"女孩,你真是好眼力!大部分人都会让丑陋的外表蒙蔽。它叫作'飓风',去年夏天抓到的,就在我这辈子经历过最强烈的风暴之前。它才刚满五岁,却比我见过的大部分种马还要强壮,逃跑的次数多到我也记不清了。要是谁敢拿着辔头走近——黑夜呀,就接近它而已——它就会做出各式各样粗暴的举动。我曾带它去老旋风的畜栏看看它们两个合不合得来,结果连老旋风都让它给咬了。"

"不需要辔头。"瑞娜说着翻过围栏,穿过牧地。

"我是说真的,那匹马很危险。"乔恩在她身后叫道。"你清楚自己在做什么吗?"

瑞娜轻蔑地挥了挥手,没有回头看他一眼。

瑞娜接近时,飓风没有后退。这是好征兆。母马似乎无视她的存在,但从它耳朵竖起的模样来看,瑞娜很确定这匹马很机警。

她举起空空的双手。"我没拿辔头。我自己也不喜欢戴那种东西,所以不会要你戴。"

"飓风"让她慢慢走近,但当瑞娜伸手去摸马颈时,它立刻用力朝她咬过来。瑞娜在手被咬断前及时缩手。

"你没必要那样!"她说着一巴掌甩在马鼻子上。飓风当场发飙,人立而起,奋力踢出前蹄。但是瑞娜早已做好准备。几个月猎杀恶魔及吸收魔力的生活让她锻炼出超乎常人的力量与速度,而在此刻危急的情况下,她更是感受到了四肢传来一阵全新的刺痛感,仿佛潜藏在体内应付黑夜恶魔的力量将迸发而出。

瑞娜像是风中的麦秆般忽左忽右地飘移上前,感受马蹄以毫厘之差掠过自己脸颊所扬起的劲风。发狂的母马力道强劲,动作飞快,每一脚都足以踏断田野恶魔的背脊,一脚接一脚地试图踩扁她。

但瑞娜极其灵活地跳掷腾挪，俨然行云流水般的舞蹈，每一下都躲避得恰到好处。瑞娜与飓风较量了一段时间，她有些怀疑谁会率先放弃。她体内的新力量无法和夜晚的魔力相提并论，而对手看来像不知疲累的样子。

终于，飓风出脚的速度开始放慢，肌肉紧绷，准备逃跑。瑞娜在母马发足狂奔前疾冲而上，伸手抓住马鬃，翻身跃上马背。

如果刚才飓风的反应算是发狂，此刻的它就成了发怒的风暴，真是名副其实，又跳又扭，急速绕圈，试图甩开瑞娜。

但是瑞娜稳稳地趴在马背上，一点也不想放弃。她双臂环抱粗到两手无法扣住的马脖子。她抓紧之后，那强而有力的马颈就变成了她的整个世界，她唯一的宿敌——其他的一切都无关紧要。

她使尽吃奶的力气用力箍紧双臂。

这段较量好似持续了很久很久，但飓风终于开始冷静下来。它不再跳跃，只在畜栏中奔驰，牧羊犬汪汪叫着跟着其他马匹小马争相让道。

瑞娜继续用力抱紧，毫不放松，没过多久，马放慢了脚步，顽固地持续慢跑。瑞娜微笑，倔强是好事。

她松开飓风的脖子，双手抓住马鬃，使劲拉向左方。飓风听命转向，她哈哈大笑。膝盖夹紧马胁，手里抓着马鬃，瑞娜拔出猎刀，以刀面拍击马臀，"驾！"

飓风再度向前跃起，开始急速奔驰。瑞娜收起猎刀，双手抓紧鬃。只要轻轻一扯就能令马转向，但是瑞娜任它自由奔驰，兴奋地感受劲风甩动自己的长辫，身体随着母马强健的步伐剧晃。

瑞娜凑上前去，在飓风耳边低语道，"你属于黑夜，女孩。

我不会让你沦落为圈养的驽马,我对你承诺。"

瑞娜驱马奔回亚伦和其他人等待的护栏旁,突然停下。

"决定好了?"亚伦问。飓风?

瑞娜点头。"但是飓风这个名字不好,我要叫它'承诺'。"

牧场的晚餐是家庭聚餐,而这个家庭的成员包括所有牧人和洗衣女,总数超过三十人,甚至还有几只牧羊犬趴在大厅墙角的毯子上,随时准备扑出来抢骨头。亚伦、乔恩、瑞娜、葛琳和尼克坐在一张摆满食物、水杯与麦酒的长搁板桌首位上。

乔恩带领众人向造物主祷告。在乔恩的祷告声中,瑞娜看见不少牧人直盯着亚伦文满魔印的脸,敏锐的耳朵清晰地听到他们关于"解放者"的嘀咕声。她的手指不自觉地敲击身侧猎刀的长骨柄。

乔恩祷告完毕后,坐直身子。"我不知道各位怎样,不过我是饿惨了!开工吧,哈哈哈哈。"就这样,安静的一大家子开始正式的餐会,三十个人很平稳地传递肉盘、菜碗、面包及酱汁。

在日薄西山时,所有人坐在盛满食物的长席上,一边吃肉喝酒,一边高谈阔论。一直有人在偷偷关注亚伦,不过他假装没注意到,很自然地吃完三大碗饭菜。然后点燃烟斗,他才站起身来。

"晚餐就像往常一样美味,感谢葛琳,但我们该启程了。"

"不行。"葛琳说。"天已经全黑了,我们有很多空房,你们可以在这里过夜。"

"感谢你的热情款待,"亚伦说。"但瑞娜和我今晚还得赶路。"

葛琳皱眉，不情愿地点点头。"我让女孩们去帮你们打包些吃喝的东西，以备路上之用，天知道你们的鞍袋里放了些什么。"她起身走向厨房。

亚伦从长袍里取出一袋钱币抛给乔恩。"算作支付'承诺'的驯养成本吧。"

乔恩摇摇头。"我们不能收你的钱，信使。你为我和我儿子做的已经够多了，我们没法报答得了你。就算没有我儿子的事，你送我们的那些魔印箭也让我们一大家子不必再惧怕黑夜，每天夜里都睡得很香。"

但是亚伦摇头。"苦日子要来临了，乔恩。来森堡的难民如潮水般向北地涌来，不要以为这里永远都与世隔绝，平安无事，战争就要来了。克拉西亚人将向北地推进，直到征服提沙每一寸土地；而既然人们已经开始反击，地心魔物也不会示弱。它们晚上也会成群结队出没，特别在月光暗淡的日子。"

他将钱袋按在乔恩的手上。"我不差钱，没理由到处揩老朋友的油水。我还会留几把魔印矛给你。你是聪明人，会让你的锻造师和魔印师多做几把以备不时之需。"

这时，瑞娜从身后伸手握住亚伦的手臂。他转过头去，看到她正一脸恳求地看着自己。"带老旋风一起走。把它锁在这里是不对的，它天生属于黑夜。"

"我同意。"亚伦说。"但我们还有很长的路要赶，没时间带另一匹野马一路赶回解放者洼地。"他看向乔恩，数了更多金币。"你可以派人带它随后赶来吗？"

"我欠你的多到还不清。"乔恩说。"但我不能让手下冒这个险。老旋风很可能在第一天晚上就会扯开木桩，踢掉魔印圈逃走。"

亚伦点头。"等我回到解放者洼地就会派人来带走它，除

了他们也没有别人能驾驭那匹巨马。"

他们在路上奔驰。黎明舞者得放慢速度配合承诺,但瑞娜知道承诺迟早会跟上的。

"等我帮你画好魔印,"她在母马的耳边轻声说道。"就轮到它来追你了。"

现在承诺已经换上亚伦亲手刻的魔印蹄铁,跟黎明舞者一样。一头木恶魔跳出来挡道,承诺在一声巨响中把它踏入泥土,她停下来不停踩踏这头倒霉的恶魔。瑞娜笑嘻嘻地看着首度尝到魔法滋味的承诺乱蹄踩死恶魔。然后,她继续朝黎明舞者追去,在魔力加持下拉近两者间的距离。

他们在天亮前下马扎营。"跟马待在这里。"亚伦说。"我得去抓几只恶魔,恢复些力气。"说完后,他消失在黑暗中。

瑞娜等他走出视线,立刻在附近展开自己的狩猎行动。她发现有头田野恶魔在营地附近游走,于是装出从前那副笨手笨脚的模样,紧张兮兮地发出恐惧的啜泣声。

一声尖叫,恶魔直扑而来。瑞娜立刻以沙鲁沙克的搏击手法将它摔倒在地。她以绘有强力魔印的双拳捶打它的脑袋,直到恶魔不再动弹。

她拨出猎刀,这一次连煮都不煮就开始大嚼恶魔肉了,就像喝葛琳煮的酱汁般把恶魔的脓汁吸吮得干干净净。生肉的滋味更恶心,但是想到这样做就能让自己在阳光下保有魔力,瑞娜强力抑制住反胃,吃得更坚决。

她清理完毕后才回到营地,然后一边嚼着酸草叶,一边在承诺的蹄上刻魔印。这时她听见亚伦回来的声响。

"他不会知道我做了什么。"她对承诺说。"他不可能发现。

就算他发现了又怎么样了？亚伦·贝尔斯不能命令我，不管有没有订婚。"

这种说法并没有错，但是感觉依然像是骗子一样心虚。

她在亚伦接近时抬起头来，他身上的魔光强烈到她得眯起魔印加持的双眼才能直视他。她明白为什么其他人认为他是解放者了，有时候就连造物主本人也没有亚伦·贝尔斯如此光彩夺目。

第三章　燕麦镇民

333 AR　夏　新月前第二十七个拂晓

　　第二天他们几乎没怎么交谈，整天都奔驰在坎坷的信使大道上。亚伦戴上兜帽遮阳，但瑞娜明白他其实是要掩饰脸上那挫折的神情。

　　在解放者洼地究竟有什么事这么重要，让他心情如此沉重？一定跟女人有关，她知道。黎莎·佩伯，这个名字像跳蚤一样不断扰得她心烦。瑞娜第一次问起这个名字时，亚伦在尽力回避这个话题，但当时他们还没订婚，她无权继续探问他的隐私。

　　该试着问个究竟了，她心想。

　　"小心！"亚伦在他们转过一个急弯时叫道。前方有辆拖车翻倒在路中间，两旁山高林密，不可能绕道而行。瑞娜双膝夹紧承诺，猛地用力拉拽马鬃。巨马人立而起，仰头力嘶，朝空中猛踢前腿，瑞娜用尽全力夹紧才不至于摔下马背来。亚伦和黎明舞者正安安静静地站在路旁，笑嘻嘻地看着她。

　　"我保证不用辔头。"瑞娜在承诺平静下来时对它说。"可没说不用马鞍，你给我好好想想。"承诺大声地喷着鼻息。

　　"啊，牧师！我们需要帮忙！"一个灰胡子男人朝他们叫道，一边拿顶破帽子挥舞着。另一个人和他一起在拖车后方推着，而瘦弱的老马在前面拉。

　　"让我来吧，瑞娜。"亚伦低声说道，驾驭黎明舞者绕到

"承诺"前面。

"出了什么事?"亚伦问道。

对方走到他们面前,再次取下帽子,用脏兮兮的手背擦了一把额头上的汗水。他的头发和胡子差不多都已经花白了,脸上皱纹沾满尘土。"车轮毂卡在烂泥里了。可以跟你们借匹马来帮忙拉一下车吗?"

"真是抱歉,这事我们可能帮不上忙。"亚伦说,双眼打量四周。

男人瞪他。"帮不上忙,什么意思?你这算是什么牧师?"

瑞娜瞪着亚伦,没想到他会对需要帮助的灰胡子长者如此无礼。"舞者能轻松地把拖车拉出来。"

亚伦摇头,悄声说。"车轮根本没卡住,瑞娜。这是强盗们最常用的臭招。"他轻蔑地哼了一声。"我以为现在已经没人来这套了。"

"强盗?真的?"瑞娜再次左顾右盼,这次用上她的夜眼。她和亚伦在光天化日之下,两人最虚弱的时刻,被挡在人迹罕至的地方。烂泥根本没有深到对方的膝盖,两旁的树丛里可能藏有伏击的强盗。她的手指伸向猎刀,但亚伦朝她挥了一下手,她才没有立即拔出猎刀。

"晚上要应付恶魔已经够糟糕了,"亚伦说。"现在白天人们还要自相残杀。"

"这太荒谬了!"灰胡子老者叫道,但他边叫边退。瑞娜可以从他的表情看出他在说谎,明显地她不明白刚刚为什么没看出来。白天里的人,哪怕是老人,也可能像恶魔一样邪恶,这样的教训她应该懂得了才对。豪尔也是头发花白,还有洛达克·劳利也是⋯⋯

站在拖车后方的人突然跑得不见了踪影,再度现身时手上

已经多了一面曲柄弓。树丛里跳出两名男子，手持猎弓瞄准亚伦与自己。自己身后的转角又冒出三个手握矛的强盗，切断了两人的退路。那三个男子形容憔悴，眼圈深而黝黑，穿着破烂衣服。

唯一没拿武器的就是这位灰胡子老头。"我们不想伤害任何人，牧师。"他说着戴回帽子。"但是如今世道不好，而你们看起来带了很多财物，以及……"他眯起双眼打量着瑞娜。她身处树荫下，皮肤上的魔印并不显眼，不过任谁都忍不住打量她异常暴露的大腿。手持曲柄弓的男人兴奋得吹了一声口哨，凑向前来，想揩瑞娜的油。

"不要乱来，唐恩。"灰胡子警告他。拿曲柄弓的男人立刻停步。

灰胡子的眼光回到亚伦身上。"不管怎样，我们都会拿走所有食物、毯子或是药物，当然还包括这两匹大马。"

瑞娜紧握猎刀骨柄。但亚伦只是轻松地笑道。"相信你们不会想要这两匹马的。"

"你没资格告诉老子该要什么，牧师。"灰胡子大声呵斥道。"造物主很久以前就遗弃了我们。现在你们两个给我从马上滚下来，不然我的人就会在你们身上戳几个窟窿。"

亚伦立刻翻身下马。以瑞娜几乎无法看清的速度冲到灰胡子面前，一招沙鲁沙克的锁喉手法将老者制伏，顺势转身将他挡在弓箭手和自己之间。

"就像你所说的，"亚伦说。"我并不想伤害任何人，只想继续赶路。所以何不叫你的手下……"

话没说完，弓箭手已经脱手放箭。瑞娜倒抽一口凉气，但是亚伦出手如闪电，轻松接下飞速袭来的利箭。

"这一箭比较像是要了结你的小命。"亚伦说着将箭拿到灰胡子面前比了一下，随手把箭矢扔到脚下。

"可恶，布莱斯！"灰胡子叫道。"你想谋杀老子？"

"抱，抱歉！"布莱斯叫道。"是，是，是手滑！"

"你竟然说手滑，"灰胡子喃喃说道。"造物主啊，快来帮帮忙吧。"

在所有人都注意弓箭手时，其中一名手持长矛的男子趁机偷偷挪到亚伦身后。以常人的眼光来看，他的动作既轻巧又隐秘，但瑞娜没有出声警告，单从亚伦的变换站姿的举动来看，他已经察觉有人偷袭，甚至故意卖个破绽给偷袭者。

亚伦在长矛手动手的一刹那，一把推开灰胡子老者。在偷袭者平举长矛刺向亚伦头颅后，还准备下一步锁住亚伦的脖子。但亚伦出手画弧，一把抓起矛身弯腰向前推送，进而踏步拧身，利用对方自身的力道将他摔倒在地上。亚伦手持长矛，一脚踏在男子的胸口上，冷冷逼视其他人。

他的兜帽在打斗时被劲风吹开来，众人在看见他的脸时同时倒抽一口凉气。"魔印人。"布莱斯惊叫一声，所有强盗也跟着开始交头接耳。

片刻过后，灰胡子回过神来。"你就是传说中所谓的解放者？"他眯起双眼。"看起来不太像。"

❀

"我从来没说过我是。"亚伦说。"我是提贝溪镇的亚伦·贝尔斯，我不会解放任何人，不过如果还有人胆敢放肆，我就会负责教训他们。"

灰胡子看着他，接着扫视了一下自己手下，然后举起一手，所有人跟着举起武器，看向亚伦；亚伦望着他们，那表情活像瑞娜的母亲抓到三姐妹恶作剧时准备出手惩罚的模样。

就连灰胡子也没办法忍受他的目光太久。他又擦擦额头上的冷汗，然后拧干手里的帽子。"我不想道歉。"他说。"我的兄弟们也只是混口饭吃，当然还包括找个避雨的歇脚处。为了生活，我做了一些不那么光彩的事，但绝不是出于贪婪或恶意。当人流离失所，无处谋生的时候，犯错也都是逼出来的。"

亚伦点头。"我知道那种处境。你叫什么名字？"

"瓦尔利·奥特。"灰胡子老者说。

亚伦在听到他的姓时点了点头。"来自燕麦镇？来森堡北方三天路程，刚过黄果园镇的一个小村镇？"

瓦尔利瞪大双眼，不过点了点头。

"这儿离你家很远了，瓦尔利。"亚伦说。"在道上流浪多久了？"

"自从克拉西亚人占领来森堡以来，差不多将近三个季度了吧。"瓦尔利说。"我知道那些沙漠老鼠随时会扫平我们的小村落，于是带着镇民打包行李，立刻逃难。"

"你是镇长？"亚伦问。

瓦尔利笑道："我本来是牧师。"他耸肩。"我想现在还是，勉强算得上，不过我开始怀疑天上究竟有没有造物主在保佑我们。"

"这种感觉我也有过。"亚伦说。

"燕麦镇全镇一起北逃。"瓦尔利继续说道。"一共六百多口人。我们中有草药师、魔印师，甚至还有位退休的信使领路；补给品很多，老实说，我们刚上路时带的东西多到搬不动，但情况很快就改变了。"

"总是这样。"亚伦说。

"沙漠老鼠像暴风雨一样转眼就追上来了。"瓦尔利说。"他们的追捕队无所不在。我们逃难时失去很多镇民，更多人没有熬过那个严冬。最后克拉西亚人不再追杀我们,但抵达雷克顿的镇民们并没有因此感到一丝安全。"

"雷克顿没有收容你们。"亚伦猜。

瓦尔利摇头。"当时我们衣衫褴褛,如果在休耕地上扎营一周或是在他们的湖泊里钓一些鱼,他们不会多说什么,但没有城镇愿意接纳我们五百多人。总是有人指控我们偷东西,然后没过多久,全镇的人都举起钉耙和锄头出来驱赶我们走。"

"接着我们从雷克顿奔解放者洼地而去,那里收容了数千名来森堡难民,但是他们已经到了啃树皮和挖虫子来充饥的地步,而且洼地人还会在难民营里找人一起去黑夜里送死。克拉西亚人夺走了我们的一切,竟然还指望我们开始对抗恶魔?我想他们多半有去无回。"

"所以你们继续往北逃。"亚伦说。

瓦尔利耸耸肩。"当时是个明智的选择。我们还有三百个镇民得照顾,因此洼地人给了我们几把魔印矛以及其他补给。农墩镇就没有这么热心了,安吉尔斯堡的那些混蛋甚至用矛头赶走我们。我们听说河桥镇可能可以找到工作,但那地方也没有好到哪里去,已经挤满了难民。于是我们沦落到干这勾当了,实在是走投无路了。"

"带我去你们营地看看吧。"亚伦说。

强盗看了他一段时间,接着点头,转向他的手下。拖车立刻离开烂泥,他们很快就转出大道,穿越树林间的一条小径。亚伦下马牵着黎明舞者的缰绳行走。瑞娜也一样,一手放在承诺强壮的颈部引路。母马在有人走近时踏蹄喷息,不过已经习惯让瑞娜碰触了。

他们足足走了一个多小时才在远离那条打劫的小路的地方找到燕麦镇民的营地。瑞娜瞪大双眼看着衣衫褴褛的人群和缝

满补丁的帐篷与马车,整个地方弥漫着一股浓浓的汗水与排泄物的混合味道。或许有两百多人聚集在这里。尽管跟瓦尔利一起打劫的人也是衣衫破烂,但在这群人里已经算是不错的了。

女人、小孩以及老人在营地里蹒跚走动,每个人看起来都疲惫、肮脏、饥肠辘辘。很多人身上都包着绷带,大部分人的脚都只包着碎布。所有人都在工作——修复破烂、粗劣的遮蔽所或修补魔印、煮稀粥、晾衣服和洗碗、捡柴火、准备魔印桩、照料骨瘦如柴的牲口。唯一没在做事的就是病患和伤者,蜷缩在极不稳当的雨棚下,他们痛苦的呻吟声从大老远就能听见。

亚伦牵着黎明舞者穿过营地,看着一双双疲惫迷离的眼睛,令他不太自在。他们惊讶地看着他文满魔印的脸,交头接耳,但没有人有勇气上前和他说话。

他们来到照料病患的雨棚,瑞娜仿佛看到恶魔肉般差点窒息。将近二十几个镇民躺在狭窄的布床上,身上包着浸有黑色血迹的绷带,脏兮兮地散发着恶臭。其中两名病患还失禁了,还有一个身上沾满自己的呕吐物。他们看起来极度绝望。

一名神态疲惫的女子正徒劳无功地试图照料所有人,灰发在头上梳成发髻,小脸看来十分消瘦。她破烂的衣服外没穿药草围裙。

"造物主啊,你们连个称职的草药师都没有。"亚伦低声感叹道。

"我妻子,伊芙。"瓦尔利喃喃道。"她不是草药师,却担着草药师的工作,照料需要治疗的人。"伊芙抬起头来,在看见亚伦和瑞娜布满魔印的皮肤时面露震惊的神色。

亚伦从鞍袋里拿出药草包。"我懂一些草药师的知识,特别是在治疗恶魔伤口方面。如果你们允许,我很乐意帮忙。"

伊芙当场下跪。"喔,拜托,解放者!我们什么都愿意做！"

亚伦眉头一皱，怒气上冲。"你们可以从停止这些愚蠢的举动做起！"他大声道。"我不是解放者。我是提贝溪镇的亚伦·贝尔斯，只是想在能力范围内尽量帮忙。"

伊芙一副被他甩了一巴掌的样子，苍白的脸颊涨得通红，连忙爬起身来。"很抱歉……我不知道自己是怎么了……"

亚伦伸手拍了拍她的肩膀。"你不必解释。我听过吟游诗人编的那些无聊故事，但我要告诉你们，我和大家一样都只是普通人，只是学会了一些现今人们早已遗忘的古老技术。"

伊芙点头，终于放松下来，直视他的双眼。

"往北方走约莫六十里处有座甜井镇。"亚伦对瓦尔利道。"我可以帮你画张详细的地图，包括沿路可以扎营的地点。"

"甜井镇的人有什么理由收容我们呢？"瓦尔利犹豫地问。

"因为那儿已经没人了。"亚伦说。"地心魔闯入魔印圈，杀光所有男女老幼。不过我们刚路过那里，清理过附近的地心魔物。或许一开始会有点挤，不过那里的东西足够各位过全新的生活。但是记得要把井封死，另外再挖一座新的。"

瓦尔利张口结舌。"你……送给我们一座城镇？"

亚伦点头。"以前我常去那里，对我而言具有特殊意义，我希望它能够再度成为一个好人居住的殷实的小镇。"他目光锐利地盯着瓦尔利补充道。"不会拦路欺负弱小的好人。"

瓦尔利似乎不太相信。"《卡农经》中说道：'不可相信在最需要的时候满足你所有欲望之人。'"

亚伦微笑。"造物主遗弃你们，但是瓦尔利牧师却还在引用《卡农经》？"

瓦尔利轻笑。"这个世界充满矛盾。"

"甜井镇不会比你们如今的处境还糟。"亚伦说。"你们的

防护魔印太脆弱了,我刚刚路过就看出来了。"

瓦尔利点头哗道:"因为所有魔印师都躺到病床上了,镇民只能尽力在他们的马车和帐篷上绘制魔印。"

亚伦对瑞娜点头。"这位是瑞娜·谭纳,我的未婚妻,很擅长绘制魔印。我要你和你的人带她去营地各处走走,让她看看有没有办法强化营地的魔印。"

伊芙对瑞娜鞠躬。"你们这样帮忙,我们真是太幸运了。"

瑞娜微微一笑,抓起亚伦的手臂。"请容我们私下谈谈。"她转身就走,拖着亚伦来到两匹马中间。

"你在想什么?亚伦·贝尔斯。"她问道。"我之前还为了在背上画魔印的事跟你争论了好久,现在你竟然要我负责整个营地的魔印?"

亚伦看着她。"你是说你办不到吗?我不该这么信任你吗?"

瑞娜双手叉腰。"我没这么说。"

"那还有什么好啰唆的?"亚伦问。"天就要黑了,你得尽量补强他们的魔印,必要时训斥他们都没关系,总之把事情做好。顺便拿几支矛和魔印箭交给有能力使用的人。"

瑞娜眨了眨眼。除了给乳牛挤奶和做晚餐外,从来没有人让她负责家中畜棚以外的魔印,或是真的让她承担如此大责任,现在亚伦二话不说就让她在这些人面前扮演"不孕"西莉雅的角色。

爱你,亚伦·贝尔斯。

瑞娜很快就发现魔印的状况远比看起来还糟糕,加之营地外围根本没有一套像样的魔印圈。燕麦镇民的帐篷分散地分布在空地上，每一辆拖车、马车和帐篷的防护魔印都分别绘制的，而且绘印的技术很臭。几乎没看到画得最好的魔印。

"你们每天晚上会折损多少人？"瑞娜问。

瓦尔利啐道："太多了，而且最近越来越多。"

"待在同一个地方，情况会越来越糟。"瑞娜说。"这么大的营地，空气中四处弥漫着恐惧和鲜血的味道，会像苹果核引来蚂蚁般引来地心魔物。"

瓦尔利吞咽口水。"听起来很不妙。"

"确实不妙。"瑞娜说。"无论如何，你明天都要带这些人启程前往甜井镇。"她停在一辆用很多魔印桩围起来的拖车前。

"我看这儿有很多魔印桩呀。"瑞娜说。

瓦尔利点头。"我们的魔印师死之前制作的。本来数量足以保护整个营地，但是我们在路上遗失了一些，又不知道该如何修补——"

瑞娜点头。"你把它们全部拔下来，拿到空地边缘去。"她指向一个地方。"我们用大型马车围在外圈，然后用木桩填补空隙。整个营地都要集中到这个范围内。"

"拔走镇民的魔印桩，他们会出来拼命的。"瓦尔利说。

瑞娜瞪了他一眼。"我不在乎他们怎么做，灰胡子。如果今晚不想失去更多人命，你就得在日落前照我说的做。"

瓦尔利扬起浓密的眉毛，再度取下帽子，用手甩了一把。"好吧，我照办。"

"我需要颜料。"瑞娜说。"任何颜料都行，颜色越深越好，要很多。还要这么高的木桩。"她平举手掌指示比画的高度。"能做多少都拿来。必要时尽快拿斧头去砍树，这些木桩只要撑到你们抵达甜井镇就够了。"

"唐恩，"瓦尔利叫道。"去把所有木桩都拔起来。有人反

对的话，叫他们来找我。"唐恩点头，带上几个兄弟离开了。

"布莱斯，"瓦尔利说。"颜料，立刻去找，越多越好。"男人点头跑开了。瓦尔利转身面对剩下的人。"新的木桩，去找东西来拆。"他看向瑞娜，等待进一步指示。

"马车得在我开始架设魔印桩前到达定位。"瑞娜说。"也就是说现在。"

瓦尔利点头，走过去和其中一辆拖车的主人一边交谈，一边比画手势。

"那等于是叫我们搬到垃圾堆里去住！"她抱怨道。

"你愿意住在垃圾堆里，还是地心魔物的肚子里呢？"瓦尔利问道。

瑞娜回到亚伦身旁时，天色几乎已经全黑。临时诊所里有些病人看来已经比之前好过了些，但是很多人仍在痛苦地呻吟着。亚伦蹲在一张布床旁，握着一个小女孩的手。她另一条手臂齐肘而断，断口处包着濡湿的绷带，渗出棕黄色脓汁。她有半张脸被火焰唾液灼伤，依然发炎红肿。她另半张脸上肤色灰白，气息微弱，紧闭着双眼。

"恶魔咬过的伤口感染得很快，"亚伦头也不回地念道。"火恶魔咬断她的手，造成很严重的感染。我尽可能治疗她，但是她伤势很重，我怀疑就连抑止感染的速度都办不到。"

他痛苦的语气令她心痛，但她拥抱这种感觉，让它透体而过。他们还有工作要做。

亚伦看向帐篷里其他人。"我或许能够救活一两个人，但药草没了，而且大多数人的伤势都超乎我的能力范围。"他叹了口气。"至少超过我白天里的能力范围。"

"自从你下午大摇大摆地进入营地就已经引起那么大的骚动了。"瑞娜说。"要是继续在夜里治疗伤患,人们不得不把你当成解放者看待了。"

亚伦泪流满面地看着瑞娜。"那我该怎么办,眼睁睁地看他们等死吗?"

瑞娜看着他,语气也立刻软了。"当然不,我只是说这么做会有后果。"

"每件事都有后果,瑞娜。"亚伦说。"一切都是我的错。"他挥手比向燕麦镇民的营地。"事情会变成这样都是因为我。"

瑞娜扬起一边眉毛。"怎么说?是你把这些人赶出家园的吗?"

亚伦摇头。"是我唤醒这么做的那头恶魔,我不该把那支长矛带去克拉西亚,不该信任贾迪尔。"

"什么长矛?谁是贾迪尔?"瑞娜问。

"心灵恶魔为了得到这些答案不惜杀人。"亚伦说。"确定你想知道?"

"恶魔本来就只会杀人。"瑞娜说着比向自己额头上的黑柄心灵魔印。"而那些大头混蛋永远别想再跑到我的脑袋里。"

亚伦点头。"贾迪尔是克拉西亚人的领袖。我很久以前就认识他,跟他算是八拜之交。黑夜呀,我们不只是朋友。他教过我很多东西,还不止一次救我的命,我把他当做亲大哥一样看待。"亚伦握紧拳头。"但他始终都是口蜜腹剑。"

"出了什么事?"瑞娜问。

"我在黑市里买了张通往沙漠中一座失落城堡的地图,相传那座古城就是他们信仰中的解放者卡吉的家园。"亚伦说。

"什么是黑市?"瑞娜问。"晚上才营业吗?"

亚伦微笑,不过毫无笑意。"可以这么说,黑市卖的东西

都是偷来的赃物或仿制品。"

瑞娜皱眉。"听起来不像我认识的亚伦·贝尔斯会做的事。"

"我并不引以为傲。"亚伦说。"但是离开提贝溪镇后，我和很多名声不好的人打过交道。瓦尔利和那些人相比还真得算是大善人。离开魔印守护的范围后，有时会遇上的就只有这些更卑鄙龌龊凶残的人。"

瑞娜嘟哝一声。"你弄了一张前往卡吉的地图。后来怎样？"

"卡吉不是地名。"亚伦说。"他是个人，恶魔战争最后的统帅，也就是解放者，如果你相信这种鬼话的话。"

瑞娜大笑。"你，亚伦·贝尔斯，跑去找寻解放者？这下我确定你是在编故事了。"

"不是在找解放者。"亚伦说。"是在找他的魔印。而我找到了，瑞娜。不管是不是解放者，我都找到了卡吉的陵墓，取出了他的魔印长矛。古代战斗魔印——对抗地心魔物的武器已经重返人间！我带着那支长矛去和贾迪尔一起研究，而他竟然有胆说我偷走长矛，说长矛应该归他所有。我说要帮他打造一支，把所有魔印统统给他，但他认为这样不够。"

亚伦深吸一口气，调匀自己的呼吸，让自己尽量冷静下来。在这种情况下利用克拉西亚冥思技巧平抑心境感觉十分讽刺，但瑞娜还是很为他身怀这种绝技而骄傲。

"他做了什么？"她过了一会儿问道。

"趁夜夺走我找来的长矛。"亚伦说。"设好陷阱，笑着看手下把我丢入恶魔坑里去等死。现在他发兵北上，打算奴役我们所有人，展开一场新的恶魔战争。"

"那就杀了他，彻底做个了结。"瑞娜说。"这个世界少了某些恶魔养的会更美好。"

亚伦叹气。"有时候我认为世界少了我会更美好。"

"胡说什么？"瑞娜问。"你可千万不能真的拿自己去跟那个……"

"我不是在帮他贾迪尔找借口。"亚伦说。"但是尽管努力不要这么想，我还是觉得如果当初遵守婚约，留在农场，或许这一切都不会发生，不会发生在你身上，来森人身上，或任何其他人身上。所有人都指望我能解救他们，但是本来事情就是因我而起，我又怎么能拒绝帮助他们呢？"

瑞娜一咬牙，狠狠甩了他一巴掌。亚伦吓了一跳，一脸讶异地看着她。伊芙和几个病人抬头望过来，但是瑞娜不理他们。

"不要那么吃惊，亚伦·贝尔斯。"她说。"是你叫我打醒任何不愿帮忙补强魔印的人，而现在天已经要黑了。你从来没有亏欠过任何人，我们没有时间浪费在这种吟游诗人的故事上。"

亚伦摇摇头，仿佛在恢复神志，接着突然对她微笑。"爱你，瑞娜·谭纳。"

瑞娜感到一阵激动的情绪涌上心头，但她拥抱这种感觉，任它透体而过。咱们还有正事要做。"四下搜刮来的魔印桩只够架设营地四分之三的范围，必须在地上绘制魔印封闭魔印圈。"

"不能信任画在地上的魔印。"亚伦说。

"我不是笨蛋。"瑞娜说。"我要派人拿魔印长矛担任守卫，但是瓦尔利的人有一半都像老鼠一样在装死，另一半则是一副吓得要当场尿裤子的屄样。"

亚伦点头，嘴角扬起那丝熟悉的微笑。"别担心，接下来这部分我已经驾轻就熟。"

瑞娜带路前往放哨的位置。正如她所说，那里站了几个手握长矛的难民，浑身都在筛糠似的发抖。还有另一群人，以唐恩和布莱斯为首的强盗，坐在地上玩一种叫作沙克的骰子游戏。他们把魔印武器放在地上，完全不当回事。马车和魔印帐篷都已紧闭，但是有很多没有这些遮蔽的人就在营地里担惊受怕地看着太阳下山。瓦尔利站在一边，不过还是没拿武器。他还在拧他那破帽子。

所有人看着亚伦从身边走过。营地里到处都有人在窃窃私语。瑞娜甚至看到人们拉开马车窗叶和帐篷门帘偷看。

亚伦直接走到瓦尔利的手下面前，一脚踢飞唐恩手中快速摇骰的碗。

"喂，什么意思？"唐恩叫道。

"意思就是太阳要下山了，而你们还在玩骰子。"亚伦大声说道。

"你疯了吗，唐恩，竟敢跟解放者顶嘴？"布莱斯问。

"他又不是解放者，"唐恩说。"他自己也这么说了。"他转向亚伦。"太阳还要十分钟才会下山，而且大家都看到地上画了魔印。"

"不能信任画在地上的魔印。"亚伦说。

唐恩抬头。"看来天也不像会下雨。"

"要担心的不只是雨。"亚伦说着走去检查魔印。"什么东西都有可能抹花地上的魔印。"他说着伸出穿着凉鞋的脚，抹去一码左右瑞娜费心绘制的魔印。她深吸一口气，不过亚伦在那些人手忙脚乱地抓起武器爬起身来时放声大笑。

"现在不觉得十分钟很长了，是不是？"他大声说道，让全营地的人都听见。

"造物主哇，你疯了吗？"瓦尔利叫道。

但是亚伦不理他,大步走回玩骰子的人面前。

他朝现在紧握魔印矛的唐恩点头。其他人也一样紧跟着抓紧自己手里的魔印武器。"现在你们终于开始担心即将到来的黑夜了。"

唐恩瞪着他。"你最好真的是解放者,如果不是,那你肯定是疯子。"

亚伦微微一笑,走到旁边面对其他人,如今惊吓得更加厉害的那群人——基于很好的理由。此刻天色已经暗到瑞娜的魔印视觉开始发挥作用。其他人看不见的魔法光点开始浮现地面,凝聚在黑影中,让黑暗更加深邃。一会儿,地心魔域通往地表的通道会悄然开启,恶魔就会随之现身。

刚满十六岁的杰瑞德紧紧抓住长矛,紧到捏得指节发白。"你为什么要那么做?我不想死。"

"所有人都会死。"亚伦说。"关键在于怎么死。你想要因为恐惧到不敢保护自己而死吗?你想要家人因为你脚软不敢保护他们而死吗?还是想杀头地心魔物再死?或许杀个两头?或者更多——"

"你给恶魔留下进入我们的营地的漏洞就是为了讲这些话,小子?"瓦尔利大声问道。他指向已经开始在天色全黑的情况下于营地外凝聚成形的恶魔黑影。

"没有恶魔会进入营地。"亚伦说,接着深吸一口气。瑞娜看着亚伦脚边微微发光的雾气突然如同被吸入风箱般朝他窜去。亚伦身边的空间在他吸收魔力的同时越来越暗,接着在他皮肤上的魔印在加持魔力后绽放出耀眼的光芒。就连没魔印加持视觉的燕麦镇民也看得见,纷纷倒抽一口凉气。

这时,一头田野恶魔凝聚成形,朝魔印圈缺口冲来。营地中有名女子被吓得尖叫起来。亚伦平举手掌在身前比画魔印。

魔印在恶魔撞上的同时大放光明，恶魔的冲势立即受制。魔法随即发力，将恶魔震得飞了出去。

"哦，造物主啊。"瓦尔利喃喃道。

"矛可以借我一下吗？"亚伦问站在一侧的杰瑞德，顺手接过男孩颤抖无力的手递过来的长矛。

亚伦走出魔印圈外，以长矛指向正从地上站起来的恶魔。"看看这头田野恶魔挣扎起身的狼狈模样，"他大声对所有人说道。"世界上没有四足动物的速度比它们快，它们坚硬的鳞片足以撞钝魔印矛……"还没说完，恶魔已经扑了上来，但是亚伦灵巧地向一侧避开一步，以矛柄扫击恶魔头颅。冲击魔印发挥作用，魔光大作，将恶魔掀翻在地。"……但只要让它四肢腾空，翻过身来，露出没有硬壳的腹部。"他使劲刺下，长矛深深地扎进了恶魔的胸口，把它钉在地上了。

他说话时，瑞娜移动到另一头即将现身的恶魔身旁。她模仿亚伦吸气，将发光的魔雾导入体内。她周围的空气没有变黑，但是瑞娜觉得她有所感应。白天的那种疲惫感消失了，她的力量显然增强了。

田野恶魔朝她挥出一爪，前肢如同鞭子般抽来。但瑞娜早有准备，预先闪开发光的利爪。她在恶魔再次出招前，随手甩出溪石项链，套住恶魔的喉咙。溪石上的魔印绽放出一阵耀眼的光芒，牢牢锁住了恶魔脖子。恶魔试图尖叫，但是张开大嘴却发不出声。瑞娜借对方挣扎时跳到它的脖子上，双脚夹住它，在它翻滚挣扎时小心地避开利爪。片刻过后，恶魔的脑袋应声而断。她拔出豪尔的猎刀，阻挡其他想趁亚伦继续示范时偷袭的恶魔。

亚伦在天快亮时来到医疗帐篷。除了巡逻魔印圈的守卫外，所有燕麦镇民都已沉沉睡去。瑞娜绘制完剩下的魔印桩，亚伦也帮瓦尔利画好前往甜井镇的详细地图。他在镇上水井的位置画了个小骷髅头。

"确定要这么做吗？"瑞娜问。

亚伦点头。"不能装作没看到，瑞娜。"

"我想也是。"瑞娜说。"动作快点，趁没人在看时。"

亚伦蹲在断手又身受恶魔感染的女孩身边，凭空比画魔印。女孩在魔印入体时突然吸气，随即浑身放松。她脸上的红肿与水泡消失，肤色也变得正常。

"你是从哪里学来这些医术的？"瑞娜问。"从恶魔的心灵里翻出来的？"

"算是吧。"亚伦说。"那其实并非医疗魔印。人的身体本来就会自我修复，也知道该怎么做。这个魔印只是加速了这个过程。"

亚伦很快治疗一个又一个病人。他尽可能在体内积聚魔力，但是如此疗伤消耗了他几乎所有魔力。他就连走路都有些蹒跚了，最后双眼半开半闭，倒向路边。

瑞娜立刻上前扶住他。"够了。"她轻声叮嘱道。"你已经尽力了。难道要为了治疗剩下的人而害死自己吗？"

"突然就不行了。"亚伦说。"前一秒还觉得自己所向无敌，下一秒就像蔫了一样。我必须了解自己的极限。"他深吸一口气，四周的魔力再度如同雾气般聚集而来。他身上的魔印闪烁，不过比之前黯淡多了。他看起来很疲惫，黑眼圈越来越重。

"该走了。"瑞娜说。

他们疾驰数里，但瑞娜突然停下。亚伦注意到她落后时调转马头。

"去吧。"瑞娜说。

"呃？"亚伦问。

"去猎食。"瑞娜说。"天还没大亮，单靠空气中的魔雾恐怕没法恢复元气，现在不能虚弱疲惫。"

亚伦侧头打量她，脸上又浮现那丝熟悉的笑容。瑞娜不加理会，她指向信使大道旁的山野。"去吧。"

他点了点头，跳下黎明舞者，奔向荒野。瑞娜等他离开视线范围，随即调转马头，奔向来时的路。她没有多少时间，但也不必花太多时间。几分钟前看见的木恶魔还待在亚伦没有察觉的大树后方。

她驱使承诺直接跑到大树前，举起魔印蹄狠狠踢中木恶魔，发出一阵惊雷般的巨响，让它扭曲倒地。

瑞娜轻松地跳下马背，拔出豪尔的猎刀。亚伦把自己逼得太紧了。

恶魔在她逼近时奋力挣扎。它的魔力已经开始疗伤，要不了多久，就能再度出击，但是恶魔没有机会了。木恶魔的外壳是一层坚硬的厚皮，表面布满节瘤，下方有沉重的骨板。骨板交会处是外壳最脆弱的部分。瑞娜使劲刺下，撬开恶魔的胸板，在它停止挣扎前挖出心脏。

他会一直帮人治伤，即使送命也在所不惜——亚伦·贝尔斯，这么多年来还是一点儿也没变。

亚伦似乎一直寻找强到足以毁掉自己的恶魔去挑战，让自己去承担更重大的责任，他会一直挑战下去，直到累死为止——他一直想要死得像个克拉西亚战士。

瑞娜咬一口恶魔心脏,很苦很臭,而且充满黑色脓汁,恶心至极。咬下去时她咬破了某样东西,嘴里立刻充满更加恶心的液体。她本来以为世界上没有更恶心的味道了,直到她恶心反胃,身体分泌的胆汁涌到吃了一半的心脏,喷入她的鼻孔。她很想把这团恶心至极的东西喷到地上,放过自己可怜的胃,但某种意识却让自己咬紧牙关。

如果亚伦在世上找不到死亡之道,他就会跑去挑战地心魔域,而我绝不能让他一个人去。我承诺过要待在他的身边,绝不会拖累他。

瑞娜吞下那口恶魔心脏,任自己泪流满面。她拥抱恶心的味道,如同第一次驾驭承诺般地驾驭它,忘掉世间的一切,强自忍耐,直到她的胃里终于不再翻滚。接着她又咬了一口。

亚伦浑身发光地回来时,她也已经恢复平静。他的黑眼圈消失了,动作再度轻松自然,而且血脉贲张。她可以从他的呼吸声听出来,看出在他身边嗞嗞作响的魔力激发出难以压抑的原始欲望。

她也感到同样的欲望,必须以强大的自制力让自己专心在承诺的皮肤上绘制魔印。母马甩动尾巴轻轻拍打着瑞娜,不过没有咬她或是退开。

"感觉好点没有?"她问。

亚伦点头。"不过还是有点不舒服——精力充沛和疲惫并存,不过这样应该不影响我们赶路了。我们还有很长的路要走,我打算一路直奔洼地。"

他指着路道。"前方的小路会带我们向西接到老山丘路。

那条路在将近九十年前山丘堡毁于恶魔手中后就再没人走过了，那条路应该能直通洼地。我们明天赶一个通宵的路，后天中午就能抵达洼地了。"

瑞娜点头。"黎莎·佩伯是你什么人？"

亚伦以一定的节奏连吸三口气。这表示他肯定在拥抱某种痛苦情绪或是记忆。但她不可能猜出程度如何。"黎莎·佩伯是解放者洼地的草药师，不过她的角色比较像是提贝溪镇的'不孕'西莉雅。她说什么，人们就做什么。河桥镇的旅店主人说贾迪尔掳走了她，还强迫她上了他的床。我得确认是否真有其事，可以的话就追上去。要是让我知道贾迪尔动了她一根寒毛，我一定要杀了他。"

瑞娜微笑。"如果你不这么做，我就不会爱你了。我也打定主意要杀了他。"

"千万不要，瑞娜。"亚伦说。"你不是他的对手，不管自认为长进了多少本事。但我们还没出生时，贾迪尔就已经开始对抗恶魔了。"

瑞娜耸肩。"你还是没有回答我的问题。我问的不是'黎莎·佩伯是谁'，而是'黎莎·佩伯是你什么人'。我听说克拉西亚人强迫很多女人上他们的床，这个女人为什么让你急成这样？"

"她是我朋友。"亚伦说。

"你谈起她的语气可不像是普通的朋友。"瑞娜说。"你整个人都紧张到很僵硬，冷淡得心不在焉，看不出在想什么。我觉得你有事瞒着我。"

亚伦看着她，叹口气。"你想要我说什么？瑞娜。你有你的科比·费雪，我也有我的过去。"

"科比·费雪只有一个。"瑞娜说，感觉血液在血管中鼓动。"我爸赶跑了所有追求我的男孩。你又有几个?"

亚伦耸肩。"两三个吧。"

"你还真受欢迎啊。"瑞娜啐道。她觉得体内有头愤怒的野兽,恶魔的精华,想对亚伦暴力相向。她咬牙切齿,这种情绪强烈到难以拥抱,她没有办法承受。她绷紧全身,压抑攻击他或者杀害他的冲动。

"怎么了?"亚伦看着她眼中愤怒的神情大声问道,还以更强烈的情绪加以回应。"就因为我们的父亲把我们当成牲口一样交易,我就该一辈子做牛做马?我当年离开提贝溪镇根本没打算要回去,瑞娜。"

瑞娜反应很激动。对年轻时的瑞娜·谭纳而言,亚伦·贝尔斯在草料棚里的那一吻,以及订婚的承诺就等于是她整个世界。梦到亚伦回来帮助她度过许多足以让人崩溃的艰难时刻。想到那时候自己对他没有任何意义,甚至根本没有放在心上,就让她心寒到窒息。

亚伦冲向她。她本能地拔出猎刀。他动作更快,抓起她的手腕,以石恶魔般巨大的力量紧扣住。她徒劳无功地挣扎着。

"当时我不知道你是什么样的女孩。"亚伦说。"也不知道你会成为什么样的女人。如果知道,我会立刻回去带你一起走。"

瑞娜立刻停止了挣扎,凝视着她。"真的吗?"

"真的。"亚伦说。"你要知道我以前有没有过女人?有,我有。但是以前的意思就是已经过去了。"他伸手捧着她的脸,抬起她的头,直到两人目光相对。"我的未来就是瑞娜·谭纳。"

瑞娜任由猎刀落下,而当亚伦放手时,她依然扑到他怀里。

第四章　亚伦·贝尔斯

333 AR　夏　新月前第二十六个拂晓

他们奔驰到黎明，接着在阳光烧掉他们的黑夜力量时下马行走。亚伦领路离开大路，很熟练地驱使黎明舞者走上一条杂草丛生的小路，绝大多数人都不会察觉的一条信使小路。瑞娜脚下的路总是那么自然，只不过总是突然出现在她面前，然后又在走过后被野草掩盖得好好的，仿佛在穿越浓雾一样。

接近中午时，这条小路前面出现一条宽敞的信使大道。他们稍稍休息，补充了些食物和水，立即上马赶路。就像河桥镇的大道，老山丘大道是用石板铺成的，但是如今磨损严重，坑坑洞洞里塞满了泥土，还滋长出不少矮木和野草。有些地方甚至长出树苗来，路边大块的碎石也长满脏兮兮的青苔。有些路段的灰石块却仿佛不受时间打扰绵延数里之遥，路面平坦，没有任何裂痕与缝隙。

"他们怎么搬来这么多大石块的？"瑞娜惊讶地问道。

"不是用搬的。"亚伦说。"他们制造一种叫作克里特的糊状物体，凝固后就会变成坚硬如铁的石块。从前所有道路都是这种石制的宽敞大道，有时候绵延数百里。"

"这些道路后来呢？"瑞娜问。

亚伦哼道："世界小到容不下大路，现在老山丘大道是少数仅存的这种路之一。大自然不会太快收回它们，但终究还只是早晚间的事了。"

"走这样的路会很快。"瑞娜说。

"没错,不过晚上就得拼命跑了。"亚伦警告道。"田野恶魔会像抢食的猪一般涌向石板道,它们会从石板的洞底下现身。"

瑞娜笑道:"我有什么好担心的?有解放者和我在一起。"

亚伦脸色一沉。她却哈哈大笑。

※

现在瑞娜笑不出来了——承诺终于愿意让她在马腹上绑几条皮带充当鞍带;但当这头安吉尔斯巨马奔驰在远古大道上,不断跨越障碍物把一大群田野恶魔甩在身后时,瑞娜得使尽全力才能勉强坐在马背上。

黎明舞者的情况也好不到哪里去,跟在它身后的地心魔物与承诺身后的数量差不多。这些恶魔仿佛特意守候在这条路上一样,强健持久的长腿不停地踏在石板地上。

夜空中传来一大群风恶魔的尖叫声。瑞娜抬头望一眼,透过它们的魔光清楚地看见巨大的恶魔膜翅竟然挡住了漫天星光。尽管连风恶魔的速度都无法赶上狂奔的巨马,但如果他们速度变慢的话……

"需要动手吗?"瑞娜对亚伦叫道。两人的感官在夜里都非常敏锐,但她依然难以分辨他有没有在雷鸣般的马蹄声及恶魔吼叫声中听见自己的喊话。

"太多了!"亚伦吼道。"赶紧跑,如果停下来动手,还会有更多恶魔追上来!"

在她的魔印夜眼前,他的神情跟白天般清晰,愁容满面。他当然没有危险,没有东西能在夜里伤害亚伦·贝尔斯。但是

瑞娜就没有那么安全了。在狂奔时，魔印斗篷没法包裹住她的全身。而尽管她已经在承诺身上漆上魔印，那些魔印在恶魔持续涌现的激战中也不可能维持多久，就连舞者的魔印战甲也为配合身体动作而留下缝隙。

瑞娜很想去拔猎刀，但她双手紧抱着承诺健壮的脖子。一头地心魔物咬向母马的脚跟，结果脸上却被巨马重重地踩了一蹄子。瑞娜刻在马蹄上的魔印随之绽放一阵强烈的魔光，地心魔物的利齿却爆成碎渣，飞向后方。

瑞娜的满足感很快就消失了。承诺脚下一绊，打乱了奔驰的节奏，其他地心魔物迅速冲了上来，差点就要撞到它身上了。被它踏中的恶魔停止滚动，摇摇晃晃地爬起身来，身上的魔力已经开始疗伤，要不了多久就会继续赶上来。

亚伦放开黎明舞者的缰绳，转过身来，凭空比画魔印。瑞娜感到一阵劲风，脚边的地心魔物如同落叶般被向后吹去。

瑞娜微微一笑，转头望向亚伦，但在看见他身上的魔光暗淡的模样时垮下嘴角。他不能一直施展那招，而且追赶他的田野恶魔相距也就一步之遥。她暗骂自己竟然固执地拒绝练习他给她的那把巨弓。

一头田野恶魔飞身而起，钩状的利爪在黎明舞者战甲下方的大腿上画下深深的伤痕，试图拖倒巨马。

舞者放慢脚步，后脚踢出，魔印蹄踢碎了恶魔的头骨，但是冲势受阻导致另一头恶魔有机会跳上一堆远古克里特凝土，朝亚伦飞扑上来。

亚伦转身，一手接下恶魔的利爪，另一手狠狠击中恶魔的脑袋。"别停下！"他在承诺冲过他们时大声叫道。

他不断出拳，拳头上魔光大作，将恶魔的脸打得血肉模糊。他将恶魔扔向恶魔群，撞倒一堆恶魔，然后驱驰黎明舞者继续狂奔。

他们很快就赶上瑞娜，但是黎明舞者的腹胁上血迹斑斑，在恶魔继续追赶的同时速度逐渐放慢。

"黑夜呀！"瑞娜抬起头来，看见远方有一群恶魔朝他们迎面扑来，占满整条道路。道路两旁都是茂密的灌木丛。他们几乎无路可逃。

瑞娜内心有一部分渴望战斗。她体内的恶魔嗜血狂嚎，但是眼前的状况一看就知道毫无胜算。如果不能突破重围，抛开恶魔群，很可能就只有亚伦活下来见到黎明。

这个想法让她在矮身凑到马耳旁时感到一丝慰藉。

"直接冲过去。"她在承诺的耳边低声念叨。

"跟着我。"亚伦叫道。他自刚刚杀死的恶魔身上吸收了一些魔力，不过还是不及原来那么充沛。他迅速地凭空比画魔印，位于马前的恶魔立刻被撞向两旁。他挥舞长矛，刺向任何胆敢靠近的恶魔。有一头恶魔闪避不及，惨遭黎明舞者践踏致死，在黑夜里绽放阵阵魔光。瑞娜紧跟而上，再度踩踏那头倒霉的恶魔，把它踩得粉身碎骨。

如果只有一头恶魔，它或许有办法从更严重的伤势中复原，但是它的伙伴感应到它的虚弱无助，于是暂时停下追逐，毫不留情地扑到它身上，以利爪扯下它的外壳，用尖牙撕裂它的血肉。

瑞娜露出牙齿，一时之间竟幻想着自己加入它们，吞噬恶魔肉，沉浸在随之而来的幻觉里。

"注意前面！"亚伦的叫声令她回过神来。瑞娜摇摇头，将目光从那幅血腥的场面挪开，将心思回到现在的处境。

看来他们本来已经突破重围了，但是刚才的冲突拖慢了速度，导致一头风恶魔趁机朝瑞娜俯冲而来，伸长利爪抓向瑞娜，

就势一飞冲天。

瑞娜手臂和肩膀上的黑柄魔印大放光明，形成一道屏障，让恶魔无从下爪，不过反弹的力道将瑞娜摔下马背了。她重重地摔到地上，摔碎右肩，嘴里啃满泥土与鲜血。风恶魔于尖叫声中坠落在她身旁，她连忙翻身，险险避开巨大膜翼边缘的利爪。

瑞娜奋力起身，感到肩膀一阵撕裂般的剧痛，但她如同木头拥抱火焰般拥抱这股剧痛，吃力地以左手拔出猎刀——躺在地上就死定了。

爬起身来并没有多一丝存活几率。承诺在附近狂踢猛踏，攻击四面八方扑向它的田野恶魔。要不了多久它们就会拥向瑞娜。

"瑞娜！"亚伦调转马头，但就连他也没法及时赶到。

风恶魔歪歪斜斜地挣扎起身。风恶魔在地面上行动笨拙，瑞娜利用它的这项缺点踢开它一只脚，随即趁它倒地时将魔印猎刀插进它的喉咙。她手中溅满热腾腾的脓汁，感受到一阵魔力窜入体内。她的肩伤已经开始愈合。

一头田野恶魔跳到承诺背上，瑞娜伸手从布袋里抓出一把橡果。画在橡果上的热魔印在击中恶魔时立刻发挥效用，炸碎橡果，发出一阵爆破声与闪光，烧焦恶魔粗硬的外壳。恶魔伤势并不严重，但它受到惊吓，身体灼痛，让承诺有机会把它从背上甩开。

瑞娜没时间顾及身后的情况，因为地心魔物已经注意到她，好几头开始朝她涌来。瑞娜侧步闪开第一头恶魔，一脚踢中它的肚子，脚趾和脚背上的黑柄冲击魔印绽放强烈的魔光。恶魔如同小孩玩耍的球般腾空飞起。另一头恶魔从后面袭来，抓破了她的背心，在她背上留下深深的爪痕。她在另一头恶魔正面扑上狠狠咬中她的肩膀时不支跪倒。

这一次，她的魔印不足以震开恶魔。血迹削弱了魔印的力量，瑞娜在恶魔张口咬下、利爪不停猛抓的同时嘶声惨叫。她身上某些魔印还没有作用，但有部分已经失效。恶魔的爪子掠过阵阵魔光，一找到魔印缺口立刻狠狠挥下。

不过剧痛和魔法对瑞娜来说都是会上瘾的药物。那一刻里，她不在乎自己的死活，只知道自己绝对不会死。她的手臂一下接着一下抽动，将父亲的猎刀插入地心魔物体内，沉浸在它的脓汁里。她的力量一面在减弱，一面在激增。慢慢地，她开始推开对方，痛苦地感觉到它的爪子寸寸离开自己的身体。

当黎明舞者驱散其他恶魔，站在她面前，亚伦抛开长袍跳下马来时，她身上的恶魔已经死了。亚伦的魔印光芒耀眼。他掰开恶魔的大嘴，扯离她的身体，一把抛到其他恶魔身上，撞得它们倒成一堆。另一头恶魔扑上来，他以沙鲁沙克的步法转身，手指飞速插入恶魔的眼中，如同火钳般吱吱作响。

瑞娜大吼一声，扬起猎刀。她的身体剧痛难耐，但是体内的魔法威力更强，黑夜在她眼中如同模糊的浓雾，但她还能认出承诺巨大的躯体，以及围攻它的恶魔。一头恶魔挂在它的脖子上乱甩，努力想要抓稳。要是让它抓稳了，承诺就会被扭倒。瑞娜发出愤怒的吼叫，朝承诺直冲过去。

"瑞娜，可恶！"亚伦叫道。但瑞娜毫不理会，闯入恶魔阵中，推开恶魔，挥动猎刀，朝承诺直冲过去。每一击都往她体内送来一阵魔光快感，让她更强壮、更迅捷——所向无敌。她一跃而起，抓住承诺背上的恶魔一条乱踢的后腿，将它拉到身前，一刀插进了它的身体。

亚伦紧跟过来，在恶魔攻击他时化身烟雾，接着凝聚实体，以魔印拳脚、膝盖与手肘，甚至还用他的光头重击它们。他转眼之间来到她身旁，吹了声刺耳的口哨，把黎明舞者召唤过来。

巨马沿路驱散另一群恶魔，让亚伦有时间在四周凭空绘制大型的田野恶魔魔印。透过魔印眼，瑞娜看见他的手势在空中留下组成魔印的闪亮魔光。一头田野恶魔扑向他们，其中两道魔印大放光明，将之弹开。这些魔印随着被恶魔攻击的次数增加而越来越强。亚伦以稳定的速度凭空绘印，在他们四周形成一道魔印圈，但是面前有好几头恶魔挡在路上，继续对承诺的胁腹连咬带抓。她举起猎刀，砍向它们。

亚伦抓住她手臂，拉她回来。"你别乱跑。"

"我可以作战。"瑞娜吼道。她试图挣脱他，但即使她拥有黑夜的力量，他还是轻而易举地拉住她。他转身在空中绘制许多冲击魔印，一个接着一个撞开承诺身旁的恶魔。

这么做的同时，他手上一松，瑞娜立刻大叫一声，趁机挣脱。"你没资格命令我，亚伦·贝尔斯！"

"不要逼我打醒你，瑞娜！"亚伦叫道。"看看你。"

瑞娜低下头去，看见身上严重的伤痕时倒抽一口凉气。她身上有十几处伤口都在淌血，背部和肩膀灼热难耐。疯狂的黑夜力量离体而去，猎刀重到无力握持，掉落在地上。她双脚一软，几乎站不住。

亚伦立刻赶到，轻轻将她放在地上，接着又去完成四周和上空的魔印网。越来越多田野恶魔沿路赶来，如同一望无际的草原般将他们团团围起，但就连压倒性的数量优势也无法突破亚伦的魔印，即使是在天上盘旋的风恶魔也不行。

魔印网完成后，他立刻回到她身旁，清理她伤口上的泥土和鲜血。禁忌魔印圈中有一具恶魔尸体，他仿佛用鹅毛笔去蘸墨水般伸指蘸了点脓汁，在她皮肤上绘印。她感觉皮肤紧绷，在伤口愈合的同时缓缓拉扯。这个过程痛苦异常，但瑞娜将之视为活命的代价,于是深吸口气,拥抱剧痛。

"穿上斗篷,我去医马。"亚伦处理完她的伤势后说道。瑞娜点头,从腰间的布袋里拉出魔印斗篷。斗篷的质料比瑞娜从前碰过的东西更轻更软,上面绣有错综复杂的隐形魔印。披到身上时,它能让瑞娜在地心魔物眼中隐形。她向来不喜欢这件斗篷,宁愿让恶魔看见自己,但不能否认它很有用。

由于缺少黎明舞者身上的魔印战甲,承诺的伤势显然比舞者严重,但它在亚伦接近时踢腿喷息,张嘴欲咬。亚伦不理会它,以迅雷不及掩耳的速度来到近处,一把抓起承诺的马鬃。母马试图挣脱,但亚伦应付它的方式就像妈妈帮乱动的小孩换尿布一样。最后承诺放弃挣扎,任他照料自己,终于明白他在帮自己。

如此轻而易举地展现实力或许会让几天前的瑞娜大吃一惊,但她已经习惯亚伦的惊人之举,所以也没什么好惊讶的。她一次又一次地透过心眼回想之前恐怖的伤口,难以想象自己竟然在生死攸关的时候完全无视自己的伤势。

"你也有这种感觉吗?"瑞娜在他走回来时问道。"精力旺盛到甚至没发现伤势足以致命?"

亚伦点头。"有时候还会忘记呼吸。陶醉在力量之中,好像自己根本无须再做如此……世俗之事。然后我会突然开始大口呼气,不止一次差点把自己害死。"

他抬起头来,直视她的目光。"魔法会让你以为自己永生,瑞娜,但你还是会死。没有人能够长生不老,就连地心魔物也不能。"他指向躺在她身旁的田野恶魔。"而你永远无法习惯那种感觉。每当你尝到力量的滋味,就必须面对一场全新的搏斗。"

瑞娜浑身发抖,想着魔法难以抗拒的吸引力。"你怎么保

持理智？"

亚伦轻笑。"我开始让瑞娜·谭纳跟在身边，提醒自己只是来自提贝溪镇的亚伦·贝尔斯，没有厉害到不需要呼吸的地步。"

瑞娜微笑。"那你就没有什么好怕的了，亚伦·贝尔斯，你摆脱不了我的。"

到了早上，瑞娜和两匹马的伤势都已痊愈，但亚伦还是放慢速度，不让黎明舞者跑得太快，还没到正午就已经两度停下来休息。

"我以为我们在赶时间。"瑞娜在他们第二次下马时说道。

"到了这个地步，差个一两天已经无关紧要。"亚伦说。

"你昨天可不是这么说的。"瑞娜说。

亚伦挪开目光，肩膀垂下。"我心急火燎的，分不清轻重缓急了，瑞娜，真的很抱歉，我不该把你和两匹马逼到这种危险的境地。"

瑞娜深吸口气。她讨厌每次他说什么自认她不想听的话时就把头偏开的模样。男人总是这么做，以为这样就能免去某些情绪。

或许真是如此，瑞娜心想。最多只能让他们自己的情绪好一些。

"那也不表示你得这样照顾我们。"她说。

"你昨晚差点没命了，瑞娜。"亚伦说。"承诺和舞者也一样九死一生。多休息几次，伸展手脚，方便方便，也没什么坏处。"

他说得没错，但瑞娜并不认为自己有那么危险。事实上，她觉得自己这辈子都不曾如此强壮，充满斗志。她的伤口长出粉红色的新皮，比她天生的褐色皮肤要淡一些，尽管需要重新用黑柄汁绘魔印，但却完全没有留疤。她的体力也很充沛。

她看向承诺，明白它的状况和自己不同。亚伦用沾有恶魔脓汁的手指在母马的腹部绘了和瑞娜身上一样的医疗魔法。承诺的伤口上除了无毛的新皮外什么也没留下，但母马的动作依然小心翼翼的，明显缺乏往常那股桀骜不驯的神气。

瑞娜抬头望向早上初升的太阳，微微一笑。现在我体内的力量已越来越强。不久后，你就会开始追不上我的步伐。我吃得越多，就越强壮。我不会拖累你的，亚伦·贝尔斯。

"聊聊解放者洼地吧。"她说。"那里的人也都把你当作解放者吗？"

亚伦叹气。"他们最严重。以前，伐木洼地只是座跟南哨差不多的小镇。但去年流感肆虐，过半的镇民病死。不幸的是，有人打翻了旅店里的一盏油灯，火势迅速蔓延，人手少了，救火不及。魔印很快就烧毁了。"

瑞娜可以想见那时的灾难，忍不住咬紧牙关。她发现自己紧握猎刀的骨柄，要集中意志力才能迫使自己放手。"我妈常说，那叫祸不单行。"

"没错。"亚伦说。"我在火灾后的第二天赶到，他们一夜之间死了不下百人，剩下的有一半都躺在病床上。我赶在天黑来之前，在他们的很多斧头上绘制了魔印，教导有能力的人战斗。让病人待在圣堂里，其他能战斗的人在圣堂外面守护。那天晚上死了很多人，但他们奋战到底，很多人支撑到了第二天朝阳升起。后来，他们重建家园时，用房屋与道路规划禁忌魔印圈。现在没有恶魔敢踏入洼地一步，就连恶魔王子也办不到。"

瑞娜嘟哝一声。"听起来很像吟游诗人会说的故事。我想你在心里一定认可他们叫你解放者，至少有那么一点。"

亚伦脸色一沉。"我不想让任何人认为我是解放者，等待解放者重临大地使我们在魔印后面龟缩了三百年。"

"没错，但是等待已经结束了，不是吗？"瑞娜说。"魔印人唤醒了我们。"

亚伦低吼一声，但瑞娜只是挥挥手。"喔，你斥责所有鞠躬叫你解放者的人，但是你又忙着指导那些没有一看到你马上就照你的吩咐去做的人在心里把你当成解放者一样敬仰。"

亚伦不太高兴地抬头盯着她，但瑞娜毫不退缩地直视他的双眼。最后他无奈地笑了笑，耸耸肩。"不可否认，这个名号在有事要做时很有号召力，瑞娜。而我们还有很多事要做。人们不知道下个新月会发生什么事，而我也没有足够的时间与精力去照顾他们。"

瑞娜微笑。"我不是和你争辩，只是想要你诚实地面对自己。"她突然跳起来，抱住他的脖子吻上他那画满魔印的脸颊。

他们又赶了一段路，接着在老山丘大道转向一条杂草丛生的信使小路。傍晚时分，他们又转上了另一条硬土路，在分岔路口有一片大魔印营地。

"嗯。"亚伦跳下黎明舞者，走过去检查魔印。"有点丑，但是笔力强劲。这个是妲西·卡特画的。"他喃喃道。"都跑到离镇中心这么远的北边来了，看来洼地扩张的速度比野火还快。"

"太阳快下山了。"瑞娜说着，在魔法开始涌入阴影开启地心魔域之道时松开刀鞘中的猎刀。"该走了。"

亚伦摇头，再一次没看她自顾自地说着。"恶魔在这里休息。"

"我不打算因为一天晚上差点没命就每天晚上都躲在魔印后面。"瑞娜低吼道。

"我也没叫你这么做。"亚伦说。

"那我们要走了吗？"瑞娜问。

"上哪儿去？"亚伦问。"已经到目的地了。"他走向自己营地堆码木柴的地方，显然有人开始在这里生火。他没看她，但是装模作样，好像在鼓捣什么游戏一样。

她心头火气，勃然大怒，透过眼角看见在她脚边轻轻飘荡的魔法像烟管中喷出的烟子一般突然朝自己窜来。而就在她注意到这一点的同时，魔烟停止流动，她完全没办法让它继续入体。

她看向还在生火的亚伦，他像嘴里叼着食物的馋猫般踌躇满志，直看得她心中无比郁闷。他吸收魔法就像呼吸一样轻松自如，为什么自己不行？为什么？吃得不够，还得要一段时间。

"那我去打猎了。"她说。

亚伦耸肩。"先吃晚饭也不至于憋死你啊。"

瑞娜很想冲着他的光头甩上一巴掌。她双手握拳，指甲掐进手掌里，渗出的鲜血顺着手往下淌。她气得小宇宙都要爆炸了……

她试着克制自己焦躁烦乱的心情。魔法开始穿过她的身体，那是原始而充满野性的力量唤醒了她体内原始的欲望，转化为狂怒暴风。

或许我已经吃太多了。

瑞娜试着做深呼吸，以稳定的节奏重复着，这是亚伦在上沙鲁沙克课时教她的克拉西亚的自我调节技巧。她的双拳慢慢

张开，心跳平静了不少，起码至少回复到了最初的节奏。她强迫自己翻下马来，让承诺在路边吃草，一边帮它刷刷鬃毛。

快用完晚餐时，亚伦突然伸长脖子，仿佛在倾听远方的什么声音。他微笑道："就是这个。"

"什么？"瑞娜问。

他迅速站起来，扒光碗里的食物，把碗放在锅内，凭空绘了一个魔印，让营火熄灭。

"跟我来吧。"

"恶魔养的。"瑞娜喃喃咒骂道，丢下她的碗，匆忙跟了出去。

亚伦跳上马鞍，策马狂奔，溅得尘土沿路飞扬。承诺一整天下来动作轻快多了，不过还是赶了好几分钟才在亚伦停马时追上他们。前方有不少灯火，还有剧烈的打斗声，但他似乎满不在乎。

"看来洼地又在扩张领地了，我想伐木工应付得来。"亚伦翻身下马，朝树林点头。"披上你的斗篷，我们就躲着暗处观察吧。"

他领头快步穿过树林。一头木恶魔跳出来挡路，作势欲扑，但被亚伦的低声嘶吼和身上闪光的木恶魔印吓得拔腿就跑。两人很快就来到一片空地外缘树木较为稀疏的地方，那块空地上还有许多砍断的树干和树桩。亚伦停下脚步，静静观战。

空地中央的大魔印圈中有许多篝火、帐篷、工具及驮兽。篝火把偌大的空地照得透亮，男男女女来回奔走着，对抗着一大群木恶魔以及一头巨大的石恶魔。

闻到脓汁的味道，瑞娜感觉嘴里口水直流，准备好要大快朵颐，体内每一个细胞都在催促她跳出去参战，在屠杀恶魔的欲望驱使下热血沸腾。

但是亚伦冷静地站在原地，显然没有一丝插手的意思。她尽最大的努力强迫自己放松，松开紧握猎刀骨柄的手掌，让魔印斗篷完全包裹自己，尽力避开恶魔的目光。

自她开始吃恶魔肉后就觉得斗篷在改变。她可以感觉到上面的魔印会吸收她的魔力，却没有绽放魔光，魔印和斗篷似乎变得更加暗淡与模糊。盯着它太久还会有些头晕。她不知道还要吃多少恶魔肉，斗篷才会在她眼中完全消失。看来要吃得比亚伦多，因为他还看得见斗篷，不过她注意到他从没在她身穿斗篷时正视自己。

"他们在干吗？"瑞娜问道，她越来越受不了这种临渊羡鱼的感觉。

"清理大魔印区。"亚伦说。"先砍树规划出村镇中心，然后向外扩张，按照一区绵延数英里的禁忌魔印范围来清理地基。晚上，他们会杀光在这块区域里出现的恶魔，这样魔印启动时就没有后顾之忧了。"

"为什么其他地方的人们没这么做？"瑞娜问。这种规模的魔印可以吸收没有恶魔能够突破的魔力，而且几乎不可能被抹除。

"我猜当年恶魔战争的时候，人们就是这么做的。"亚伦说。"但是这种战斗技巧失传太久了，人们忘记了，打从恶魔回归以来，人们一直忙着逃避，根本不肯用脑子思考。"

瑞娜嘟哝一声，默默观战，一眼就认出那些姓卡特的伐木工。卡特在小村落里是很常见的姓氏，几乎所有砍树和卖木材的人都姓卡特。就连远在数百英里外的提贝溪镇也有将近一百个姓卡特的人住在金木树林旁的部落里，且与洼地的卡特姓氏长相上十分接近。

男人高大魁梧，身穿无袖皮背心、硬护腕，肱二头肌粗到

比瑞娜的脑袋还大。她眯起眼睛就能看见几个月前在议会里为瑞娜辩护的布林·卡特的形象。那天她意志消沉,也不愿为自己辩护,但她记得提贝溪镇的长老们判她死刑前在镇议会上说的每一句话。伐木工是站在自己这一边的。

空地上还有女人,她们手持曲柄弓或沉重的魔印长剑。一开始瑞娜以为她们身穿厚重的长裙,但从她们移动的步伐来看,她发现那些长裙都分成两条裙管,在不影响她们快速行动下不失庄重。

瑞娜哼了一声。自己几姊妹很少在太阳下遮蔽自己的身体。提贝溪镇的好太太也因此一直无法接纳瑞娜和两个姐姐。而现在瑞娜更是能多暴露就多暴露,好让皮肤上的黑柄魔印拥抱夜空里的魔力。

女人之外,围了一圈与伐木工身材差别较大的男人。他们头戴沉重的头盔,身穿涂满魔印的厚重木制护甲,手持同样沉重的长矛和护盾。护盾的魔印圈中央画了个玩具兵。

"那些是什么人?"瑞娜指着他们问道。

"林木军团。"亚伦说。"安吉尔斯的皇家卫士。林白克公爵承诺要派人来与伐木工一起训练。"

"看来他们刚到不久。"瑞娜说。尽管护甲光鲜亮丽,那些士兵动作显得很僵硬,紧握着武器,惊恐地看着恶魔。

"城市卫队嘛。"亚伦说。"擅长恐吓乡下人,或许还会殴打城市贫民,不过我怀疑在抵达洼地之前他们有没有在训练场以外的地方操练过他们的长矛。"他指向一个人。"而汤姆士王子看来状况最差劲。"

的确,亚伦所指之人打扮得就像她想象中的王子,钢铁护甲上镀以黄金魔印,擦得闪闪发光。他身材高瘦,在黑胡子和方正的下颔衬托下显得威风凛凛。

但是王子不断移动脚步、伸展双臂,左顾右盼、徒劳无功地试图放松紧张僵硬的肌肉。瑞娜从空地另一边早就嗅到了他恐惧的气味,而她知道恶魔也肯定察觉到了。

显然伐木工把林木兵团排在战阵后方,让那些中看不中用的家伙担任守护女人和小孩的后勤工作,不过女人们似乎嫌他们碍手碍脚。

几年前,瑞娜的父亲曾请布林·宽肩和几名提贝溪镇的伐木工帮忙清理用来开垦种植农作物的空地。瑞娜和班妮看着那些男人工作好几个小时,有系统地砍倒树木,搬运木材,挖出树根。每个环节都流畅异常,利用工具的重量来加强砍树的力道,不浪费任何体力。

看着洼地的伐木工作战感觉跟当时的印象很像。他们依然使用伐木工具,不过经过魔印加持,让他们在应对恶魔时,显得更自信。

两个手持长柄巨斧的男人轮流攻击一头木恶魔的脚。恶魔又高又瘦,攻击范围很广,但是当它攻向一个男人时,另一个就会从另一方向攻击它。当恶魔杀到眼前时,男人就会用魔印护腕挡下恶魔的攻击,在魔光中反击恶魔。终于,一柄巨斧击中恶魔的后膝,恶魔趴倒在地。

"山姆!"其中一人叫道,第三名伐木工赶到恶魔身后,提起大脚对准恶魔背脊中心狠狠踹下,让恶魔趴倒在地啃了满嘴泥。他手握一把双手锯,弯下腰去锯开恶魔的树皮,魔光闪耀和脓汁四下飞溅。也就数秒之后,恶魔被彻底肢解了。

"黑夜呀。"瑞娜轻声惊叹道。

亚伦微笑着点头。"那是山姆·卡特,往常大家都叫他'山姆·锯子'。他的工作就是锯断树干。不过,那都是很久以前的事了,现在他更多的是把恶魔当树木一样锯了。"

这时，又一声呼喊传来，山姆转向一名挥舞着沉重十字镐攻击木恶魔的伐木工人。每一下攻击都逼得恶魔倒退一步，连连中招乃至于站立不稳。但其实恶魔并没有真的受重伤，它疗伤的速度就如受伤的速度一样快。山姆冲到恶魔身后，在恶魔忙于招架的情形下，锯断了它一条树干一样站立着的粗腿。恶魔失去平衡，尖叫着倒地。伐木工大声道谢，举起十字镐给恶魔来了个痛快了结。

空地的另一边，十来名伐木工人拉拽着许多根缠在石恶魔手臂和肩膀上的粗大绳索，在恶魔奋力挣扎下拖得它跟醉酒似的东摇西摆。两名手握曲柄弓的女人不断抵近放箭，沉重的箭矢把黑曜石外壳插得如同豪猪一样，但是除了激起石恶魔的怒意外似乎没有什么作用。

三名男子及一个男孩站在战场外缘，其中两名较为年轻的男子手持沉重的小锤头，第三名较为年长，他双手举起一把大锤。男孩手里拿着一根粗粗的铆钉。

"你看，那是汤姆·魏吉父子。"亚伦指着他们说。

石恶魔站稳脚步，使劲拉扯绳索，两名年轻人借力矮身钻到恶魔脚下，将魔印钉插进恶魔膝盖。接着他们同时举起铁锤砸下，一、二、三，在溅起的无数魔光中钉进魔印钉。

恶魔尖叫嚎叫，伐木工趁机全力拉扯绳索。它剧烈横扫的尾巴击中一群男人，三名男子被扫倒在地，手中紧拽的绳索也飞了出去。拉扯的力道突然消失，导致惯性太大，恶魔像砍断的巨树一样反方向跌倒在地。

男孩如同兔子般猫着腰跳上石恶魔的身子，将魔印铆钉插进恶魔外壳连接处的缝隙。汤姆·魏吉立即挥动大锤画着完美的弧线拼命砸下，在一阵雷鸣般的魔爆声响里击中铆钉。闪耀的魔光直刺得瑞娜立即闭上双眼。当她再次睁开眼时，恶魔趴在地上，动也不动了。

训练有素——效率奇高——没有浪费一丝体力……

"他们好像在伐木一样，悠闲自在。"瑞娜说。"只是感觉有点诡异。"

亚伦点头。"我刚到洼地的第一天晚上，那时根本没有时间制作足够多的战斗武器或是操练他们协同作战。我只能尽量利用手边仅有的工具来绘魔印，伐木工们把他们最熟练也最宝贵的武器交给了我——也就是他们的劳动工具。现在每晚会有越来越多的人参加对抗恶魔的战争，而他们也能分配到大量专用的战斗魔印长矛，但那些后来者中即使最厉害的也没法跟骁勇善战的伐木工相提并论。使用自己平常惯用的工具让他们得心应手且与众不同。有他们在场的时候，人们说话都会特别留意分寸，唯有在伐木工不在的时候才敢大声吹嘘自己的战绩。"

"其实，说到最终，也只是因为他们在恰当的时候恰当的地点很幸运地遇上了大救星亚伦·贝尔斯。"瑞娜笑笑说。"就像我一样。"

亚伦很不认同地看向她。但她却扬起一手打住他的训斥。"我和你一样不认为你就是解放者，但你不能否认你是一个了不起的英雄，因为你很擅长领导人们起来战斗，"她又摸了一下长长的骨柄猎刀。"跟恶魔决战到底。"

亚伦哼了一声。"每个人都有自己所擅长的事。"

"照我姐的说法，洼地人高壮得需要跳起来才接吻其实也不算什么坏事。"瑞娜说。

"不是所有人一开始都那么壮。"亚伦说。"是魔法改变了这一切。阳光或许会在第二天早上烧光恶魔的躯体，但是魔法对一切的影响只会持续下去。魔印武器不容易断裂或是变钝，而伐木工夜复一夜地吸收魔力已经超过一年了。老者变年轻，

少年也会迅速成长到成人的体魄。"

他伸手一比。"看到那个椒盐发色的壮汉了吗？"

瑞娜顺着他指的方向看到一个手脚粗壮的男人在跟一头七尺高的木恶魔面对面肉搏。她点头确认。

"他叫扬·葛雷。"亚伦说。"他是洼地里年纪最大的老人之一。一年前他须发全白，要用拐杖支撑才能勉强行走，而且手还抖个不停。"

"没骗我？"瑞娜问。

亚伦摇摇头，再次指向另一名体格壮硕的猛男，他在扬牵制一头恶魔的同时从后方扑上。"林德·卡特。今年还不到十五岁的毛小伙子。"

一头木恶魔反击打中一名壮汉，让对方腾空飞出数尺远，重重摔落在地，斧镐脱手而出。但在瑞娜看来，倒地的男人绝不可能在恶魔扑上之前起身。

她立刻拔出猎刀，但在她开始行动前亚伦按住了她的肩。她瞪了他一眼，但他只是侧头比向空地。瑞娜看见一头巨型狼狗飞速跃上恶魔的后背，它张开大嘴在恶魔背上咬下一块坚硬的外壳，连皮下的嫩肉也带了下来。

这只是一眨眼间的事，男人已经站起身来，举起他的斧镐在湿答答的撞击声中插进地心魔物的头颅。狼狗抬头看着他，口鼻下缘滴着黑色的恶魔脓汁，在瑞娜的魔印眼前绽放着光芒。这可是瑞娜这辈子见过最大的狗，至少五百磅重，粗糙的炭黑毛皮，利爪长到无法完全缩回。它冲伐木工嚎叫着，而伐木工只是大笑，然后伸手搔搔它的耳后长毛。他在重新参战的同时吹了声响亮的口哨，狼狗舔舔鼻子边沾着的脓汁，紧随而去。

"造物主啊，"瑞娜说道。"它简直跟夜狼一样大啊。"

"以前没这么大。"亚伦说。"但它最近都在吃恶魔的脓汁，每次都比之前长大一些。"

"野狼也是这么变异出来的吧?"瑞娜问。

"我想是这样的。"亚伦说。

一头八英尺高的木恶魔在混战中突过木工的防线,直奔林木军团。士兵们吓得放声大叫,完全忘了使用他们手中的魔印长矛,只是简单地将魔印护盾扣在一起,在魔光闪耀的同时被冲击力撞得连连后退,撞上他们守护的女人。其中一名士兵完全失去平衡,伸手乱抓一阵,连带拉倒两名拉弓搭箭的女人。其中一人失手放箭,直接射穿一名士兵后腿上的护甲,疼得他大声惨叫。

木恶魔在攻击反弹时几乎不受影响,立刻又以惊人的速度冲向林木军团的防御缺口。

汤姆士王子一声发喊,抛开恐惧,跳到木恶魔面前。他挥动手臂,以护盾迎接恶魔的利爪,在魔光中架开对方的攻击,立即以突刺短矛刺进恶魔的腹部。瑞娜看见魔法沿着武器窜入王子的手臂,让他体内充满魔力。

这是一下非常隐蔽的杀招,但可惜的是,汤姆士没击中致命的部位。木恶魔从惊讶中回过神后立刻再次挥动树枝般的前臂击向汤姆士。汤姆士躲过第一击,以护盾挡下第二击,尽管无法从恶魔树皮般的后壳中拔出短矛,他咬牙紧握短矛柄端,不肯放手。短矛的穿刺魔印轻松刺穿了恶魔硬壳,但没有魔印帮他把矛拔出来。

"这是把不错的战斗短矛,可惜魔印刻得不够好。"亚伦评论道。"他够聪明的话就该放手,把恶魔交给女人处理。"的确,数名女子已经拉弓搭箭,如果不是因为王子挡在敌人前面早就已经放箭了。

但汤姆士的反应令人惊讶。只见他大吼一声,紧握矛柄,

抬起护靴不断踢向地心魔物的腹部。靴根上的冲击魔印爆发出一阵魔光，踢得恶魔伤痕累累，王子则奋力捶击恶魔，拔出他的短矛，在恶魔仰天倒下时。他立刻扑上去，举起刚拔出的短矛插进恶魔的胸口。

王子一脚踏上挣扎着的恶魔胸口，使劲拔出武器，黑色的脓汁岩浆般冲天喷了出来。汤姆士转身大声呐喊着，冲过去支援两名伐木工。他大叫着将矛插入恶魔背部，距离近到盔甲上的魔印都在发光。

瑞娜之前看到的那个懦夫消失了——王子像个疯子一样吼叫着，在空地上奔跑，丝毫不顾自身安全地对抗恶魔。

一声惨叫传来。瑞娜转身看见一头木恶魔的利爪插入一名伐木工的胸口。男人无力地举起斧头将恶魔击退一步，但武器在他倒地的同时从他手里掉落。

瑞娜惊得全身紧绷。但亚伦已经冲了出去。她迅速跟上，不过两人都不可能在恶魔动手杀他之前赶到。

她突然看见一道模糊的身影，感到一阵熟悉的昏眩，接着一名瘦小的女孩凭空出现，抛开一袭很像瑞娜身上那件的魔印斗篷。女孩身穿色彩鲜艳的服装——宽松的马裤和短衫，外加一件合身的窄背心。她身高不到倒地的伐木工一半，而当她来到巨大的木恶魔面前时，感觉就像是一只家猫在朝巨大的夜狼张牙舞爪一般。尽管如此，她还是勇敢地站在原地，直视恶魔的目光，当它朝她挥出巨爪时，她举起一把小提琴，将琴弓搭上琴弦，发出一连串极其刺耳的噪声。

恶魔仰头嘶声尖叫，巨大的爪子猛力挥出。但女孩像小猫一样向旁轻轻一跳，就地一滚，随即起身，电石火光的一瞬间，她却没有停止她的提琴演奏。这下，愤怒的恶魔只剩下双爪捂住耳朵，徒劳地惨叫，蹒跚着地退开。

又是一道令人眼花的模糊身影,一名身材魁梧的女人冲到恶魔身后,在恶魔忙于逃窜的无知情况下挥出沉重的魔印砍刀,砍下了它一条粗而长的前臂。那道伤口,加上刺耳的小提琴音,超出了恶魔的承受极限,它拔腿就逃,朝亚伦和瑞娜直冲而来。亚伦毫不迟疑地抓住地心魔物一根魔角,拉到面前,在它胸口前画下一道热魔印。他将恶魔甩向一旁,在它化为耀眼的火球时冲向受伤的伐木工。

两个女人在看见亚伦奔来的同时瞪大双眼,脸上露出惊讶外还多了一丝恐惧的神情。砍断恶魔手臂的女人首先回过神来。

"你也该回来了。"她说着蹲在伤者身旁,从缝满口袋的围裙里拿出工具开始治疗。年轻的女孩继续目瞪口呆地盯着亚伦。

亚伦扬起一边嘴角。"我也很高兴再见到你,妲西。"他看向那个女孩。"悉心拉好你的小提琴,坎戴尔。"他扬起下巴比向她的小提琴,接着在草药师身边蹲下身来。坎黛尔回过神来,举起小提琴,四周观察有没有其他威胁。

伐木工痛苦地咳嗽一声,喷得亚伦一脸血之后就再也不动了。亚伦毫不慌张,在妲西检查他伤势的同时固定好他的身体。

"黑夜呀,"她低声惊呼。三条深深的伤痕从他胸口划到腰际,全身都是血。"我们无能为力了。"

"恶魔屎。"亚伦说着抓起第一条伤痕,另一手凭空画着魔印。疗伤的同时,他们身边笼罩着一圈微光,妲西和女孩目瞪口呆地看着那几道致命伤痕飞速地愈合。

一会儿后,男人突然深吸一大口气,接着又在试图起身的时候大咳几声。亚伦伸手按住他的胸口,将他按在地上。他睁开双眼,看着亚伦。"你回来了。"他沙哑地道。

亚伦微笑。"我当然会回来,乔·卡特。"

"他们说你抛弃我们了。"乔低声念叨。"但我从未失去

信心。"

亚伦嘴角一抿,不过还是弯下腰去,像抱小孩般轻松地抱起高大的伐木工,朝安全的魔印圈内走去。那里有名牧师,一个留着乌云般灰胡子的老人。他的棕袍外披着件厚厚的法衣,上面沿着弯曲法杖的宗教标志外围绘有许多防御魔印。老人看见亚伦,瞪大双眼,不过很快就带个辅祭一起迎上前来,引着他们前往一座魔印帐篷,帐帘上绘有牧师的法杖。走在一侧的他目光始终没有离开亚伦;片刻过后,他拿着一把刻有魔印的金木法杖走出帐篷,站在魔印圈的守护范围内观战。

战争逐渐结束,四下奔走杀敌的汤姆士王子突然发现没有敌人可杀时,他气喘吁吁地四下张望,在完全找不到敌人时忍不住浑身颤抖,疲惫地靠在自己的矛上。他的手下立刻跑过来围住他,阻断了众人视线。瑞娜听见重重护甲之中传来了王子的呕吐声。

"每次都这样。"妲西说。"激愤之下,伯爵就会变为最威猛的男人,但是他需要好一阵子才会预热,可是消散得跟树木倒地一样快。"

"没什么好羞愧的。"亚伦说。"我常有那种感觉。他在黑夜中参战就已经代表了……"他突然住嘴。"伯爵?"

妲西点头。"他来的时候带了一张任命他为'伐木洼地及其附属领地领主'的委任状,外加绵延一英里长的补给车队,以及上千名士兵,其中有不少都是弓箭手,以便加强对克拉西亚人的防御。他们已经开始帮他建造堡垒。在你和黎莎都不知所终的情况下,人们非常感激他们带来的食物与毛毯,自然也没有任何人抗议。"

"于是你们就拱手让出了洼地?"亚伦问。

"别无选择啊。"妲西感叹道。"不过情况也不太糟。汤姆士基本上并不扰民，况且大家都很仰赖他带来的各种补给，还有他为那些吓破了胆的人所带来的希望。"

尽管战斗结束了，但是瑞娜还是从伐木工井然有序地在空地上检查战场的方式看出亚伦训练的成果。恶魔的魔法医疗速度超快，哪怕面对魔印武器，它们也可以在没有当场断气或是被肢解的情况下几分钟内恢复。不止一头看起来已死的恶魔在伐木工挥斧而下时放声尖叫或是挣扎着逃命，它们很快就被肢解了。就算要砍断小型木恶魔的脑袋也得连砍好几下，即使是山姆·锯子都得费好大的劲才能锯断。

瑞娜走近亚伦和他身边的女草药师，打量令她头晕的魔印斗篷。"她们的斗篷也是你绣的？"她问亚伦，尽管不想听到真正的答案。

妲西突然转身，注意到瑞娜，特别是她身上衣服的风格，或是暴露的程度。她看着瑞娜的裸露的肩膀，鼻孔突然贲张。她抓住瑞娜的斗篷下摆，拉到眼前仔细辨认了一下，然后转向亚伦，愤愤不平地指着他的鼻子。

"你把隐形斗篷送人？你知道黎莎女士缝一件魔印斗篷多费心力吗？不眠不休！你连谢都没谢一声，而且从没穿过！现在你竟然把它送给——"

"喂，你这头蠢笨的母牛！"瑞娜大叫，拉回斗篷，挡在他们两人之间。"不准你那样和他说话！"

"不然怎样？"妲西说着弯俯下身来，鼻子几乎碰到瑞娜的鼻子。"这件事与你无关，女孩，所以最好给我闭嘴，不然我就好好教训你一顿。"

妲西或许是草药师，但瑞娜一眼就能认出谁是战士。她比瑞娜足足高上一个头，而且身材也魁梧许多，浑身都是肌肉，而非脂肪。她和其他上场作战的女人一样身穿宽松的马裤，手

上沉重的魔印刀如镰刀般向内弯曲。这把刀不但可以用来砍断恶魔肢体，还能拿去收割草药。刀柄因经常使用而磨得光光的。

但这些表面优势在瑞娜抓起她的喉咙，开始用力箍紧的时候似乎显得一文不值。妲西奋力挣扎，强壮的手掌抓向瑞娜的手臂，不过就像在拧钢条般纹丝不动。妲西愤怒之下重重挥出一拳，但瑞娜举起另一只手轻松架开，扣住妲西的手腕，一把扯直她的胳膊，利用这只手来加重力道。妲西憋得满脸涨红，颈部青筋暴起。

"够了，瑞娜！"亚伦大声喊道，一把抓住她的手臂。他用力捏下，她的双掌立刻失去了力道。他像是猫跳到厨房砧板上闻切好的鱼肉般轻而易举地将拼命角力的两人分开来。

"是她先动手的。"瑞娜吼道，就像刚才妲西试图挣脱自己双手般奋力挣扎。"你自己也看到了。"

"对。"亚伦轻声同意道。"是她先质疑你的，但没有必要像对待恶魔一样下杀手，难道提贝溪镇的人判你死刑是应该的吗？"

瑞娜仿佛被他浇了一头冷水般立刻放弃了挣扎。他说得没错，瑞娜用豪尔·谭纳自己的猎刀杀死他时，没几个人认为他不是罪有应得，但是眼前这个妲西·卡特可不是豪尔。

尽管如此，她体内还是有个自己在渴望吮吸这个女人的鲜血。瑞娜深吸一口气，拥抱这种愤怒的饥渴感，任它透体而过。亚伦感觉到她身体放松时立刻放手。

"你还好吗？"他问一边喘气一边揉捏喉咙的妲西。

"没，没事的。"妲西嘶哑着应道。

亚伦点头，神色不善。"那就牢牢记住，我怎么处置我的物品，你无须多嘴。我想黎莎也不喜欢听你在背后谈论她的男女关系。"

"是。"妲西边咳边道。"我想关于这点,你说得没错。"她转向瑞娜。"我妈曾试图在我身上打出一点礼貌,不过从没成功过。"

瑞娜嘟哝一声。"看来我的礼貌也没好到哪里去。"

旁边的女孩清清喉咙,所有人都转头看她。她约莫十七岁,相貌美丽,但是近看之下,瑞娜发现她的衣领下有几道伤痕直至颈部。她曾经与死神擦肩而过,差点就香消玉殒,而她能用音乐影响地心魔物。瑞娜本来就不相信亚伦所说的那些红发吟游诗人能用小提琴恐吓恶魔的故事,但今晚算是亲眼见证了女孩的神奇力量。

亚伦笑着对女孩鞠躬。"你小提琴拉得越拉越好了,坎黛尔。看来罗杰对你们勤加督促没有白费功夫。"

坎黛尔只是盯着地面,双眉间凝结着一股忧郁的情绪。

"罗杰他们已经走了好几个月了。"妲西说,声音仍然很沙哑,但比刚才好多了。"跟黎莎女士一起前往来森堡的。而其他学徒比较喜欢演奏舞曲,根本不用心揣摩对抗恶魔的音律。"她轻轻捶了坎黛尔的肩膀一下。"但是我们的小提琴女巫没有放弃,她比一打手持长矛的伐木工还强。"坎黛尔目光仍然盯着脚尖。但瑞娜看出她苍白的皮肤泛红,嘴角浮现一丝浅浅的微笑。

"黎莎离开多久了?"亚伦紧急追问。

"好几个月前跟克拉西亚人一起走的。"妲西说。

亚伦喃喃道。"难道传闻是真的?贾迪尔跑到洼地劫持了她?"

"可以这么说。"妲西说。

亚伦皱起眉头。"这话是什么意思?"

妲西做了一次深呼吸,看着他说道。"他向她求婚了。"

亚伦双眼凸起,下巴差点掉到地上了。这个表情只是一瞬间的闪过,不过所有人都清清楚楚看到了。就连他身上的魔光也突然一阵暴涨,如同烈火烧得森林啪嗒作响。

瑞娜从未见过亚伦如此惊讶的模样,不确定该如何解读这个反应。黎莎·佩伯或许属于过去,但她依然让他割舍不下。

亚伦走上一步,表情非常冷静,但双目炯炯,精光外溢。"你是说黎莎是答应嫁给贾迪尔才去的?那个满口谎言、奸淫掳掠,无所不为、地狱养的恶魔?你是这个意思吗?妲西·卡特。"他越讲越愤慨,也越大声,没有大声到让空地上的其他人听见,不过确实有明显的声调提高。再一次,瑞娜看见附近的魔力朝他飞蹿过去,他身上的魔印开始闪闪发光。妲西就像面对一条嘶嘶作响的眼镜蛇般不自觉地在他走近时往后退去。

"她并没有答应!"妲西几乎是用吼的。"而且她也不是在干傻事。她说要趁机看看他在南方的所作所为,去见识他有多少兵马,学习克拉西亚的战术。她也不是自己去,罗杰、加尔德、汪妲,还有她父母都跟她同去的。"

"那些都不重要了。"亚伦说。"她既然跟去了,又带了她爸妈同去,在克拉西亚人眼中就等于是厄尼把女儿放到市场上,等待买主给出合适的价钱了。"

妲西大怒。"你好无礼!黎莎女士不是你所说的可以随意买卖的牲口!"

"对他们而言就是!"亚伦大声道。"克拉西亚人对待女性和我们不同。不管是贵族仕女还是挤奶女工,女人对那些男人而言都只是财产而已,可以买卖,可以任意处置。而只要看中了一样东西,没有人出得起比天杀的阿曼恩·贾迪尔还高的价钱,妲西·卡特。"

妲西如同泄气的皮球般失去所有争辩的气势,无奈地使劲摇头。"我们都劝她不要去了,但她根本听不进去。跟地心魔物一样固执。"她脸上流露出极度苦恼的神情,仿佛承认高贵的女士犯错令她难受。瑞娜吐了口口水。妲西神色畏缩,不过没说什么。

"我认为她此刻还没有生命危险。"她说。"我一直都有收到她的来信,信里的暗语总说她和其他人都没事。克拉西亚人还是有点长处,他们都是很棒的信徒。"

"暗语?"亚伦问。

"就说她不是在干傻事。"妲西说,终于鼓起勇气面对他的目光。"黎莎女士猜想克拉西亚人会偷看她的信,于是要我记下一些单字和片语,即使在遭受对方胁迫下也能让我知道他们的处境。截至目前,贾迪尔似乎都还信守承诺,但她说他的部队遍布来森附近各个村镇,数量多到难以估计。她特别交代我们不要在信里提起你,但有个暗语是专门让她知道你回来了。"

"告诉她。"亚伦说。"告诉她说她得立刻回洼地。我有紧急消息要让她知道,而你们的暗语肯定无法表达。"

"我是绝对不会反对的。"妲西说。"我命中注定根本不是当镇上草药师的料。"

"时局艰难,妲西·卡特,你必须担当起重大责任。"亚伦说。"新月将会有更可怕的事情发生,与它们相比,贾迪尔充其量只是几只在耳边嗡嗡作响的马蝇。"

妲西脸色发白。"什么事?"

亚伦没有回答,反而问题。"加尔德走了,伐木工谁当家?"

"还会有谁?"妲西问。"布区夫妇。就连新来的伯爵也不敢招惹他们。他发给他们皇家委任状,不过至今还没要求他们去做任何不是他们本来就要做的事。"

突然间一阵狗叫声传来，一条绽放着魔光的巨大身影冲向亚伦。瑞娜立即拔出猎刀，但亚伦只是半跪而下，张开双臂，任由巨型狼狗将他扑倒在地。他在狼狗开始舔他脸时哈哈大笑。

"还没教会这只杂种跟在你身后？艾文·卡特。"亚伦在狼狗主人走近时问道。

"影子喜欢的时候就会跟着我，不爽的时候总是自行其是。"艾文回道。"很高兴你回来了，先生。"

"布莉安娜和孩子们都还好吗？"亚伦说着推开巨大的狼狗。

"男孩长得跟野草一样快。"艾文说。"加伦很快就会加入伐木工的队伍了，布莉安娜肚子里还怀了一个。这一次希望是个女孩。"他一脸期待地看着亚伦。

亚伦叹气。"小孩的性别早已注定，艾文。我连世界上有没有造物主都不确定了，更别说这个造物主还会让我传话。我只希望如果是女孩的话，希望长得像她妈就好。"

所有人都惊讶地看着他，仿佛难以相信亚伦也会开玩笑一样。接着艾文也哈哈大笑起来，其他人跟着一起笑，紧张的气氛一扫而空。

妲西清清喉咙，吸引亚伦的目光，然后朝战场那边点头。瑞娜看到伯爵带着士兵正朝他们走来。他拿丝帕擦着嘴角，步伐却十分稳健。他身后跟着两名战士，一男一女。

"道格和梅伦·布区。"亚伦低声对瑞娜道。"从前是屠夫，只到伐木洼地之战后才改行。"

布区家的两人体格都很壮硕，两条粗手臂上布满疤痕，脸上则挂满灼伤。道格是个秃头，满身大汗，身穿用铁片和屠夫用的皮围裙拼成的盔甲，上面沾满恶魔的脓汁。梅伦身穿看来像裙子的宽松裤子，跟妲西差不多。她的皮束腹和道格的围裙一样垫着铁片,其上同样满是脓汁。他们看起来跟牛一样,皮带上挂着的沉重屠刀,跟豪尔杀猪时用的那把差不多,不过上面刻满魔印,瑞娜猜想他们至少有一段时间没宰过牲口了。

他们走起路来显得踌躇满志,像是要去召开镇议会的镇长。其他伐木工四处游走,身上染满鲜血、汗水以及恶魔的脓汁,各个绽放强烈的魔光。他们全都比瑞娜还高,给她一种树木包围的感觉。他们兴奋地交头接耳,指着亚伦,凭空绘印。林木军团的士兵则和他们相反,迅速在伯爵身后整队,手持长矛,抬头挺胸,随时准备在王子的命令下上阵杀敌。

汤姆士伯爵没有洼地人那么高,不过在光滑闪亮、充斥猛烈魔光的盔甲衬托下毫不逊色。

"洼地的人都永远铭记你的恩德。"妲西在伯爵听得到他们说话之前迅速说道。"伐木工只听魔印人的命令。其他人谁的账咱们也不买。"

亚伦点头。"我最想摆脱的就是'魔印人'这个名号。"

一脸傲慢的汤姆士在一段距离外停步,一个瑞娜原先没注意到的小个子男人出现在他面前。此人身穿护甲,背上绑着短矛,但看起来不像战士。他的武器和护甲看来完全像是为了美观装饰用的,一点也不实用。他细皮嫩肉的,看来更像是个舞文弄墨的官员,一点也不像位战士。他外衣上绣有两个徽章,一个爬满藤蔓的王座,以及一个林木士兵。

他鞠了个躬。"容我向两位介绍伐木洼地的汤姆士伯爵,林木军团统帅、安吉尔斯林白克公爵之弟及安吉尔斯河至南方边境所有土地之领主。"

汤姆士看着亚伦,以几乎无法察觉的动作微微点了点头。瑞娜完全不懂宫廷礼仪,但她很能察觉嘲讽的意味。她微微一笑,迫不及待地想看亚伦如何修理他。

但结果出人意料——亚伦却深深鞠了个躬。"汤姆士伯爵。"他大声说，让所有人都听见。"感谢你为在你的土地上受苦的难民带来补给与援助，你愿在夜里与伐木工并肩作战是所有洼地人的荣幸。"

汤姆士眯起双眼，仿佛在等待对方觐见自己。但亚伦只是再度鞠躬。"我们一直没有正式介绍。"他说着抬头看向妲西、布区夫妇以及所有人。"没有真的向各位正式做自我介绍，我是来自提贝溪镇的亚伦·贝尔斯。"

此言一出，现场随即陷入一片死寂。瑞娜环顾四周，看见所有人疑惑地屏住呼吸，等着听他后面再做些什么补充。

沉默维持了好几秒钟，但感觉上似乎过了很久。接着所有人同时开口说话，炸开了锅似的，人声嘈杂到完全听不出谁在说些什么。就连林木士兵也开始在队伍里交头接耳，窃窃私语。

汤姆士望向道格·布区。布区则回过头去望向众人。"闭嘴！"他盖过众人的声音叫道。"这不是吟游诗人的表演！"现场很快就安静下来，只剩下少数几个人嘀嘀咕咕。但瑞娜看得出来人们只是强忍下来而已，这种情况持续不了多久的。

汤姆士抿起嘴唇，面露厌恶。"提贝溪镇，"他冷哼道。"那么你是密尔恩人，效忠欧克的。"他吐出那个名字的模样完全像吐出了什么毒药似的。

亚伦耸耸肩。"地图上的疆界或许是这么回事，但事实上欧克从来没把提贝溪镇放在心上，提贝溪镇的人也不把他当作一位领主。我在提贝溪长大，没错，但我不效忠任何人。"他直视伯爵的双眼。"欧克没资格命令我，就像你一样。"

汤姆士眯起双眼，两人相互瞪着。伯爵刚才杀了数头恶魔，他和他的护甲在地心魔法的撩拨下发出强烈的光芒。瑞娜看到他身旁的光圈随着呼吸剧烈地抖动着——伯爵此刻拥有超乎常人的速度、难以想象的力量，而且体内的魔法正嘶吼着催他出击。

她本来或许该担心的，但是不管拥有多少力量，伯爵的对手是亚伦·贝尔斯。他皮肤上的刺青绽放着刺眼的光芒。瑞娜不知道他是不是有意这么做的，但这种举动对群众造成的颠覆性影响显而易见。许多伐木工开始喃喃自语，凭空绘着魔印。

伯爵和亚伦如同两只公狗取悦母狗般面对面装腔作势，但亚伦拥有较大的牙齿，以及群众的忠诚。四面八方的伐木工纷纷紧握工具，林木军团的士兵则不安地东张西望着。

亚伦忽视周遭剑拔弩张的形势，以没有敌意的笑容打破僵局。他转向瑞娜，流畅而老练地鞠了个躬，朝她挥手。或许他以前从没有展现这等常人的礼节，但显然他知晓那些礼节。

"抱歉没有介绍我的伙伴。"他说。"这位是瑞娜·谭纳，同样来自提贝溪镇。"他站直身子，抬头看向汤姆士四周的伐木工。"也是我的未婚妻。"

再一次，瑞娜看见众人的下巴同时掉落的表情，但这回她觉得自己的下巴也跟着一起掉落下来。他在这么多人面前大声宣布，让她觉得两人的婚事比之前更加真实。她和亚伦·贝尔斯订婚了，现在算正式举行一次订婚仪式了。

这一次，汤姆士很快恢复了正常，走到瑞娜面前很绅士地鞠躬，牵起她的手轻轻一吻。"很荣幸认识你，谭纳女士。让我成为第一个恭喜你的人吧。"

瑞娜曾在吟游诗人的表演中得知自由城邦的绅士会亲吻女士的手背，但她从没亲眼见过。她身体僵硬，完全不知道该如何应付。她感到一阵脸红，庆幸现在是晚上。

"谢……谢谢！"她终于说道。

汤姆士站直身子，转头看向亚伦。"现在，"他压低声音说

道。"如果你已经让这些乡巴佬惊讶够了,我们可以私下谈谈了吧?"

亚伦点头,伯爵的侍从领着领袖们前往空地魔印圈中央一座以沉重帆布搭建的大帐。进去之后,帐篷里铺满温暖的毛皮地毯、一张四柱床、一张四周放了十二张椅子的大会议桌。桌子的主位是一张瑞娜只能用王座来形容的座位,沉重光滑的木椅,有着高耸的椅背和布满藤蔓的扶手。她从没见过如此巨大的座椅,令帐篷内其他椅子相形见绌。身穿闪亮盔甲、身上绽放魔光的汤姆士往那张椅子上一坐,看起来就像造物主本人高高在上地审判世事一样。

片刻过后,汤姆士的侍从亚瑟清清喉咙,撩起帐帘,让瑞娜之前看到在照料乔·卡特与其他伤患的牧师走进帐篷。他手持魔印法杖,尽管胡子花白,他仍然抬头挺胸,看来不需他人扶持。

"海斯牧师,安吉尔斯比瑟牧者的高阶裁判官。"亚瑟宣告道。亚伦皱起眉头,瑞娜看出他根本不信任此人。

"派来取代约拿牧师的,我记得。"亚伦说着看向汤姆士,仿佛刚才宣告牧师名号的是伯爵。"约拿已经被送去裁决所了吗?"

"那是造物主牧师的事,与你无关。"海斯牧师很冷漠地回道。

亚伦哼了一声,望向姐西。

"他们几周之前带走了他。"姐西说。"薇卡非常担心,但他们不准她前去探望,之后不管她如何要求都再也没有接到他的消息。"她微微朝汤姆士的方向点头。

亚伦望向伯爵,但汤姆士无奈地耸耸肩,双手一摊。"就像海斯牧师所说的,这是牧师议会的事务。我无从插手。"

亚伦摇头。"不能这样说。妻子有权获得丈夫的消息，还有他安然无恙的证明……他最好安然无恙。"

"你大胆！"海斯牧师大声道。"尽管你也身穿牧师的法袍，但你根本只是一个冒牌货，而我们还没决定你是否——"

"是否怎样？"亚伦挑衅道。

"够了！"汤姆士伯爵说。"明天会有信使帮薇卡女士送信，并于一周内带回她丈夫的回信。如果她想去见她丈夫，我们会安排人员护送。"

海斯牧师神色严峻地瞪向伯爵。"伯爵殿下——"

"我已经不是你的学生了，牧师。"汤姆士打断他。"少教训我。如果议会不能接受我的决议，他们可以去找我哥哥抱怨，看看他听谁的。"

他们交换了一下眼色，海斯鞠躬点头。"谨遵殿下指示。"

汤姆士嘟哝一声。"很好。"他看向亚伦。"那么这件事就这么定了，或是你还有更多无言的威胁？我们可是有比抱着《卡农经》的小镇布道牧师更重要的事要谈。"

亚伦点头。"重要得多，殿下。地心魔物已经厌倦我们的反抗，打算展开更猛烈的反击。"

"让他们来吧。"梅伦低吼道。"所有地心魔域的恶魔都不堪一击，我们会拿它们的尸体堆出就连造物主都看得见的冲天篝火堆。"

道格发出认同的声音，但汤姆士一言不发，透过交抵的手指冷冷凝视亚伦。

"地心魔域大军的数量远远超乎我们的想象，梅伦。"亚伦说。"不到一周前，我和瑞娜遇上一头比我们两个还要难以应付的恶魔——心灵恶魔。它还有个保镖，能够变化成任何形体的地心魔物，而且当心灵恶魔出没时，附近的恶魔就会出现不同的行为。"

"什么不同?"道格问。

"像是在优秀将领统御下的士兵。"亚伦说。"它派遣一群会在发现爪子无法突破我的魔印时拿木棒攻击我的木恶魔来追杀我。"

"黑夜呀。"梅伦浑身颤抖。道格冲地毯上吐了口唾沫。瑞娜看向汤姆士,但伯爵似乎没注意到他们的不雅行为。他已被吓得脸色发白。她能够嗅出他心里恐惧的气味。她不知道刚才那个强势的领袖与狂暴的战士躲到哪去了。

"我必须让我母亲得知此事。"汤姆士于片刻过后喃喃说道。

所有人好奇地看着他。海斯牧师皱眉。"母亲,伯爵殿下?"他嘟哝道。他的声音小到别人听不见,但瑞娜还是像白天般一字不落地听清了。她的感官能力与日俱增。

汤姆士突然坐直,脸上恢复些许血色。"我哥。"他更正道。"我哥哥,林白克公爵,必须立刻得知这个消息。亚瑟,准备信使!"

亚瑟领命准备走出帐篷。但亚伦扬起左手制止了他。"很抱歉得告知伯爵殿下另一个更糟糕的消息。心灵恶魔可以入侵人心,吞噬你的思绪,得知你曾做过的一切;甚至可以取代你的心灵,把你当作小木偶一样操控。"

"造物主啊!"梅伦惊叫。"要怎么对抗那种怪物?"伯爵的脸色绿到让瑞娜以为他病入膏肓了,随时会休克昏倒。

"大魔印能够抵挡他们。"亚伦说。"至于其他人,我知道能对抗他们的心灵魔印。"他自长袍里取出一捆羊皮纸和一把魔印刷。他拿着不知什么时候取出的刷子,迅速画下一个大心灵魔印然后转过去给桌上其他人看。

"这道魔印能够抵挡它们入侵。"他指向刺在自己额头上一模一样的魔印,还有瑞娜额头上的黑柄魔印。"心灵恶魔比一般恶魔更加怕光,连月光也承受不了。它们只有在新月时才会来到人间。那三天之中,所有离开大魔印的人都要在额头上画下这个魔印。"

姐西伸手沿着魔印的线条比画。"很简单的魔印,我们可以做成印章放在镇上各地。"

亚伦点头。"就这么办。"他看向布区夫妇。"你们得出面号召更多人参战,让伐木工知道有些地心魔物懂得运用策略。"

"我们已经召集了很多人。"道格说。"但那只表示镇上多了一群拿着魔印长矛乱跑的傻愣子,根本不知道该怎么有计划地战斗。"

"他们有三周时间可以操练。"亚伦说。"我会尽量帮忙,但这件事要交给你去做了,道格·布区。你和梅伦。"他看向汤姆士。"还有你们尊贵的伯爵阁下。"

"我不敢相信你就这样放弃了担当一支恶魔军团的指挥官。"瑞娜在他们走回巨马身旁时嘀咕道。

"从来不想领导任何军团,瑞娜。"亚伦说。"最近任何让我领导的军团很可能都会染红矛头,而非染黑。人们得并肩作战,不论黑夜或是白昼。我只会变成绊脚石,让汤姆士去当他的王者。"

他微笑看着她。"必要时,我随时可以一脚把他的屁股从王座上踢下来。"

瑞娜大笑,不远处一头木恶魔正兴奋地四下搜寻笑声的方位。她距离它不过十英尺,但魔印斗篷能让她在完全不被发现

的情况下直接走到它面前。

黎莎费尽心思帮亚伦缝制的斗篷……

"我就知道你不喜欢这件斗篷总是有原因的。"瑞娜说。她伸手解开扣子,任由斗篷滑落地面。恶魔被突然出现的瑞娜吓得尖声吼叫,恐惧中狠狠扑上来。

瑞娜像一位机智的狩猎者一样冷静地等在原地,直到最后关头才向一侧避开,果断地刺出猎刀,在恶魔扑过的时候划过外壳交会处。

恶魔抓向伤口,但伤口并不致命,魔法立即开始疗伤。它转过身来,冲着瑞娜直吼叫。瑞娜瞪着它的双眼,张开双臂,静静等待。

再次攻击时,恶魔显得比前次多了些谨慎,充分利用树枝般粗壮的长臂,与瑞娜保持一定的距离。瑞娜以逸待劳,一边后退,一边轻松地闪避恶魔的连连攻击。每次还击,她都会给恶魔新添一处伤口,但是那些不痛不痒的皮外伤对恶魔来说并不致命,更多的是让它激怒。

她继续等待出手时机,直到地心魔物站成某个特定的姿势。她躲过它的致命一击,在恶魔没有稳住身形前欠身上前,按照亚伦传授的经验,一刀插入对方身体右侧第三和第四根肋骨之间。她感觉到刺穿恶魔心脏时透过猎刀传来的脉冲快感,在恶魔双眼渐渐闭上的一刹那感到那股魔力通过手臂窜入体内,自己变得更强壮。

木恶魔甩动双臂做出最后的挣扎,近距离朝瑞娜抓来。但瑞娜皮肤上的黑柄魔印魔光大作,弹开了对方的攻势。

恶魔终于倒在地上时,瑞娜看向亚伦。"这下恶魔一定知道自己是死在谁的手上了。"

亚伦一脸不屑。"它死了,瑞娜。它什么都不知道。"

他弓身捡起斗篷,抖掉沾在上面的尘土与落叶,然后小心翼翼地折叠好。瑞娜继续道:"说真的,我自己也不喜欢穿它。我和你一样不喜欢躲躲藏藏,我想我比你更不喜欢。"

他嘟哝一声。"有没有收过某人花费很多心思为你准备的礼物,但是当你打开礼物后的第一个想法就是'这个人一点也不了解我'?"

瑞娜点头。"就像我爸会买一桶博金麦酒为我庆生,结果他自己喝了个底朝天。"她无奈地耸耸肩。"谭纳家的人不喜欢送礼,至少从我妈死后尤其如此。"

"她是怎么死的?"亚伦柔声问道。"听说是死在恶魔手中,但我没听镇上的人提过具体的细节。"

"其实我也不知道。"瑞娜有些伤感地坦承。"她肯定是死在地心魔物手中,但是魔印圈并没有出现缺口——她应该是自己跑到院子里去的。记得当晚她和爸大吵了一架。小时候我也不懂事,不过现在我认为她是为了要躲他才跑出去的。看在黑夜的分上,有几次我也想这么做以寻求解脱……"

"很高兴你没有。"亚伦说。"在有地方可逃的时候,逃跑也是一个好选择。但如果无路可逃时,最好是挺身作战,而非逃跑。"

"你说得没错。"瑞娜说。

"不过这件斗篷很有用处。"亚伦说。"没了它,我们可能早就死了不知多少回了。"

"这样讲起来,我还要谢谢黎莎·佩伯救了我们。"瑞娜有些酸酸地啐道。

"是你救了我们俩,瑞娜。"亚伦坚定地说。"走过去捅死那头邪恶的地心魔物的既不是这件斗篷,也不是你爸那把猎刀。我在黑夜之中曾遇过不少惊险状况,心灵恶魔是至今遇过最凶险最疯狂的恶魔。"

他一边说,一边将折叠好的斗篷慢慢递回到她手上。瑞娜欣然点头接过,抱在胸前。她微笑:"我一定会很享受黎莎看见它穿在我身上时的表情,这让人们知道你把我放在第一位。"

亚伦呵呵一笑。"恐怕只有少数人会这么想吧,绝大多数人会把你看作黎莎的学徒。"

瑞娜脸色一沉,他哈哈大笑起来。

第五章　海斯牧师

333 AR　夏　新月前第二十五天

"可恶。"亚伦低吼一声。

"怎么了？"瑞娜问。他们在颠簸的路段骑行了一会儿，然后跳下马背，牵着马匹穿越一片茂密的树林，来到一块垂直的岩壁前。

"有人找到我的藏身之所。"他指着前面石壁说道。

瑞娜顺着他的手指看向石壁，随即摇头。"藏身之地？什么也没看到啊？"

"就在这里。"亚伦说。"你得走到近前才看得见隐藏的门——一扇铁栏杆大门被很多枯枝败叶遮盖着，其他部分都隐藏在青苔和杂草下。"

瑞娜眯起眼睛。"你怎么看出被人发现了？"

亚伦指向小岩丘顶一棵枯树里冒出的轻烟。"那是我的烟囱，我从来没敢让壁炉的火连烧三个月。"

"里面有什么重要的东西吗？"瑞娜问。

亚伦耸肩。"刻到一半的魔印——我制作的速度远远赶不上伐木工对武器的需求量，所以一直没有停过工，也没有多余的存货。这只是个让我休息和思考问题的地方。"

这时，一声鸡叫传来，亚伦无奈地摇头叹口气道。"可惜我的好马厩，竟然已被当成鸡窝了。"

"别叹气了，我们现在该怎么办？"瑞娜问。

"到镇上旅馆先租个房间吧。"亚伦以疲惫的语气说道。"先休息一晚吧，明天还有忙不完的事情。无论黑夜或白天，只要我们出现，人们会络绎不绝地赶来。"

"为什么不能像以前那样露宿野外呢？"瑞娜问。

"我们不是野兽，瑞娜。"他说。"睡在床上没什么不对，而且我们也没有高人一等。"

瑞娜扮个鬼脸。今晚自己没有机会狩猎，除了在镇上动手的那次，照这种情况看来，能在亚伦不知情的情况下偷吃恶魔肉的机会将会越来越少。随着力量与日俱增，她越来越上瘾了，胃口也越来越好了，正常那些饭菜或者面包再也吃不上口了。

但是亚伦脸上疲惫的神情让她不得不遏制住自己的食欲——他是所有难民的英雄，希望，肩负着拯救全世界的使命，无论如何，自己都要在接下来的日子里全力支持他。

"好吧，明天。"她走近他，握住他的手，仰头亲吻他的脸。"铺设好魔印圈吧，然后我会让你好好睡一觉。"她微笑。"你会睡得像只死猪。"

亚伦的倦容在她开始爱抚他后慢慢消失了，他从来没有累到在她脱下衣服时退缩过。

几个小时后，瑞娜躺在地上，听着亚伦深长而有节奏的呼吸，并有鼾声时，轻轻起身离开他的臂弯。她轻轻走开，在魔印圈边缘停下脚步，充满爱意地回头看着他。他看起来很渺小，很脆弱——尽管拥有强大的力量，他还是得呼吸、得睡觉、得有人照顾、得有可以信任的人抚慰他沧桑的心灵……拥有力量的人。

她拔出猎刀，坚毅地走进黑夜。

瑞娜醒来的时候,发现自己整张脸睡在地上——必定是夜里做梦与恶魔战斗翻下毯子的。她吐了口口水,心不在焉地擦去沾在脸上的泥土,接着伸了个懒腰。此刻还未破晓,不过天空已经明亮到让她可以在魔法逐渐消失于黑影中时运用正常的视力视物。

亚伦已经起床,身上只穿着拜多布,在黎明舞者的鞍袋里翻来翻去,喃喃自语。"我记得是把它们放在这里……"

瑞娜笑着看他。如果每天一睁开眼睛就能看到亚伦·贝尔斯,自己决不在乎每天醒来时是不是睡在地上或是啃了满嘴泥。"怎么了?"

亚伦抬头看她,继续翻找,脸上露出和她一样的幸福笑容。"找我的衣服,呵呵。"

他拿出一堆皱巴巴的衣服,抖开一条褪色的长裤和以前的白色上衣。他穿上衣服,瑞娜嘲笑它们松垮的农民模样。"这衣服不会是你爸的吧?太难看了。"

亚伦神情不满地束紧腰带,卷起衣袖。"我当信使时,尽管每餐都吃得很好,但人们还是总说我太瘦了。我想那之后我又瘦了二十几磅吧。"他伸手摸摸自己刺满魔印的脸。"或许都是魔印的关系。"他一边说着,一边卷起宽松的裤管。

他那干净的草鞋整整齐齐地摆在叠好的长袍上,接着他把它们放入鞍袋,拿出一双旧皮靴;考虑片刻后,他又嘟哝一声,放回皮靴,继续打光脚板。

瑞娜看着亚伦换上正常人的服饰反而觉得很奇怪。她眯起双眼,试图想象如果没有离开提贝溪镇,他现在会是什么样子;但是想象余地确实有限。他手臂和小腿上的刺青——更别提颈

部和脸上——在正常的衣服和裤子下看来更加醒目。"干吗穿这种衣服?"瑞娜问。

"以前穿长袍是因为白天可以靠兜帽遮住我伤痕累累的脸,而且也可以吓吓那些刁蛮的混蛋,以免他们找麻烦。"亚伦说。"另外如果还有好处的话,就是战斗时脱起来更方便。"

他摇摇头。"但现在,我无须躲藏了,而且长袍会让人老把我跟该死的圣徒扯上关系。如果有必要赤膊上阵的话……"他轻弹一下响指,顿时变成一缕魔雾,衣服立刻滑到地上。转眼间,他又凝聚成形,身上却还穿着拜多布,皮肤上的魔印暴露无遗。

"这种超能力不只是用来对抗恶魔更方便,而且……"瑞娜很妩媚地笑着说道。

亚伦跟着微微一笑。"有些事情还是传统一点比较刺激。"

"难道我们就这样走回镇上?"瑞娜问。"你不会像过河桥镇那次一样逼着我也换服装吧?"

亚伦摇头。"那次真的很抱歉,瑞娜。我当时情绪也有些过于严厉,其实我无权——"

"你可以的。"瑞娜插嘴。"那是受魔法支配的我让你动怒了。我并没有怪你——总要有人打醒我。"

亚伦转眼之间飘了过来,把她拥入怀里。"你也打醒了我,而且不止一次。"伴随着太阳缓缓升起,他拥着她在温暖的晨光中亲吻着。

"我们无须掩饰什么了,瑞娜。"亚伦说。"我们就是我们,无须管人们是否接纳我们,或是远离我们。"

"没错。"瑞娜说,伸出手抱紧他的脖颈,抚摸着他光滑的头皮,将两人的嘴唇再次吸在一起。

一会儿后,亚伦光着脚,牵着黎明舞者,带瑞娜和承诺一起朝解放者洼地走去。

"道路没有绘制魔印。"瑞娜边走边说。

"道路本身就是按照魔印来规划的。"亚伦说。"他们是魔印的一部分。在那次对抗恶魔的战争中,原来的洼地基本上都被毁了,我们在重建时,考虑到魔印的结构,大胆地以道路拼接成魔印,建造了一座更大的村镇,就像提贝溪镇的伐木工在北边聚落着火后重建一样。每个魔印圈都会耗费更长的时间建造,即使在十年之后,洼地方圆数百里内都不会有任何恶魔敢闯进来。"

"那真是大手笔啊,实在……太惊人了。"瑞娜说。

"在不久的将来。"亚伦赞同地点点头。"如果我们没有被地心魔域的大军打回到鸿蒙时代的话,洼地的前景更是难以限量……"

尽管还只是清晨,已经有不少镇民在路上忙碌奔走。亚伦不停地跟路人点头招呼,但是没有停下来跟他们闲聊。几乎所有路过的村民都像见到陌生人一样瞪大双眼看着他,有些人向他鞠躬或凭空画着魔印。所有人都放下手边的工作,跟在他身后。他们与他保持距离,但是随着人群越聚越多,人们私下的议论声也渐渐沸腾起来。瑞娜不止一次听见有人提及"解放者"。

亚伦似乎完全没有听见,他气定神闲地带领众人朝镇中心走去。

这里有十几座农庄和农舍,全部都是新盖好的,还有上百间正在修建。由蜿蜒的道路组成的大魔印的笔画之间为镇上留下许多树林,让洼地保留一种朴实的山间小镇气息,不像河桥镇那样满是凝土街道、石墙以及巨型建筑。

"这地方跟我们家乡像极了。"瑞娜说。"好似转个转角就

会到镇中广场和霍格的杂货铺。"

亚伦点头。"洼地的镇中广场人称魔物填场,而这里的杂货店老板不叫霍格,而叫史密特,但是不仔细看还真看不出到底有什么差别。或许这就是我习惯住在洼地的原因。当时我还没准备好回家,而这里就是最接近家的地方。"

他们转过转角,魔物填场映入眼帘。以石板铺成的中央部位看起来更像镇中广场。填场一端耸立着一栋方石堆砌的圣堂,看起来跟博金丘哈洛牧师的圣堂差不多,只是显得有些矮。

但好几百人正在圣堂四周挖地基、掘沟渠、搬运石块——看到这一幕,亚伦突然停下脚步,一时之间,表情已多了些气愤。"看来那位安吉尔斯牧师真是有派头啊。他刚来就要建一座更豪华的大教堂,像青蛙吞噬苍蝇般吞掉约拿的圣堂。"

"你这话说得好像那是什么十恶不赦的坏事一样。"瑞娜说。"如果洼地人口的增长速度和你所说的一样快,他们不是需要更多座椅吗?"

"是呀。"亚伦说,不过那语气听起来还是充满愤慨。

石板铺就的广场对面还有一个大平台,上面搭起了大舞台,还有用以强化音场的棚子。这时,一阵喧闹声吸引了瑞娜的注意,其中有个特别洪亮的声音。她忍不住扭头看去,只见乔·卡特生龙活虎地站在舞台上手舞足蹈,完全不像几个小时前那副命在旦夕的惨样。瑞娜还看见身穿严肃的法袍的海斯牧师和一名辅祭站在人群外围观,他拄着一根弯曲的法杖,冷眼审视着舞台上发生的一切。

"那可是我亲眼所见的!"乔大声述说。"木恶魔抓破了我的肚皮,当时命悬一线,我好似听见草药师姐西说已经无能为力了!但这时,魔印人从天而降,双手在身前比画一下,我身上的伤就好了,而且更神奇的是,连伤疤都没有留下。"

"赶紧滚下舞台，乔·卡特！"有人叫道。"你充其量只是个蠢笨的驴蛋，但你绝对不是吟游诗人！别在这庄重的地方传播你那荒诞可笑的谭普草故事！"

"老夫敢对太阳发誓！"乔叫道，撩起他那沾满血迹的破烂上衣，给人们比画当时木恶魔抓伤的部位。在发现人们仍然不肯相信时，他指向人群中的一个人。"艾文·卡特，你也看到了，来跟他们说说当时的情况！"

所有人的目光都唰地转向艾文，连他的大狼狗都被众人的目光吓得作势欲扑，阻止任何敢靠近的人。

"我没有看到魔法治疗的过程。"他过了一会儿说道。"至少没亲眼看到。但是有一点没错——解放者终于回来了。"

亚伦轻哼一声，在人们继续兴奋地回头去看乔时伸手遮住脸。

"没错！"乔叫道。"真正的解放者已经回来了，他会救回黎莎女士的，除掉那头可恶的沙漠老鼠！"群众发出认同的欢呼声。

"蠢得像堆石头，但他说的也不算全错。"亚伦喃喃说道。

就在此时，乔抬起头来，看见站在人群后面的亚伦和瑞娜。"他来了！"他指着亚伦大叫。"解放者！"

亚伦在大家转头看他时双手叉腰，以责备一只在屋里随地便便的小狗一样的神情看着乔。

接着人们突然拥上，所有人都朝亚伦伸手。数百人同时涌了过来，同声大叫。

"解放者！"

"祝福你！"

"祝福我！"

"我需要——！"

"你必须——!"

瑞娜在人群中拼命挣扎,就连她全身的蛮力也抵挡不了人潮的冲击。她连连高叫,"退开!"但人们根本就没理她。瑞娜被挤压得热血冲头,双眼发红,忍不住伸手去拔猎刀。

就在这时,瑞娜看见一个酒瓶朝亚伦的脑袋直飞过来,但她苦于被人潮包围,鞭长莫及。

她无须担心的——亚伦的手动得比她的眼睛还快,当场接下了那个瓶子,让所有人倒抽一口凉气。瓶子扔来的那一边的人群自动分道两旁,所有与此事无关的人迅速退开,留下三个人站在原地怒目瞪着亚伦。他们衣衫破烂,满是补丁,空洞的神情给人一种日子过得十分困苦的感觉。尽管他们没拿酒瓶,但瑞娜一眼就认出那是酗酒成性的酒疯子,也知道他们什么麻烦都惹得出来。再一次,她的手握向身后的猎刀手柄。

"解放生者!"一人愤愤啐道。"如果你是天杀的解放者,克拉西亚人抓走我亲人时,你人在哪里?"

"还有我亲人!"另一人叫道。

"还有我的农场!"第三人补充。

"放尊重一点。"林德·卡特吼道,一拳朝领头者的脸上冲去。

那位领头者被重重击倒在地,另外两人立即扑向高大的伐木工。他们奋力拉扯,试图把林德摔倒在地。而刚才被打倒的男子摇了摇头想让自己清醒,一脸戾气地试图起身。

"喂,他的问题问得好!"人群中一个声音叫道,引发一阵赞同与争吵。六名伐木工立刻朝扭打之人冲去。

亚伦转眼赶到,以迅如鬼魅般的身法飘了过去。"够了!"他抓起两名扭打林德的醉汉的衣领,像抓傲慢的小屁孩一样将他们抓在手上,提起来。林德一脸得意扬扬,直到被亚伦瞪了一眼。

"下次再打着我的名号动手,林德,我就打碎你的脑袋。"林德突然变成符合他年纪的模样,这个吸收了魔力飞速成长的男孩被吓得满脸通红。

亚伦轻轻抛下手中的两人,让他们站稳,接着扶起地上的男子。开口说话时,他的语调变得很和善,不过还是跟乔在舞台上大事宣讲一样远远传开去。

"我知道你心里难过,朋友,很遗憾听说你女儿的事,但是丢酒瓶和这些愚行都救不了她,我也不是你该发泄的对象。我从没说过自己是解放者。我或许满身刺青,但我和你一样只是个普通人。"

"但你解放了洼地。"男子说,声音几乎像在哀求。

亚伦一边摇头一边扫视周围的村民。所有人一言不发,等着听他训示。"我没有解放洼地。洼地人在我们现在站的这些石板上抛头颅、洒热血,自己解放了自己。我在他们面临危机的时候出手帮忙,没错,但是黎莎·佩伯和罗杰·音恩也一样帮了忙,还有林德及艾文·卡特,以及上百名洼地镇民也都参加了。就连乔也出力了,虽然他总是昏头昏脑像个呆子。"他瞪了乔一眼。乔羞愧地跳下舞台。

亚伦伸手搭上男子的肩膀。"我知道失去亲人是什么感觉,很容易让人愤怒发狂。但一场风暴即将来临。我是来帮忙的,不过如果要我单打独斗,那我所做的一切就没有意义。你可以选择与我并肩作战,或是继续买醉,抱怨他人,但我不欠你任何解释。"

他转身看向群众,提高声音。"去找点有用的事做,别在魔物填场煽风点火!所有人都一样!"

突然之间,所有人都开始低头看脚,想起还有正事要忙。

刚才还激情澎湃的人群三三两两地解散开来。

乔·卡特在亚伦转身离开时急忙赶上。"很抱歉，我不是要——"

亚伦打断他。"我没生你的气，乔。都是因为我之前把自己搞得太神秘的关系。"

乔松了口气。但是亚伦又扬起手指。"但是棚子是给牧师、吟游诗人和小提琴巫师用的，不是让你个大老粗上去大吼大叫的。我不要再在台上看到你，除非你要表演唱歌跳舞。如果你没有树要砍，就去布区夫妇那里找点事做。"

乔连忙点头，快步离开。

瑞娜回头看向牧师刚才站立的地方，不过人已经走了。

"这地方和提贝溪镇像得令我厌恶。"瑞娜说。"如果我们不拯救他们，他们就要钉死我们……"

"所有人经常都得让人打醒，瑞娜。"亚伦在牵马走入新旅店后方的马厩时说道。"时局艰难，我们应当体谅人们情绪激动。你不用每次都动手拔刀。"

瑞娜微微一僵。"我不知道有那么明显。"

亚伦耸耸肩。"那是把大猎刀。"

一名很瘦但是肌肉结实的年轻人迎上来牵过他们的马。他看了黎明舞者一眼，目光立刻跳回亚伦身上。

"对，基特，是我。"亚伦说。"我知道房间不够，但是接下来几个礼拜我未婚妻瑞娜和我需要一间房。"

基特点头，很快安顿好马匹，领着他们穿越小侧门，来到洗衣室。"等我去找我爸来。"

"他爸史密特，是旅店主人兼镇长。"亚伦等基特离开后说道。"好人,但别惹他。他比霍格诚实多了,但是讨价还价时很强势。他的妻子,史黛芙妮,基本上不算坏人,但总是摆出一副因为一个礼拜没上茅厕而想要找人出气的臭脸。她也很喜欢布道,告诉你造物主希望你怎样过日子,很像南哨的那些人。"

瑞娜脸色一沉。当初南哨的人毫不考虑地判自己死刑,还说是造物主的意思。

片刻过后,一名年近六十的大胡子壮汉步入洗衣室,身后跟着灰发在脑后绑成发髻的瘦小女子。亚伦对她的描述十分传神。她看起来像是吃了什么苦东西,随时准备吐出来的模样。

"感谢造物主,你终于回来了。"史密特在双方介绍完毕后说道。

"这和造物主没关系。"亚伦说。"洼地有事要处理。"

"造物主无事不管,无论是大事还是小事。"史黛芙妮说。她的连身裙领口隐约可见一道恶魔伤疤,散发一种让瑞娜联想到"不孕"西莉雅的严厉气势。西莉雅是提贝溪镇长,于瑞娜审判期间曾极力为她辩护。瑞娜从未遇过比西莉雅更强势的女人。

瑞娜没有多想,直接伸手轻抚她颈部的伤疤。"你与恶魔对抗,对不对?"她问。"去年魔印失效的那晚?"

女人瞪大双眼,不过点了点头。"不能袖手旁观。"

"当然不能。"瑞娜说着捏捏她的肩膀。"不能让其他人去做你自己都不想做的事。"

女人收起吃痛的神情,面露微笑。那是个很尴尬的笑容,让脸上的线条看来有点扭曲。"来吧。住店的人很多,但我们总是会给信使保留两间房。让我们帮你们安顿下来,顺便弄点吃的。"她在亚伦和史密特惊讶的神情下领头走向店后的楼梯。

他们刚进房安顿好，吃过史黛芙妮亲自端上楼来的丰盛早餐，门上就传来了咚咚咚的敲门声。亚伦打开房门一看，海斯牧师的一名辅祭——像影子一样随时跟在牧师身后的那个跟屁虫。

他穿着朴素的草鞋和棕袍，或许晚上祈祷时才会换上魔印法袍，修剪整齐的棕色胡子掺杂了些许灰斑。

"我是法兰克辅祭，伐木洼地汤姆士伯爵的高等裁判官兼教会顾问海斯牧师的助手。"他说着微微鞠躬。"很抱歉打扰了你们，亚伦·贝尔斯先生。"他右转向瑞娜点头。"谭纳小姐。牧师阁下十分敬佩你早上那一段发言，希望今晚六点能有幸邀请两位驾临圣堂共进晚餐。请穿着正式的晚礼服。"

他说完转身准备离去。但亚伦的回应让他停了下来。"请代我们向牧师阁下致歉。"

法兰克僵立片刻，当他转回身形时，脸上写满惊讶。他再次鞠躬。"你的意思是说你的日程表上比较满……有什么事比去见牧师阁下更重要？"

亚伦无奈地耸耸肩。"恐怕我最近没那闲工夫，或许等新月过后再说。"

这一次，法兰克再也无法掩饰他那难以置信的眼神。

"这……就是你对牧师阁下盛情邀请的回应？"

"要我写个字条以减轻你的责任吗？"亚伦反问。眼看法兰克被问得无言以对时，亚伦大步走到门口，刻意拉开房门。法兰克慢慢走了出去，脸上混杂着受到冒犯的愤怒与震惊。

"他这么大年龄了还当个辅祭？"瑞娜听到他的脚步声渐行渐远后问道。

亚伦点头。"从外表看来差不多四十岁了吧——就算牧师议会没有分派教区给他们,他们也该在三十岁左右宣示成为职业牧师。"

"那么说来,难道他没通过考核?"

亚伦摇头。"这表示就牧师而言,海斯的权势大到让人宁愿担任他的辅祭兼助手,也不愿去掌管自己的教区——政客。"他语气不屑地吐出这个字眼。

"行程排满是怎么回事?"瑞娜问。"那样让他难堪,似乎有失礼貌。我们一个小时前才到镇上,就连下次去上茅厕的时间都还没排上日程呢。"

"我不在乎。"亚伦有点暴躁地对房门挥手。"我才不要为了帮那些所谓的政客牧师充面子而去应酬那些吃吃喝喝,我没有心情陪他闲扯淡。"

他装出法兰克有点尖的低沉声音。"你的意思是说你的行程表上比较满……啊,有什么事比去见牧师阁下更重要?呋!"

"我们有更重要的计划吗?"瑞娜问。

"我想我们陪他们吃顿饭得花上好几个小时。"亚伦说。"那跟花几个小时撞墙没啥区别。他们全都把《卡农经》背得滚瓜烂熟,而且每位牧师都有不同的解释。"

"或许吧,但我知道提贝溪镇的哈洛牧师是个好人。"瑞娜说。"他在全镇的人都要把我绑在木桩喂恶魔时站在我这边。"

"只可惜他当时没有站在你面前,瑞娜。"亚伦说。"最好记住这点。而且那位脾气暴躁、满口正义之词的乔吉·华许也是个该死的牧师。"

"你没有说过之前那个洼地牧师的坏话。"瑞娜说。

亚伦耸肩。"约拿跟其他人一样是个木头脑壳,或许在某些方面比他们更迂腐,但总是尽心照顾镇民。他赢得了村民的

尊敬，海斯除了顶着乌纱帽没有赢得任何东西。"

"你没给他一丝机会啊。"瑞娜说。

亚伦盯着瑞娜静静想了一会儿，最后嘟哝一声。"好吧，我会叫基特告诉他我们在'行程表'上可以挤出一点空档，但是我们只穿便装，那些穿礼服该死的繁文缛节就免了吧。"

傍晚时分，旅馆门前来往的人三三两两，附近杂货店和街角上倒是集结了几百个假装在那里买东西或喝酒的人。在亚伦和瑞娜走出旅馆大门前往圣堂赶赴海斯牧师的晚宴时，那些村民们便开始窃窃私语。

瑞娜叹了口气。看来不管亚伦怎么说都没办法改变这些镇民心中的信念，他们还是会把他所说的每句话都记录下来，像拜读《卡农经》一样虔诚地细细研读。

其实，一整天前来登门向亚伦请教的村民络绎不绝。为了让急速赶回的亚伦不至于过于疲劳，史密特和史黛芙妮竭尽所能地控制人数，但只要他们认为事情重要就会允许他们进来，而有要事的人实在是太多了。布区夫妇带着厚重的账本和一捆捆地图进来摊在地板上，报告招募新人手和开拓居住地的事宜。数十个南方小镇的人在克拉西亚人征服来森堡周边附属村镇时逃来洼地，他们大部分都在附近村落设置了自己的大魔印。现在洼地四周已经新增了六个大魔印区，不过目前只有新来森和旅终村的大魔印完全启动。还有更多大魔印才刚刚开始架设。

玻璃匠班恩带来不少精致的魔印玻璃饰品请亚伦检查，坎黛尔也溜进来报告随汤姆士伯爵的车队而来的安吉尔斯吟游诗人的状况。

"五名吟游诗人公会的大师。"坎黛尔说。"还有十二名学徒,说是为了帮助罗杰强化控制恶魔的能力而来,不过似乎对于挖掘关于你的传说故事更感兴趣。"

魔印师、信使、草药师、难民村的村长……一个接一个,有时一次进来两个,络绎不绝,一整天就这样度过,直熬得瑞娜几近崩溃。

亚伦更为冷静,和所有村民都像朋友一样招呼,而大多数人也把他的建议当作圣旨去执行。尽管如此,他们走出房间时感觉轻松多了,就算这表示他们得在众人围观下走在街上。

抵达圣堂时,海斯牧师和法兰克辅祭正在等候他们。海斯身穿褐袍,除了魔印斗篷外,瑞娜从没见过这么好的衣料。牧师在褐袍外还穿了件白色无袖长袍,袍缘绣有绿色的藤蔓图案,中央绣着金色法杖,法杖外围着一圈魔印,其中有很多瑞娜都不认得。他的披肩和便帽都是森林绿,用闪着金光的丝线勾勒出耀眼的魔印边。他的手上戴满金戒指,其中一枚镶着牛眼珠大小的绿宝石。

法兰克也穿着正式的服装,绿色的魔印便帽、白色的法袍、棕色长袍以绿线与金线绣着跟海斯牧师同样的藤蔓与法杖;脖子上戴着镶有红宝石的金项链。

他们的盛装和亚伦两人的随意形成强烈的对比——打着光脚,身穿褪色的衣服;而瑞娜则是一副在别人眼中极尽暴露的打扮,身上只穿了及腰短皮背心和两边都开衩到大腿根部的短裙。不过如果他们朴素的打扮,或是瑞娜暴露的打扮,冒犯了牧师,他们也没有立即爆发出来。

"欢迎来到造物主的圣堂,贝尔斯先生,谭纳小姐!"海斯牧师大声地招呼,声音远远传开。"很荣幸能在这么短的时间内请两位来共进晚餐。"

瑞娜想在老人的语气里听出讽刺的意味,但他的语气听起

来十分诚恳。"谢谢你们的盛情邀请。"她凭空比画魔印。亚伦只是轻轻嗯了一声，点了点头。

海斯笑容稍敛。"我也该恭喜两位的订婚大喜，两位可以想象这个消息在镇上会引起多么热烈的关注。如果你们允许，我很乐意为两位主持婚礼。"

"那真是太客气了。"亚伦在瑞娜开口前说道，他的声音跟牧师一样远远传开。"但我希望约拿牧师回来帮我们主持婚礼。"

人们再度开始交头接耳，显然已经吸引了很多村民的围观。海斯抿起双唇，嘴巴变成一条直线，消失在浓密的胡须之中。"你和他很亲近，是吧？"

亚伦耸耸肩。"尽管我并非完全认同他的看法，但约拿牧师在镇民最需要的时候尽心尽力。我和村民也都希望他能尽快回来。"

海斯眼中的笑意全消。法兰克清清喉咙。"或许我们应该先进去边吃边聊吧，牧师阁下。其他人已经到了，在餐厅等您了。"

"很好，带路吧。"

法兰克鞠躬，带领他们进去，紧紧关上圣堂的大门，将喜欢看热闹的群众挡在外面。

站在唱诗班高廊下方的前厅，瑞娜看见一座大约能容纳三百人的中殿。地面都是石板，多年以来让往来众人踏得十分光滑。长凳也一样，微微凹陷的上好木材，在被无数人坐过后，椅面上的亮漆已经磨光了。横梁上刻着魔印，彩绘玻璃上画满魔印，不过除了魔印外没有其他装饰。主祭坛也一样朴实，桌面和讲台上盖上了新布，上面绣有安吉尔斯牧师的藤蔓法杖徽记。讲台底下铺了厚厚的地毯。

"装饰显得有些老旧寒酸，还请两位见谅。"法兰克说。"等到新建完成后，我们就会有一座气势恢宏装饰体面的造物主圣堂，以及符合牧师阁下身份的接待室。"

听觉灵敏的瑞娜能听到亚伦咬牙切齿的咯咯声，但亚伦还是一言不发地跟着法兰克穿过祭坛的一扇侧门，走过小走廊，来到一间没有窗户的餐厅。餐厅比圣堂其他地方的装潢要高端大气上档次得多了。古老的石墙上挂满厚重的壁毯，厅里摆了一张光滑沉重的金木长餐桌，桌面铺着绒布桌巾。桌上摆满了精致的瓷盘、银器以及金色的分支烛台。壁炉里生起温暖的炉火，天花板上的吊灯上还有许多蜡烛。

桌旁坐了三个男人，不过他们在牧师走进大门时立刻起身致敬。

"亚瑟阁下你是认得的，伯爵的助手。"海斯指着对方说道。"他身旁的是盖蒙指挥官，伯爵的侍卫队长。"

亚瑟身穿上好的紧身裤和光亮的靴子、袖口有蕾丝褶边的白上衣、以及绣着木头士兵徽章的粗呢大衣。椅背上挂着一具插有光亮短矛的护套。短矛上刻有魔印，精致的护手上镶着贵重的宝石。那是一把经常保养的武器，但瑞娜认为亚瑟看起来不像战士，她怀疑这把短矛从来没有吮吸过恶魔的脓汁。

这个想法让她口水直流，接着压抑一阵厌恶的感觉——自己到底变成什么了，为什么会被这种简单的意念刺激得食欲大涨？

盖蒙身穿类似的上好服饰，不过袖口没有蕾丝，而且散发出一股战士般的冷峻气息，胡子很短，露出一道皱巴巴的恶魔伤疤。他双眼紧盯亚伦，仿佛是在动手之前打量对手，而他的矛看起来经常使用。他把矛靠在触手可及的墙边。

"真是荣幸之至。"亚瑟在他和队长鞠躬时说道。"伯爵命

我致上歉意，他忙于监督堡垒工程，没法过来作陪。"

"意思就是不想被人看到他和我们一起用餐。"亚伦低声说道。

"这位是公爵的传令使者，杰辛·黄金嗓阁下，安吉尔斯总管大臣詹森阁下的外甥。"海斯指着第三名男子说道。"明天杰辛将会赶回安吉尔斯，你在这个时候回来刚好让他有机会在回去之前见你一面。"

"他一定是特意等着我们回来才肯离去。"亚伦说，声音同样低到只有瑞娜听见。

传令使者身穿合身的上好外衣，以及翠绿色的宽松丝裤，裤管塞在棕色羊皮高筒靴里。他的披肩是褐色的，绣着安吉尔斯藤蔓王座的图案。他向瑞娜鞠躬时大幅度挥动披肩，露出只有在吟游诗人身上见过的七彩华服。

"我从没到过提贝溪镇那么远的地方。"他说着亲吻她的手。"但如果那里的女人都像你这么美丽，或许我该去一趟。"

瑞娜脸上微微泛红。"够了。"亚伦大声说道。

"的确。"海斯同意道，责备地看着杰辛。"请坐。"他指向为亚伦和瑞娜准备的座位。亚瑟突然来到瑞娜身后，她差点动手打他，接着发现他只是在帮她拉椅子。椅子上垫了绒布，她从没坐过这么柔软的东西。

这时，法兰克抬手击掌一下，几名辅祭端出酒瓶。男人们包括亚伦，拿起餐巾一抖，遮在大腿上。瑞娜也笨手笨脚地照做。

"今晚的菜单很丰富。"法兰克说。"烤杏仁雏鸡、红酒酱、苹果木串烤、梅子酱乳猪。"他转向瑞娜。"美丽的女士，您喜欢喝红的还是白的？"

"什么？"瑞娜问。

法兰克微笑。"酒啊，孩子。你喜欢哪一种？"

"酒还不止一种？"瑞娜问，接着在杰辛、亚瑟、法兰克发笑时感到脸红。"我说了什么？"她低声问亚伦道。

亚伦一副即将发作的模样。"没什么。"他说，完全没有刻意压低声音。"他们只是没礼貌，外面的人们有杂草吃就要感谢造物主了，他们竟然还吃得这么奢侈至极。"

法兰克顿时脸色煞白，望向牧师，接着看向亚伦。"我没有冒犯的意思——"

亚伦不理会他，只是看着海斯牧师。"你是这样教导辅祭的吗？牧师阁下。可以这样嘲笑平民吗？知道吗？在我们的家乡，牧师身穿朴素法袍是有原因的。"

☙

海斯牧师咬牙道："当然不是。"

"在我看来就是。"亚伦说，他转头看向法兰克。"你是怎么形容这座圣堂的？很寒酸？配不上你的身份？"

法兰克看起来就像一只被人逼到死角的小鹿。"我的意思是说，我们正在努力改变现状，会有更宏伟——"

"你根本不懂这座圣堂的价值。"亚伦打断他。"它是洼地人力量的象征。当所有希望破灭时，这座圣堂成为他们心中屹立不倒的最后庇护所。他们在此照料伤患，就在这间房。而他们的亲朋好友则在外面对抗黑夜，守护他们。这地方一点也不寒酸。"他看向海斯牧师。"但你却打算拆掉它，建造更大的圣堂，以便让人们忘掉在你来之前这里的模样，忘掉曾经主持这座圣堂的牧师。"

海斯牧师脸色一沉。"又是约拿！你虽然没穿你那件破褐袍，说起话来还是以圣徒自诩，公爵告诉我们如何管理我们的

教会。伯爵已经承诺要让约拿的妻子去看望他,而你还是要在圣堂门外重提此事,现在又在我的餐桌上一再借题发挥。"

"在圣堂门外,可是你自己提的。"亚伦反击道。他望向桌旁的其他人。"我知道你们认为我们都是愚蠢下贱的草根贱民,因为我们来自小村落嘛,但我当过多年信使,一眼就能认出政客。我已经站在魔物填场上告诉所有人我不是圣徒,也不是上天派下来的使者,这样你还嫌不够。一定要演这一出,让人们以为我是你的信徒。"他瞪向亚瑟、盖蒙和杰辛。"而皇族就偷偷摸摸地派遣仆役来看戏,然后回去汇报。少跟我来这一套瞒天过海。我不受《卡农经》约束,也不是藤蔓王座的奴仆。"

瑞娜靠上椅背,饶富兴味地看着眼前的一切。完全没人在乎她。其他人被亚伦骂得耸然动容,但海斯还是举起手安抚他们。

"尽管如此,"海斯说。"藤蔓王座还是安吉尔斯的最高统治者,所有安吉尔斯领土上的物事都得服从它的法律。林白克公爵和比瑟牧者已经下令伐木洼地要服从教会的规定,贝尔斯先生。如果你要住在这里,你就隶属伯爵与我本人的管辖范围。"

"听说过《伊弗佳》法规吗?"亚伦说。

"呃?"牧师问。

"在南方的克拉西亚沙漠里,宗教和法律同样合一。"亚伦说。"他们的盛典《伊弗佳》,就是他们整个文化的基础,克拉西亚人在征服北方领地的同时也将《伊弗佳》法规推广到人们身上,强迫他们崇拜艾弗伦,不管人们喜不喜欢。他们强暴女人,奴役男人,夺走他们的小孩,从小灌输宗教观。就算不再向北推进,几个世纪之后,所有活在他们领地上的人都会成为《伊弗佳》的忠实教徒,大幅增加他们的人数。"

"那你就该了解我们为什么要坚决彻底抵抗他们了。"海斯说。"强化对造物主真主的信仰，抵制这个伪神。"

"是的，只是在我看来，你们会在抵制他们的过程中变成他们。"亚伦说。"我不允许这种事发生在洼地。你可以在布道台上畅所欲言，如果人们愿意接纳你，那是他们的选择。但如果你敢遵照古法把私通者绑在木桩上去喂恶魔，我会折断那根木桩，一半插到你的门里，另一半插到伯爵的门里。"

"你放肆！"法兰克大声吼道。

"你可以试试看。"瑞娜说。

"你大胆！"亚瑟大叫。盖蒙队长跳起身来，抓起长矛。"依据汤姆士伯爵授予我的权力，我可以以叛国罪名逮捕你……"

亚伦轻哼一声，甚至没有费力起身。他随手凭空比画了一个魔印，盖蒙的矛头突然变成浓雾般的灰蓝色，长矛柄端的空气开始发光，矛头与矛柄渗出白雾，结成长长的冰棍。

盖蒙大叫，只听见咔哒一声放开武器，抱住仿佛遭火烧伤的手掌。在长矛掉到地板上时，杰辛立即向一侧跳开。

"啊，造物主啊，我的手！"盖蒙尖叫道。

"停止愚蠢的举动，坐回原位去。"亚伦说。他看向一名目瞪口呆的小辅祭。"帮指挥官拿碗冷水过来泡手。"小辅祭没有征求海斯牧师或法兰克辅祭的同意，立刻掉头就跑。

海斯十指相抵。"因为身怀绝技，所以你自认凌驾于人类与造物主的法律之上？这就是你让我知道今天早上那番话都是谎言的方式吗？你真的自认为是解放者？"

亚伦摇头。"我只是让你知道我不是个任你摆布的乡巴佬。我回洼地是因为有事要做，不是要跟你或伯爵冲突。只要你善待镇民——目前看来还可以——我希望可以维持良好的关系。

但是既然你提起了管辖权，我就要让你知道你的管辖权能够管到哪里。我对于成为政治的棋子毫无兴趣，如果有人再敢嘲笑我的未婚妻，我会让某些人付出代价。"

海斯点头。"我为给你和谭纳小姐带来的不愉快致歉。我向你保证他们是无心的。"他瞪向法兰克。"我的助手会受到适当的惩罚。"

牧师摊开双手。"我也想和你维持良好的关系。伯爵和我都不愿与你为敌，贝尔斯先生。公爵命令汤姆士南下，守护边疆，保护人民。比瑟牧者赋予我的使命也是一样的。我会照顾这些人，就像你们的约拿牧师一样——不过约拿的事我有些无能为力。"

"这就是你所有的使命吗？"亚伦问。

海斯摇头。"还有另一件事，你。"

"我？"亚伦说。

"你不是安吉尔斯境内第一个被称为解放者的人。"海斯说。"每隔几年就会有人散布解放者回归的谣言，特别是在边远的小村落。造物主的牧师会查证每一个解放者的真实性。我本人任职期间就曾调查过十几件这种传言——每个都是冒牌货。"

亚伦微笑。"把我加进去，因为我也不是所谓的解放者。"

海斯凑向前来。"或许，但你也不是来自小村落的普通信使，不管你怎么说。你一有机会就否认自己是解放者，但却没有告诉我们你究竟是什么人。而你会施展恶魔法术；谁知道你是不是恶魔？"

餐厅陷入沉默，瑞娜这次被激怒了。尽管海斯靠回椅背，其他人却都凑上前来仔细听取亚伦的回答。杰辛拿出一本小册子和一支笔。对于吟游诗人而言，故事就是金钱，对传信使者更是如此，虽然他们的观众只有一个。

"你们今天早上已经看到我站在阳光底下。"亚伦说。"恶魔办得到吗？"

海斯耸肩。"凡事都有第一次。"

"加上死在我手中的上千头恶魔，包括你昨晚亲眼见证的那些？"亚伦问。"那些都只是我为了博取人们信任采用的策略？"

"你告诉我是不是啊？"海斯说。

"我们什么都不用告诉你。"瑞娜大声说道。所有人都转头看她。

"不好意思，年轻的小姐。"海斯语气责备地说道。"但是——"

"亚伦今晚本来就不想来蹭你们的大餐。"瑞娜打断他。"他早知道会发生这种事，知道你们会试图利用他，或是指控他。他说我们跟墙壁打交道都比跟你们吃饭自在，是我劝他来的，大家要同舟共济抵抗沙漠人和恶魔。"她站起身来。"现在我很后悔，看不出来我们有任何理由继续这段谈话，就不打扰各位继续享用大餐了。"

她大步走向门口，亚伦道歉式地对牧师耸肩，面带微笑地跟了出去。

太阳开始下山，洼地的街道上仍然人来人往。伐木工的队伍在魔物填场集结，准备开始例行的夜间巡逻任务。商家继续生意爆棚，贩卖各种食物、饮料以及其他物品，一点也没有打烊的迹象。就连那些挖掘新圣堂地基的工人们也在继续奋战。瑞娜知道大魔印能在夜晚守护镇民安全，但她一直没有深思这

个事实所代表的意义——不分昼夜的自由——在洼地镇,人类不必受制于恶魔的行程。

"待会儿天黑了,不会影响到工作吗?"瑞娜问。

亚伦摇头。"魔法即将升起,到时会有足够的光源。"

瑞娜微感惊讶,四下搜寻魔法浮升的迹象,她和亚伦的魔印眼能看见发光的魔雾。

但是大魔印广场中没有一丝魔雾升起的现象。整条街道只是逐渐变暖,接着开始发光。一开始,她还以为只是自己的想象或幻觉,但是石板地很快就亮到无法忽视。亮到显然所有人都看得见魔光,不管有没有魔印眼。她终于了解街上的人为什么能自由自在地行走于黑暗中了。魔光没有亮到白天那般强烈,但却起码能让想加班的人自如地工作。

"很美的景象。"瑞娜说。她看见大魔印的边缘的不远处,那里的魔法冉冉浮升,就像流向亚伦一样流向大魔印。她能感觉到大魔印也在吸收自己身上的魔力。打从她第一次吃恶魔肉时出现在体内的魔力核心,如同磁石被吸向铁锅般地承受大魔印强烈的吸附。她的脚步变得沉重,她感到身体有些发虚,伴着轻微的头昏脑涨。

"以前在大魔印里……会让我很不舒服。"亚伦仿佛猜到她的想法般说。"好像在涉水而过,或是在太阳下晒到发晕。"

"从前?"瑞娜问。

"现在一切都不同了。"亚伦说。"大魔印吸收太多魔力,吸取它的魔力对我来说就和呼吸一样轻松。"他深吸一口气,身上的魔印大放光明。她从来没有见他这么亮过。他吐出魔力,身上的魔光立刻消失。"我甚至能把用不到的多余魔力还给大魔印,借以强化禁忌威力。"他看向瑞娜。"我在这里很强大,瑞娜。完全超乎想象,甚至不用杀恶魔就能得到力量,我不敢保证这样的力量就够了，但是下次新月，不管地心魔域派出什么怪物来找我们，它们得小心了。"

他转向位于石板地的另一端的一座高大建筑。那是瑞娜在洼地里唯一看到的魔印建筑，上面的魔印又大又强，深深刻画在木头中。

"诊所。"亚伦说。"我得在草药师薇卡往安吉尔斯之前去拜访她，或许我能在她离开前帮她分担一些工作。等我结束之后，诊所里就会连个流鼻涕的小鬼都不剩下。"

"你确定有必要这么做吗？"瑞娜问。"肯定会让人们再次开始叫你解放者。"

"不管喜不喜欢，那都无法置身事外。"亚伦说。"我不是解放者，但也不想继续隐藏自己的能力。我们已经扰了马蜂窝了，杀死了心灵恶魔，如果我没猜错，新月一到，成群的马蜂就会飞来蜇人。我要所有人都能够起身作战。"

瑞娜皱眉。

"怎么了？"亚伦察觉她的表情。瑞娜双手抱胸，转过身去。

片刻过后，她感到亚伦的手臂搂着自己，轻轻捏她。"有事困扰你，瑞娜，说出来。我在那头恶魔身上学到很多东西，但我还不打算尝试读心术。"

瑞娜叹气。"我不喜欢你那种毫无自保底线的治疗方式。"

亚伦身体一僵。"什么？为什么？我应该让人们躺在病床上吗？变成残废？或是任他们死去？"

尽管瑞娜一心只想待在他怀里，但她挣脱他的手臂，转身面对他。"不是那样的，我只是觉得这样不安全。你老是说我鲁莽，但是每次施展治疗术的时候，你都差点害死自己，你固执到不知道什么时候该停。所以没错，我宁愿看到草药师以传

统方法医治脚断的人,也不希望你在治疗的过程中昏倒。"

她以为他会对她大叫,但亚伦只是点头。"还在摸索当中。但我有大魔印的魔力为后盾,而且我会小心的,瑞娜。我保证。"

第六章　耳环

333 AR　夏　月亏前第二十九个拂晓

"啊——啊！"英内薇拉在耳环中传来黎莎急促的娇喘声时做深呼吸强忍心中的怒火。

其实，那耳环看起来像个廉价的银制首饰，但是上面刻有很多精细的魔印，透过中央状似半枚卵石的恶魔骨提供魔力。另外半枚恶魔骨镶在另一只耳环上，她在多年前结婚那天把那只耳环送给贾迪尔。他并不知道那只耳环的真正用途。爱我就永远不要摘下它。那天她是这么对他说的。

耳环上的魔印通常没有对准，但英内薇拉只要轻轻转动一下就能启动魔印，而耳环上的恶魔骨就会和它的另一半产生共鸣，像小孩用杯子和线做成的传声筒一样将声音传进她的耳中。

包括黎莎·佩伯在她丈夫耳边所发生的喘息声。

英内薇拉默默告诉自己，我就是棕榈树，这一切只是一阵风。我会弯曲，却不会折断。她的目光瞟向梅兰和阿莎薇，她最亲密的助手。她们对耳环里的一切一无所知——它的魔力只对佩戴者有效——但那并没有任何差别。现在阿曼恩和黎莎已经公然在人前示爱，至少在宫殿里毫无顾忌。英内薇拉被迫装出若无其事的模样微笑，即使这段关系会有损于她在达玛丁和贾迪尔部下之间的权威。

她紧握拳头——她无力阻止他们在一起——阿曼恩毕竟是

沙达玛卡，不管自己如何解读《伊弗佳》，他都有权占有任何想要的女人。多年以来英内薇拉始终确保他的欲望都能从她或者她所挑选的女人身上获得足够的满足——这些女人为他带来权力与子嗣——也是她能轻易掌控的棋子。

她无法控制或除掉黎莎·佩伯——她确实能为阿曼恩带来权力，但她一直在回避这件事，而且高傲得像是安德拉的第一妻室。没人可以控制她，英内薇拉已经两次暗算失败，第一次是派遣长女阿曼娃，现在身为罗杰的未婚妻，去向黎莎下药。阿曼娃忠心耿耿，但缺乏经验，结果把事情彻底搞砸了。

黎莎本可以告诉贾迪尔，公开两人之间的暗中角力。贾迪尔肯定会大发雷霆，甚至可能失去理智。

但是黎莎并未泄露此事，甚至允许阿曼娃继续留在镜宫里。

这件事让英内薇拉对她多增了一分容忍，于是不久后当她派遣阉人侦察兵闯入黎莎的卧房时，她竟然蠢到试图威胁那个女人知难而退，而不是直接痛下杀手。当天晚上，她在两人联手对抗试图杀害贾迪尔的心灵恶魔时被迫拯救黎莎的性命。

当然，如果她不这么做，心灵恶魔最终很可能会直接要了贾迪尔的命，甚至连自己也难逃一劫。尽管英内薇拉不愿承认，北地草药女巫确实是个令人敬畏的对手，而且她的力量打从那天晚上开始就与日俱增。英内薇拉无法阻止她从心灵恶魔身上取走阿拉盖霍拉——自己也拿了一部分。她派遣阉人试过去取回恶魔骨，但他们伤痕累累地空手而回。黎莎再也不会掉以轻心。

于是英内薇拉只能偷听——一边偷听，一边努力不让自己产生被取代、排挤与羞辱、被打入冷宫的感觉。

她做深呼吸，恢复了冷静。那个女人再过不久就会回她那野蛮的村落去，到时候自己就可以永远地摆脱她。英内薇拉将会夺回在贾迪尔床上应有的地位,恢复以往的权威。

只能说也许吧。

热情的呻吟与娇喘声逐渐消逝,变成温柔的耳语。英内薇拉努力张起耳朵,努力倾听那缠绵悱恻的模糊声响,这种感觉比前一幕所发生剧烈的声响还要难受。英内薇拉曾经数次目睹丈夫跟别的女人干那事儿,对那些画面和声响了如指掌。英内薇拉对于自己的枕边技巧拥有绝对的自信,丝毫不把黎莎取悦她丈夫的技巧放在心上。真正令英内薇拉厌恶的是他和黎莎完事后软瘫在床上还紧紧拥抱在一起的定格画面。

"嫁给我吧。"贾迪尔说。

"我要拒绝多少次你才不会再问?"黎莎回答,假装不了解对方此举之中所蕴含的荣耀。

"就算你拒绝我一万次,"贾迪尔说。"我也要再问你一万次。来,我们还有时间。我是沙达玛卡,只要出手一挥就能宣告我们结婚。现在就嫁给我,秘密地嫁给我。你母亲和阿邦当见证人,签订婚约。没必要的话,不必让人知道,只要我们自己知道就好了。"

阿邦。英内薇拉意味深长地噘起嘴唇。这一切原来都是他为了争夺权力以及贾迪尔的信任所策划的阴谋。看来,自己也必须解决他。

"问我一万次,或是两万次,"黎莎说。"我还是会拒绝你,你已经有太多妻子了。"

"我不会再让她们上我的床。"贾迪尔说。英内薇拉大怒。"除了英内薇拉。"他更正。她发现自己松了口气,不过仍不敢相信他竟会如此愚蠢。有人说沙鲁姆不会讨价还价,而贾迪尔还是个彻头彻尾的沙鲁姆。

"所以我只要和一个女人分享你就好,而不是十四个?"黎

莎问。

"现在就来分享我。"贾迪尔在他耳边笑着说道,两人的亲吻的声令英内薇拉再次紧咬下唇。

"现在只有我们两个人,阿曼恩。"黎莎说。贾迪尔发出欢愉的气音。"接下来几小时内,我不会和任何人分享你……"

"达玛佳!"梅兰叫道。"你的手!"

英内薇拉低头看着自己紧握的双拳中渗出的鲜血不断滴到地上,因为她非常锐利的长指甲已深深掐进掌心。她已揪心到完全忘了疼痛,即使梅兰和阿莎薇摊开她的双掌,小心翼翼地清理伤口和上药包扎时,她都是愣愣的,仿佛换了个人似的。

事情怎么会这样?自己到底哪里亏待了阿曼恩,以至于他要如此羞辱和报复自己?她曾让他在被沙鲁姆埋没以及白白牺牲之前获得良好的训练与教育机会。她将统一的克拉西亚献给他,还帮他把解放者的长矛弄到手,帮他在克拉西亚解放战争中节节胜利,直到把阿拉盖赶回奈的深渊。自己还帮他生了四个儿子和三个女儿,并挑选吉娃森满足他欲望,孕育更多子孙。

"或许我早就该帮他挑选一些白皮肤的北地妓女来满足他别样的胃口。"她喃喃说道。

"男人都是规律性很强的动物。"梅兰说。

"征服某样东西后的第一个反应就是把它当作狗一样折腾。"阿莎薇同意道。"很多沙鲁姆都开始喜欢上北地的白皮肤女人。"

梅兰和阿莎薇相爱多年,两人共享寝室,形影不离,随时都伴随在彼此身边。她们对男人唯一感兴趣的就是播种,从此再也没见过那两个男人。

尽管充满偏见,她们说得确实没错,英内薇拉早该预料到这种情况。如今,就因为她没有先见之明,她的丈夫跑去他们曾经共度春宵无数次的香水室里接受一名异教妓女的诱惑。

　　黎莎的枕边细语已经开始影响阿曼恩，让他重新反省数个世纪以来定下的文化与传统。他在这种情况下颁布的命令有些无关痛痒，有些却异常危险，为了北地人的情感因素而远离自己的子民，忘记他们应该是被征服的目标，而非盟友。

　　他们没有时间去和青恩谈判，沙拉克卡即将来临，就某些方面而言，根本已经开始了。

第七章　影之殿

300 AR

英内薇拉很讨厌父亲带沙鲁姆回家。她和母亲忙着做饭招待，父亲却是对她们又骂又打，刻意在醉酒吵闹、拿泥骰子玩沙拉克的客人面前做样子。在苏利换上黑袍之前，父亲完全禁止他做任何事情。"你是一名战士，我的儿子，不是卡菲特和女人！"

小时候，那些男人完全忽略英内薇拉，只是盯着蔓娃看，但是当她开始出现美女雏形后，有些沙鲁姆的目光就开始转到她的身上。其中一名沙鲁姆，名叫山姆的恶心男人，甚至对她动手动脚。

尽管没有煮饭或端菜的义务，苏利还是尽力在场保护她的安全。往往在山姆的手才刚抓到英内薇拉身上时，苏利已经一膝盖顶在对方的胯下，同时一拳打断对方的鼻梁。

卡萨德哈哈大笑，嘲笑山姆，赞扬自己的儿子，但他一眼都没看英内薇拉，不管她有没有受委屈。更糟糕的是，之后他还是继续邀请山姆来他们家，完全不阻止他色眯眯的目光。英内薇拉知道那个沙鲁姆只是在等待苏利分身乏术的时机。

服侍父亲和十几个醉醺醺的沙鲁姆令英内薇拉害怕，但那永远无法和服侍达玛丁饮用月盈茶的仪式相提并论。

餐厅中的厚地毯上摆了半圈绒布枕头。坎莉娃坐在中间，梅兰立刻送上一杯热气腾腾的茶。她就像是一缕青烟,立刻出去倒茶,然后迅速消失。

"魁娃,坐我右边。"坎莉娃下令,比向右边的枕头。"法娃,我左边。"

魁娃遵命坐下,法娃也一样。法娃年纪很大,看起来比坎莉娃还老。阿莎薇和另一名奈达玛丁走上前来倒茶。

坎莉娃举起茶杯,三个女人同时喝茶。接着坎莉娃指示另外两名艾弗伦之妻入座,一边一个。有人帮她们倒茶,五个女人一起喝茶。

那壶茶倒到接下两个女人时已经不算太热了,轮到之后的两人时只剩一点余温。当最后两名艾弗伦之妻入座时,茶已经有些微微发凉了。

食物也以同样的顺序端出来,坎莉娃身为最宠信的达玛丁可以吃到最好的肉,虽然所有达玛丁的食物比英内薇拉一辈子见过的美味还多。食物的香气刺激又疲又饿的她头昏眼花。

整套仪式结束后,达玛丁终于放松下来,开始亲切地聊天。她们英俊的宫人仆役负责煮饭和上菜,但是直接服侍达玛丁吃喝的还是艾弗伦的未婚妻。

英内薇拉面前的达玛丁喝完了茶,将空杯放在桌子前。见英内薇拉没有立刻倒茶,达玛丁立即转过头来,扬起一边眉毛示意。英内薇拉连忙捧着茶壶上前倒茶,结果却洒了一滴在桌上。坐在另对面的达玛丁看着那滴茶水,冲她轻蔑地冷哼一声。

回到原位时,梅兰狠狠掐了她一下。英内薇拉尽力咬紧牙关忍住没有叫出声来。"笨蛋。"女孩低声训斥道。"我们会遭到狠狠惩罚的。再敢洒出来一滴,我们就直接在下次洗澡的时候把你压到水里,送你去见艾弗伦。"

尽管在如此私密的场合,达玛丁还是系着面纱,用两根光

滑的筷子将食物夹到嘴里。英内薇拉偶尔会瞥见她们的嘴巴或鼻子，然后立刻移开目光。那种感觉比看到卡萨德在一堆篓子上强暴母亲蔓娃还要恶心。

达玛丁用完晚餐后，艾弗伦的未婚妻就在厨房吃剩下的饭菜。梅兰和其他女孩会把英内薇拉推开让她排到最后面，轮到她时就只剩下一些残羹冷炙。她勉强在锅旁刮下不到一碗饭菜，将就着吃。不止如此，其他女孩还是会聚成一圈，故意排挤她。她只能独自用餐，日落时就在魁娃赶她们回地窖时麻木地跟在大家身后回去。

奈达玛丁们睡在一间大寝室里，依赖天花板上的魔印光芒来照明。英内薇拉一脸好奇地看着天花板上的各种魔印符号。

"你很快就会开始学习魔印。"魁娃注意到她那充满好奇的目光时说道。"梅兰，你的床在哪边？"

寝室中央整整齐齐地摆了几排帆布床。梅兰指向离门口稍远的一个角落。

魁娃点头。"那张床是谁睡的？"他指向紧挨着梅兰床铺的一张。

"阿莎薇。"梅兰说。阿莎薇快步上前。

魁娃嘟哝一声。"你的枕边姐妹得换一张床睡了。接下来十二个月里，英内薇拉将会睡在你身边，以便于她随时聆听你的指导。"

梅兰在阿莎薇开始收拾东西——大部分都是书籍和书写工具——时，发出几乎细不可闻的愤懑的抗议声。她在英内薇拉走过时瞪了她一眼，目光比刀还锋利。

"魔印光熄灭前，你们可以自由活动，熄灭后就按时就寝。"魁娃说完离开寝室。

英内薇拉一言不发，静静等待其他女孩来欺负自己，但她们再度冷落她，三三两两聚在一起，将她排摒在一边。英内薇拉只是默默爬上自己的床，拿出《伊弗佳丁》开始细心研读。

魔光在几个小时后才熄灭，但那本厚书她才看了一点开头而已。她将缎带夹在书页里，沉沉睡去。

⁂

英内薇拉醒来时发现黑暗中有人影在她床边走动。她的双眼已经习惯黑暗，但还是只能看出一条人影轻手轻脚地移动。她一时之间忘了呼吸，接着回过神来，开始平缓呼吸，假装沉睡。她假装发出轻微的鼾声，就像母亲那样。

除了《伊弗佳丁》圣典和霍拉袋外，英内薇拉没有任何多余的私人物品，没有可以充当武器的东西，但在这个睡满鄙视自己的女孩的黑屋子内，武器没有什么用。她们能在黑暗中像杀一只老鼠一样灭了自己，然后装作谁也不知情吗？她紧张得想要逃跑。但是根本无处可逃，就算自己能在黑暗中找到房门，门也已经从外侧闩上了。

但是那条人影越过她，挤到梅兰的床上。她听见了毛毯掀开的声音。

"我想她有可能听见我上了你的床。"阿莎薇低声说道。

一段沉默过后。"她睡了，我听见她的鼾声。"梅兰说。"再说，谁管那把烂骰子怎么想？"

英内薇拉躺在床上，一边有规律地打着鼾，一边听着梅兰的床上传来亲吻和情话的声音。她没有问过别的女孩，从没想过这种事，但她还是羡慕她们——英内薇拉从来不曾如此寂寞。

⁂

英内薇拉醒来时，完全是被踢在身体一侧的剧痛弄醒的。

她大叫一声,一把坐起身来,只见梅兰抬腿准备再度踢一脚。"赶紧起床,烂骰子。"

英内薇拉醒来时,魔印已经再次亮起,大多数女孩开始绑拜多布。英内薇拉感觉有些尿急,快步冲向围着布帘的茅厕,但梅兰一把抓住她的手臂。"想尿尿的话,你就该早点起来。达玛丁随时都会进来,如果她出现时,发现你还没绑好拜多布,你将会发现你受到的惩罚将会比尿急更不堪忍受。"

英内薇拉被吓得脸色煞白,使劲憋住,不敢再去想尿尿的事,一把扑向干净的丝布。其他女孩很是妒忌地看着她比自己更熟练地绑好了拜多布。

阿莎薇朝英内薇拉的脚边吐口水。"一个编篓匠的女儿擅长于绑拜多布并不能证明她有多聪明。"

英内薇拉绑好拜多布一会儿,宿舍沉重的房门被打开了,魁娃出现在了门外。身穿拜多布的女孩们赶紧排成一队,英内薇拉也跟着她们走出这间地窖似的宿舍,来到地底宫殿里的另一间大厅里。

"我们每天都必须从练习沙鲁沙克开始。"梅兰吩咐道。"闭上你的嘴,按照达玛丁示范的动作练习。"

英内薇拉点点头,跟着其他女孩列队站好,每人前后左右间隔两步距离。魁娃大步走到大厅前方的一个小高台上,伸手解开身上的丝袍。丝袍像牛奶一样轻轻地滑落下来去,她赤身裸体地站在列队的女孩之前,身上只剩下遮着脸的面纱和头巾。

紧接着,她开始慢慢做一系列运动前的类似伸展身体的准备动作。其他女孩跟着她的节奏照做。英内薇拉也一边拼命记住各种动作,一边手忙脚乱地模仿。很快魁娃结实的肌肉上的光滑皮肤泛起一层汗水与香油的光泽。英内薇拉纳闷这么缓慢的动作怎么能让她流汗流到好像在中午的太阳底下奔跑一样。

她那些动作缓慢而精确，跟苏利那种大开大合的充满力量的招式大不相同。但尽管看起来缓慢，那些招式却比苏利学习的动作都要复杂许多。英内薇拉模仿着一个个将人体柔韧的身体弯曲到让人匪夷所思的姿势，并且保持这些姿势很长一段时间。从未专门锻炼过的肌肉酸痛无比，她累得满头大汗，心跳加速，气喘吁吁。仿佛不管怎样猛力吸气都不够用一样，关键的是她担心自己会憋不住想尿尿的冲动。

　　魁娃以左脚站立，上身前俯，整个身体与地面垂直，双手成抱球状抱紧左脚跟。她的右脚向上伸起，往后弯曲，脚趾几乎触碰到臀部。

　　"保持这个姿势。"魁娃恢复站立姿势后说道，一边走下高台，其他女孩咬牙保持着这个高难度的姿势。

　　"站直了。"达玛丁喊道。英内薇拉立刻起身，魁娃一手贴着她赤裸的胸口，另一手按在她肩膀的脖子后。"用鼻孔吸气，深吸一口，慢慢纳入腹部丹田。"她双手一挤压，英内薇拉得在压力下吸气撑开胸部。

　　达玛丁嘀咕一声。"吐气要细匀深长。"她在英内薇拉以稳定的速度吐气时继续用力施压。

　　"再来一次。"魁娃说。"呼吸就是根本，只要控制呼吸，你就能控制自我的一切。只要能控制自我，你们将立于不败之地，不会感到饥饿或痛楚，不会感到爱与恨，没有恐惧，没有焦虑——活着即呼吸。"

　　严格按照达玛丁的教导练习，英内薇拉刚才剧烈发抖的身子已经开始平静下来。在她从鼻孔把气息吸到下腹然后又慢慢细匀深长地吐出的时候，尿急和饥饿、疼痛、疲倦……消失得无影无踪——四周的女孩开始摇晃，脸上露出难以忍受的痛苦表情。

"跟随我的节奏,慢慢来。"魁娃说,持续施压,开始以缓慢的节奏呼吸,英内薇拉调整自己呼吸的节奏。"呼吸不但能够净化你的心灵,还能磨炼意志,增强内力,直到身心气合而为一。"当两人呼吸的节奏完全同步后,达玛丁慢慢放开双手,赞赏地抓起英内薇拉的两只手臂,高高举过头上。

"眼镜蛇兜帽——"魁娃说完看向其他女孩。"停。"

女孩们纷纷以各种艰难的姿势站起来,像上伸展双手,大厅里响起一连串长长的吐气声。

"这些是沙鲁金。"魁娃一边说,一边手把手指导英内薇拉练习接下来的几个动作,还轻声纠正她的姿势。"秃鹰喙,豺狼跃……"

她让英内薇拉身体前倾,右腿往后抬起呈现即将跌倒的蝎子摆尾姿势。"蝎子尾。"达玛丁左脚踏在英内薇拉的左脚上,帮她固定住下盘,稳住身形,接着以右脚钩住英内薇拉的右脚踝,抬起她的腿,指导她伸手抓住后腿,然后将它越拉越高,接着把英内薇拉的腰腹弯到极限。疼得她大口喘息,摇摇欲坠。

"像刚才那样呼吸。"魁娃说。"把自己想象成棕榈树,呼吸就是风。利用它的心力引领你保持身体的平衡,这样才能行云流水地从一个动作转换到下一个动作。"

英内薇拉慢慢调节呼吸节奏和动作,发现这种呼吸方法太神奇了。魁娃察觉她已经心领神会了,脸不红气不喘,身体也柔韧到极致,欣慰地点了点头,回到高台上。

课程持续很长一段时间,英内薇拉在动作过渡时还是会左摇右晃,甚至差点摔倒;尽管关节被掰得异常疼痛,但她尽力调节呼吸……终于,魁娃结束了这一课程,伸手去拿高台旁边盒子里的东西,英内薇拉也松了口气。一阵金属敲击的声音过后,魁娃取出四个铜铍,分别绑在双手的大拇指和食指上。

她点了点头,梅兰上前拿起盒子,取出她自己的铜钹,然后传给下一个人。所有的女孩都拿了一副铜钹,然后立刻回到原位,等待魁娃开始下一阶段的课程。

魁娃侧身面对大家,双手高举,准备好铜钹。她一脚跨在身前,另一脚微微弯曲。

其他女孩摆出同样的姿势,英内薇拉尽量模仿。"膝盖微曲。"魁娃说。"重心放在前脚掌。"

当英内薇拉调整好动作,找到平衡后,达玛丁敲钹四下,臀部随着钹音如同水蛇般扭动起来。

"一起做。"她说着重复这个动作。其他女孩动作精准地模仿,但英内薇拉发现这个动作并不像看起来那般简单。

"再来一次,"魁娃说。"看仔细了。"

她再度敲钹扭臀。英内薇拉还是看不明白。一开始她想不透该如何摆臀,接着铜钹又跟不上其他人。同时完成两个动作似乎太有挑战性。

魁娃一再指导这个动作。英内薇拉感觉得出其他女孩脸上冷漠的嘲笑,但除了不断重复,她也没什么特别的灵感和顿悟。

直到让魁娃满意了。她哼了一声,开始持续敲钹,同时配合节奏摆臀。英内薇拉融入节奏之中,很快就习惯了这个动作。她发现自己也跟着笑起来。

但接着达玛丁开始移动,体态优雅地在高台上绕圈,完全没有停下,敲钹或摆臀时,那景象十分美丽,令人心神荡漾。英内薇拉开始模仿她,结果却一脚不慎踩到梅兰脚上,两人摔到一堆。

"你个笨蛋!"梅兰叫道。

魁娃跳下高台,狠狠甩了梅兰一耳光,手中的铜钹发出清脆的声音。"是你的错,梅兰!达玛基丁安排你教导她奈达玛

丁之道！你教了她什么？她连眼镜蛇兜帽和摆臀都不会。"

她用手指点着梅兰的鼻子。"你得学会认真反省。在英内薇拉跟上其他人的进度之前，你不得进入影之殿。"其他女孩被这一处罚惊得同时暗暗吸气，梅兰气愤得只有把愤怒的双眼瞪得圆圆的。

"再敢用那种不敬的眼光看我，"魁娃说。"我会让你搬去大后宫住，去当沙鲁姆泄欲的玩物。"

梅兰仍很不服气地偏开目光，深深鞠躬。"是，达玛丁。"

沙鲁沙克课程结束后，女孩们纷纷赶去厨房排队，由两名年长的宫人给每人舀一勺稀粥。英内薇拉从梅兰和其他女孩眼中看出她们想要把她挤到队伍后面，于是她自动让位。毫无意义的冲突不会带来任何好处，在学习奈达玛丁之道的期间最明智的道理还是示弱。

轮到英内薇拉时，粥锅里仅剩下最后一点，不到半碗稀粥。尽管如此，她还是勉强在梅兰走到跟前传话时把粥喝光。

"天快亮了。"梅兰说。"奈达玛丁会前往大帐，迟到的话我们会遭到最严厉的惩罚。"

"大帐？"英内薇拉问。

梅兰以一副她是白痴的模样看着她。"沙鲁姆会在拂晓时从大迷宫归来，伤员会被送往大帐接受达玛丁的救治。我们要协助达玛丁。"

英内薇拉想起昨天在大帐里听到帆布隔壁传来的沙鲁姆伤兵惨叫声，想象自己在那些浑身是血的惨叫男人中帮助达玛丁割开伤口及缝线的情景。她不禁有些头昏眼花，脸颊涨红，刚下咽的半碗稀粥顿时涌出她的喉咙。

这时，梅兰狠狠甩了她一巴掌，打得她稀粥和胆汁恶心的胃酸喷涌而出，喷在石室的地板上。响亮的巴掌声在大厅里回荡，惊得其他所有女孩都抬起头来，但她们的目光仍然那么冷漠。这时，没有达玛丁在场，所有宫人都如石雕般默不吭声。

"艾弗伦的胡子，给我放精明点！"梅兰叫道。"达玛丁最看重的就是治疗伤患。现在我已经不能进入影之殿了，要是再因为你的软弱让沙鲁姆多流一滴血，达玛丁就会要我付出千倍的代价。"她凑到近处，压低音量。"要是发生这种事，我会狠狠收拾你的。"

被巴掌打得有些发晕的英内薇拉凝视着她，试着理解她这句话的意思。梅兰没有给她时间清醒，抓起她的手臂，一把拉回地窖。其他女孩们也迅速洗脸洗手，换上白袍，再次排好队。梅兰带头走回地窖门口，和达玛丁会合。接着达玛丁带着她们离开宫殿，穿越地下城，来到卡吉达玛丁大帐的石室，等待达玛从沙利克霍拉的尖塔上吟唱拂晓之歌。

协助达玛丁治疗伤患就和英内薇拉想象中的一样，既血腥又恐怖。她的耳中充斥着喊骂和惨叫声，一半来自痛到无法拥抱痛楚的沙鲁姆，一半来自训斥她动作太慢的梅兰和达玛丁。

她在端着一罐以味道比库西酒还刺鼻的液体浸泡的工具时不小心绊了一跤，洒出几滴液体。梅兰在魁娃和另一名达玛丁的面前往英内薇拉的脸上狠狠挥出一拳。两名达玛丁都没出面阻止，她们更关心英内薇拉手上端着的罐子里的工具，将鲜血淋漓的碎片丢到棕榈篓中。

魁娃扔了两条丝带到梅兰手上。"固定他。"

梅兰拿起一条丝带，将另一条交给英内薇拉。"动作快点，

跟着我做。"她将丝带缠在双拳之间，相隔约莫一条上臂的长度。

英内薇拉没有时间思索这些指示，只能看着梅兰开始动作，以难以想象的速度和优雅的手法将丝带缠在战士的手腕上，接着往后拉扯，将他的手臂拉直固定好。他试图抗拒，但梅兰清楚他手臂最脆弱的地方在哪里，于是持续控制住他的手。

"动手！"她在男人奋力举起另一只手抓她的同时叫道。英内薇拉冲上前去，试图依照梅兰的指示去做。她以丝带缠住沙鲁姆的手腕，但她不像梅兰一样知道该绑何处，如何移动重心。战士反手一拳，以远比梅兰更大的力道打在英内薇拉的身上。

英内薇拉噗通一声重重摔倒在地。魁娃嘶吼一声，挺直两根手指，径直插入男人的背窝。他的手臂顿时抽搐，失去力道，英内薇拉立刻爬起来拉紧丝带，再度固定好他。魁娃不耐烦地瞪了梅兰一眼。梅兰则在她俩固定战士手臂时狠狠地盯着英内薇拉。达玛丁塞了一颗安眠药到伤员的嘴里，只一会儿，他就昏睡过去，不再动弹。艾弗伦之妻开始剪开他的衣服，毫不在意鲜血沾上自己洁净的白袍，以及恶魔伤口处更恶心的脓血。

"单纯的手术还不行。"一段时间后，魁娃说道。

"要救活他，就得利用霍拉魔法。"另一名艾弗伦之妻同意道，望向梅兰。"带他去地下石室。"

梅兰点头，和英内薇拉合力抬起垂挂在手术桌旁的担架。但战士可比两个女孩加起来还重，不过英内薇拉倒是做惯了吃力的活儿，这次她的步伐显得十分稳健。阿莎薇跑在她们的前面拉开暗门。达玛丁带他们步入黑暗。

阿莎薇等到英内薇拉和梅兰走下阶梯，这才闩上暗门，让他们完全留在黑暗中，直到魁娃拿出发光的恶魔骨，照亮通往一条摆有手术桌的石室的走道。石墙上有一扇铜门，魁娃从脖子上取下钥匙打开那扇门,里面手术台上放了许多看起来像是煤块的焦骨——阿拉盖霍拉。她挑选了一块不大不小的,在门锁的喀啦声响中关上钢门。

"抽血器。"魁娃说。

梅兰取出有管子和脚踏风箱的装置。英内薇拉持续踩动踏板,梅兰则将其中一根管子插入战士的伤口,将血抽入玻璃箱中。

达玛丁清理伤口边缘,先是擦干血迹,然后刮掉附近的体毛。这么做的同时,阿莎薇准备了刷子和一碗墨水。

"英内薇拉,这边来。"魁娃叫道。阿莎薇接替她继续踩踏踏板,英内薇拉来到艾弗伦之妻的身旁,尽量避免妨碍她们抢救。

魁娃没有扭头看她。"首先,绘制吸引魔印,画在伤口北边。"她拿刷子蘸墨,画下陌生的符号。英内薇拉全神贯注,期待看到墨水能发出魔法的光芒,但是没有任何异常现象。"接着,绘制力量、耐力以及鲜血魔印。"她迅速绘印,刷子顺时针方向沿着沙鲁姆的皮肤移动,在四个罗盘方位画下魔印。

"现在得将魔印连接起来。"魁娃说着,在四个魔印中间的空位增加四个同样的魔印,形成一个规整的八角图形。画完之后,她指示另一名达玛丁,从储藏柜里拿出恶魔骨。骨头接近伤口时,魁娃绘制的魔印立刻绽放出刺眼的魔光。

"魔印和魔法是两码事。"魁娃说。"但它们会吸收恶魔骨上的魔力,将阿拉盖的魔力转化为艾弗伦的神迹。"

英内薇拉目瞪口呆地看着沙鲁姆的伤势奇迹般愈合,伤口仿佛双掌并拢捧着的水,慢慢合拢。片刻过后,伤口消失,连疤痕都没留下。新长出的皮肤稍显苍白,未曾接触过阳光或沙漠地带强劲风沙的吹袭,比四周的皮肤更加健康。

"伟大的艾弗伦啊。"英内薇拉敬畏不已地低声道。"有了这种魔法，就不会再有沙鲁姆死去了。"

魁娃悲伤地摇摇头。"真如你想的那般美好就好了。有些严重的伤势，就连霍拉魔法也无能为力，而且这种力量得付出代价。"她比向另一名达玛丁手中粉碎的恶魔骨。"治疗魔法是最费力的魔法，不能轻易使用。阿拉盖或许源源不绝，但取得它们的骨头所须付出的人命远比救活的人命还多。我们得谨慎并节约使用这种力量。"

"切记，还要严加保密。"另一名艾弗伦之妻严肃地补充。"沙鲁姆很不珍惜自己和战友的性命。如果让他们知道我们拥有这种魔法力量，谁知道他们会干出什么愚蠢的事情来。最好尽量首先以普通的医术治疗他们。"

魁娃点头。"我们暂时不会让这个沙鲁姆直接回去，在他完全'复原'之前得用药让他保持昏迷。"

"但我们不是需要他在阿拉盖前守护我们吗？"英内薇拉反问。

梅兰噗嗤大笑出声来。魁娃冷冷瞪了她一眼。"谢谢你自愿把这个战士抬回大帐，并将今天剩下来的时间都花在清洗拜多布上，女孩。"

梅兰还未来得及收敛的笑容僵住了，不过还是怯怯地点头。"我为我的不敬道歉，母亲。"

魁娃轻挥手掌，让她离开。"我接受，带阿莎薇一起去。"

英内薇拉不确定该怎么做，呆呆地站在原地，看着两个女孩将昏迷的沙鲁姆扶回担架，抬出石室钢门。另一名达玛丁拿发光的恶魔骨走在她们前面带路。

其他人都离开后，魁娃回过头来面对英内薇拉。"尽管不够礼貌，梅兰说得并没有错。守护沙漠之矛的是魔印城墙，而非战士。在解放者回归之前，阿拉盖沙拉克尽管被视为男人的骄傲，但也是为了毫无价值的满足而白白牺牲。"

英内薇拉瞪大双眼听着如此嘲讽的评价。苏利和克隆德每天晚上都在大迷宫里以身犯险，她祖父、叔伯、三百年内所有男性祖先都丧生在大迷宫里，而自己始终认为自己的儿子也许会继续面对相同残酷的命运。这绝不可能单纯地仅仅被视为了男人的骄傲。"《伊弗佳》不是教导我们杀阿拉盖是世上最高尚的行为吗？"

"《伊弗佳》教导我们尊奉沙达玛卡的命令是最崇高的行为。"魁娃轻蔑地说。"而沙达玛卡命令我们杀阿拉盖。"

英内薇拉张嘴欲言，但魁娃很优雅地竖起一根手指打断她的质疑。"然而沙达玛卡已经去世好几个世纪了，并将战斗魔印统统都带进他的坟墓了。之后的每天晚上，死在大迷宫里的男人数量超过新生儿的数量。而且在恶魔回归前，克拉西亚人口超过数百万之巨，现在我们总数不到十万，一切都是因为愚蠢的男人和他们嗜血的游戏。"

"游戏？"英内薇拉惊疑地反问。"在神圣的阿拉盖沙拉克中防御城墙、对抗恶魔，那可是流血的生死搏斗，怎么会只是游戏？"

"因为城墙根本就不需要防御。"魁娃说。"卡吉建立沙漠之矛时规划了两道防御城墙——一道外墙，位于古时候的城市边界，一道内墙，防御绿洲及其外部宫殿与各部族百姓。大迷宫位于两道城墙之间，搭建在外城的废墟上。"她暂停片刻，直视英内薇拉的双眼。"据史料记载，恶魔从没有攻破过这两道城墙。"

英内薇拉好奇地看着她。"那为什么恶魔每晚都会冲进大迷宫呢？"

"我们那些愚蠢的战士们放它们进来的。"魁娃低吼道。"沙鲁姆卡打开城门,直到大迷宫中涌入足够的恶魔,然后关门,将恶魔困在迷宫里,让我们那些用下体思维的男人们拼命猎杀。"

达玛丁的话惊得她对一切充满怀疑,甚至有些头昏眼花,就像早上被梅兰突然狠狠甩了一巴掌时的感觉。她赶紧伸手扶墙支撑自己。

"深呼吸——"魁娃淡淡地说。"找出中心的自我。"

英内薇拉如法施为,深深吸气,以稳定的节奏呼吸,借以稳定下盘,平抑狂跳的心脏。

这种技巧确实很有效,但还不足以排除内心所有的惊疑和愤怒。她有某种冲动想要给城内所有的男人都甩上一巴掌。她一直把苏利和父亲都视为英雄,在他们身上拥有每晚步入大迷宫与恶魔决战的勇气和为家人牺牲的高尚情操。但如果解决问题的方法就只是不要开门那么简单……

"那些……白痴。"英内薇拉终于说道。

魁娃点头。"不管是不是白痴,都轮不到奈达玛丁去贬低他们的身份和那份无畏的牺牲。"

英内薇拉想起魁娃惩罚梅兰时的模样,脸上一红。她鞠躬。"我了解了,母亲。"

魁娃扬起眉毛。"母亲?"

英内薇拉轻咬下唇。"'母亲'不是艾弗伦未婚妻对艾弗伦之妻的正式称谓吗?"

魁娃双眼眯起,在英内薇拉看来跟微笑没什么两样。

"不——你误会了,梅兰这样叫我是因为我是她生母。"

这样解释完全没有平息英内薇拉突然紧绷的神经。"你称坎莉娃为母亲……?"

魁娃点头。"她是我母亲，我是达玛基丁的嫡传子嗣。"

英内薇拉感觉心脏一紧。魁娃一直给她严厉但却公正的感觉，或许不算朋友，至少也不应该是敌人。但现在……

"作深呼吸，要养成习惯，每时每刻——"魁娃又说，扬起一手，等待英内薇拉恢复平静。"我不是你的敌人。我已经习惯身为达玛丁第二把交椅所带来的权力，但我很久以前就已经接受我不会继承母亲的衣钵的现实，我不会像你想象的那样成为领导卡吉部族的女汉子。梅兰还没有接受这个事实，仍在现实的风里抗争，但我祈求艾弗伦让她慢慢明白这一切……"

魁娃突然伸出手指温柔地指着她。"但你也不要误会我的意思。我不是你的敌人，却也不是你的朋友。只有非常优秀的女神才能像我母亲一样，以力量、智慧以及谦逊来领导卡吉达玛丁。如果你的力量、智慧及谦逊都不足以在取得白袍的过程中生存下来，"她耸耸肩。"那一切的一切都是艾弗伦的旨意，你不能怨恨任何人。"

英内薇拉脸色发白，但她调节呼吸，保持清醒。"是的，达玛丁。"

"明白就好。"魁娃说。"跟我来吧。"她迈步走出石室，英内薇拉跟着她绕出迷宫似的地下城密道，回到达玛丁宫殿。这些密道大部分墙壁的下脚都有一长排发光的魔印提供照明。

抵达达玛丁起居室时，昨天跟魁娃说话的那个宫人赶忙迎上前来，身上除了金属镣铐外几乎一丝不挂。他或许不算正常的男人，但外露的下体还是引得英内薇拉不敢正视，却又忍不住想偷看。

"很壮观，是不是？"魁娃问。"卡伟尔是我宠信之人，技巧高超的爱人兼忠心耿耿的仆役。但恐怕你暂时得回避，你会在枕边舞蹈课程中亲自体验男神的魅力。"

枕边舞蹈课？英内薇拉听到这个课程名称就感觉到一阵面红耳赤，不过焦虑之中带有些许好奇的渴望。

魁娃没有给她时间浮想联翩，拿出装有白沙的正方形盒子以及一根细木棍。盒子上下各有一条凹槽，让她插入一块推板，将白沙完全抹平。她将木棍交给英内薇拉。"你刚才看见我疗伤时画了五个魔印，现在画出来让我看看。"

英内薇拉抿起双唇，不过还是接过木棍，闭上双眼，回想每个魔印的形状，然后小心翼翼地绘在沙盒里。和魁娃画的一样，她画了个八角形，每个顶点都有个魔印。最初的四个魔印各不相同，第五个魔印则是重复四次来连接顶点魔印。她如同拿笔般握着木棍的末端，以灵活的手腕精确地描绘弯曲符号。画完之后，她满意地抬起头来望向达玛丁。

魁娃检查她画的魔印很长一段时间，接着嘀咕一声。"你在沙鲁沙克方面的表现比较好。但你这里画的魔印只有两个有效，而且威力很有限。"

英内薇拉失望地看着艾弗伦之妻推动镶板，抹掉画的魔印，然后从英内薇拉取过木棍。"让我们从吸引魔印开始，这些是恶魔牙。"在英内薇拉凑上前来，仔细研究图案时，魁娃在沙子上画下两条曲线。"会出现在所有魔印旁边或隐藏在魔印之中，作用是将魔力吸入符号里。魔印的形状会引导魔力成为最终的形式。"她握着木棍末端继续绘画。"看到我的手腕一直是挺直的吗？我是用手臂移动魔印刷，而不是手腕。一笔成形的魔印威力最强，而想要一笔成形就不能仅靠手腕绘画。"

魁娃很快地画完吸引魔印。英内薇拉这才明白自己的领悟能力有多差。她羞愧得脸颊通红。但魁娃似乎没注意，抹除沙盒，将木棒交还给她。

"再来画一次。"

英内薇拉照做，但是模仿魁娃握棒的手法还是很不熟悉，而且这次画得比第一次还糟。

魁娃面无表情地再度抹平沙盒。

☙

当英内薇拉最后回到地窖时，发现长袍上染满沙鲁姆殷红的血，手臂也因为握木棍而酸麻胀痛，最要命的是膀胱胀得要爆炸了似的。

但这一切似乎都是微不足道的小事，生理不适是可以轻易忽略的。也由于梅兰和阿莎薇有事要忙，她终于有机会排出憋了一天的尿液，顺便冲了个澡，洗尽一天的疲劳。

澡堂里有香油和肥皂，修指甲的工具和去角质的粗石。她在其他女孩刻意忽略她的情况下拿起剃刀，剃光昨晚已经让人剃掉不少的头发，刮掉头上仅存的杂毛，直到摸起来光滑柔顺。那种触感很奇特，感觉像是别人的头皮。

尽管身体足够放松了，但英内薇拉的内心却继续下沉。她从前所知晓的一切、相信的一切，如今都遭人颠覆，或称为谎言。一切都无从解释，仿佛也没那个必要了。

晚餐时，英内薇拉觉得魂不附体。特别是在服侍达玛丁用餐时，她几乎不知道自己在干些什么。她会上前满足达玛丁的需求，然后迅速退回到角落里。更讽刺的是，那些女人似乎就希望她这么做，没有任何一丝思想才能担任优秀的奴才。倒不是说她有什么多余的想法，因为她还在尽力找寻能让自己坚信不疑的不变真理或事实。就连她从小念到大的《伊弗佳》，从前认定是绝对真理的圣典，也被人评为某些人凭主观篡改的伪版，而卡吉的传奇故事，以及达玛的法规也在眼前分崩离析。《伊弗佳丁》里记载了达玛佳对于那些塑造世界的事件的所谓真实陈述，而这些观点经常和由男性记载的《伊弗佳》大相径庭。

哪本圣典记载的内容才是事实？卡吉的版本，还是达玛佳——第一代英内薇拉？又或许两本圣典都只是骗人的谎话，或者真假各半？说数百年前发生的事情现在真的还有没有意义呢？

自己渴望母亲的怀抱，渴望苏利经常伸手揉乱自己满头黑发时的安全感。但那头黑发已经成为历史了，苏利的保护也成为往事了。或许自己将来还有机会见到他；但他很可能在自己成为达玛丁之前葬身在大迷宫中，如果自己能成为达玛丁的话。自己甚至后悔从前那样看待卡萨德和他那些醉醺醺的沙鲁姆朋友，自己真的有权评判每天晚上在毫不必要的情况下被迫进入大迷宫对抗恶魔的男人吗？

但不管有多少痛苦与心烦，英内薇拉知道就算自己能够挥挥手作别这两天所发生的一切，她也不愿这么做。她这九年来的时光都活在黑暗里，现在是她生命中第一次看见光明。

魔法——她们竟然格外垂青，教自己霍拉魔法。

英内薇拉回想起昨天——首次在达玛丁大帐地下室等着占卜自己一生的命运时的过程，看着魁娃用小恶魔骨来照明时，心里涌起一股难以言说的厌恶感——那些真的仅是一天前发生的事吗？感觉更像是上辈子的事——现在她只希望时刻握着恶魔骨，一出手便能治愈男人的伤口。

想到魔法，她内心一阵激动，但还是强迫自己保持有规律的呼吸，守住心中的自我。慢慢地，她的身体开始放松，思维也活跃起来。麻烦与问题再度包围了她，但如今它们更像是风中的沙砾——随时可以忽视的小事情而已。

她一言不发地走在奈达玛丁打饭队伍的末尾。但幸运的是，这一次从宫人那里弄了满满一碗饭菜。她默不吭声地把饭吃完，然后随其他女孩一起走回地窖。

找出心中的自我！梅兰早餐时这么说过，就在甩她那一巴掌之前。英内薇拉几乎希望她能再来一次，好让她记得有感觉是什么感觉。

这就是找出心中自我的意义吗？成为达玛丁的意义？当他们如同达玛基般住在雄伟的宫殿里，所有欲望都能得到满足的时候？这些女人在预知未来，为男人和女人决定生死之时真的毫无感觉吗？

回到地窖后，达玛丁让她们自由活动到魔印光熄灭为止。当达玛丁关上地窖门时，门上传来锁上锁的声音。英内薇拉直接走向属于自己的帆布床，拥抱着她的《伊弗佳丁》圣典。

她刚察觉梅兰走近，紧跟着自己的身体就腾空飞了起来。她重重摔落在地，一阵剧痛令她明白发生了什么。

就像在澡堂那次，她双掌撑地，抬起头来——其他女孩在梅兰走来时将她们俩团团围起。

她叹口气。还来这一出——

"我来教你沙鲁沙克。"梅兰说。"你学不好，会连累我进不了影之殿。"

在梅兰一步步逼近时，英内薇拉缓缓后退，直到背贴上围观的女孩。接着其中某个女孩一把将她推向梅兰。

"蝎子！"梅兰叫道，动作流畅地弯下腰去，双臂紧紧环抱英内薇拉的臀部，脚背从梅兰身后直接踢在英内薇拉额头上。英内薇拉向后跌倒，躺在原地过了好一阵子才回过神来，从地上爬起。梅兰仍然保持着刚才攻击的姿势。

"蝎子。"围观的女孩同声说道，每个人都摆出同样的姿势。"蝎子，蝎子，……"

英内薇拉按照上午达玛丁教导的做深呼吸,惊讶地发现自己竟然不再惧怕。梅兰显然企图暴扁自己一顿,很明显反抗似乎毫无意义。她不认为梅兰敢揍得自己明天也爬不起来,而且自己根本阻止不了对方——最好还是得忍——尽可能学习。

她摆开蝎子姿势,找到强大的自我,尽管汗流满面,身体却稳如城墙。

面对这种反击,梅兰怒不可抑,仿佛原本期待会看到英内薇拉跪地哭泣着哀求的一幕——此时此刻,英内薇拉让她失望得显得自己有些可怜了。梅兰的生母,坎莉娃的女儿,亲手掷出了预卜英内薇拉一生的骰子——难道这些愤怒和嫉妒就是为了这个吗?

"枯萎花!"梅兰叫道,压低身形迅速接近,突然伸直右手手指插入英内薇拉的腹部。

一阵剧痛过后,英内薇拉双脚失去知觉,瘫倒在地。

"只是知道如何进攻不够。"梅兰说。"你还要知道攻向何处。"英内薇拉双脚恢复知觉前,梅兰已经将她压在地上,用膝盖钳制她的上臂,让她已无从借力。

梅兰双手扬起,以食指指节重击英内薇拉脑侧。

英内薇拉感到无比剧痛,如同闪电霹雳击在头顶。她眼冒金花,无助地挣扎,完全忘记了呼吸。

梅兰似乎过了很久才放开她,站起身来。英内薇拉躺在地上缓缓呼吸,直到再度找到心中的自我。

"枯萎花。"其他女孩开始念诵,同时摆出这个枯萎花的姿势。"枯萎花,枯萎花……"

英内薇拉颤抖起身,跟着摆出同样的姿势。

"这是地道蛇。"魁娃说着举起玻璃盒给各位奈达玛丁观察。里面铺了薄薄的一层沙,沙上摆着一块空心的小石头,一条鳞片灰暗的小蛇盘踞在石头内。"太阳底下没有比它更致命的毒物了。"

英内薇拉和其他艾弗伦未婚妻凑上前去看个真切。这是几个月后的事情了,日子变得规律而富有节奏,每天都从沙鲁沙克和治疗受伤的沙鲁姆开始,接着就是上课训练,有些课程是由跟她差不多年龄的女孩一起上,有些课程则是由魁娃单独指导。

"好小。"她低声说。

"别被它的外观欺骗了。"魁娃说。"与地道蛇毒相较,让蝎子蜇可以算是甜蜜的亲吻了。蛇咬一口的毒能让一位健壮的沙鲁姆几分钟内毙命。地道蛇很机智,它会迅速出击,一旦得手,立即撤退,然后慢慢等待猎物死去。其他动物不敢去吃中了地道蛇毒的动物,除非活得不耐烦了。"她说话的同时打开盒盖,一边将一只手的丝袖卷到手肘。她提起一只沙鼠的尾巴。沙鼠感应到危机,无助地尖叫扭动着。她将沙鼠扔进蛇盒,落在石头前。

地道蛇立刻冲出,咬向沙鼠;然而魁娃的出手比捕食的蛇还快。她的手抓住蛇脖子后颈处,将它从盒子里提了出来。蛇奋力地挣扎。但魁娃牢牢抓住它的脖子,并且出声安抚,用另一只手轻轻抚摸它的头,直到它不再挣扎。

"只要在脑后稍稍用力,我们就能让地道蛇露出毒牙。"魁娃拇指稍稍用力,地道蛇原本平坦的牙床上冒出两根弯曲的毒牙。桌上有个小玻璃瓶,瓶口覆盖一层薄膜。魁娃让毒牙刺穿

薄膜。

"毒囊位于蛇头两侧，这里和这里。"她边说边示范。"挤压毒囊就能将毒挤进瓶子里。"紧跟着，几滴蛇毒滴进瓶子里。接着魁娃将蛇扔回玻璃盒内。蛇立刻盘成一团，瞪视沙鼠，蛇头缓缓左右摆动。沙鼠也看着它，全身僵硬，只剩下鼻子跟着蛇头的摆动移动。地道蛇飞速出击，咬了一口后立刻退回中空石块，让沙鼠在沙中抽搐挣扎。没过多久沙鼠身体僵直，再也动弹不得。

"即使毒液被我们挤出，残留在毒牙上的蛇毒依然足以杀敌。"魁娃在地道蛇游出石洞解决猎物时说道。它把嘴张大到夸张的程度，将沙鼠整只吞下。"地道蛇吞下猎物后会睡觉，等到明天这个时候，它的毒囊又会充满毒液。"她举起里面约莫装有三滴毒液的小瓶子。"这些毒液足以杀光房间里的所有人，谁能告诉我解药如何制作？"

几个女孩举手，不过都比英内薇拉慢了半拍。

※

英内薇拉和其他女孩在一堆枕头旁围成一圈跪坐，所有人背部挺直，神情专注。在场除了奈达玛丁外。还有数名包黑头巾的戴尔丁，在前往大后宫前先来达玛丁宫殿学习。

魁娃脱下白袍，包括兜帽与头纱。她白袍之下穿了件半透明丝裤，如同紫色烟雾般飘荡在大腿和小腿之间，赤脚上套着系有金铃铛的踝链，脚趾甲上涂有与丝裤同样颜色的指甲油。上衣同样透明，宽松地罩在坚挺的酥胸上，结实而光滑的腹部裸露在外，只有一条金腰链系紧深紫色的霍拉袋和一个小瓶子。她的手腕上有数十个金色手环叮当作响。她的下体裸露，身上所有体毛都剃得干干净净，只留下眉毛和浓密的黑发。她的头发以金饰绑成乌黑亮丽的大卷发型。唯一没有露出来的只有她的脸，不透明的紫色面纱更加凸显身上其他半透明的紫色服饰。她的身体泛着淡淡的香油光泽。

房间后方，三名年长的宫人开始表演祖纳、通巴以及卡努。魁娃很优雅地做了个手势，卡伟尔径直走上前来。强壮而结实的宫人和往常一样，除了金镣铐和如同旗帜般遮盖在隆起的腹部上的缠腰布外，什么都没有穿。英内薇拉和其他处于青春期的女孩一样，目光情不自禁地被高高隆起的缠腰布所吸引，就像金属受到磁石吸引一样……她不自在地改变自己的坐姿。

达玛丁轻笑。"正如各位所见，卡伟尔已经准备好做大家的陪练了。但你们一定要记住，让男人被挑逗到大流鼻血后才能开始进入正题……"她抓起卡伟尔的手臂，身体一旋，利用宫人自己的体重的惯性将他带入枕头堆里。

接着她开始跳舞，丰盈的臀部随着音乐很夸张地扭动着，同时以固定在拇指和食指上的铜钹打出撩人的节奏。脚踝上的铃铛和手腕上的手环在她沿着枕头床绕圈时增添音乐的魔力，双脚如同施展沙鲁沙克般迅速移动。有许多动作都和每天早上日出之前所练习的动作一样。

卡伟尔的双眼被她的一举一动牢牢揪住，像沙鼠在地道蛇出击前被迷惑得魂不附体。他的缠腰布绷得更紧了，仿佛快要被捅破，而他强壮的肌肉也一样，有节奏地收缩，血脉贲张，缓缓搏动。

这段舞蹈一直跳到英内薇拉头昏眼花。房间里的气氛越来越热闹，充满微甜的焚香味儿，她开始顺着音乐和达玛丁无休无止的节奏扭动自己的蛇腰。其他女孩也被感染得不能自抑，全都专心地看着艾弗伦之妻像捕食的沙蛇慢慢爬向已被自己征服的猎物。

最后，魁娃不再旋转，而是扭到枕头深处猎物身边，极富挑逗地扯下卡伟尔的缠腰布。她用手指很夸张地抚摸他的身体，没有舌头的宫人被挤压得哼哼唧唧怪声呻吟。这时，达玛丁从腰链上取下一个瓶子，倒了几滴油在手掌上有节奏地绕圈摩擦着，直到两只手掌都沾满一层光滑闪亮的油。

"达玛佳在描述与卡吉的初夜时指出了七个敏感点。"达玛丁说着在卡伟尔身上指点。"接下来，你们仔细看我示范。"

卡伟尔很快地扬起头来，再度大声呻吟，但是艾弗伦之妻等待他冷静下来的同时轻声安慰。"尽管卡伟尔只是宫人，你们日后做爱的对象却很完整。他们的胯下蕴藏着克拉西亚的无数子孙后代，而《伊弗佳丁》规定必须珍惜他们的种子。"

达玛丁继续示范了其他几个敏感部位，折腾得可怜的卡伟尔接近崩溃，但每一次她都大力施压，并以言语安慰他恢复控制。

"七大敏感点。"达玛丁说着骑上阉人。"但是和男人做爱却有七十七种姿势。"

"在枕头上控制住男人的身体，你就控制了这个男人的心。"达玛丁说。"然后你就可以确保自己也享受欢愉。大多数男人连把根放在哪里都搞不清楚，要是让他们来折腾，就只会像狗一样……"

※

在早晨练习沙鲁沙克伸展四肢时，英内薇拉的肌肉因为持续练习枕边舞蹈而酸痛不已。指间固定铜钹的地方长出一层薄薄的茧，脚掌也长出软而透明的水泡。她也只有等晚些时候，在澡堂里用浮石磨平它们。

然而，尽管觉得肌肉僵硬酸痛，英内薇拉还是觉得一日日变得结实——这辈子从来没有如此强大过,就连背着一大摞棕榈篓穿越大市集也不能和现在相比。她已经为练习沙鲁金做好了准备,但魁娃却不脱下长袍。她指示女孩在她身边围成一圈,招来一名壮硕的宫人。这次可不是卡伟尔,他叫安基德。

和其他宫人一样,安基德以英内薇拉和其他奈达玛丁在课堂上学过的手语沟通。达玛丁能用简单的手势交代仆役复杂的指令,并在少数有必要时接受同样复杂的回应。

但是相似之处仅止于此。安基德和其他宫人不同之处在于虽然仍戴着奴役的金镣铐,但他却身穿沙鲁姆黑袍。他的面巾却是红色的,这表示来到达玛丁宫殿前他曾担任过沙鲁姆训练官,精通沙鲁沙克,曾经指导过无数战士,最后臣服在达玛丁的魔法下,自愿接受宫刑与割舌。

英内薇拉听说他一直穿着黑袍是为了掩饰担任沙鲁姆训练官时留下的伤疤,但当达玛丁拍手要他脱下长袍时,英内薇拉和好几名年轻女孩都倒抽一口凉气。

他身上确实有伤,不过早就痊愈了——看来像是荣耀的徽章,而非难看的瑕疵。让女孩们惊讶的并非伤疤,而是绘制于他那洁净而壮硕肌肉上的刺青。他全身上下都文着线条和圆圈,黑色的图案布满四肢、身体,包括脖子和光秃秃的头顶。

魁娃也脱下自己的长袍,两人赤身裸体,相对而立,不过她还是和以前一样戴着神秘的面纱。她比了个手势,安基德立即展开攻击,以惊人的速度进攻。壮硕的他,体重是达玛丁的两倍有余,但这丝毫没有影响他的速度。他一把抓起达玛丁,迅速制伏她,将她提得双脚离开地面,无从借力,眼看胜负已分。

然而,达玛丁看来毫不担心。她只是轻轻转身,挺直两根手指,点中他胸口两个刺青交叉点。他整条手臂立刻软软地垂

了下来，她像拉开小孩的手臂一样轻易拉开他，挣脱他的束缚，将他摔倒在地上。

"所有艾弗伦创造的生物身上都有力量线和聚合点，也就是肌肉、肌腱、骨头以及能量交会处。"达玛丁说。"这些地方储存有强大的力量，但同时也是最脆弱的部位。只要触碰正确的位置，就连最强壮的男人也会立刻变得虚脱无力，软得跟面团一样。"

他再次示意战士发起攻击，这次不再像刚才那般扭打，而是快如闪电地拳来脚往，就像地道蛇迅速出击一样。

但达玛丁如同暴风中的棕榈树般左右闪躲，辗转腾挪，彻底避开他的每一次出招。最后，她趁他一脚踢出时轻轻出手，扫中他支撑身躯的小腿上的一个标识点。小腿立即不支倒地，尽管安基德中途变招，迅速起身，但那条腿一软瘫，无力支撑身体。他以另一只脚稳稳地站着，举起双手护身，等待达玛丁的指示。

他转身面对女孩。"安基德曾在沙利克霍拉受训，是卡吉沙鲁姆中百年来最伟大的沙鲁沙克大师。所有部族里的男人都败在他的手下，阿拉盖一看到他就会吓得发抖。不止一名达玛丁利用他的种子来祝福她们的女儿，他也通过她们得知我们的杀招绝技。尽管一再哀求，他就是没资格学习达玛丁的沙鲁沙克。达玛佳明白训示，绝不能让男人掌握人体的秘密。最终，达玛基丁同情他的一片赤诚，告诉他只有放弃舌头和自由才能学习我们的秘密。他当场废了自己的男根，割断舌头。他血流如注，将切下来的东西扔在达玛基丁脚下地上。不再是男人的他获得了治疗，并且取得帮助你们训练的权利。你们要对他保持敬意。"

英内薇拉和其他女孩同时向安基德鞠躬行礼。虽然是个宫人，他仍以训练官打量奈沙鲁姆的严厉目光审视她们，当他以手势发言时，女孩们毫不违逆。

☙

英内薇拉手放在《伊弗佳丁》上，但却没有就势打开它，只是闭上双眼默默背诵经文：

达玛佳从神圣金属中锻造卡吉的三样圣宝：
其一，斗篷。
神圣金属打磨成柔软丝线，
掺入上好白丝，织成隐形魔印。
她在艾弗伦的旨意下忙碌数月，
直到阿拉盖之眼从身穿魔印斗篷的卡吉身上滑落，
就像她沾染肯尼斯油的手指从他的皮肤上滑开。
其二，长矛。
神圣金属打磨得薄如纸张，
绘制各种魔印，
在霍拉矛柄外包覆七十七次。
矛头以同样的材质打造，
折叠成形，熔以霍拉尘，
以奈的深渊之火锻炼七十七次。
在艾弗伦的意志下，她忙碌一年，最后在矛刃上添加
足以划破奈之皮肤的钻石粉。
其三，王冠。
神圣金属双面刻印，

掩饰她所加持其上的无数魔力。
熔入以恶魔王子头骨所制的饰环。
九根魔角的位置上各镶一颗宝石，
强化独特的力量。
在艾弗伦的意志下，
她忙碌十年，
直到恶魔之王本人都无法接触卡吉的思绪，
亦无法支配沙达玛卡的意愿。
有了这些圣器，卡吉成为令恶魔闻风丧胆的战神。
懦弱的奈之王子，
在战场上看到他脱下斗篷望风而逃
....

魁娃在英内薇拉背完时点头，指向围坐着奈达玛丁的工作桌，桌面上放着几个装着金属碎屑的碗，准备熔化。"稀有金属比一般金属更容易传导魔力。银比铜好。但是没有金属能够完美传导魔力，无论如何都会有所损耗。"

她看向法英内薇拉。"比黄金更贵重的是什么？"

英内薇拉思忖一会儿，不过她知道不能转头去找其他女孩求助。最后她摇头。"请原谅我，达玛丁，我不知道。"

魁娃轻笑。"如果知道，你可能真的就是英内薇拉转世了。达玛佳，赞美它，在她的神圣经文中留下了许多秘密。然而睿智的她还是将某些秘密藏在心里，以免被敌人窃取。至今有不少秘密都随着时间消失，隐形魔印、卡吉之矛和卡吉之冠的力量，还有神圣金属。"

她拿起一个碗。"我们就从铜开始教起……"

几周过后，英内薇拉站在银镜前，以软铅笔沿着眼眶外围绘制魔印。她已经练习这组魔印成千上万次了，因为《伊弗佳丁》里记载了它们，不过她想反过来画，因为要达到完美的效果，她得对着镜子画。

几名年龄较大的女孩，包括梅兰和阿莎薇在内，已经无须用笔画，而是在额头上戴着有魔印圆币的精致首饰，但是英内薇拉的第一顶饰品仅仅是腰间布袋里一堆未完成的圆币与金条。

画好之后，魁娃仔细地检查她画的魔印，紧握她的下颌，大力拧过她的头，轻轻发出一声满意的轻哼，但是这个声音在英内薇拉耳中比任何赞美还要受用。只要有任何缺陷，达玛丁就会大声说给所有人听，然后驱赶她去洗脸清醒一下，重新画。

英内薇拉在达玛丁伸出手指去蘸盛满黑色液体的小碗时感到一阵莫名的寒意，让她直哆嗦。碗里的液体看起来像墨水，但她从那股刺鼻的臭味就推断里面掺有恶魔脓汁。

魁娃将液体点在她额头上时感觉很熟悉，英内薇拉以为会燃起一团魔光，结果却什么也没有发生。只是，那个点如同静电般刺痛了额头上的皮肤，她能感觉到魔力爬过经脉，汇入软笔画出的魔印里，沿着它们复杂的线条飞速旋转。

接着英内薇拉眼前一亮，她被眼前炫目的景象深深震撼了，几近忘乎所以——来自所有角落、漂浮在地上、钻入墙壁中、透过魁娃和其他女孩的灵体大放光明的魔光盖过了房间本来的魔印光源——永垂不朽的灵魂。

在她的眼里，一切比在太阳下看得还要清晰。

"我真心地赞美你，荣耀非凡的艾弗伦。"英内薇拉扑通一声跪在地上，为这种震撼人心的美景激动得颤抖、哭泣。

"趴在地上。"魁娃说。"让泪水直接滴到地上,以免把脸上的魔印抹花了,一切美景会转瞬即逝。"

英内薇拉立刻趴到地上,就像所有虔诚的信徒五体投地跪在神灵脚下,害怕失去艾弗伦所赐的宝贵礼物。她的泪水哗哗地汇聚在石板地上,在穿越而来的魔力中激起小小的漩涡。她以为梅兰和其他女孩会嘲笑她,但所有人都一言不发。显然她们第一次见证艾弗伦之光时的反应和自己一样激动。

待她心情平复后,魁娃朝她抛出一方丝巾,英内薇拉一把接住,小心翼翼地擦干眼泪。其他女孩也是默默看着她的一举一动。

魁娃指向石台,光滑的台面上刻着数十个魔印,有些魔印用圆滑的石头压着。英内薇拉曾见过达玛丁凭借这个石台控制石室里的亮度和温度,但石台魔印排列的方式复杂到超出她的领悟极限。

而现在,她的双眼接受艾弗伦之光的洗礼,能看见在魔印网内缓缓流动的魔法能量。片刻之前还是一团谜的图案如今却清晰无比,一切谜团都被解开了。

"灭掉光。"魁娃喊道。"这堂课禁止一切照明。"

英内薇拉立刻执行命令,将某些光滑的石头移动到其他位置,并且直接拿下几颗石头,将它们关在小盆子里。

魔印光顿时熄灭了,但英内薇拉的视力却更加清晰,像是清除了所有的干扰光源,让一切的一切在艾弗伦赐予的魔光下变得更清楚。

"在学习我们的技能的过程中,魔印视觉会发挥非常重要的作用。"魁娃补充道。"尽管在影之殿最深处的石室里才会禁止施展,而你们将在那里制作自己的魔印骨骸。"

THE DAYLIGHT WAR

　　时光一晃又过去了几个月,英内薇拉沉浸在学习之中,每天睁开眼就开始练沙鲁沙克,然后协助达玛丁救治伤患,紧接着是例行的历史、魔印、制药、珠宝制作、唱歌、舞蹈以及枕边的诱惑技能等课程。其他女孩对她是说不完的羡慕妒忌恨,只有继续孤立她,特别是当她们发现她所雕刻的木骰远远超过与生俱来注定要穿白袍的女孩好几倍时。

　　每天晚上,梅兰都会痛殴她,宣称是沙鲁沙克练习。即使训练半年有余,魁娃对英内薇拉的沙鲁沙克还是不太满意,而梅兰也还是没资格进入影之殿。

　　每天晚上上床休息后,在其他女孩在黑暗中低声耳语或同床相拥而眠时,英内薇拉总是抱着《伊弗佳丁》相伴入眠,即使在梦中,她也会梦见自从自己开始汉奴帕许当天以来就一直影响着她生活的那七个小泥骰。她很想哭,但又不愿让睡在她隔壁的梅兰和阿莎薇听见自己的哭声。

　　英内薇拉在两碗沙上画下这辈子画过最复杂的魔印圈——每个魔印圈里都有四十九个魔印,而且全都紧紧相连,同时起作用,两个碗之间放着她的练习箱,箱子里的中央画着一个魔印。在坎莉娃检查自己的作品时,她自信满满地站着一旁。

　　从画法上来看,英内薇拉画在上好的黄沙里的魔印笔法极其流畅,但她画的魔印从未经过测试,她也完全不知道它们是否管用——真如看起来那么完美。

　　魁娃站在母亲的身边,凝视着黄沙上的魔印,没有说话。她不用说话,单是她认为英内薇拉不到两年就够资格接受霍拉

测试就已经表示得非常明白了。魁娃身旁站着梅兰,她的表情平静,但从她瞪着英内薇拉的犀利眼神来看,她其实很是嫉妒,或者希望等着看笑话。

最后坎莉娃很平静地点了点头。"拉上布帘。"英内薇拉遵命行事。达玛丁从厚绒布霍拉袋里取出一块很大的恶魔骨。英内薇拉心想,为了取得这块骨头不知道有多少沙鲁姆血染黄沙。

英内薇拉双掌合十,坎莉娃将那块价值连城的阿拉盖霍拉交到她手中。这是她第一次亲手接触恶魔骨,尽管《伊弗佳》里描述过那种感觉,亲手触摸的触感还是十分真切,有点扎手的感觉,像是磁石吸引铁屑般地吸引着她的血液。

她毕恭毕敬、小心翼翼地将恶魔骨放在自己绘画的魔印圈上,魔印立即开始发光,吸收恶魔骨内的魔力,而且越来越亮。魔印绽放出耀眼的光芒,黄沙却逐渐暗淡。魔印圈开始旋转。最初,英内薇拉以为是出于自己的视幻觉,但是魔印圈确实在飞速旋转,而且越转越快,如同汤锅经过搅拌所产生的漩涡,仿佛数字"8"一样的图形。

一阵强烈的光芒过后,恶魔骨像一阵烟一样消失在漩涡中央,两个碗也突然变黑。英内薇拉只看见许多鲜艳的色块在黑暗中飞舞,直刺得她头昏眼花。

"好了。"坎莉娃命令道。"拉开布帘吧。"

英内薇拉凭借记忆,而非视力,步履蹒跚地穿越黑暗的走廊,找到一层层厚重的布帘,向后拉开,幽暗的房间里顿时一片光明。

当她回到坎莉娃和魁娃身边,再次看见大碗里的情况后惊得倒抽一口凉气——只见它们各自位于一道阳光的照射中,两碗黄沙却消失得无影无踪,两个完好的碗底也没有任何恶魔骨的残骸。左边的碗里装满清水,右边的碗里却垒满丸子,热腾腾地让人眼馋。

为了准备这个仪式，英内薇拉已经禁食六天，每天早晚只喝一小杯水。现在的她口干舌燥，腹部疼痛，饥饿难耐，形容憔悴。闻到丸子的味道时，她的肚子忍不住咕噜咕噜直响。

坎莉娃听见这个声音时扬起一边眉毛。"你已经过关了，辟谷禁食也就自然结束了。"她说着交给英内薇拉一副筷子，筷柄镶着黄金与珍珠。"只要你的魔印精确无误，就会有一整盘食物作为奖励……"她拿出镶满珍珠的金杯，放到水碗中舀满。"……而这会是你这辈子喝过最纯净甘甜的清水，只要一口就能解渴。"

她严峻地看向英内薇拉。"如果失败……你就会在食物或水接触到舌头的一刹那去见艾弗伦。"

英内薇拉伸出颤抖的手接下金杯，感到背上传来一阵寒意。"必须吃完喝光吗？"

坎莉娃摇头。"你可以选择放弃，但如果你那样做的话，几年内我都不会在你身上浪费另一颗霍拉——如果我现在还打算栽培你的话。"

英内薇拉调整呼吸，找到心中的自我，征服了心中的恐惧，手指也不再颤抖，她稳稳伸出筷子夹了一个丸子喂到嘴边。

她慢慢地嚼着，接着瞪大双眼，令她头昏眼花四肢酸软发虚的饥饿感顿时退了。当她举杯喝水时，只感觉体内生出一股用之不竭的全新力量。

坎莉娃微笑着看着英内薇拉容光焕发地喝完杯子里的水。真的，她从来没有机会喝过如此甘甜清洌的水，那感觉就像是在浅尝艾弗伦赏赐的仙水。

达玛基丁从英内薇拉手中收回筷子和金杯，然后交给梅兰。梅兰鼻孔大张，满脸妒忌。英内薇拉却感到无比欣慰和自豪。

如果自己有幸通过以后的各种技术性测试，梅兰已经没法阻止自己进入影之殿了。

"各位姐妹们，请用，"她很礼貌地招呼各位姐妹。"我们都是达玛佳的后裔，应当有福同享、有难同当。"

梅兰带头从碗里抓了一个丸子，呷了少许清水，迅速将食物吃进嘴里。"达马佳的后裔。"

魁娃怀抱崇敬的态度，很虔诚地接过筷子。她撩起一角面纱，吃了一些丸子，也喝了一小口清水。英内薇拉在达玛丁的面纱荡回原位时看到她嘴角扬起一丝微笑。"达马佳的后裔。"

魁娃为坎莉娃装满金杯，但年长的达玛基丁用起筷子来很灵巧，在没有滴落任何谷粒的情况下吃了一大把丸子。她缓缓咀嚼，神情严肃，接着喝了一大口清水，在口中来回咀嚼着，品味着。最后她咽下清水，再喝一口清空金杯。"达马佳的后裔。"

达玛基丁放下筷子和金杯，转身注视着英内薇拉。"魔法最佳的载体是什么？"

这个问题就和问二加二等于多少一样浅显易懂，使得英内薇拉一时之间不敢作答，担心简单的问题背后另有深意。

"黄金，达玛基丁。"她说。"然后是银、青铜、黄铜、锡、石头及钢。铁不是导体。有九种宝石能够凝聚力量，第一是钻石，而它……"

坎莉娃满意地挥手打住她。"预言魔印有几种？"

又是简单的问题。"一种，达玛基丁。"英内薇拉说。"因为世界上只有一个造物主。"七颗骨骰上每一颗都有一面的中央刻有该魔印，借以引导魔力。

"把书拿过来，我们验证一下。"坎莉娃下令，指示梅兰拿出魔印刷、墨汁以及牛皮纸。

英内薇拉过去几个月都在沙上绘魔印,用魔印刷有点不太顺手,但她没说什么,小心蘸墨,在碗缘荡去多余的墨水,然后开始在昂贵的牛皮纸上画魔印。

画完之后,坎莉娃点头。"那预知符号呢?"

"三百三十七个,达玛基丁。"英内薇拉回答道。预知符号并非魔印,更像是代表不同命运转折的文字,达玛丁用以预知英内薇拉的七颗多面体骰上除了预知魔印外剩下几面中央以及边缘全都刻满这类符号。英内薇拉本能地握紧霍拉袋,里面的七颗泥骰子在陪伴她勤奋苦练一年来,每个骰子的棱角和面被磨得光滑透亮。

每颗骰子面数都不相同——四、六、八、十、十二、十六以及二十。每个符号都有多重意义,端看周遭符号的内容与排列顺序而定。针对各种符号,《伊弗佳丁》里都有详细注解;但是解读骨骰图案并非绝对的科学,而是艺术,还是经常在达玛丁间引发争议的艺术。英内薇拉曾多次目睹她们针对掷骰图案的解释争论不休。当达玛丁的解读相去甚远时,她们就会请求坎莉娃进行最终的判定。一旦达玛基丁做出决议,就不会有人再胆敢提出异议,但那并不表示她们的解释与达玛基丁的裁定完全一致。

坎莉娃命令梅兰在她面前铺上干净的牛皮纸。英内薇拉再度蘸墨。这一次她画的符号较小,尽管手掌移动得迅速又精确,她还是花了不少时间才画好所有符号。达玛基丁一直站在她身后看她画各种魔印,在她画完后满意地点头。

"你有泥骰子吗?"坎莉娃以严肃的口气问道。

英内薇拉点头,伸手从霍拉袋中掏出当初走进宫殿时达玛基丁交给她的泥骰子。坎莉娃伸出手掌接过她递过来的七颗泥骰子,并将它们放在一块牙板旁的桌上。她举起牙板,拍向泥

骰,将它们锤成一捧带着漆料的干泥土。

"你还有木骰吗?"坎莉娃继续问。英内薇拉再次将手伸进霍拉袋里,取出她费尽心血从坚固的木头上切割、打磨、雕刻而成的几颗木骰。制作木骰时弄出的伤疤至今还留在手上。

当初,魁娃给她木料时,英内薇拉以为最困难的工序是在木骰上刻画魔印,结果却发现她对木工一窍不通,单是想将木头切割成最简单的规整形状都不是件简单的事情。她无数次割伤自己的手,也浪费不少木料——不断地丢弃不合格的毛坯。有一段时间,她干脆先把木头甩在一边,拿肥皂做替代品来练习,直到熟悉那些工具为止。

简单的形状,如四面、六面、八面体还好打磨了,但是尽管一切几何数据都已经在《伊弗佳丁》里写得明明白白,她还是花了好几个小时才成功雕出基本规整十面骰——骰子的一面比其他面稍微大一些——抛骰子时,那一面出现的几率会比其他面高得多,一切预卜都似乎被自己注定——她不得不舍弃它,从头再来。想要通过霍拉考验,她交给坎莉娃的骰子必须完美无瑕。

坎莉娃仔细检查那些骰子的每一个细节——做工、雕刻以及与人磨炼的痕迹——在她认可后,将它们抛进火盆。梅兰往这些骰子上倒了些油,直到熊熊烈火将他们烧为灰烬。英内薇拉花了许多心血打磨它们,与它们一同练习,将它们视为宝贵的珍宝,虽然明知它们会有今天的归宿,依然感觉心如刀割。梅兰却像最初暴扁她一样得意扬扬嫉妒解恨地望着她。

英内薇拉尽力深呼吸,找到自我。坎莉娃再次问她。"你有牙制骰子吗?"

英内薇拉的手第三次伸进霍拉袋里,将剩下的骰子倒到掌心。这些骰子是在以拜多布遮住双眼的情况下用骆驼牙骨刻成的。制作这副骰子花费的时间和心血比木骰还多不知多少倍——足足花了好几个月,而且每当申请新牙时,她就会被罚洗一个星期的拜多布。

坎莉娃的手指把玩着这些牙骰,目不转睛地检查它们。接着她轻哼一声,以惊人的力气将骰子砸向坚硬的魔印墙壁。坚硬的牙骰被摔成一堆不规则的细小碎片。她从英内薇拉手中取走空的霍拉袋,抛进刚才焚烧木骰的火堆里。绒布一瞬间着火燃烧,冒出一股浓黑的烟,伴着烧布料的特殊焦煳味。

"你已经获得进入影之殿的资格。"坎莉娃说着,交给英内薇拉一个系着金丝带比之前那个更精致的黑绒布的新霍拉袋。"袋子里有八块阿拉盖霍拉。你得用它们刻出仅属于你的七颗骰子,制作过程的所有骨屑必须上缴。如果没有浪费,最后一块霍拉就由你自由支配;如果浪费一块霍拉,你将接受一年的惩罚。"

影之殿——其他奈达玛丁魂牵梦萦的向往,却不敢直呼其名的神圣地方。位于宫殿深处,没有阳光、烛火与照明设备等,传说这座殿堂暗得就连墙壁有时候都仿佛距离数里之遥,有时又像近在眼前。那深处黑暗到可比奈的深渊,只要够安静,人就可以在黑暗中听见奈的低语。

梅兰双眼如同地道蛇般狠狠地看着英内薇拉——而不是自己——接过那副神圣的霍拉袋。

※

晚间,地窖的大门一关闭,梅兰立刻将英内薇拉推倒在地。尽管英内薇拉这一年来有所成长,但不满十一岁的她,体型上跟年满十五岁的梅兰相比仍然十分明显。

"眼看我的骰子都快完成了!"梅兰一边绕着她走圈,一边

低声咆哮道。"最多再过一年，就能戴上白面纱，是恶魔回归后进入影之殿最年轻的人！结果却浪费好好的时间教你个臭要饭的练习什么沙鲁沙克，然后眼睁睁看着你破坏我进入影之殿的梦，最关键的是你却先我进入——那一切都是你的故意，你就是个十足的盗贼！"

她摇头。"不。今天就是你最后一堂课，烂骰子。今晚我就要了你的命。"

英内薇拉感到浑身战抖，四肢冰凉。梅兰发青的脸上的暴怒不是装出来的，但是真的动手的话，达玛丁会怎么处置自己呢？她望向身旁的其他女孩。

"我什么都没看到。"对梅兰忠心耿耿的阿莎薇一脸坏笑地说着，背过身去。

"我也没看到。"她旁边的女孩也说完跟着转过身去。

"我也没看到。我也没看到。"女孩们纷纷表态，转身，仿佛练习沙鲁金招式时报名称一样依次重复着。

梅兰是奈达玛丁头儿，跟这些女孩都很要好。她们有什么理由反对她？她是达玛基丁的外孙女，也从来没有人敢在艾弗伦未婚妻的沙鲁沙克比试中胜过她。其他女孩都以她马首是瞻，而她也确实可能成为恶魔回归后最年轻的达玛丁。唯一阻止她的就是她母亲的命令。

英内薇拉始终无法理解达玛丁对梅兰的惩罚为何如此严厉，而且一直如此。英内薇拉早就追上了舞蹈与沙鲁沙克的进度。来到宫殿的第二个月，她的架势就跟同年龄的女孩一样好。两年过后，她已经和所有人一样强。魁娃许久以前就该解除对梅兰的处罚，但她没有。为什么？除了惩罚梅兰外，这样做根本没有意义。如果达玛丁以为这样就能教女儿学会谦逊，她就太不理解自己的女儿了。

接着,她突然想通了两年前与魁娃在救治沙鲁姆后的一次对话,她终于明白了——如果你的能力、毅力、智慧及谦逊不足以在取得白袍的过程生存下来,那也是艾弗伦的旨意——沙鲁金、刻骰子和魔印并非进入影之殿的唯一测验。魁娃是要为卡吉部族找出最强的领导人,而她派自己的女儿去阻挡英内薇拉的道路,不管梅兰知不知情……

"蝎子。"梅兰大喊一声率先展开攻击。

英内薇拉决定不再示弱。她花了两年时间在艾弗伦面前保持谦逊,现在该适当展现实力了,不然以后也没人服气。

两年来,英内薇拉从没有在每晚挨打时还手,因为那么做除了被群殴得更惨以外,不会带来任何好处,但她一直在观察、等待和计划。现在她终于找到了梅兰的弱点,她已经在脑海中演推演过上千次这场对决。

至少以前的表现迷惑了对手,在梅兰出手的同时,她已矮身下去,一手撑地,闪电般挺直另一只手的手指插入梅兰大腿上的经脉结合处。她在梅兰撑地的脚失去力气,瘫倒在地时说道。"枯萎花。"

梅兰立刻一个鲤鱼打挺翻身而起,一边盯着英内薇拉慢慢绕圈,一边按摩大腿。英内薇拉却一边拉开距离,一边冷静盯着对手黑亮的眼睛。一边倒的战况出乎所有人的预料,背对着她们的女孩们纷纷偷偷转头来看。

"你们什么都没看到!"梅兰咬牙叫道。她们立刻转过头去。

"我们什么都没看到。"她们同声复诵。

"你不可能每次都有好运气。"梅兰冷笑一声道。

英内薇拉很放松地看着对手再次闪电般出手,她也以飘逸的身法顺势闪过她的眼镜蛇兜帽,同时以轻灵带着凶狠的手法

戳向梅兰喉咙，并在梅兰自身边摔过，吃力喘气时说道。"破碎风。"

女孩们再度扭头偷窥，这一次，梅兰顾不得她们，转身扑向英内薇拉，以类似地道蛇出击的速度拳打脚踢，精准地攻向英内薇拉的上下各处要害。

但英内薇拉却如同风中的棕榈树般时而跳跃，时而弯腰闪躲，在梅兰迈开步伐、凝望目标的同时清楚看出她的能量线。她一次次地打断那些能量线，有时候只是简单地让她呼吸窒碍或失去平衡，有时候则出手稍稍教训她。不过她一直小心的只是见招拆招，点到为止，没有给梅兰造成任何的伤势。英内薇拉更没有把梅兰和其他女孩是怎么虐待她的事告诉达玛丁，但她不认为她们也会像自己一样不向达玛丁汇报此事。魁娃如果要阻止自己进入影之殿，而杀死或打残她的女儿肯定会是好借口——尽管自己已经受够了梅兰这位富家女的虐待，但她还得忍。

梅兰再度扑来时，看似要施展骆驼踢，不过瞬间变招成公羊角，打算以额头撞断英内薇拉的鼻梁。

英内薇拉顺势抓起梅兰的长袍，身体避向一侧，一记低鞭腿击倒梅兰，借力将她抛出。她反关节拿住梅兰的手臂，如果她挣扎的话就会导致关节脱臼。不出所料，梅兰为了避免脱臼而不敢强行挣扎，整个人被摔飞出去，从背后将阿莎薇撞倒。两个女孩很狼狈地摔成一团，旁边的人惊呼着忙乱地向后退开来。

梅兰虽然受制被摔倒，但利用英内薇拉不敢放手的机会，低吼一声，立即使出剪刀脚，双脚使劲夹住英内薇拉的脚跟前后，将她拧倒，然后翻身爬到她身上。她们在地板上近身扭打了好几分钟。大龄女孩的力量优势逐渐显露，梅兰骑到英内薇拉的背上时，不止一次揪住她的头撞向地板。每撞一次，英内薇拉的眼前就会大冒金星，耳里也如巨雷轰鸣，完全失去平衡感。

在梅兰扯出英内薇拉的拜多布缠绕她的脖子置她于死地时，英内薇拉挣脱一条手臂。梅兰也放松了警惕——毕竟，一个比自己小好几岁的女孩单凭一条手臂也不能把压在背上的自己怎么样。英内薇拉猛力抬头，试图去撞梅兰的鼻子，但是对方早有准备，只是稍稍缩身侧头而已。

英内薇拉料到她会这样的躲避，她像火恶魔般迅速将中指和食指插入梅兰的鼻孔中。她的指甲尖锐，陷入软骨，只要稍加使力就能把梅兰的整个鼻子给抠下来。

"如果你的鼻子变成两个大洞，阿莎薇还会跟你亲热吗？"她低声恐吓道。

梅兰并非最美丽的奈达玛丁，但绝对是最自负的。她惨叫一声，为了保住美貌而放开了英内薇拉。英内薇拉趁乱连出数拳，接着翻向一旁，爬起身来。梅兰摇摇晃晃地跟着起身，完全无法抵挡英内薇拉的蝎子腿。这一腿正中梅兰脸部，打得她脸颊和鼻子破裂。梅兰重重倒地，接着试图挣扎起身。

"明天看到你的脸时，我想魁娃达玛丁就会取消你的禁令。"英内薇拉说着举起新的霍拉袋。"我们会同时进入影之殿，但是我将比你先完成骨骰。"

第八章　达玛丁

302—305 AR

英内薇拉在达玛丁大帐里紧张地候着，呼出的空气在酷寒中形成一道白雾。现场有魁娃、另外三名艾弗伦之妻、七名未婚妻以及四个宫人，包括那个安基德。宫人身穿沙鲁姆黑袍，头戴黑夜面巾，手持长矛与盾牌。黑袍下穿着达玛丁制作的连扣护甲，能够抵挡恶魔咬噬。

尽管和一群力量强大之人待在熟悉的环境里，英内薇拉还是紧张得动来动去。此刻正值深夜，而他们身处地表上。《伊弗佳》律令禁止这种行为，就连艾弗伦之妻也不例外，但魁娃和其他人就站在那里轻松地聊天，仿佛身处达玛丁地底宫殿一样。英内薇拉知道理论上阿拉盖通过迷宫中的沙鲁姆、突破大城墙的几率几乎为零——接近无穷小——她的心跳还是一阵狂跳。

恐惧和痛苦都只是风，她提醒自己，想象棕榈树，找到心中的自我。

站在帐帘旁的安基德举起一只手，以手指比画出一串手势。

"欧特！"魁娃说。"他们来了。"

所有人停止说话，以魁娃为首的艾弗伦之妻走向前方。她对安基德点头，他拉开帐帘。

六名沙鲁姆走近大帐，其中一人牵着一匹四脚裹以黑布的骆驼。它身上也有黑布,它所拉的大车车轮上也一样。

他们的黑袍沾有大迷宫中的尘土,护甲上有刚被打凹的痕迹,盾牌上溅有恶魔的脓汁。其中一人走路有点瘸,另一个手臂上绑着染血的红布。所有沙鲁姆都蒙着黑色面巾,但是英内薇拉一眼就从他们没有衣袖的制服,以及饰以贝登达马黄金烈日徽记的黑铁胸甲上认出他们。即使少了昂首阔步的姿态与凯沙鲁姆的白色面巾,英内薇拉还是认得出卡西弗,更认得出站在他身边的男人,他的阿金帕尔——苏利。

她和哥哥已经多年不见,但事实上她一眼就认出面巾下的他。他的双眼闪烁着她印象中苏利微笑时的神采,而她对他走路的模样、站姿了如指掌,以及强壮的双臂,就像她对自己一样的熟悉。她压抑着惊呼的冲动,但是没办法将目光从他身上挪开。

梅兰在她身旁轻哼。"你搞上他们的机会就跟比我先取得白面纱一样低。他们是普绪丁,基友。有人说贝登达马的沙鲁姆在战场上的表现无人能及,但他们可能去干一只羊也不会来上你。"

阿莎薇窃笑道:"上公羊都比上你刺激。"

"安静!"魁娃低声呵斥。

卡西弗和其他沙鲁姆来到达玛丁面前深深鞠躬。过程中,苏利的目光晃过英内薇拉,但即使她没有遮脸,苏利依然不会在昏暗的夜里认出她来。

"起来吧,荣耀的沙鲁姆。"魁娃说。"艾弗伦祝福你们。"

卡西弗和其他人立即站直身子。"伟大的艾弗伦,所有崇敬与荣耀都从他起头、由他收尾。我们的命属于他及他神圣的妻子,今晚是冬至后的第一次月亏,我们来此交付贝登达玛的赋税。"

魁娃点头。"艾弗伦将你们的牺牲通通看在眼里,他的妻子也一样。你们带来了什么礼物?"

卡西弗再度鞠躬。"二十九头阿拉盖,达玛丁。"

魁娃扬起一边眉毛。"二十九?这可不是神圣的数字。"

卡西弗再度鞠躬。"达玛丁说的自然没错。二十八才是传统的数量;七头沙恶魔、七头土恶魔、七头火恶魔、七头风恶魔。一种普通恶魔对应七根天堂柱。"他暂停片刻,双眼流露得意的目光。

"但贝登达马感念达玛丁的赐福,命我们设下特殊陷阱。为了造物主的荣耀,我们还逮住了一头水恶魔。"

数名奈达玛丁低声惊呼。艾弗伦之妻没有明显的反应,但英内薇拉从她们改变站姿的动作看得出她们的兴奋之情。水恶魔在克拉西亚可是稀有品种,而且有些法术只能透过它们的骸骨施展。只要拥有一小块水恶魔霍拉就能施展神奇的水法术。

"艾弗伦非常满意你们的礼物。"魁娃说。"你们是怎么办到的?"

"贝登达玛命令我们包围大迷宫的一块区域,移除魔印,打破防止阿拉盖浮现的沙石地板。我们挖开一座深坑,达玛用自己的藏水填满垫有防水薄膜的沙坑,然后释放鱼和其他水生物种进去,搬进水潭里住。这项工程花了好几个月,但最后成功逮住了水恶魔,今晚它杀了我一名手下,打伤另外两人,我们用渔网把它拖出水潭,而它在陆上存活的时间远超过我们的预期。最后它终于窒息而死,肢体和内脏完好如初。"

达玛丁之间开始交换眼色。这头水恶魔来得不容易,单是那潭水就是一笔巨额财富——现在已遭受恶魔污染,不能饮用——它不但代表贝登达玛拥有超乎想象的财富……同时也表示他向达玛丁献上格外的厚礼。

贝登达玛也是个巨奸——从来不做亏本的买卖。

"我们非常满意这份礼单,卡西弗·阿苏·阿弗伦·安高辛·安卡吉。你和手下的兄弟们将获得无上荣耀,在你们离开人世时,将能永远享受天堂的礼遇。把你们的伤患士兵带进来吧。"

伤势最重的两个男人走上前去,达玛丁立即在他们伤口附近的皮肤上画魔印施救,然后拿出小块霍拉提供医疗所需的魔力。其他男人只有轻微的擦伤和灼伤,艾弗伦之妻以传统方式对他们加以治疗。

疗伤结束后,魁娃回头看向沙鲁姆。"把礼物搬到精炼室去。"

卡西弗和其他人轻车熟路地将阿拉盖尸体抬下大车,穿过大厅内一扇英内薇拉从未见过的暗门。

从沙恶魔和风恶魔胸口的大洞来看,它们死于巨蝎刺——和长矛一样又粗又长的巨箭,由城墙上的木制巨蝎所发射。土恶魔的外壳被投入恶魔坑里的巨石砸烂,大量脓液的臭味让人直作呕。

火恶魔——淹死在浅水池里——和水恶魔一样,身上没有伤痕。水恶魔是团长有触角和锐利鳞片的黏稠物。从它的身体比例来说,它的嘴显得特别巨大,里面长着一排排锋利可怕的牙齿。

搬完之后,魁娃示意卡西弗跪在自己面前听候问话。"四个问题。"魁娃说。"外加一样礼物。"

卡西弗点头。"感谢你,达玛丁。尽管我们都听从你的指示办事,所做的一切都是为了艾弗伦的荣耀,而不是为了奖赏,但我还是谦逊地接受你的赏赐,"他说得极其流畅,不像是说话,倒更像是背诵经文。英内薇拉心知这种会面原本就只是每年的例行见面会，发展成仪式的利益交换。看所有人都熟练地在旁边围成一圈就知道多么的驾轻就熟了。

魁娃在卡西弗身前蹲而下，伸手到霍拉袋里。"你带的达玛的血呢？"卡西弗取出光滑的木盒，里面摆着塞住瓶口的一个精致瓷瓶。他将瓷瓶交给达玛丁，达玛丁把瓶里的东西倒在骰子上。

达玛丁命令道："拉下面巾。"卡西弗照做后，她问："在艾弗伦的见证下，你发誓这真是贝登达玛本人的血，而你也是代表他咨询——提出的问题也是出于他的亲口，而不是你瞎编的。"

卡西弗趴在地上，以双掌抵在大帐的帆布地毯上，额头贴在双掌间的地毯上。"我发誓，达玛丁。我在艾弗伦面前发誓，以卡吉、我的荣誉及进入天堂的希望之名起誓，这就是贝登达玛的体内流淌的热血，而我已经一字不差地记下了他的问题。"

魁娃点头，然后扬起手来，骰子在她手中随即发出一阵微微的闪光。卡西弗忍不住面露畏惧的神情。"那就问吧，沙鲁姆。如果你说谎，骰子会知道的。"

卡西弗吞咽口水，深吸一口气，以类似达玛丁的方式找回心中的自我。他们的沙鲁沙克或许大不相同，但是核心原理或许大同小异。

卡西弗直视魁娃的双眼，小心翼翼地提出问题。"我今年可能发生的最大损失在什么方面，我该如何转危为安，最好从中获利。"

"有长进。"魁娃赞扬他。"去年这还是两个问题。"她没有等他回应，摇动手中的骰子，在它们开始发光的同时念咒，她掷出骰子，仔细观察骰子的图案。

"今年冬天山羊会暴发瘟疫。"她说。"只有百分之四十能够活到明年春天,而它们也会虚弱得一文不值。告诉贝登达玛现在就把山羊卖掉,拿所有的钱去买提沙境内的绵羊。"

卡西弗立即鞠躬致谢,顺便提出第二个问题。"一个月前我坐轿子穿街过市时,人群中有个卡菲特竟敢朝我的轿子吐口水。我要怎么找到这个家伙,让他得到应有的惩罚?"

英内薇拉十分清楚达玛所谓的"惩罚"是什么。蠢到朝达玛吐口水的人固然死不足惜,不过贝登愿意将如此宝贵的问题浪费在这种小事情上,明白表示他是个极为高傲且愚蠢的人。

魁娃面无表情地抛出骨骸。"你能在大市集里找到他。他的摊位在坎金区贾达门附近的圣母像以东三百二十步,他是卖……"

英内薇拉侧头看到骨骸上还在闪光的图案——蜜瓜——她在心里默念。

"蜂蜜蛋糕。"魁娃琢磨一会儿后解释道。英内薇拉身体一僵,连忙再次看那图案,确定自己解读得没错。她望向魁娃,不知道哪一样更令她害怕——达玛将把无辜者折磨死,还是自己伟大的导师好似故意在掩饰着什么。

她迟疑。该开口说出真实答案吗?她很快就抑制住这种冲动。如果在沙鲁姆面前公然指出这个错误,自己很可能被当场处死,包括在场所有的战士,苏利也没法逃脱。达玛丁绝不能在人前犯错。

她调匀呼吸,找回心中的自我,尽量控制自己。

卡西弗再次鞠躬致谢。"针对拉卡绪达玛试图废除达玛的贴身护卫只有在月亏时才要进入大迷宫作战的特例,以后该如何应付?"

魁娃轻哼一声，再次掷骰子。"拉卡绪达玛的女婿奇凡达玛在议会里恶意攻击你。你可以宣称受到侮辱，杀了他，夺走他的吉娃卡，也就是拉卡绪的长女吉莎，成为你的吉娃森作为补偿。杀掉奇凡达玛当晚就娶她，婚礼后第三天的中午准时播种能让她怀下你的又一个女儿。"

卡西弗和其他沙鲁姆被逗得哈哈大笑。

"礼物呢？"魁娃问。

"在过去的一年里，主人失去了九个尝毒的下人。"卡西弗说。"他怀疑是某个儿子或某几个儿子联手干的。"

"自己朝不保夕，他不问重要问题，还浪费在查找朝他轿子吐他口水的卡菲特身上。"魁娃摇头不解地说道。

卡西弗深深鞠躬。"主人的儿子是他的依靠和左膀右臂，他并不希望处死自己儿子，也不认为这么做能震慑其他忤逆的儿子。他希望能够得到一个宝贝餐杯，尽量高档些，符合他的身份，并且能将毒药变成清水。"

"很宝贵的礼物。"魁娃说。"制作起来有点麻烦。"

卡西弗微笑。"因此主人千方百计抓住水恶魔，希望借助它的骸骨能够解决这一难题。"

魁娃站起身来点了点头。"你可以走了。告诉你主人，他的餐杯会在春分后第一个月亏前完成。我们会教他持用餐杯的方法，只有他能发挥餐杯的魔力。"

"达玛丁真慷慨。"卡西弗磕了个头，然后起身。他和其他人转身离开时，苏利回头看了一眼。那一瞬间，他直接看向英内薇拉的双眼，眨了眨眼。

接下来的日子就够她们忙的了，英内薇拉和其他获准进入影之殿的奈达玛丁以强酸与火剥离恶魔的血肉,只留下霍拉骨头。接着奈达玛丁一边以圣油把骨头打磨光滑,一边齐声赞美艾弗伦,直到骨头如同黑曜石般漆黑坚硬、光滑无比。

然后,她们继续用强碱中和强酸腐蚀液,配制出一种摸到就会中毒的毒液,但是蕴含丰富的魔力可供达玛丁撷取。液体被倒入大桶子里,桶子以管线相连,穿越宫殿墙壁,如同循环系统般运送,加强魔印光、气温控制,以及宫殿里其他数不清的魔印法术。

这些工作让其他女孩苍白作呕、双手灼痛、眼眶湿润,只有英内薇拉丝毫不受影响。她的心思早已超越这种微不足道的微风与苦痛。她一边念诵祷文,一边通过嘴巴呼吸,双手自动做着单调乏味的工作,内心随着苏利的影像飞舞。这些年来她一直很担心他,每天早上看到大批沙鲁姆伤兵被带往大帐都让她十分忐忑。本来,看到他的身影、知道他还活着就够了,但是临别时那一下眨眼改变了一切。他认出了现在的自己,并且依然深深关心着她。他会回家告诉母亲蔓娃自己的妹子还活着,应该能让母亲稍稍心安。

※

石室中回荡着英内薇拉旋转的身影、充满自信地在光滑石板地上跳舞时所发出的铜板旋律。她今年十三岁,已经拥有女人的身材,肢体柔软,曲线玲珑。她在卡伟尔面前挺胸摆臀,撩人的眼神勾着男人的身体对自己的每个动作产生的反应。

年轻的女孩们极其沉醉地观看着她的表演——英内薇拉已经担任枕边舞蹈入门课程的指导员,尽管从她身上的拜多布的编织方式就能看出她也只是位奈达玛丁——根本没体验过这套舞蹈后半截的乐趣。

《伊弗佳》律法规定：艾弗伦的未婚妻在换上白纱——成为达玛丁之前都得保持处子之身，拜多布的编织方式作为标志。换上白纱的第一个晚上，达玛基丁就会按照礼俗帮助他们，代表和艾弗伦圆房，英内薇拉自然就变成了真正的艾弗伦之妻。

第二天晚上以后，她就可以自由自在地去爱自己喜爱的人或是物品，因为与艾弗伦神圣的拥抱相比，那些东西又算得了什么呢？

英内薇拉那双魅惑水灵的大眼直盯着宫人的眼睛，一边富有节奏地扭动着比蛇还灵动的腰身。他已经完全被她捕获，双眼呆滞，显然下半身已代替上半身成为思想的主宰。

卡伟尔是位最完美的陪练对象——达玛丁挑选陪练宫人的标准十分苛刻——英俊的面孔、富有轮廓的下颌线条、发出古铜色油亮光泽的壮硕身体。他从小就接受按摩等各式各样能取悦女人的训练，肯定是个魅力指数很高的男人。传说几乎所有达玛丁都曾和他有一腿，而他也一直都在服用相关的补药，以填补亏虚，并强加锻炼和保持睡眠。这十年来几乎所有新上任的达玛丁都会在隔天晚上召唤他前往她的卧室，从未有谁对他的服务抱怨过。

尽管英内薇拉也很迷恋他那够男人够帅气的外貌，但现在残缺的他却无法激起她的性欲——他跟一座完美的男神雕像没什么区别。

其他女孩或许急于体验枕边舞蹈的神秘乐趣，但是英内薇拉花了这么多年刻苦磨炼技巧可不想为了个宫人前功尽弃，她宁愿和卡菲特睡觉也不要找宫人上床。

示范结束后，她指挥年轻女孩排队站好，帮她们定好各式姿势，练习枕边舞蹈最重要的臀部扭转摆动技巧和韵律节奏。

上完课，英内薇拉走进宫殿地下的澡堂洗澡，在热水升腾而起一阵阵氤氲的蒸汽中缓缓呼吸。恰逢梅兰和阿莎薇也在澡堂，但她们俩尽力无视她的存在——自从英内薇拉以实力打败梅兰之后，大多数奈达玛丁已经对她另眼相看，至少没有谁敢没经过脑子就挑衅这位比自己年轻得多的女孩。

"我来帮你洗，姐妹。"贾席拉手里拿着泡过香皂的湿毛巾问道。她比英内薇拉年长两岁，不久前才刚通过进入影之殿的测验。英内薇拉挥手委婉谢绝。在自己日渐取代梅兰成为奈达玛丁的意见领袖时，每天都会有人主动想要向她献殷勤。就跟坎莉娃当初预见的一样，甚至有些女孩惧怕她，还私底下传言英内薇拉日后将会接替达玛基丁的衣钵。英内薇拉可以轻而易举让大部分奈达玛丁心甘情愿成为自己的拥趸者，甚至要求她们成为自己的枕边密友，陪自己度过青春期这些焦躁烦乱的寂寞之夜。但是英内薇拉明白达玛基丁对自己的期望和自己的追求——那些女孩们不像以前那样敌视自己，但也没有变成自己的知心朋友。

英内薇拉最希望的就是能和母亲或哥哥说话，他们是她真正信任的人，不用提防的人。

洗完澡穿衣服时，英内薇拉看着梅兰说道："姐妹，去影之殿吗？我们可以一起去。"梅兰凝视她。英内薇拉面露友善地微笑。

"你得意了吧，烂骰子。"梅兰低声冷笑道。"今天我就能完成我自己的骨骰，明天我将蒙上白纱。"

她露出不怀好意的表情。但英内薇拉只是以愉快的微笑回应。"我还是会比你先成为达玛丁。"她保证道。

影之殿入口的大厅里，七名渴望蒙上白纱的艾弗伦未婚妻围成半圆而坐在魁娃面前。

刻骨骰前总是会先上课，达玛丁的白袍在昏暗的魔印光下显得一片血红——这是唯一容许出现在影之殿的光源。

上课的时候，梅兰坐立难安，不停改变坐姿，噘起嘴唇，一手不断转动霍拉袋，迫不及待地想溜回去刻骰。

情况一直以来都是如此。英内薇拉和梅兰算是一批进入影之殿的同学，尽管梅兰领先英内薇拉几年的进度，但她似乎太看重英内薇拉说要抢先完成骨骰的威胁。每天当魁娃结束课程后，梅兰简直像是冲入影之殿一样，而当达玛丁宣告一天的工作结束时，她也总是最后一个离开。即使透过厚重的石墙，在英内薇拉的脑海里中不停地响着梅兰发狂似的磨工具的咔咔声。

如果梅兰比英内薇拉先蒙上白纱，情况或许会很危险，甚至致命。自己发誓抢先她完成骨骰宣战可是所有奈达玛丁都听见了的，倘若自己输了，所有因为击败梅兰而在其他女孩中建立的领导地位就会轰然倒塌。更有甚者，成为了没有权力限制的达玛丁，她更可以为所欲为，自己的生死祸福系于一线。她昔日那帮姐妹，曾经欺凌自己的无知跟随者肯定会成为梅兰的无畏帮凶。

女孩们终于解放，轻手轻脚地走过冰冷的石廊，进入两旁都是刻骨骰的石室的长走道。走道上没有魔印光，但是梅兰和其他女孩举起未完成的骨骰，产生足以视物的红光。刻骰室里只允许有魔印光，不过并非免费提供。女孩们得亲手制造光源。没有光源，她们就无法看见工具、双手以及骨骰本身。

刻骰石室禁止使用魔印饰环，所以她们必须把饰环留在外面。英内薇拉在地窖中听说曾经有个女孩试图挟带饰环进入刻骰石室，以便透过艾弗伦之光刻骰。她后来被废除双眼，逐出达玛丁宫殿。

英内薇拉不慌不忙地往前走，看着其他女孩匆匆忙忙地进入属于自己刻骨骰的石室。魁娃会在她们进去后关闭每间石室的门，只留下门框缝隙中隐隐渗出的魔印光。魔光一个接着一个消失，直到英内薇拉在微弱的光线下来到自己刻骨骰的石室。魁娃在她身后关上房门，她随即脱下长袍，塞紧门缝，让自己处于完全的黑暗里。

英内薇拉同样能从骨骰中召唤魔光，但她选择不要在影之殿里这么做。《伊弗佳丁》曾警告——就连魔印光也会在不必要的情况下吸收骨骰的魔力，让它们的力量大打折扣。达玛佳是在彻底的黑暗环境下刻完自己的骨骰的，英内薇拉不敢不遵从——只要够资格，艾弗伦就会引导你的双手——圣典是这么写着的。

跪在黑暗里，默默念着"前任达玛佳丁英内薇拉"的名字祈祷，拿出骰子及魔印工具，整整齐齐地排成一排。她已经刻完四面骰、六面骰，现在正雕刻八面骰。她刻得缓慢而又认真——塑形、魔光、刻印，全都配合呼吸的节奏进行着。

时间一分一秒地过去，不知道过了多久。一阵回荡在寂静的影之殿里的铃声唤醒了专心刻骨骰的她——梅兰已经刻完了她的骨骰。

英内薇拉迅速将霍拉放回霍拉袋里，接着收起工具。今晚到此为止了。她深深地吸气然后吐出一口气，才起身走出石室。梅兰举起骨骰，被其他女孩众星捧月般围住，她完全沉浸在姐妹们的赞赏与羡慕声里。看见英内薇拉出现时，她自豪的笑容转为胜利式的狂笑。

英内薇拉笑着回应，礼貌地向她鞠躬道贺。

她们在教室内集合，梅兰在奈达玛丁所围成的半圆中跪下。片刻过后，达玛丁走进教室，部族中所有的艾弗伦之妻都赶过来了，在她们之外围成一个大圈。坎莉娃最后抵达，走到人群中央，跪下去面对自己的外孙女。她面无表情地拿出泛黄的古

老纸牌，洗牌声在寂静的石室中掀起阵阵回音。

达玛基丁在两人之间盖上三张纸牌。她拿出匕首，交给梅兰，梅兰划开掌心，鲜血淋在她的骨骰上。这么做的同时，魔印开始微微发光。

坎莉娃指向第一张牌。梅兰开始摇骰子，骰子在她的手里绽放出强烈的魔光，接着以上课时学过的手法将骰子掷在地上。英内薇拉伸长脖子想看骰子上面的符号，但是当时的角度只有梅兰和坎莉娃能看到骨骰组成的图案。

"长矛七。"片刻过后，梅兰说道。

坎莉娃指向第二张牌。梅兰再次摇骰子，掷骰子。"头骨达玛基。"

第三次。"盾牌三。"

坎莉娃面无表情地点头。"今天有名艾弗伦之妻告诉我她怀上了女儿，是哪一位？"

梅兰再度掷骰。这次她花了更长的时间仔细研究骨骰。她望向四周的达玛丁，额头直冒汗。

"艾伦达玛丁。"她终于说出一个还没有生下任何子嗣的年轻达玛丁的名字。

坎莉娃没有说话，翻开第一张牌。奈达玛丁在"长矛七"出现时齐声惊呼。英内薇拉感觉心口一紧。

翻开第二张牌，"头骨达玛基"。英内薇拉心脏几乎跳到喉咙里。

坎莉娃翻开第三张牌，所有人再度惊呼——那张牌是"水达玛基丁"。

坎莉娃突然挥手狠狠甩了梅兰一耳光。"没有达玛丁怀孕，你这个笨女孩！"

她一把夺走梅兰手中的骨骰，高高举起，在魔印光中检查。

"懒散！浪费时间！金玉其外，败絮其中。你换上拜多布不久后刻出来的木骸都比这个强！第八颗霍拉呢？"

梅兰的神情惊恐无比，完全失去自我。她麻木地伸手到霍拉袋里，拿出第八颗霍拉交给达玛基丁。

即使从这个角度，英内薇拉也看得出来那颗霍拉已经刻坏了。

坎莉娃将骨骸举在梅兰的鼻子下。"这里每一颗骨骸都代表你生命中的一年。它们会暴晒在阳光下销毁，而你将会去刻牙骸。等你刻好三副完美无瑕的牙骸后，才可以回到影之殿，一年刻一颗霍拉，直到刻好一副新骨骸。每年骨骸都要接受检察，然后才发给你下一颗霍拉，如果有任何缺陷，你就去祈祷艾弗伦保佑。"

梅兰瞪大双眼，在感到羞愧和得知未来的命运时，脸上出现惊恐失措的表情。英内薇拉深深呼吸，找到心中的自我，压抑着几乎忍不住要浮现的笑容。

坎莉娃将骨骸交回到梅兰手中，指向出口。梅兰泪流满面，但依然站起身来，跌跌撞撞地走出去。阿莎薇悲鸣一声，想要追上去，但魁娃抓住她的手臂，使劲拉回了她。

等候在影之殿外的年轻奈达玛丁们，看到梅兰流着泪走出来时，同声惊呼，在看到身后的坎莉娃和所有艾弗伦之妻及未婚妻时，赶紧列队站好。

她们前往达玛丁宫殿最高的塔楼。当梅兰爬楼梯的速度不够快时，坎莉娃就会以惊人的力量推她。梅兰不止一次趴倒在地，坎莉娃则一直踢到她起身继续爬旋转梯。最后她们终于来到俯瞰整座沙漠之矛的天台。

"举起手掌。"坎莉娃命令道。梅兰遵命照做，其他人全都挤在她身后，有些在天台上，有些站在塔楼最顶层的房间里。

女孩的手指紧紧攒着宝贵的骨骸,那是她半辈子心血的结晶。

"摊开手掌。"坎莉娃说。当时已过正午,太阳已经偏西,但阳台上依然洒满艾弗伦的光芒。梅兰哭哭啼啼地做着,松开手指,让阳光照射骨骸。

霍拉骰子立刻有了反应——冒出火星,转眼起火燃烧,在高温下化为灰烬。梅兰被烧灼得放声惨叫。

转眼间,一切就已经结束,梅兰的掌心冒烟,还未熔化的血肉呈现一片焦黑。她三个最大的手指熔在一起,英内薇拉在那摊烂肉里看到了焦黑的骨头。

坎莉娃转向魁娃。"治疗包扎她的手,但是不准使用魔法。她这辈子都要背负失败的印记,时刻提醒自己……"她转过身来,望向其他艾弗伦未婚妻。"在这里也提醒其他人。"除了英内薇拉之外,所有奈达玛丁都在听见这话的时候惊呼后退。

梅兰失势之后,英内薇拉再也不用去管奈达玛丁在背后拉帮结派耍什么阴谋手段了,只须找回心中的自我,认真学习,精心雕刻。她持续从训练中成长,熟悉草药和霍拉魔法,示范沙鲁沙克和枕边舞蹈,并且指导那些在五岁时就开始接受闭门训练的小女孩。

夏至那天,她又见到了苏利,还向他眨眼,并在眼神中传递关怀和祝福。这件事支持她度过接下来的半年。

一年后,梅兰完成了三副牙骸的雕刻惩罚,重新回到影之殿。尽管魁娃尽心医治,女儿的手掌已然伤残扭曲,完全不像从前那般灵巧。她在那只手上留了锐利的长指甲,看起来更像是阿拉盖魔爪。这副模样让其他奈达玛丁心生恐惧——不但害怕梅兰,同时也害怕在取得白面纱路上所须面对的类似风险。

尽管其他女孩都怕梅兰和她的魔爪，英内薇拉却完全不把她放在心上——她只是一坨已经烧成灰烬的骆驼粪。在心无旁骛的情况下，她继续缓慢而踌躇满志地精雕细刻自己的骨骰。现在所有人都知道她在完全漆黑的环境下刻骰，在她用餐或路过时总能听到人们在附近低声谈论自己。传说没有任何达玛丁，包括坎莉娃在内，曾这么做过。很多人似乎认为这代表英内薇拉真的就是艾弗伦挑选的解放女神，注定要继承年迈达玛基丁的衣钵。

但英内薇拉只把这些传言当做过耳的风，一笑置之，始终保持清醒——真像梅兰那般自负和骄横，即使在黑暗中刻骰就会变得毫无意义。

✥

一天早上，艾伦送走了来帮她生女儿的英俊凯沙鲁姆。在晚上英内薇拉服侍艾伦达玛丁用茶时，她说道，"我摧毁了他那些妻子的幸福。"

每个达玛丁至少得剩下一个女儿来继承自己的衣钵。挑选女儿的父亲是件谨慎严密的事情，智慧与力量一样都不能缺，必须以骨骰决定人选以及时机。当达玛丁挑选好中意的沙鲁姆后，就会派轿子接对方前往位于圣殿之外的欢乐行宫——因为真正完整的人绝对不能走进圣殿一步。

没有人会愚蠢到拒绝达玛丁的召唤，由于她们对草药和枕边舞蹈的高超技艺，几乎所有克拉西亚男人都求之不得，就算是普绪丁也不例外。绝大多数男人会被累得几乎趴着离开，完全不知道自己辛劳之后会留下一个永远不会见面的女儿在达玛丁的肚子里。只有少数艾弗伦之妻会有点冲昏头。

"他的吉娃永远都不能满足他了。"艾伦轻蔑地说道。"他

这辈子都会梦到我，祈求艾弗伦再次得到我的召唤。"

她眨眨眼。"我或许会满足他的愿望，他真是个让人留恋的男神。"

许多达玛丁曾以这种方式向英内薇拉示好，试图让她以为她们信任她，想办法成为她的朋友。自从梅兰被逐出影之殿后，多数艾弗伦之妻都坚信英内薇拉将会继承坎莉娃的衣钵。有些像艾伦这类达玛丁都会想提前跟她拉好关系，有些人却想办法控制她，或是有条件地贿赂巴结她。

英内薇拉始终保持低调，装聋作哑，从不轻易许下承诺。尽管她已经放下了未婚妻阶段跟梅兰的争斗，然而现在的艾弗伦之妻之间的暴风骤雨似的争斗是她还得重新学习的课程——与复杂阴暗的宫廷争斗相比，缠拜多布就显得跟绑头发一样简单。

"在众多达玛丁中，"英内薇拉真诚地薇笑着对艾伦说。"你的枕边舞蹈技巧出神入化，一直让我崇拜。"

烂得出类拔萃——她在心里想说的却是——她学会了说一套做一套，达玛丁也看不出她真实的想法。

"他永远无法找到比我这里更勾魂的享受了。"艾伦得意地自我吹嘘道。

英内薇拉转过身去，却看到阿莎薇在房间另一边冷冷地等着她。阿莎薇不久前刚取得白面纱，尽管曾经一直充当梅兰的铁粉，其实她比梅兰年长两岁。英内薇拉会在她身边保持低调，不给她机会借题发挥。由于有地窖大门挡着，阿莎薇和梅兰晚上无法再同枕共眠，但是白天午休时，梅兰还是经常会前往阿莎薇的新卧室，英内薇拉毫不怀疑她们至今仍是密友。

成为艾弗伦未婚妻后第五年一个月亏过后的早晨,英内薇拉在达玛丁大帐中听见沙鲁姆匆匆忙忙送来伤兵的熟悉脚步声和叫唤声——最近几年伤兵的人数持续增加。

"让我过去,普绪丁垃圾!那是我的英雄儿子!"

英内薇拉浑身冰凉——即使多年没听到父亲的声音,她还是第一时间认出了他的声音。她撩起长袍,完全不顾达玛丁,急忙冲到手术室,看见一群身穿熟悉的无袖黑袍与黑钢胸甲的沙鲁姆站在那里。卡西弗泪流满面地面对卡萨德,两人身后都站着几名战士。卡萨德双眼泛红,步履蹒跚,站立不稳,基本上还处于为了进入大迷宫壮胆而喝了过多的库西酒影响之下。

数名战士正在接受治疗,但英内薇拉只看到其中之一。她大叫一声,跑到苏利身旁。她哥哥英俊的脸庞满是汗水和尘土,目光呆滞,肤色惨白。他的右臂肱二头肌被阿拉盖抓中,几乎抓断整条手臂。肩膀下方绑了止血带,尽管下方的床单满是鲜血,英内薇拉可以想象从大迷宫的地板上到这来的一路上流了多少血。

尽管身为艾弗伦未婚妻的英内薇拉,没有家族或姓氏,但她毫不在乎,将哥哥的头捧在手中,轻轻转过来四目相对。

"苏利,"她低声轻唤,轻轻抹开他额头上被疼痛的汗水沾湿的头发。"我在这里。我发誓会照顾你,让你和以前一样结实,开开心心的。"

他那昏暗恍惚的眼神隐约认出她来。苏利试图挤出一丝笑容,结果却咳出更多的血块来。他气喘吁吁地说:"照顾你是我的责任,小妹,不该由你来照顾我。"

"再也不是了,哥。"英内薇拉轻声说道,眼中溢满泪水。

"我们可能没办法保住他的手臂。"魁娃在她身后提醒道。"不论用草药或霍拉都不行,他必须截肢——"如果魁娃对英内薇拉失控的表现感到不满,她也没有表现出来。

"不!"卡萨德大叫。"艾弗伦给我个普绪丁儿子已经够惨了,我绝对不让他变成残废!现在就让他踏上孤独之道,祈祷艾弗伦宽恕他浪费他的种子!"

卡西弗发出愤怒的叫声,跳到卡萨德身上,将他扑倒在地,疯狂地把他的头压在地上。卡萨德的战友们赶紧上前劝架,但卡西弗的战士挡住了他们。"你根本不在乎苏利!"卡西弗叫道。"他是我的全部!"

"是你让他变成普绪丁的!"卡萨德愤怒地吼道。"真正的沙鲁姆绝对不想残废度日!"

魁娃啧啧摇头。"好像有人在乎你们的意见似的。"她拍拍手掌,发出震耳欲聋的巨响。"够了!赶紧出去,全都出去!我数到十,待在大帐里的所有没受伤的沙鲁姆,日落前都会被贬为卡菲特!"

这话引起了所有人的注意。没受伤的战士争先恐后地冲出大帐,卡西弗也立刻放开卡萨德,站起身来,深深鞠躬。"我为在此医疗场合施暴致歉,达玛丁。"他痛苦地看了苏利一眼,随即跪倒,额头贴地。"求求你,荣耀的艾弗伦之妻,请不要为我的行为惩罚苏利。就算只剩一条手臂,他还是能以一当百。"

"我们会救他的。"英内薇拉说,虽然此时轮不到她说话。"我不会眼睁睁地看着我哥死去。"

"哥……"卡萨德抬头。"艾弗伦的胡子啊,英内薇拉?!"

他脸上流露认出英内薇拉的神情,接着以迅雷不及掩耳的速度抓起地上的长矛,踢开女儿。这一下出其不意,英内薇拉重重摔倒在地，抬头时刚好看见卡萨德的矛头插进苏利的胸口。"死了总比在妹妹的同情下变成卡菲特废人要好！"

卡西弗转眼制伏他，站在卡萨德身后，一手扣住他的喉咙。一手拿把长匕首抵着他的肚子。英内薇拉冲向苏利，但父亲这一矛正中心口，哥哥已然死去。

"你没资格死在阿拉盖的爪子或长矛下，"卡西弗在卡萨德耳边吼道。"我会像卡菲特杀猪一样把你开肠剖肚，然后看着你慢慢死去。你应该死一千次，而在奈的深渊里你将会尝到一千种死法。"

卡萨德大笑。"我依照艾弗伦的旨意办事，死后将在天堂畅饮它的美酒。《伊弗佳》明言规定，不要纵容普绪丁或残废！"

魁娃上前。"《伊弗佳》里同时也有记载，不可饮用发酵的谷物……以及攻击艾弗伦的未婚妻却是死罪。"

这是真的。攻击奈达玛丁和攻击达玛丁的罪同一等——攻击者将会被贬为卡菲特，然后处决。除非受到攻击的达玛丁愿意赦免他。

魁娃拿出自己的匕首，开始割下卡萨德的黑袍。他尖叫挣扎，但她施展流畅精确的招式击溃他的能量线，他的四肢酸软无力地瘫倒在地上。

"你现在是卡菲特了，姓氏不值一提的卡萨德。你永远没有资格进入天堂之门，如果睿智的艾弗伦有一天同情你的灵魂，让它回归，你最好祈祷自己下辈子不要如此愚蠢。"她转向英内薇拉，递出匕首。卡西弗使劲拉扯，迫使卡萨德背向后弯，方便她动手。

卡萨德哀嚎恳求，但是四周毫无同情的眼光。最后他安静下来，看向英内薇拉。"如果你要为一个独臂普绪丁而杀害真

正的战士,那就动手吧。痛快点,女儿。"

英内薇拉抓住父亲的胡子,打断他的惨叫,一把拉起他痛苦的面孔来面对自己。"回去服侍蔓娃,把她当作达玛基丁服侍。用你的余生做好这件事,我就会考虑展现怜悯,让你换回黑袍死去。"

卡西弗将卡萨德丢在地上,导致卡萨德再度痛苦惨叫。他伸手指向英内薇拉。"一条腿?只从这一无是处的醉鬼身上割下一条腿?在你眼中苏利就这么贱?"

英内薇拉立刻出手,抓住他的手指,轻易将之折断,同时扬起指节截断他脚上的能量线。趁他脚软之际,她顺势抓起他的身体,狠狠摔在地上。"你胆敢批判我对父亲的爱?你认为我对血缘的羁绊比不过你们之间的羁绊?"

卡西弗看着她,目光冰冷。"我的灵魂已经准备好踏上孤独之道。英内薇拉·娃·卡萨德。我杀过很多阿拉盖,生过儿子,而且没有攻击你。只要愿意,你有权杀我,但你无权像对你父亲那样阻止我上天堂。我将进入艾弗伦的圣殿,坐在苏利身上,在她妹妹透过那个卡菲特的家伙每一口呼吸所化作的恶魔尿侮辱他的记忆时,悉心安慰他。"

他冷笑。"动手。杀了我!"他眼中浮现疯狂的渴盼神情,英内薇拉知道他希望她动手。他恳求她动手。

英内薇拉摇头。"退出去。我不会因为你深爱我哥而杀你,即使这份爱让你变得愚蠢。"

回到宫殿后,英内薇拉径直赶往地窖。这个时点,会有几个女孩等在那里上课。英内薇拉下午进入影之殿前还有一堂示范课要上。

莎塞尔奈达玛丁刚洗好澡，正在缠拜多布，英内薇拉轻甩响指，引起了女孩的注意。尽管莎塞尔较为年长，她还是立刻跑过来。"我有急事要忙。"英内薇拉说。"帮我去上二年级的初级草药学课程。"

"好的，奈达玛基丁。"莎塞尔满口应承并鞠躬，快步赶去准备。

奈达玛基丁，意指公认的坎莉娃继任人。这并非正式头衔——要是有任何女孩在提起这个头衔时被人听见，很可能会遭受严厉的惩罚。

英内薇拉从未敢命令其他女孩帮她上课，也无权这么做，但是当时她毫不在乎。她唯一在乎的就是终于能够独处，她扑倒在自己小小的帆布床上大声痛哭。她本想用泪瓶接下眼泪，在为哥哥的灵魂祷告时献给艾弗伦，但她的手因哽咽而颤抖，根本无法接泪。她将脸埋在枕头里，任由粗布吸干泪水。

哥哥苏利死了。她再也不能看见他那挂满亲切笑容的英俊面孔，再也得不到他的安慰，或是享受他提供的保护。就在那一瞬间，这些美好的未来通通归零了。她心想，达玛丁有没有在他的汉奴帕许结束时骨骸中预见到这一幕。

至于卡萨德？赦免他会为这个世界带来任何好处吗？还是会让他变成沙漠之矛里更加没用的废物？卡西弗是对的吗？她有必要好好帮哥哥报仇吗？

时间一分一秒地过去，下午的钟声响起。影之殿在召唤她，但英内薇拉依然无法起身。自从获准进入影之殿后，她从未错过任何刻骸子的时段，不过并没有法规强制她一定得去。如果她打算一辈子都耗在刻骸子上，那也是她的权利。

终于，地窖大门开启，魁娃走了进来，站在门旁。"够了，女孩，你已经哭过了。沙漠之矛里没有那么多水让你成天哭泣。

找出心中的自我,坎莉娃达玛基丁要见你。"

英内薇拉抑制住哭泣,做深呼吸,然后又做了一次,谨慎地以袖口擦干泪水。站起身来时,她已经恢复自制,尽管内心依然憔悴。

英内薇拉抵达时,坎莉娃正在石室里等她。茶壶在冒烟,达玛基丁指示英内薇拉帮两人倒茶,然后要她坐到自己对面的椅子上。

"你从来没说过你哥是贝登的手下。"老女人说道。

英内薇拉麻木地点头。"我怕你知道的话就不会每年让我见他。"这话等于是在承认欺骗达玛基丁,但英内薇拉发现自己根本没心思顾虑这些细节。

坎莉娃轻哼一声。"我很可能会这么做。但是如果你说了,他今天或许就不会死。"英内薇拉抬头看她,而她耸了耸肩。"又或许还是会死。骨骰能预见未来,但却没法改变过去的事情。"

"过去的已经过去。"英内薇拉引述达玛佳的话。"追逐过去毫无意义。"

"那你又为何整天哭泣?"坎莉娃反问。

"我的心痛是一阵强风,达玛基丁。"英内薇拉说。"就连棕榈树也不得不在强风下弯曲,直到风过之后才能再度挺直。"

坎莉娃掀开些许面纱,吹吹热茶上的蒸汽。"沙鲁姆宁死不屈。"

英内薇拉抬头。"呃?"

"他们不弯曲,他们不哭泣。"坎莉娃说。"在大迷宫中生死攸关之际,沙鲁姆无权享受这些。当我们在风中弯曲时,沙鲁姆拥抱痛苦,然后忽略它们。对没受过训练的人而言,这两者之间没有多大区别,但事实并非如此。就像强风能吹断最懂得弯曲的树，沙鲁姆也没办法拥抱某些痛苦。在这种情况下，他们会面对痛苦，希望自己能够不屈不挠地光荣死去。"

"卡西弗渴求这种死法。"英内薇拉说。"他和我哥是密友，基友。"

坎莉娃浅尝了一口茶。"有些沙鲁姆夜里会在进入大迷宫前把爱人锁在地下城，普绪丁却和密友并肩作战。这让他们作战时较为谨慎，但当伙伴死去时，他们也会痛不欲生。"她看着英内薇拉。"而你不让他死。也不让你父亲死，尽管《伊弗佳》里有明文规定。"

"《伊弗佳》给了我选择的权力。"英内薇拉说。"当我得承受失去苏利的痛苦时，卡西弗为什么可以选择逃避？"

坎莉娃点头。"克拉西亚太习惯死亡了。死亡是个经常造访但却不受欢迎的访客，而它已经成为我们的老冤家，我们愿意敞开双手迎接它。数个世纪前，克拉西亚住有数百万人，挤满这座历史悠久的大城堡，还占据了附近的土地。即使在当时，我们仍然会发生内斗，然而当我们的人数多到大家都认为比沙漠中的黄沙还多时，为了争夺水井而失去几条人命根本不值一提。如今我们自己却像雨滴般珍稀，每条人命都很重要。"

"阿拉盖——"英内薇拉开口。

坎莉娃挥手止住她。"或许大多数人都会死在阿拉盖手中，但是因为我们自己的愚蠢而持续挑衅它们，饲喂它们。"

"阿拉盖沙拉克。"英内薇拉说。

"不管安德拉和沙鲁姆卡怎么吹嘘，男人们也并没有在日落后的人魔大战中放下数千年来的部族血仇。"坎莉娃说。"他们已经腐化变质了，事事都借助公义大道的名声以卡吉部族的利益优先，不择手段地铲除异己或政敌。沙鲁姆卡年老昏聩，晚上自己总是窝在自己的宫殿里，在大迷宫里参战的沙鲁姆们

缺乏真正的统帅,简直是把自己当食物饲喂恶魔,但我们依然夜复一夜地派遣最强壮的男人进入那个恶魔饭堂里,每晚死伤的战士人数远大于新生儿的存活数。我们达玛丁竭尽所能地让克拉西亚所有能生育的女人都孕育生命,但是我们根本拯救不了打定主意要自取灭亡的无脑肌肉男。"

"那我们又该怎么做了?"英内薇拉问。

坎莉娃叹气。"我不知道该怎么办。我们的权力和能力都有限,很可能当你继承了我的面纱的那一天,结果仍只能见证族人的灭绝。"

英内薇拉摇头。"我不甘心接受这种残酷现实。我想,艾弗伦在考验我们,它不会让我们的族人葬身黄沙。"

"它睁一只眼闭一只眼已经多少世纪年了。"坎莉娃说。"艾弗伦宠爱强壮的人,但也喜欢智者,或许它已经对那些蠢人失去耐性,正在惩罚他们。"

英内薇拉继续精心雕刻她的骨骰。但随着完工之日逐渐逼近,她越来越紧张,恐惧。一个礼拜,最多两个礼拜后,她就会迎接自己的第一次白纱考验。十四五岁,几个世纪来最年轻的达玛丁。

她总是不由自主地想起梅兰那一幕——骨骰在阳光下燃烧,烧得她连声惨叫,焦肉的臭味,手也被烧得变了形,即使经历过无数次手术,以及阿莎薇不止一次在背后施展霍拉疗法,梅兰的手看起来还是跟沙恶魔的利爪一般无二——畸形,布满粗糙的伤疤。

我会面对这样悲惨的命运吗?英内薇拉的直觉告诉她不会,但她无法确定,就连坎莉娃预知的那一幕图像中都无法完全确定。

她无数次被噩梦惊醒,心脏狂跳,但每次地窖中都是漆黑一片,但英内薇拉猜想天快亮了,自己肯定无法入眠。她轻手轻脚地摸下床,拿起干净的拜多布,男人穿衣一样熟练而快速地缠好布。魔印光启动时。她已经梳洗穿戴完毕,开始督促年轻女孩梳洗着装,准备练习沙鲁沙克。

那天送来大帐的伤兵倒不是很多,忙完例行治疗,正当她打算回宫殿时,两个身穿拜多布的男孩闯了进来。其中一个肥得出奇——她知道训练官会尽可能让奈沙罗姆挨饿——而他撑着另一个远比他矮小的男孩,只比皮包骨有肉一点。他看起来还不满十岁,手臂折断,白骨露在血肉模糊的伤口外,鲜血顺着软垂的手臂流下。他脸色惨白,满头大汗,但是毫不吭声,自己走到手术桌让魁娃接骨。魁娃点头后,胖男孩立刻鞠躬离去。

英内薇拉曾多次帮忙治疗断骨,知道该帮达玛丁拿什么药草和工具。她对他深感同情。她拿了根包覆层层白布的小木棍给痛苦地看着她的男孩。

她将棒子放进他的嘴里。"戴尔沙鲁姆懂得拥抱痛苦。"

男孩点头,虽然他显然不懂得这是什么意思。在魁娃给他接骨时,他狠狠咬着木棍,过了一会儿,他的身体渐渐软瘫,下颌一松,被咬出深深牙印的木棍掉落地上。英内薇拉心想他一定是昏过去了——完全可以理解——他的双眼却睁开着,冷静地看着达玛丁将两截断骨接在一起,治疗他的伤口。这让英内薇拉极其震惊,她曾见过的沙鲁姆大多数都偏着头不敢看达玛丁缝合自己的伤口。缝好之后,魁娃给他喝了一点帮助睡眠的药水,让他在英内薇拉准备给他打石膏时不要乱动。

"那些训练官。"魁娃不屑地说道。"这个男孩是贾迪尔血

脉的独子，他父亲曾在马甲部族掠夺水井时白白丧命。我们的男人在夜里遭受恶魔屠杀已经够糟糕了，治疗在沙拉吉里受训的男孩让我更加厌烦。很多人在受训时就弄得断胳膊缺腿的，甚至死亡，根本没机会进入大迷宫。希望这种情况不要再继续下去了。"

"会停止的。"英内薇拉说。"我会找出方法的。"

"你？"魁娃语气嘲讽。"你以为自己是达玛佳吗？"

英内薇拉耸耸肩。"难道空等她重临大地会比较好吗？"

魁娃眯起双眼。"说话小心点，女孩。这话可是十足的不敬。"

英内薇拉匆忙鞠躬解释。"我没有那个意思，达玛丁。"

尽管早该回宫殿，英内薇拉还是待在大帐里守着沉睡的男孩。他相貌英俊，或许足以吸引达玛丁的目光，但她不认为这孩子会愿意放弃自己的生育能力，投身达玛丁宫殿作宫人。他体内有股倔强的力量，她感觉得出来，或许这就是自己想要跟他再度交谈的原因吧。

他动了一下，睁开棕色的双眼。她微笑着搭讪。"年轻的战士苏醒了。"

"你，你跟我说话了？"男孩嘶哑地说。

"难道我是恶魔，不该说话吗？"英内薇拉问，不过她很清楚他这么说是什么意思。达玛丁在大帐里不会降低身份和奈沙鲁姆说话。她们把这种事交给奈达玛丁们去处理。

"我是说跟我说话。"男孩说。"我只是个平凡的奈沙鲁姆。"

英内薇拉点头。"我只是奈达玛丁。我很快就会赢得面纱，但暂时还没有，所以我可以和任何人说话。"

她拿起一碗稀粥凑到他嘴边。"我想你在卡吉沙拉吉里一定吃不饱。吃吧，这会让达玛丁的医疗法术更有效。"

男孩点头，狼吞虎咽地喝粥，很快就把一整碗都喝了个底朝天。他抬头直直地盯着她。

"你叫什么名字？"

英内薇拉面带微笑，伸手擦去遗留在他嘴角上的粥。"以一个刚穿上拜多布没几天的男孩来说，你的胆子不小。"

"很抱歉。"男孩解释道。

英内薇拉轻笑。"大胆不会带来悲伤，艾弗伦并不偏爱胆小的人。告诉你吧，我叫英内薇拉。"

"艾弗伦的旨意。"男孩自语道，接着点点头，仿佛用下颌指向胸口一样。"阿曼恩·霍许卡敏之子。"

英内薇拉忍住笑意。这男孩难道想要追求我吗？她礼貌地点头，好奇究竟他有什么吸引自己的地方。她寻思这个勇敢强壮的男孩会不会在训练中送命，在人生真正开始之前就已经悄悄结束，还是说他会和苏利一样，成为大迷宫里愚蠢的祭品。

*

英内薇拉回到宫殿前，直接赶往影之殿。已经不能继续拖延了，她心里有好些问题，只有骨骰能给自己回答。她径直走进刻骰室，拿出工具，以灵巧的手指抚摸恶魔骨，将它们取出霍拉袋。在上万次的触摸与圣油的擦拭下，它们的表面除了符号的刻痕外就像玻璃一样光滑。

每颗骨骰上都有个预言魔印，剩下的每个骰面中央都有一个预言符号。四面骰上有十六个符号。六面骰上有十三个。八面骰，三十二个。其他的也都差不多。一个接着一个，英内薇

拉在黑暗中抚摸符号，和从前一样确认它们是否完美无瑕。随着骰面数增加，符号越刻越精细，但她对它们熟悉到就像刻在自己的灵魂上一样。

最后，她举起二十面骰——这组骨骰中的最后一颗。她的第八颗恶魔骨依然躺在霍拉袋里，自从坎莉娃交付给她后就没有动过。大多数女孩都会在这过程中出现各种差错，得要用到额外的恶魔骨备用。使用它并不可耻，但是"用七颗骨头刻好骨骰"是至高无上的殊荣，而且不到必要的时候没人会轻易丢弃恶魔骨。只要没动过，第八颗恶魔骨就可以由她自己处置，想要施展什么魔法都由她来主宰。

二十面骰即将完成，只剩下三个符号要刻。之前她都慢慢精雕细刻，轻轻地将刻骰工具放到精确的位置，先微微使力画好符号的形状，刻痕浅到可以随时擦掉。接着她会以手指触摸线条，然后刻深一点，再深一点，再深一点点。必要的话，她会刻上一百遍，知道线条够深，而且足够完美。

但今天不这样做。今天她感觉到手指有艾弗伦赋予的力量，用工具深深刻入骨骰，准确无误地一次性刻完第一个符号。这样冒进非常危险——简直愚蠢至极，但她没法克制自己的冲动，她继续转过骰面，刻画下一个小符号，然后是第三个，短短数秒内一气呵成完成了之前要花几个礼拜时间完成的工作。用擦布擦掉骨屑时，她的双手忍不住剧烈地颤抖，不敢用手指直接去触摸符号。自己有犯错吗？这样做会不会毁了这颗骰子呢？如果是这样的话，自己又得再花一年重新刻了，绝对没有第三次机会——除非步梅兰的后尘。

她努力做深呼吸，终于找回心中的自我，鼓起勇气慢慢触摸刚刻蚀好的骰面，难以想象，它竟如此完美。她毫不迟疑地拿出最锐利的刻骰工具，划破大拇指和食指上细嫩的皮肤，将血滴在骨骸上，让血滴均匀地流入魔印刻痕之中。这么做的同时，她一边默默祷告。

"艾弗伦，天堂与阿拉的造物主，光明与生命的赐予者，你的子民正在受难。我们在理应团结一致时却同室操戈，在理应珍惜生命时却白白牺牲。我们该如何再度得到你的拯救，远离灭族的厄运？"

低声祷告的同时，她的双掌轻轻地摇晃着新刻好的骨骸，在魔法启动时感到它们逐渐变热。光线自指缝间浮现，一双合着的手掌变得通红，从指缝隙间泄露的一束束魔光在石壁上飞舞着。

奈达玛丁禁止单独测试骨骸——圣典明文规定——她在掷骰前必须摇铃请求测试。但英内薇拉并不在乎，她感受到力量在掌心中凝聚，再也顾不得那些陈规了。

她掷出骰子。

绽放强烈魔光的骨骸散落在地上。英内薇拉看着它们定格的画面，某些符号光芒暗淡，其他则闪耀着强光，不停地转动，而非物理或几何学的定律。一会儿，它们才静止下来。解读骨骸的意义既是艺术，也是科学。但在英内薇拉眼中，它们的意义就像写在羊皮纸上的天书一样明白——有个男孩会在自今天起的第一千零七十七个日子的凌晨时分在大迷宫中哭泣。帮他成为战神，踏上沙达玛卡之道——

英内薇拉被这意外的惊喜焚烧得脸颊红润，她缓缓做深呼吸，尽力找回心中的自我。难道我命中注定要担起找出降临沙漠之矛的解放者的重担？这是否意味着自己真的是达玛佳转世——就像魁娃嘲讽的那样？她将信将疑，因为骨骸只能预知他人的命运，却没法预卜掷骰人自己的命运。

"助他成为战士。"她喃喃说道。符号显示得很模糊。这是

否意味着传统上所有的沙鲁姆都要经历的面巾仪式？还是要破他的童子身？教育与训练？骨骰没有指明。

她再次轻摇骨骰。"艾弗伦，天堂与阿拉的造物主，光明与生命的赐予者，我要如何帮这个男孩成为战神？"

符号再次给她指示。不过，答案并没有更加明显，反而增添了更多的恐惧——沙拉克卡即将到来，解放者必须无往不胜——

沙拉克卡，第一战争。没有解放者，人类的井水将会彻底干涸，艾弗伦最后的光芒将会从阿拉上消失。

解放者必须取得所有优势。

她迅速收起骨骰，举在手中。她用手指调整符号，释放魔印光，照亮她在里面花了无数的时光却始终没有看清过的石室。摆在石墙某个隐蔽的银铃反射着骨骰的光芒。

黑暗的日子已经结束了。从现在起，骨骰将会照亮我的人生之路。

面纱的测试很快就结束了。英内薇拉毫不迟疑，立即应答，尽管坎莉娃提出的问题远比梅兰要多，也比之后所有参与测试的女孩要多得多。

达玛丁的问题中夹杂虚虚实实，一次又一次地试图误导英内薇拉。围观的艾弗伦之妻与未婚妻纷纷窃窃私语，觉得英内薇拉是否在坎莉娃刚开始问问题时就答错了什么。解读骨骰是纯主观的艺术，肯定会有失准的时候。解错一次还在容许范围内，解错两次后果不堪设想。

惊疑不定的围观人群的窃窃私语，对英内薇拉来说只不过就像一阵微风。她坚信艾弗伦的旨意就在骨骰画面里，透过它的声音回答达玛基丁的问题。她一题都没答错,她和坎莉娃都很清楚这点。终于,年迈的女人点头,"欢迎你,姐妹。"

众达玛丁尽量克制惊疑的情绪,不过刚才在窃窃私语的她们突然间安静无声。不少奈达玛丁出声欢呼,不过也不是所有人——英内薇拉望向她们,不期然间接上了梅兰狠狠瞪她的目光。

女孩微微朝她鞠躬致敬,不过目光十分冷漠。英内薇拉看不出来那是谦逊还是仇视的眼神,但是对她来说无关紧要。

就在影之殿中,众目睽睽之下,英内薇拉脱下长袍和拜多布,向艾弗伦许下誓言——"我,英内薇拉·娃·卡萨德·安达马吉·安卡吉,艾弗伦的未婚妻,接受它为我的第一丈夫,它的爱是我最深的渴望,它的意志是我的最高指令,因为它是一位伟大的造物主,世间其他男人不过是它完美形象的暗淡的阴影。我对它忠心耿耿,直到永远,当我死后,我会加入天国后宫的众姐妹,接受它神圣的抚慰。"

"我见证。"魁娃说,举起她发光的骨骰,一个接着一个复诵。"我见证。我见证。"

她起身鞠躬。"谢谢你,达玛基丁。"坎莉娃鞠躬回礼。英内薇拉转身离去,身上除了腰际的霍拉袋外一丝不挂,路过其他女人,走出石室。她抬头挺胸,满心骄傲。

❧

她在宫殿和地下宫殿里各分配到一间房。两间都很大,高贵奢华,摆满昂贵的地毯、丝质床单、厚厚的绒布挂帘,还有许多金器、银器及细致的陶器。室内的照明是她能控制明暗的魔印光,还有私人专用的大理石澡盆,四周刻满调节水温和室温的热魔印。如此昂贵的魔法纯粹只是为了给她提供舒适的生

活享受，而这一切都由一座她在身穿拜多布时学会操控的石台所控制。

终于剩下她一个人后，英内薇拉立刻走向挂了十二件纯白丝袍的衣柜。她挑着光头上的发根，露出笑容。她终于可以蓄发了，不过还是一如往常地刮腿毛和其他部位的体毛。

刮干净后，她取出魔印刷和墨水，在下体周围绘印。血止住了，干涸的血块也都洗掉了，但英内薇拉还是感觉得到和艾弗伦圆房的钻心痛楚。

她拉上厚挂帘，从墙壁上召唤魔印光，然后跪在地上，在祷告的同时调匀呼吸，找回心中的自我。接着伸手到霍拉袋里，拿出第八颗恶魔骨。这颗骨头表面粗糙，像是用十字镐从阿拉上敲下的黑曜石块。

这是无价之宝——任她自由支配的魔法。绘制在宫殿墙壁内如同血液般流动的脓汁黏液功能有限，但这块恶魔骨可以为无数法术提供魔力。除了在医疗大帐中替人治疗外，她要再过一年才能取得另一块恶魔骨。其他人肯定已经开始猜测英内薇拉会如何处置这块恶魔骨，或许将之以魔印制成武器或护盾，就像许多达玛丁随身携带的那些一样。

但是英内薇拉毫不迟疑地拿它接触刚才画在皮肤上的魔印，感觉魔印加温启动，在昏暗的魔印光下大放光明。她感觉大腿紧绷，浑身在某种不太像是欢愉，又不太像是痛苦的感觉中颤抖。

治疗是最强烈的魔法，也最耗魔力。第八块恶魔骨在她手中化为灰烬，接着她伸手到双腿之间抚摸——魔法生效了。

自己恢复处女之身了。

如果我有机会嫁给解放者，就该当个称职的妻子，以处子之身与他共享甜蜜的二人世界。

她伸手去拿被她割成长布条的长袍，以熟练的手法缠成拜多布。

※

熟悉的小摊子没了，由更大更好的店面取而代之。

"篓子！"英内薇拉听见一声叫卖时，惊讶地转过头，看见她父亲，身穿卡菲特的褐袍，拄着一根拐杖，脚上装着假肢。"克拉西亚最顶级的篓子！"

英内薇拉等到有客人进入店内与卡萨德攀谈时，偷偷从他身后溜过去，绕过柜台，穿过后方的门帘。

她母亲在里面，仿佛并没有随着时间变老，双脚夹着篓圈织篓。她身旁还有十几个织篓匠，有些年轻到没有遮脸，有些是中年人或老人。英内薇拉穿越门帘时发出细微的声响，所有织篓匠通通抬起头来，只有蔓娃继续工作。

"出去。"英内薇拉小声命令道，所有织篓匠慌忙放下篓圈起身，鱼贯而出。即使戴着面纱，英内薇拉还是认得其中几人。

"你至少毁了我一整个下午的工作成果。"蔓娃说。"很可能更多，因为那些大嘴巴接下来几天都会忙着谈论此事。"

英内薇拉松开面纱，露出面貌。"母亲，是我，英内薇拉。"

蔓娃抬头，不过脸上没有惊讶或是认得她的表情。"我从没听说过达玛丁有家人。"

"她们不会喜欢看到我来这里。"英内薇拉承认。"但我仍是你的女儿。"

蔓娃轻哼一声，继续回工作。"我女儿不会在有这么多篓子要织的时候袖手旁观。"她看了英内薇拉一眼。"除非你忘了怎么织？"

英内薇拉发出跟母亲很像的"哼"声,接着在察觉这点时僵立片刻。她微微一笑,遮回面纱,脱掉凉鞋,坐在干净的毯子上,双脚夹起编半到一的篓圈,啧了一声。"自从克莉莎一家人过来帮你织篓后,你的生意蒸蒸日上。"她扯掉几缕篓条,这才伸手去拿新的棕榈叶。"但她们手艺还是差强人意。"

蔓娃嘟哝一声。"你父亲成为卡菲特后,家里发生了一些改变,不过也不太多。"

"你知道事情的真相吗?"英内薇拉问。

蔓娃点头。"他全说了。一开始我也想亲手杀了他,但那之后卡萨德再也不碰库西酒或砸碗,而且讨价还价的技巧比战技高明多了。我甚至还帮他买了几个妾室。"她叹气。"讽刺的是,我们嫁给卡菲特竟然比嫁给沙鲁姆还要骄傲,不过你父亲给你取名时很有先见之明——艾弗伦的旨意就是艾弗伦的旨意。"

英内薇拉一边织篓,一边把最近几年的事都说给母亲听。她毫无保留,一直说到她第一次掷骰时骰子预示的天机——她从来没和任何人说过此事。

蔓娃瞪大眼睛好奇地看着她。"这么说你拥有了解读艾弗伦旨意的恶魔骰,你问过它们今天回家的事吗?"

"有。"她说。"但我一直都打算在取得面纱之后回来看你。"

"万一骰子叫你不要来呢?"蔓娃问。

英内薇拉看着她,一时之间考虑着要不要说谎。

"那我就不会来。"她终于说道。

蔓娃点头。"今天的事,它们是怎么说的?"

"你永远会对我说真话。"英内薇拉说。"就算我不愿意听也一样。"

蔓娃眼睛四周浮现皱纹，英内薇拉知道她在微笑。"这是母亲的责任。"

"我该怎么做？"英内薇拉继续问道。"骨骰究竟是什么意思？"

蔓娃耸肩。"你该在第一千零七十七天的凌晨前往大迷宫。"

英内薇拉一脸错愕。"就这样？这就是你的建议？我或许会在三年后遇上所谓的解放者，而你要我就这么……不去多想？"

"喜欢的话你可以为此时刻念念不忘。"蔓娃说。"但是三年不会因此而变短。"她意味深长地看着英内薇拉。"我确信这段时间内你可以找到有意义的事做。如果不行，我这里有很多箩子要编，你可以帮忙以打发时间。"

英内薇拉编好箩子。"你说得对，当然。"她起身将箩子码在编好的箩堆里，随即注意到坐过的毯子在洁白无瑕的白袍上留下的灰尘。"但是我接受再度来此编箩子的邀约。"她拍拍白袍，清理灰尘。"只要你能清出干净的地方让我坐。"

"我会为你尊贵的达玛丁屁股买块白色丝布。"蔓娃说。"但你要以编箩子来偿还买布的费用。"

英内薇拉大笑起来。"以一个箩子三卓奇来算，那得要还好几年哦。"

蔓娃眼旁浮现笑纹。"要还一辈子，如果你每次来我都买一块新丝布的话，而这是接待达玛丁不可或缺的礼数。"

第九章　阿曼恩

308—313 AR

英内薇拉大步穿越沙漠之矛的黑暗街道，完全不像从前深夜离开地下城时那般忐忑不安。就算三年前骰子没有承诺她会于凌晨时遇上那个男孩也一样。英内薇拉的霍拉袋里如今放有能够抵挡各式攻击的宝物，不管来自恶魔还是其他力量，而唯一能以沙鲁沙克与她抗衡的人就只剩下教练魁娃了。

黑夜里的古城内城显得异常宁静而祥和。英内薇拉试图抹去岁月的痕迹，去还原斑驳油漆的鲜艳和镀金的辉煌及石柱和饰板依然完整时的模样。她遐想恶魔回归前克拉西亚的模样，那不过是数个世纪前的事而已。

她看见了当年的景象，赞赏不已。全盛时期的沙漠之矛曾是某个庞大帝国首都，市区人口高达数百万人。引水沟渠让沙漠充满生机，城内建有雄伟的医疗与科技院所，机器取代了上百名戴尔丁的工作。沙利克霍拉依然是艾弗伦最伟大的神庙，不过城内以及外围区域还有数百座崇拜造物主的神庙。

那是个歌舞升平的繁盛时期，最接近战争的行为就是城墙外的游牧民族为了女人或水井而你争我夺。

但是，恶魔出现了，而愚蠢的安德拉竟然在发现战斗魔印已经不知所终的情况下还让男人们去送死——搞什么阿拉盖沙拉克。

想到这，英内薇拉忍不住打了个冷战，收回心神。空荡荡的城市似乎不再平静，不再美丽。这更像是一座陵墓，就像数千年前就已经埋葬在黄沙底下的失落之城安纳克桑。如果不尽快改变现状，那也将埋葬全克拉西亚的命运。沙拉克卡即将来临，如果明天就来的话，克拉西亚所有人都将葬身黄沙。

"但那一切不会这么快。"她对空旷的街道承诺道。"我不允许。"

英内薇拉加快脚步。黎明即将到来，她得在太阳浮出地平线前掷骰预知那个已期待三年多的男孩的命运。

克伦训练官在她抵达时点头，完全没问她为什么要深夜一个人在街上行走。沙鲁姆知道她会来，在任何情况下都不会质疑达玛丁。

这些年来，她曾多次询问骨骰关于今天的事，但不管她用什么方式提问，霍拉总是回避正面回应，图案中充满可能与未知——未来是充满变数的，永远没有定格。每当有人在自由意志下做出决定时，未来就会出现新的改变。

但是在多少次追问中还是了解了不少——石柱和转角的数量——她能够以资参考的信息。四处出现的台阶与转弯数，让研究大迷宫地图好几个礼拜的英内薇拉能顺利找到男孩可能会出现在什么地方。

——你一眼就会认出他来——骨骰指示她，但那还是一团深不可测的迷雾——大迷宫里会有很多哭泣的男孩？

——你会为他生下许多儿子——这段话让英内薇拉觉得更迷茫。达玛丁可以偷偷与男子欢娱，生下女儿，但是却不可能在不结婚的情况下生儿子。骨骰预示自己命中注定要嫁给这个男孩。或许他并非转世的解放者本人，而是解放者的父亲，或许沙达玛卡注定要她的子宫来孕育。

这个想法充满无上荣耀，令她无比兴奋，但同时也让她微感失望。卡吉的母亲肯定异常尊贵，但真正在解放者耳边提供智慧、引导方向的人却是达玛佳。或许会有另一个女人分享他的床，牵着他的耳朵。

这个想法令英内薇拉深感不安，一时之间竟然有些难过。难道自己的祈祷不够真诚吗？对自己而言什么更重要呢？拯救族人，或是继承那位跟自己同名的前人的光荣使命？

她缓缓做深呼吸，感受自己的气息、生命力量，让自己找回心中的自我。自己这辈子还没见过任何人比自己更有资格引导解放者。如果让自己找到这样的女人，她会主动让步。如果找不到，自己会不惜一切地嫁给他，就算这表示她要和丈夫离婚，或是嫁给自己不喜欢的男人也在所不惜——解放者必须无往不胜——

这时，她听见前方转角处传来叫喊声，施暴的声音，她让自己放慢脚步。即使及时赶到，自己也没法阻止任何正在发展中的事。骨骸对于这点说得十分明确，就像在时间的河流里突出水面的大石一样。她要找的是独自哭泣的男孩。实际一点，事情已经发生了，狂风已经刮过来了，只须弯腰，抗拒没有任何意义的。

一名沙鲁姆出现了，一边大笑一边提着裤子。他拉下的面巾挂在脖子上，腰上的衣服沾染了不少鲜血。在看见她时，他愕然止步，吓得脸无血色。英内薇拉一言不发，记下他的长相，扬起一边眉毛，朝一边的侧廊偏了偏头。战士立刻鞠躬，笨拙地跑过她身旁，然后以最快的速度消失。

英内薇拉继续朝前走，寻找骨骸预言的解放者。这时，耳里传来男孩小声哭泣的声音。她如获至宝地尽力控制住加快的呼吸节奏，以正常稳健的步伐走上前去。最后，转过一道拐角后，她看见一个男孩在地上一边哭泣一边发抖。他的拜多布被扯到膝盖以下，肩膀还在流血，显然是刚才那个沙鲁姆施暴咬出来的。他身上还有很多瘀青与擦伤，但是看不出来是在强暴的过程还是阿拉盖沙拉克中所留下的。

听见她走近的脚步声，他惊愕地抬起头来。一如骨骰所预言，她确实跟他有过数面之缘——三年前，她完成骨骰的当天所遇到的奈沙鲁姆——阿曼恩·贾迪尔——当晚曾拥抱痛苦，眼睁睁地看着达玛丁帮他接骨的那个勇敢的男孩。阿曼恩·贾迪尔，十二岁就杀了第一头阿拉盖，并且在迷宫中存活一晚的勇敢的男孩。这一切都像是艾弗伦神圣计划中的一部分。

她不禁好奇，他是不是也认得出自己。但自己此时已经蒙上面纱。而上次见面时，他因伤口剧痛而有些神志不清。男孩惊讶了一会儿，接着想起自己衣衫不整的模样，迅速拉起拜多布，仿佛那样可以遮掩明明白白挂在脸上的羞辱一样。

她的心脏一阵狂跳，为这个在胜利的时刻身受如此羞辱的勇敢男孩心生怜悯。她很想走过去拥抱他，但是骨骰却说得非常清楚——让他成为——战神。

她定了定心神，以舌头发出类似鞭打般的啧啧声响。

"站起来，男孩！"她大声命令道。"你在阿拉盖前毫不退缩，却为了这种小事像个小女人般哭泣？艾弗伦垂青勇敢的戴尔沙鲁姆，而不是万人唾弃的卡菲特！"

男孩脸上一时间涌上一股愤怒的热血，但他定了定神，压抑住自残冲动，拥抱屈辱，站起身来，慢慢用衣袖擦干泪水。

"这才像个男人。"英内薇拉说。"我不希望大老远跑来这里，只为了给一个懦夫预见命运。"

男孩低吼一声振作起来。英内薇拉在心里暗自窃喜，是一块好料子，只是还需要经历千锤百炼。"你怎么找到我的？"

英内薇拉不屑地挥手忽略这个问题。"早在几年前,我就知道要上哪儿去找你了。"

他吃惊地盯着她,将信将疑。但她根本不在乎他是否相信。"过来,男孩,让我好好看看你。"

她抓着他的下颌,转动到能看到月光的方向。"年轻力壮,但能走进大迷宫的男孩通通年轻力壮。你比大多数人更年轻,不过在大迷宫里未必是什么好事。"

"你是来预见我的死亡方式的吗?"阿曼恩问。

"胆子也很大。"她喃喃说道,再度忍住微笑。"或许你还有点希望。跪下吧,男孩。"

他照做。她在大迷宫的尘土上铺了块白色祈祷布,跟他一起跪下。"我何必关心你的死亡?"她问。"我是来占卜你的未来,死亡是你和艾弗伦之间的事。"

她打开霍拉袋,将充满魔力的宝贵骨骸倒入掌心。黎明即将来临,要预知他的未来就必须趁现在天还是黑色的时刻。

阿曼恩瞪大双眼看着骨骸。她则将骨骸举到他面前。"阿拉盖霍拉。"

他有些畏缩。想起自己第一次看见恶魔骨时的反应,英内薇拉觉得也很正常,但如果他心中先天的某种弱点,自己得负责将它驱除。

"怎么又变成懦夫了?"她轻声问道。"如果不把阿拉盖的魔力收为己用,我们要魔印来做什么?"

阿曼恩鼓起勇气,凑上前来。

他很快就找回心中的自我。她心想,心中涌上一股赞赏。三年前,教他拥抱痛苦的人不正是自己吗?

"伸出手臂。"她命令道,一边拔出一把银制刀柄上镶有珠宝、钢制刀刃刻有魔印的匕首。

阿曼恩任由她划开手臂的皮肤，挤压伤口时，也一动不动，在她的掌心抹满鲜血，然后双手捧起阿拉盖霍拉，在眼前用力地摇晃。

"艾弗伦，光明与生命的赐予者，我恳求你，让我预见这名低贱的仆人的未来。告诉我阿曼恩·霍许卡敏之子，卡吉第七子，贾迪尔血脉最后后裔的命运。"

她感觉到骰子在摇晃的同时释放魔力。"他是解放者转世吗？"她以男孩听不懂的咒语低声询问。

她掷骰。

英内薇拉在凑上前去时失去所有自我，渴盼地看着骨骰在大迷宫的尘土上形成的图案。第一组符号令她浑身发冷——解放者并非天生，需后天培养——

她嘶吼一声，趴在地上，毫不理会尘土弄脏自己洁净的白袍，专心研究其他符号——此人有可能成为解放者，但如果他过早地蒙上面巾或与女人交合，他就会惨遭横死，他的沙达玛卡之路将到此结束——并非天生，需后天培养？自己面前的男孩可能会是解放者？太不可思议了。

"这些骨骰是不是暴晒过阳光？"她喃喃抱怨道，收起骨骰，再次拿出匕首在男孩手臂上割上一刀，再次掷骰子，而且比前一次摇晃的动作更加夸张卖力。

尽管如此，骨骰的图案还是跟上次一样。

"不可能！"她叫道，一把捡起骰子，再掷第三次。这一回骨骰急速转动，但是排列出的图案还是一模一样。

"怎么了？"阿曼恩鼓起勇气凑上来问道。"你看见了什么？"

英内薇拉抬头盯着他，眯起双眼。"你没有资格得知未来，小鬼。"

他退缩回去，她则将骨骸放回霍拉袋，站起身来，抖掉白袍上的尘土。这过程中，她一直都在调节呼吸，试图在心脏剧烈跳动的情况下找回自我。

她看着男孩，他才十二岁，无法了解未来无尽的可能在他心里所形成的压力有多大。

"回去卡吉大帐，将今晚接下来的时间用来祷告。"她命令道，然后头也不回地离开了。

英内薇拉慢慢走出大迷宫。凯维特达玛，阿马戴弗伦达玛基和卡吉沙鲁姆的联络人，会在大帐恭候她。此刻很可能全族的人都屏息以待，每当要预见可能在汉奴帕许结束时成为沙鲁姆的人的未来时就会这样。但是她并不担心部族的人，她担心的是凯维特。这个达玛精明干练，而且有权有势，其家族的关系可以一路追溯到首任解放者的顾问。他是男孩的达玛基、沙鲁姆卡，以及安德拉本人最宠信的达玛。在凯维特达玛身边，就连达玛丁也要谨言慎行。

但自己该怎么回复他呢？通常来说，预卜未来只有两种答案——是或不是。是，这个男孩有资格蒙上战士的黑面巾，成为男人；如果不是，这个男孩会被视为懦夫或弱者，会在压力下如同易碎的石头一样被淘汰掉。当然，达玛丁在预知未来时会看见更多细节，瞥见大致情况与各种可能，但那些不是男人该知道的事，就算是达玛也一样。

她可以透露一点细节。骨骸常常会显示出对方未曾展露的潜力，例如隐约浮现他们成为魔印师、射手或领导者的未来。领导者会经过达玛仔细观察，过一年后最顶尖的领导者就会被送往沙利克霍拉接受凯沙鲁姆训练。

有时候骨骸会显示缺点——嗜血，愚蠢，骄傲。所有沙鲁姆都有缺点，达玛丁很少会泄露天机，除非会有其他人因为他们的缺点而受害。

但一旦英内薇拉让阿曼恩换上黑袍，这就表示，对达玛和沙鲁姆卡而言，他们会疏忽阿曼恩，让他在大迷宫中自生自灭。

让他成为战士——骨骸如是说，即使才十二岁，英内薇拉依然毫不怀疑阿曼恩·贾迪尔够格穿上黑袍。但是不管是否有成为解放者的潜力，此刻的他还是个孩子，承受力有限。这点从英内薇拉找到他时所发生的事情可以充分证明这一点。少年得志的人难免遭人嫉恨——木秀于林风必摧之。如果有任何人了解此事，肯定非英内薇拉莫属了。

况且骨骸还说，在时机成熟之前换上沙鲁姆面巾，他依然可能惨遭横死。

——解放者是后天培养，不是天生的骄子——自己应该插手吗？这就是骨骸这时要她去找他的原因吗？还是说各族里有上百名可能成为解放者的人，等着被人培养成解放者？

英内薇拉不解地摇头。自己不能冒这种风险，自己必须保护这个男孩，或许是未来的丈夫。保护他的荣耀，更重要的是保护他获得一切优势，顺利渡过种种难关。

一旦换上黑袍，自己就无能为力了——不能不让他进入大迷宫，也不能不让他享受大后宫里跟枕边舞者吉娃沙鲁姆。自己决不可能在所有瞄准他背部的匕首和长矛前保护他。

——让他成为真正的战士，但必须等待时机成熟——但自己怎么知道时机什么时候才会成熟？骨骸会告诉自己吗？如果此刻不让他取得黑袍，日后还有机会取得吗？

她转过转角，如预期中地看见凯维特恭候在那里。一定是训练官去请他过来的。她找回心中的自我，来到他面前，双眼

只有宁静。

"艾弗伦祝福你,神圣的吉娃。"凯维特向她鞠躬致意。她轻轻点头。

"你预见了阿曼恩·贾迪尔的死亡?"他直奔主题。

英内薇拉默默点头,没有多说。

"然后呢?"凯维特的语气透露出明显的不耐烦。

英内薇拉用冷静的语调回道:"他太年轻,不适合马上就换上黑袍。"

"他不够格吗?"凯维特反问。

"他太年轻。"英内薇拉重复。"难以持久。"

凯维特皱眉。"那个男孩潜力无穷。"

英内薇拉直视凯维特的目光,耸了耸肩。"而且你也不该让他这么早就进入大迷宫。"

达玛的脸色越来越难看。他有权有势,还能左右比他更有权有势之人的意见,不习惯被人质疑,或是听从号令——不管是谁,更别说是个女人。在克拉西亚的阶级制度中,达玛丁的地位在达玛之下。"那孩子网下了一头恶魔,艾弗伦的法规《伊弗佳丁》可是明文规定……"

"胡扯!"英内薇拉大声说道。"所有法规都有例外,把还有五年才成年的男孩放到大迷宫里是疯狂之举,不利于少年的成长。"

达玛语气变得严厉。"你没有资格决定此事,达玛丁。"

英内薇拉扬起眉毛,在达玛的脸上看见了困惑的神情。他或许阶级在她之上,但是在此事所属的范围内,达玛丁有绝对的权威。

"或许没有。"她同意道。"但是他能不能取得黑袍要看你的决定,而它不能。"她扬起霍拉袋,凯维特微微畏缩。"我们要将此事提报议会吗？或许阿马戴弗伦达玛基会要我算算你的未来，看看在你白白牺牲一名潜力无穷的卡吉战士后，是否还够格管理他的沙拉吉。"

凯维特瞪大双眼，脸上的肌肉因为强行克制的愤怒而扭曲。英内薇拉已经把他逼到死角。她不知道他会不会就此失控，如果必须动手杀他的话也实在是太遗憾了。

"如果男孩在成年之前进入大迷宫，他就会夭折，而我也不会眼睁睁看着你们这么糟蹋为数不多的娃娃兵的生命。"她说。"五年后让他再来找我，到时候我会重新为他预卜。"

"那这段期间我该怎么安排他呢？"凯维特问道。"踏足大迷宫后，他就不可能回沙拉吉，没有换上黑袍，他也不能直接回卡吉大帐！"

英内薇拉一副丝毫不把男孩的命运放在心上的模样。"那不是我的问题，达玛。骨骸已经做了指示，艾弗伦已经说话了。这是你造成的问题，你得自己想办法解决。如果这个男孩像你说的那么具有潜质，我相信你会帮他找出好的方式度过这五年时光。如果他不是你说的那般优秀，只有带回去充当卡菲特，肯定有用武之地。"

说完后，她转身离去，飘逸的身影掩饰了在她体内如同沙尘暴般的激动。她故意激怒达玛，让他必须守护男孩的荣耀，只是为了和她打赌。凯维特只能把男孩安置在一个地方——沙利克霍拉。

阿曼恩的年纪太小，不能成为奈达玛，更不适合担任其他职务，但是刚好可以接受凯沙鲁姆的亲自指导。据英内薇拉所知，从来没有奈沙鲁姆能在换上黑袍之前接受凯沙鲁姆指导的祭师训练，但《伊弗佳》并没有禁止。在沙利克霍拉，阿曼恩将学会写字与算术、哲学与战略、魔印、历史以及晋阶沙鲁沙

克——沙达玛卡必备的知识。

英内薇拉心想。我必须帮他避过灾难，取得所有优势。

※

正如英内薇拉所料，阿曼恩第二天就被送去沙利克霍拉。再次见面时，凯维特达玛露出得意的笑容，满心以为击败了英内薇拉。英内薇拉也是满心欢喜，没有说破。

她经常站在奈达玛受训的地底神庙壁龛阴影中关注阿曼恩。男孩在许多方面都落后其他人很多，并在一开始的课程中满腔委屈，认为自己已经在沙拉吉里学过所有该学的东西。

但他很快就从——被比自己小的阿山击败中明白了自己的愚蠢，于是，他抛开了内心的愤慨，全心投入新的学习中，自然取得了应有的进展。

※

自上次接受骨骰焚烧手掌的惩罚七年后，梅兰再次摇响测试铃。英内薇拉平静地看着她接受测试，尽管心里明白，一旦她通过测试，她昔日那些姐妹还是会成为她的死党。

坎莉娃语气严厉，检查骨骰的每一个细节，问的问题也十分刁钻。但是，梅兰这次顺利地通过所有测试，以没有受伤的手掌接收骨骰。

当天稍晚的时候，英内薇拉在穿过地底宫殿的长廊前往自己的寝室时发现梅兰等在自己的门口。她换上崭新的白袍和面纱，就算已经很久不曾见过梅兰的身影，她还是能从畸形的手掌、阿拉盖般的利爪认出她来。

梅兰伸出一根留着锋利的指甲的手指指着英内薇拉，其他四指僵硬地弯向后方。"你欺骗了我。"

走廊上没有别人，英内薇拉毫不退缩。骨骰没有预言自己会遇袭，但那并不表示不会发生。霍拉会透露女人无法自行分辨的危机。它们可能会警告她食物中有毒，不过遇上敌人正面来袭就是她自己的问题了——艾弗伦并不同情弱者。

她摇头。"不，梅兰，是你自己害了你自己。我不过刺激了你一下，你自己求胜心切。如果你保持心中的自我，应该比我早一年完成骨骰。但你任由骄傲和嫉妒主宰自己，蠢到将雕刻圣骰视为骆驼赛跑。那年你确实没资格换上面纱。"

梅兰脸色一沉。"那现在呢？"

"你战胜了自己性格中的缺点。"英内薇拉说。"那痛楚、屈辱以及伤残的手掌——无时无刻不在提醒你。其实，在那种情况下，绝大部分女孩会失去信心，离开达玛丁宫殿。落选的奈达玛丁仍然是身价不菲。单是为了枕边舞蹈的训练，富有的达玛就会很乐意忽略你手上的残疾，更别提你拥有治疗、沙鲁沙克以及霍拉魔法等本领。你本来可以安排一段婚姻，找个有权有势的丈夫，安安稳稳地当吉娃卡。"

梅兰深深吸气，吸得面纱贴在脸颊，然后慢慢吐气。

"但你并未因此退却。"英内薇拉继续鼓励道。"你用极大的勇气战胜他人的嘲笑和鄙视的目光与言语，多年以来，你日复一日地回到刻骰室去刻苦勤学，以不屈不挠的精神守住心中的自我，完美地雕刻出属于你自己的七颗骨骰。你当然有资格赢得面纱。"

英内薇拉瞥了一眼梅兰的魔爪，不是出于恐惧，只是在提防。梅兰此刻就像大市集里的恶魔般逼视着英内薇拉。

梅兰看着自己的手，摇了摇头，仿佛从白日梦中幡然醒悟。她再度深呼吸，后退一步，放松地垂下沉重的手臂。

英内薇拉不动声色地戒备着。如果对方贸然出手，现在就

是一个很好迷惑人的序幕。"我们可以在这里解决此事,梅兰。我对你没有恶意。不管当年的动机为何,我都需要你带给我的教训,而我认为你也需要我带给你的教训。现在我们以艾弗伦之妻的身份重生,让地窖里的仇恨留在地窖里。"

英内薇拉伸出双手。"欢迎你,姐妹。"

梅兰瞪大双眼,在原地站了很长一段时间。她僵硬地走近英内薇拉的怀抱,本来只想象征性地拥抱一下,但英内薇拉紧紧抱着她,一方面为了向对方表示自己有多珍重这份姐妹情义,一方面也还是为了固定那只危险的利爪。

渐渐地,自负的梅兰被感动得开始哭泣,如同水坝出现裂痕,终于决堤泛滥一般,一发不可收拾。

贾迪尔换上沙鲁姆黑袍的当天——史上第一个在蒙上白面巾的同时换上黑袍之人——英内薇拉大步走过达玛丁宫殿的走廊,来到达玛基丁的侧廊。

她遇上了一群艾弗伦之妻,她们刻意井然有序地以让英内薇拉联想到鸟群飞行的精确动作让道两旁。第一个让道的是最年轻也最不具影响力的达玛丁,最后一个则最年迈又最有权势的。

品茶政治——坎莉娃每个月都会举办月盈茶会,严格论资排辈的作秀游戏,让这些女人知道在她心里自己的位置。最接近达玛基丁的人几乎没有变动,但是外围的人会时常变动,达玛丁习惯于后宫的争权夺利,会浪费很多心机在把握任何能够取悦达玛基丁和其最亲密的顾问之上。英内薇拉强抑心里的嘲讽冲动。几年下来,她扶摇直上,一路坐到坎莉娃的左手边,地位仅在右手边的魁娃之下。其他艾弗伦之妻每日忧心之事对她来说显得很可笑。沙拉克卡即将到来，她没有闲工夫去管那些鸡毛蒜皮的恩怨，八卦谁又脱了哪个达玛的拜多布，他有没有能力影响安德拉，他口袋里有多少财富，后宫里有多少妻妾之类的流言蜚语。

对某些人而言，她拒绝参与品茶政治让她看来更有权威。她在宫殿里平步青云究竟有什么秘密？大多数人都不敢惹她——有足够的理由深信——她知道某些她们不知道的秘密。

但有些人却认为她不涉足宫廷争斗是项缺点。坎莉娃十分擅长挑拨其他艾弗伦之妻的是非，而让依然戴着白面纱而非黑面纱的英内薇拉坐在左边，其实是在凸显她还没正式成为达玛基丁继承人的事实。这让一些人猜测坎莉娃还未认定英内薇拉有能力领导部族，依然有可能随时免职除名，让魁娃成为达玛基丁，除非骨骰还有其他人选。

已经有人开始策划除掉英内薇拉的活动了。她的食物和饮水被人下毒三次，有一次床上被人藏了致命的地道蛇，还有一次有人买通个路过的宫人半路截杀她。

每一次，骨骰都提前预示她。她抓住了地道蛇，关到石头盒子里，假装吃掉有毒的食物，但没有产生中毒的迹象。她果断地出手杀死宫人，只对外宣称他非礼了她——艾弗伦之妻其实无须向任何人解释这等鸡毛蒜皮小事。

英内薇拉每次都点到为止，从不继续追仇，也不追查幕后主使人的身份，不管下令暗杀的是达玛基丁本人，还是自认找到她弱点的艾弗伦之妻，她没时间浪费在准备毒药或散布谣言上。既然骨骰已提出警告，就表示一切都是艾弗伦的安排，没有什么好怕的。她那些姐妹的意图与艾弗伦的旨意相比简直就是庸人自扰。

她唯一在意的只有阿曼恩——确保他的安全，随时准备在

机会来临时帮他夺取权力；同时种下权力的种子。如果他完全掌权，克拉西亚所有的政治游戏都将洗牌后从头开始。如果不能，她的族人就会在一个世代之内自取灭亡。

但今天，他蒙上了黑面巾，一切都将改变——阿曼恩躲过了最可能发生不测的阶段——骸骨神庙底下没有阿拉盖沙拉克，没有敌人会攻击他。因为很少有人知道消失已久的他身在何处，在干什么——磨砺已久的宝剑是该出鞘一展锋芒了——身为凯沙鲁姆的他，每晚都将带领手下对抗恶魔。她无须担心阿拉盖能伤害他，但是凭他卓越的战技与统帅能力，要不了多久就会吸引其他凯沙鲁姆和沙鲁姆卡的目光。达玛或许还不会惧怕像他这样与自己手下受过同等训练的战士，但是掌权的沙鲁姆会开始将他视为眼中钉。沙鲁姆不会下毒或暗杀，但只要显露丝毫软弱的征兆，他们就会如同狼群般一扑而上分食之。

她必须待在他身边的某处，每天帮他掷骰预卜吉凶，让他远离所有危险。克拉西亚需要他，而他需要她。她不能放任艾弗伦预示的解放者不管。——让他成为战神。逼他和自己订婚时，这句话一直在她心中模拟过很多次了。而当他接受时，她心中的喜悦并非完全出于艾弗伦的职责。短短几年前，贾迪尔还是个不识字的野孩子，现在他能与最睿智的达玛讨论策略、战术及哲学，并且击败任何以沙鲁沙克挑战他的人；而且他帅气逼人。看着身穿拜多布的他逐渐长大成人，在她心中凝聚强烈的渴望，她迫不及待地想在结婚当晚最后一次脱掉拜多布，从此不再缠上那件恼人的东西。

英内薇拉来到坎莉娃的房间，看见安基德站在门口守卫。如今沙鲁姆宫人头上已经出现了灰发，但身为全世界唯一懂得卡吉达玛丁战斗技巧的男人，他依然强壮而又危险。他在练习时任由女人击败他，让她们知道正确出招的方式，但英内薇拉曾仔细观察过他，知道他总是收放自如。因此，任何胆敢轻视安基德的达玛丁都是睁眼瞎。

她以宫人的秘密手语下达命令，灵活的手指迅速表达心意，对他展现敬意，但却不卑不亢。

他毕竟只是个宫人。

我有事要找达玛基丁。她以手语比画。

安基德鞠躬，我为你通报，女主人。他以手语回应。他敲敲房门，在坎莉娃召唤下进入房内。片刻之后，他自动走出门外守护站岗。

达玛基丁请你在前厅等。他指向丝绸长椅。需要喝点什么吗？

英内薇拉笑笑摇头，挥手致意他。宫人走回坎莉娃门外，恢复大理石雕像般的站姿。英内薇拉被留在前厅等待——很舒服，不过所有路过的人都看到她在等待召见——足足等了一个小时。

英内薇拉只能在心里咬牙切齿，就像耗时费力的品茶游戏。坎莉娃根本没在接见任何人，她只是让英内薇拉空等着，借以展现她至高无上的权威。

铃铛声终于响起，安基德再次用手语示意请她进去。英内薇拉走进室内，宫人把门关上。英内薇拉深深鞠躬。达玛基丁办公室的窗户挂着厚重的绒布窗帘，自然光线没法穿透射入。屋内的照明来自魔印光。

"你很少光临我的办公室，小姐。"坎莉娃以难以解读的神色打量着她。

"您有重要的事情要做，达玛基丁。"英内薇拉说。"而你的时间宝贵，不容浪费。"

"重要的事情。"坎莉娃嘟哝道。"可以问问你认为的重要

的事吗？你的技巧卓绝，但却鲜少待在宫殿里，或是议会中。即使在医疗大帐里，你就像上班一样准时来去，没有多待一刻。我的眼线在城内各处都有回报你的行踪，包括其他部族的地盘。"

我在预见一个男孩的未来，寻找很多类似阿曼恩一样有潜质的少年英雄。英内薇拉心想。解放者是培养而成，并非天生的。

她耸肩。"我需要熟悉宫殿以外的沙漠之矛及人民，这样才能更加妥善地为族人服务。"

"你以达玛丁之尊出没于世俗之地可是有损形象啊。"坎莉娃说。"而进入其他达玛丁的地盘更是件很危险的事儿。"

"有比待在这些地宫更危险吗？"英内薇拉问。

坎莉娃噘起嘴唇。这个动作表示下来暗杀英内薇拉的人不是她指示的，不过她显然知情。"既然我的时间如此宝贵，你来找我做什么？"

英内薇拉鞠躬。"我决定要结婚，期待您的祝福。"

坎内娃扬起一边眉毛。"是这样啊？是哪个达玛如此幸运？凯维特？还是你想嫁给贝登，不过你好像对大多数男人似乎不感兴趣？"

英内薇拉喉咙一紧。坎莉娃果真到处布满眼线，但她猜出多少实情了？她施法修补艾弗伦留下的伤口之事应该还是秘密，但无法否认，只有老到不中用的宫人才被自己允许进出自己的寝室。她的日常生活起居大部分都由奈达玛丁照料，这也引发了她喜欢和年轻女孩乱来的谣言。

"不是祭师，达玛基丁。"英内薇拉说。"他是位少年沙鲁姆。"

"沙鲁姆？"坎莉娃语气惊讶。"那就更令我好奇了，就是被你丢到沙利克霍拉的那个野男孩?"

一时之间,英内薇拉那种达玛丁特有的冷静荡然无存,生怕自己的眼神向坎莉娃泄露太多秘密。老女人笑道:"你把我当傻子吗?女孩,就算你拒绝那个男孩换上黑袍之事没在卡吉宫殿里传得沸沸扬扬,之后你在陵寝中耗费那么多时间观察他的训练也逃不过任何人的眼睛。"

坎莉娃举起手掌,摊开手里那一把跟随她多年的骨骰。"其实,我也有属于我的骨骰。"

英内薇拉蠢蠢欲动,很想伸手去拿霍拉袋。她最强大的恶魔骨能朝老女人发出一道魔爆,瞬间取她性命。不管有没有黑面纱,既然骨骰没有挑选其他人,英内薇拉就能立刻占据达玛基丁的宝座,虽然她痛下杀手得除掉魁娃及少数几个达玛丁来巩固地位。

"我也有我的骨骰。"坎莉娃说。这不只是在说她也有预知能力,同时也是种威胁。英内薇拉戴上面纱后已经取得不少霍拉,不过,坎莉娃很可能拥有上百颗。她肯定施展过英内薇拉看不出来的守护魔法——而行刺失败的后果只有一个。

她的肌肉放松,坎莉娃点头,将骨骰放回霍拉袋。"结婚的事,你没有先请示我。"

"我问过骨骰。"英内薇拉回答。

坎莉娃眼中掠过一丝愠怒,不过一闪而没。"你没有来问我。万一你解读错误呢?一千年来没有任何达玛基丁结婚,我们的丈夫是艾弗伦,你真的对继承我的位子没有想法?"

"《伊弗佳丁》里没有规定结婚就不能缠黑头巾。"英内薇拉说。"先例多少并不重要。重要的是骨骰指示我怀上他的子嗣,而依照《伊弗佳》律法,我该照做。"

"为什么?"坎莉娃问。"这个男人有什么特别之处?"

英内薇拉耸肩微笑。"《伊弗佳丁》里说，聪明的女人能将黑马涂成白马，好妻子是让男人优秀的原因。"

坎莉娃脸色一沉。"那就随便你，既然我的意见无关紧要。我本来寄望让你继承我的衣钵，但是看来我最好把时间花在注意茶里有没被人下毒……或是准备我自己需要的毒药上。"

英内薇拉暗自心惊，但却无能为力。让达玛基丁察觉阿曼恩的存在已经是件非常危险的事，不管说什么都没办法阻止她展开进一步调查。

阿曼恩紧握英内薇拉的手，领着她走进新房。她兴奋地跟着他，但感觉好像如果没有跟上他匆忙的脚步，他就会把她拖进去一样。他行走的模样就像一只夜狼带着猎物回巢时发现自己被人盯上了一样。

男人这种行为通常被称为猴急，在带着新娘前往新房时欢呼叫好，同时大声狂笑，亢奋的手脚动来动去。战士喜欢吹嘘床笫间的风流段子，把折腾女人视为自己有多了不起的能耐。

但是，多年担任枕边舞蹈课程教练的英内薇拉很清楚那些喜欢吹嘘的男人有多幼稚。就这方面来看，阿曼恩依然是个懵懂的大男孩。她敢保证，他从未看到过女人的裸体，更别提亲吻或爱抚女人。

真是可爱。

就某方面而言，他们两人都算第一次跟异性相处，不过虽然阿曼恩对于枕边之事毫无概念，英内薇拉却很明白他们两人即将进入自己的操控范围。她懂得所有敏感部位以及各种性爱姿势；她会跳极度挑逗的舞蹈，将他诱入她的勾魂网，带领他走向快乐和无上自豪，还不让他察觉自己受制于她——让他成为男神。

他们来到由艾弗伦之妻悉心准备，放满薰香枕头的新房。卧房里弥漫着焚香的烟雾及摇曳的烛光。地上有一大块供她跳舞的空地，四周叠了一圈枕头。她会把他推到枕头堆里，而他将会成为她甜蜜的蛛网上挣扎缠绵的苍蝇。

英内薇拉的脸藏在面纱背后媚笑，拉起厚重的布帘。"你看起来很紧张。"

"我不应该紧张吗？"阿曼恩反问。"你是我的吉娃卡，而我甚至不知道你的名字。"

英内薇拉爆发出一串银铃似的笑声。她并不是在嘲笑他，但是阿曼恩的表情显然如此认为，于是她立刻有些后悔。

"你不知道吗？"她反问，一边轻轻扬手解下面纱和头巾。成为达玛丁后，她留长了头发，乌黑亮丽的长发在脑后形成奔腾的波浪，以金纱绑缚。她的拜多布如今只缠在腰上。

阿曼恩瞪大双眼惊呼道："英内薇拉。"

她心里一阵惊喜，想不到他竟还记得自己。他只见过自己一面而已，而且是在剧痛难耐到昏聩的情况下，但是尽管过了这么多年，他还是记得自己。恐惧瞬间逃离他的双眼，转为仿佛在体内燃烧的欲望。突然之间，她在熏香的空气中感到一阵窒息。

"我们相识的那晚，"英内薇拉说。"我刚雕刻好我的第一副阿拉盖霍拉———一切都是命中注定——艾弗伦的旨意，一如我的名字。我问了第一个问题，测试骰子是否具有占卜命运的魔力。但是要问什么问题呢？接着我想起了那天遇上那个目光炯炯、盛气凌人的小男孩，当我剧烈摇晃骰子时，我问：'我还有没有机会与阿曼恩·贾迪尔再度相聚？'"

"那天之后，我就知道我会在你第一次参与阿拉盖沙拉克

后在大迷宫里找到你，还有，我会嫁给你，为你生下许多儿子。"

英内薇拉反复练习过这段独白，尽管谎话连篇，依然听起来无比诱人。但到最后，她说什么根本无关紧要了。他们的结合早就由艾弗伦安排好了的，他们注定会结为夫妻。他看着她，令她面红耳赤，失去达玛丁的冷静。她受困于他的狂风巨浪之中。

她差点承受不住，想对他全盘托出。看着他真诚的双眼，她并不害怕他日后会成怪物。他是艾弗伦亲自挑选的人，如果有人能够扛起重担，肯定非他莫属了。

但该怎么告诉他——他将成为解放者呢？这个消息太沉重了，而今晚又太重要了。一切必须完美无瑕……

她一耸肩，白袍在丝绸的叹息声中从她身上滑落，在地上汇成一泓平静的湖水。现在她身上只剩下拜多布，铜钹绑在布上。她以柔软的食指指尖摩擦大拇指，借以活络筋骨。她扑入他的怀里，任由他爱抚自己，直到他呼吸凝重；接着她会施展沙鲁沙克截断他脚上的能量线，只要轻轻拂过就能让他向后倒入枕头堆里。然后她以手指套起铜钹，敲击出能让他下体亢奋到窒息的节奏。

接下来她会跳舞，最后慢慢地解开拜多布。这段舞蹈，就像刚才的谎言一般，已经反复演练到所有动作都变成身体的一部分。

等到阿曼恩烧得跟铁匠铺里的红铁棍时，她就会化作一股洪流将他紧紧包裹，彻底融化他沸腾的情欲，第一次必须要完美无瑕，让今后所有敢和他上床的女人都达不到今晚的完美。

但他却依然凝视着她，眼中情欲漫烧，几欲喷出火来。她感受到了他的澎湃激情，感到脸红心跳。她努力呼吸空气中浓郁的焚香，感到一阵头昏眼花，逐渐失去自我。她知道自己应该主动，但这个想法仿佛来自身体以外。

她无助地看着阿曼恩除去外套，来到她裸露的胸膛前，将她拉到身边，肆意搓揉她全身。他嗅着她颈部的香水气味，发出一声低吼。他将她贴在身上，亲吻着她，剥夺她的呼吸、她的自我。她感觉他拜多布中坚挺的欲望，知道如果任由他把自己当作普通吉娃卡占有，一切都会前功尽弃，但是不知如何，他已经截断了她手脚的能量线，她在被他丢入枕间时完全无力抗拒。

他转眼间扑到她身上，对她全身上下其手，这里亲一口，那里咬两下，对某些地方用力搓揉，令她身体不住扭动。他的手伸过来，抚摸她的拜多丝布。英内薇拉张口娇喘，不由自主地朝他贴了上去。

我必须取得主导权，给他装上缰绳，她无助地想道，不然自己从此将没法驾驭这匹无缰的野马。

她扭动着身体，翻到他的身上，解开他腰间拜多布的结，脱下他的拜多布。卧室里有油，她双手抹完油，抚摸他身上的一个个敏感部位。

阿曼恩呻吟一声，朝后倒下，欢愉难耐，抓住了缰绳的英内薇拉再度开始呼吸——他是我的了。

但她没有主导多久。七大敏感部位的作用在于控制亢奋状态，然后让他保持稳定，但阿曼恩却变得更加勇猛。她换个敏感部位，但是依然不足以满足他。他以强壮的手臂抱住她，压到底下，手指伸入她的拜多布里，试图扯下它。

但达玛丁的拜多布是以坚韧的材质制成，他一时扯不下来。他哼了一声，使劲拉扯。英内薇拉深吸一口气。

阿曼恩张嘴吼叫，试图找出布头，却怎么也找不到。他手

指紧扣布缘，试图撕裂丝布，但弄到龇牙咧嘴也扯不断。

"除非我自己解开它，不然你进不来。"英内薇拉说着将他推倒在枕头上。"让我为你跳一段枕边舞蹈吧……"

"晚点再说。"阿曼恩使劲抓住她的手臂，将她一起拉下来。他伸手到裤管里，拔出匕首。

"你不能……"她惊呼道。

"我是你丈夫。"他说。"这些年来，我一直对你魂牵梦萦，今晚你终于躺倒在我的怀里。看来这一切都是艾弗伦的旨意，我绝对不要再多等一秒钟。"

她可以阻止他，可以麻痹他的持刀的手臂，或是挣脱他的束缚，但她迟疑了。转眼之间，拜多布被割断，他已经进入她体内。

所有英内薇拉上过的课程都不足以让她了解被丈夫占有时的欢愉有多强烈。要不是花了许多时间练习枕边舞蹈，她肯定会难以承受这种冲击。

但阿曼恩可不是顺从的宫人，而她发现在自己也情欲高涨的时候，想要维持熟练的姿势更加困难。阿曼恩以热情弥补欠缺的经验，两人在枕头堆里较劲。直到他大吼一声，两人同时精疲力竭地融化在枕头堆里。

他们沉睡片刻，接着英内薇拉在阿曼恩再度开始爱抚自己时醒来。他的呼吸已然是咆哮过后的平静大海。即使在睡梦中，我的狼都会抚摸我。

控制男人的缰绳，尽在于此。魁娃如此教导过她，但英内薇拉一点控制他的感觉都没有。就某些角度而言，她一点也不想控制他。怎么会这样？

因为他不只是个男人。内心有个声音说道。他是解放者。她对着枕头呻吟。

解放者的身体在你体内。

她的呻吟转为嘶喊。她用力后挺,没过多久他就完事,随即陷入沉睡。

但是英内薇拉却无法再度入眠,那晚她一直清醒地躺在床上。

骨骰十分狡诈,每次只会透露一点点真相。

她一直清楚自己要让他成为男神,但她没料到他也会让自己成为女神。

第十章　达玛基丁之死

313—317 AR

"我儿子承诺有一天会送我一座宫殿。"卡吉娃欣喜若狂地走在阿曼恩位于卡吉宫殿中的凯沙鲁姆住所。这里其实并不真的算是阿曼恩的，更别说是卡吉娃的，但这个女人似乎毫不在乎——阿曼恩的三个妹妹——英蜜珊卓、霍许娃和汉雅——忙着在一排排房间里尖叫着嬉闹。

"尽管我们家运道不好，但我还是相信他对我的承诺。街坊邻居都说我受到了艾弗伦的诅咒，因为我在他之后连生三个女儿，你知道我怎么说吗？"

英内薇拉闭上双眼，深吸一口气。这些都只是风。"艾弗伦赐给你伟大到不需要兄弟的英雄儿子？"语气中不带丝毫讽刺意味，与贾迪尔结婚将近一个星期来，英内薇拉已经听她说过不下一千次了。

"一点也没错！"卡吉娃叫道。"身为人母就是会感应到这种事，我一直都知道儿子命中注定会成就非凡。"

其实你根本毫无概念。英内薇拉心想。没错，她怎么会有任何概念？卡吉娃和她女儿都没有受过教育。她们只是一群深爱家中唯一男性的蠢女人。直到最近，她们都还依靠给富裕人家打扫房间等不需任何技巧的工作及当地达玛的接济过日子。

现在，卡吉娃再也不必工作，拥有一生花不完的财富。只是这件事就超乎她的想象。她无法接触真正伟大的事物，就像鱼永远上不了天一样。

卡吉娃一边参观自己豪华的宫殿，一边兴奋得不停地喃喃自语。她是位慈祥而善良的老人，也很尊重英内薇拉这位系着白面纱的达玛丁，但她确实不太明事理，不时会碍手碍脚，特别在英内薇拉想要贾迪尔果断决策时会在一旁影响贾迪尔的意见。

她希望能把这几位妹妹通通嫁出去。她在阿曼恩的下属还没开口求婚之前就让他把那些血亲妹妹许配给几位忠诚的手下。她们的长相比较漂亮，而且最重要的，这些政治婚姻能够巩固他们对贾迪尔的忠诚。当他告诉妹妹这个消息时，她们开心得欢呼雀跃，连谁要嫁给谁和嫁给的人怎么样都没多问一句。

但卡吉娃年纪太大，不能继续生育，而且英内薇拉建议的人选都没有好到让阿曼恩同意把他神圣的母亲托付给他们。于是她和他们住在一起，这让英内薇拉难以忍受。她看孩子还不错，英内薇拉心想，直到我们孩子满五岁，变得比她聪明。

"母亲！看看这个！"阿曼恩叫道。英内薇拉转头看着丈夫伸手去碰接待室喷泉池里的水。手指碰到泉水之前，她立即抽回手来，一副担心亵渎什么神圣之物的窘样。对于十年来都睡在狭小石室里的人来说，这一切天堂般的奢华让她难以适应这种剧烈的转变。

英内薇拉想起自己第一次进入达玛丁宫殿时的模样，面带微笑地看着卡吉娃奔向儿子，两人拿起陶壶舀水，直接就着壶缘开心地大喝起来。女孩们听见他们的笑声，在尖叫与惊呼声中跑来，所有人都喝了一大壶洁净的喷泉水。

英内薇拉摇摇头，迅速地找到内心的自我。卡吉娃没有威胁，而她的存在与为阿曼恩带来的快乐相比只是微不足道的

代价。

转眼间过去了三年,英内薇拉帮阿曼恩生下两个孩子,一个女孩——贾阳和阿桑,将会继承贾迪尔的衣钵,接着是可爱的女儿——阿曼娃——将成为她的继承人。在召见了部族内所有未婚的戴尔丁,并帮最顶尖的女人掷骰占卜后,她还帮贾迪尔收了两个妾室,艾弗拉莉雅和塔拉佳。她们基本上是仆役,不过有资格帮阿曼恩生儿子,借以衬托他的地位与权势。两个女人也如她预卜的一样,很快就给贾迪尔怀上了骨肉。

阿曼恩用自己的战绩证实了自己是最为卓越的凯沙鲁姆。最初达玛让他指挥十五个沙鲁姆,并在他力主全部挑选之前与他参加沙拉吉的同学而非经验老到的战士时嘲弄他。但阿曼恩的部下打从他担任奈卡时就熟悉他,令行禁止,效率异常高。与其他卡吉部族的部队相比,他的队伍在战场外严守纪律,上了战场那可是如狼似虎,勇猛异常,击杀阿拉盖的数量多到让其他凯沙鲁姆羞愧得无地自容。很快,阿曼恩的手下就增加到五十人,成为部族中成员最多的部队,就连他部队中杀敌数最少的人也能让任何训练官深感佩服。

现在其他凯沙鲁姆都视阿曼恩为眼中钉。"凯哈瓦尔妒忌得恨不能吃我的肉寝我的皮。"在一天她帮他搓背时,他向她夸耀道。"我从他那比刀子还锋利的眼神中就能看得出来,不过我想,他绝对没有勇气挑战我。"

"如果可以的话,我需要他的血。"英内薇拉说。

阿曼恩看着她。"为什么?"

他一向都直来直去,并且随着时间过去,他也没有在面对她这位达玛丁时心生恐惧。他持续听从她的指令,不过却把她当作山杰特那样的顾问,而非艾弗伦的代言人。他已经开始质疑她了。

"我需要请艾弗伦解读他的命运。"她说。"确保他不会成为你晋级的拦路虎。"她暗自琢磨,世上绝对不能再有第二个像你这样可以成为解放者的人。

"我已经说了,他没胆挑战我。"阿曼恩说着转过身去,背靠在她身上。他闭上双眼,在她于蒸汽中按摩他酸痛的肌肉时享受家的温馨和宁静,极其自信。

"懦夫和英雄一样会杀人。"英内薇拉说。"只是不那么光明正大地动手,而是从背后偷袭,在别人耳中造谣或在食物中下毒。"

"即便如此,他还是得先通过我五十个手下才有机会面对我。"阿曼恩不必吹嘘他的防御有多森严,事实就是别人不太可能有办法伤害他。

但是只要有第一个妒忌者,就会有第二个,甚至更多的对手……如果为了保护解放者,她得施法预见克拉西亚每一个男人、女人以及小孩的未来,她也会不辞辛劳、不厌其烦。

"万一他对你的妻子下手呢?"她问。"或你的孩子?历史上这类事情比比皆是。你有办法随时随地保护我们所有人吗?知道他对你的恨意有多深究竟有什么坏处?"

阿曼恩叹气。"他现在只是嫉妒我而已,又不是非要杀我。但是如果明天我为了拿血给你而打碎他的鼻子,肯定会结下血仇。你老是讲团结,说要统一所有部族,但是当你连我们部族的族人都不肯相信的时候,还谈什么团结和统一战线?"

英内薇拉神情一僵,接着在风中弯曲,在阿曼恩尚未察觉之前冷静下来。"或许你说得对,丈夫。"她帮他擦干身体,拉他走出澡盆。在一夜征战并且泡过热水澡后,就连阿曼恩坚硬

的肌肉也放松下来，她为他跳舞，让他身心愉悦地沉沉睡去。

稍晚，在他心满意足地开始打鼾后，英内薇拉摆脱他的拥抱，蹑手蹑脚地前往私人房间里。阿曼恩的话让她心神不宁，那种说法太愚蠢了，太天真了。

但那却是卡吉在《伊弗佳》里谆谆告诫的智慧——达玛佳从不相信任何人，而沙达玛卡却能触碰人心，激励他们誓死效忠。

或许他真的是解放者再世。

她跪在绒布枕头上，铺了张掷骰布在地上，接着拿出骨骰。她取出随身携带的阿曼恩的血，在摇晃的骨骰上洒了几滴。

"阿曼恩该如何统一我们分崩离析的族人？"她低声祈祷，然后猛摇骰子，掷骰——

解放者必须迎娶克拉西亚各族的新娘，为他产下子女……

英内薇拉大吃一惊。骨骰的意义通常隐晦难解，或只有一些模糊性提示。不过有时候也会给她明确指示——迎娶其他部族的女人不但会让阿曼恩和她——面对放逐的命运，而且"新娘"这个字的符号和"达玛丁"一样。难道艾弗伦要自己和其他部族的达玛丁分享丈夫吗？这实在太不可理喻了。艾弗拉莉雅和塔拉佳虽然能和阿曼恩交合，但缺乏英内薇拉的智慧与枕边舞蹈的技巧，美貌也无法与她相比，更不懂魔法或医疗。再找一个卡吉达玛丁来当吉娃森已经很麻烦了，还要找别族的？一共十二个达玛丁？

英内薇拉调节呼吸，找回心中的自我。我是艾弗伦的仆人，是艾弗伦的神旨的执行者。如果骨骰如此指示，她就该照办。

她再度取回骨骰，鼓起勇气继续掷骨。"要怎样为解放者选择新娘？"

已经选好了……

贝丽娜抵达时，英内薇拉正跪在安德拉宫殿中的魔法室里。这里有很多类似的小石室。议会举行时，安德拉和达玛基经常会要求一些没必要让达玛基丁亲自施展的小法术和预示。这类琐事就会在休息时间交给伴随达玛基丁而来的资深达玛丁去做。

身为坎莉娃之下的第三达玛丁，英内薇拉理应出席，不过神圣法规并没有强制规定。当她第一次在骨骰的要求下为了帮丈夫取得优势而于议会上缺席时，所有年长的达玛丁都对她十分不满。之后的几年来，她每次都缺席，而这更让坎莉娃心里极其不爽。

部族之间或许存在歧视，但所有达玛丁都遵守《伊弗佳丁》，会从宫殿外找寻继任领导人。英内薇拉参与议会数年后，第一个这样的女孩出现了——这个女孩比她还年轻。

那之后，她们一个接一个地换上黑面纱，除了英内薇拉。每次出席议会，她就会想到自己为阿曼恩所付出的牺牲。达玛丁能以眼神说话，而所有新任继承人都以轻蔑的眼神瞪视裹足不前的英内薇拉。

她痛恨她们。其中最讨厌的就是玛嘉部族的贝丽娜，这个一无长处的达玛丁竟敢在英内薇拉面前露出一副鄙视的眼神。

所以贝丽娜完全没有想到昨天英内薇拉会在其他人都没有察觉的情况下递给她一张纸条。

英内薇拉的魔法室装饰得极其华丽，借以匹配卡吉部族第三把交椅的身份。魔法室里没有日光，完全依赖魔印光照明。英内薇拉身旁摆着一套银质茶具，用热魔印加以保温。

她在贝丽娜走进时倒茶。这个动作经过精心计算，尽管英内薇拉对于得在这个将来会受制于己的女人面前卑躬屈膝感到

不悦。"感谢你的光临，姐妹。"

贝丽娜个头十分娇小，差一寸才五尺高，但体格健壮，体型曲线很完美，看起来能够生下一个军团。她优雅地接过茶杯，一边怀疑地看着英内薇拉。"我还是不知道你找我有什么指示。"

英内薇拉低头给她添茶。"我就不跟你拐弯抹角了，贝丽娜，我们都为这次会面掷过骨骰。告诉我你的骨骰怎么跟你说，我就告诉你我的骨骰是怎么跟我说的。"

贝丽娜的茶杯轻轻摇晃——这是她唯一显示惊讶的表现，对达玛丁而言，这就和把茶杯掉在地上没什么两样。掷骰是与艾弗伦的私密交流，尽管艾弗伦之妻有时候会与最亲密、最信任的闺密讨论骨骰呈现的寓意，直接询问其他达玛丁看到的寓意可是很没礼貌的行为。

她们沉默地互望着，轻啜热茶。最后，贝丽娜耸肩。"它们说你会给我礼物，然后把丈夫献给我。"

她眼光锐利地看着英内薇拉。"但是我对嫁给头脑简单四肢发达的凯沙鲁姆没多大兴趣，更别提是外嫁给其他部族。传说你们的达玛基丁是为了此事而拒绝授予你黑面纱的。不管你给我什么礼物都不能改变我的初衷。"

英内薇拉微笑着拥抱对方的羞辱。"我不会要求你嫁给凯沙鲁姆。你要嫁的人是沙鲁姆卡，而沙鲁姆卡不从属于任何部族。"

这话引起了对方的惊疑，她眯起双眼。"阿曼恩·阿苏·霍许卡敏·安贾迪尔·安卡吉就是下一任沙鲁姆卡？你凭什么如此坚信？"

英内薇拉点头，压抑住嘴角的微笑。即使是现在，其他部族的达玛丁都已听说她那"微不足道"的丈夫的名号。"这是艾弗伦的旨意。"她没提起自己为此所付出的代价——那同样也是艾弗伦的旨意，无法拒绝。

贝丽娜轻啜热茶。"过去多个世纪以来，就连安德拉本人都没有娶过达玛基丁为妻。就算沙鲁姆卡的地位也在我之下……"她冷冷瞪着英内薇拉。"……而我绝对不会屈就在你之下。"

英内薇拉点头。"这就是骨骰安排我转赠给你的礼物——部分艾弗伦所赐的鲜血。拿出你的骨骰。"

贝丽娜警觉地看着她，手移动到霍拉袋上，不过不管是要抓紧它或是施展防御魔法，总之她看起来根本不打算取出骨骰。"你要把你丈夫的血给我？"那是一份难以想象的大礼——能让贝丽娜大大掌控阿曼恩。就像询问其他人掷骰结果一样，这种事情闻所未闻。

但英内薇拉摇头。"不是他的。"她拔出匕首，划开掌根的肉。"是我的血。"贝丽娜在英内薇拉伸出手掌，伤口迅速凝聚血滴时低声命令道："拿出你的骨骰。"

任何学过霍拉魔法的人都不会放过这种机会。这一次，贝丽娜中了魔似的立刻照做。

这是个转变的信号。英内薇拉心想。只要持续提出只有蠢人才会拒绝的条件，《伊弗佳丁》记载道，就连最傲慢的吉娃森都会被征服。

❧

英内薇拉看着安德拉在自己的舞蹈前气喘吁吁。他很肥，但是吸气鼓起沉重的胸口仿佛都很吃力。

他这样恐怕难以交合。她已经在他的食物和酒里下了药，确保他能兴奋到振作起来，但是对这种男人而言最多也只能做

到这样了。

"好吧。"他终于喘道,挣扎起身,穿上长袍。"霍许卡敏之子将会成为下一任沙鲁姆卡。"

英内薇拉化身为棕榈树,在离开的同时于风中弯曲,但当轿子的帘幔放下后,树折断了,她哭了。很多年前她就知道自己和阿曼恩命中注定将会结婚,但她从未料到自己会爱上他。

在阿曼恩换上沙鲁姆卡白色头巾并且得到各族达玛基赐婚后,坎莉娃传唤英内薇拉到她的办公室。弱小的部族欢天喜地,他们的达玛丁对于能够跟沙鲁姆卡结成血族宗亲欣喜若狂——她们并不知道自己的族人能够获选,更不知道他们的人也将被英内薇拉所操控。

然而,卡吉部族作为沙漠之矛最强盛的部族之一,其达玛基阿马戴弗伦达却非常的反感——其他低等部族将稀释沙鲁姆卡乃至于卡吉部族的血脉。坎莉娃在议会里黑着脸一言不发,不过她的眼神锐利地盯着英内薇拉走进办公室。

"我还以为你一直崇拜的沙鲁姆丈夫很聪明,他却提出如此疯狂且愚蠢的要求。"老女人说。"当骨骰告诉我说,一切都是出于你这位幕后高参,"她摇摇手中的骨骰。"我真是吃惊得下巴都快掉下来了。"她看起来却显得很沉着。

英内薇拉无奈地摊开双掌,显然解释已经变得没有必要,但还是决定尽力多给自己开脱。"难道这不就是你想要的吗?许多年前我们谈论过的事?你说,安德拉和沙鲁姆卡已经腐化变质,偏袒卡吉部族,分化且残害我们其他部族的人。你也曾鼓励我找出解决之道,而我发誓,我已经找到了。现在我们有个英勇而公正的沙姆鲁卡,和各部族血脉相连,亲如手足。"

"他和你最紧密。"坎莉娃冷笑道。"不要把我当成什么都看不明白的老糊涂。安德拉呢?你也打算换掉他吗?在沙利克霍拉念了几年书并不会让你那个傲慢的丈夫成为卡吉达玛。"

英内薇拉耸肩。"卡吉也没有生下来就是达玛。他崛起于阿拉盖沙拉克的实战,并完成对全世界的统一。"

坎莉娃大笑。"你以为你是第一个想把自己变成下一任达玛佳的英内薇拉吗?达玛基丁史上多得是这类血淋淋的失败例子。还是说你真的蠢到以为你丈夫就是解放者转世?"

"我曾预见过他是解放者转世的未来。"英内薇拉说。"我会确保让那个未来变成现实。"

"你会吗?"坎莉娃问。"你认为当他发现你为了助他赢得长矛王座而委身于安德拉苟且时会有什么反应?"

英内薇拉脸色一沉。坎莉娃知道?微风化为一道足以将最柔软的棕榈树连根拔起的沙尘暴。

坎莉娃大笑起来。"你以为自己很特别?每天都有达玛丁为了得到特权而跟那头老肥猪上床。早在你还只是你老爸手掌里的娃娃时,我就已经和他睡过。艾弗伦之妻向来不比为了取得帮助而与男子性交的妓女高尚多少,不过看来你诱惑男人的能力比大多数人来得高明。你认为阿曼恩听说此事后会不会打你?因为丈夫殴打达玛丁妻子而被判处死刑,让你完美的争权之举完全落空。"

英内薇拉感到一阵恐惧袭体而来——根据《伊弗佳丁》教诲,得知妻子不忠是最令沙鲁姆难以释怀的事情。阿曼恩很可能会一怒之下杀了她或安德拉,甚至把他们两个一起杀了。想要夺取骷髅王座,他总有一天必须除掉那头肥猪,但除非他在每个部族里都有儿子担任奈达玛,不然不可能保住那个位子。而那至少还得等到十来年后。

"你想怎样?"她问。

"首先,我要一瓶你丈夫的血。"坎莉娃说。"我会亲自为他掷骰——"

英内薇拉断然拒绝。"绝对不行。"

"你忘记了自己的身份,孩子。"坎莉娃低吼道。"我依然是你的女主人。你没资格拒绝我的指令。"

英内薇拉轻蔑地挥手。"骨骰没有挑选其他女孩。根据法律规定,不管有没有你的支持,我都会在你死后继位为达玛基丁。"

"如果你能活那么久的话。"坎莉娃说。"我会取得阿曼恩·贾迪尔的血,就算得先吸干你的血也在所不惜。如果他真的命中注定成就大事,或许在你遭困之后,他还可以当个有用的宫人。"

英内薇拉叹气。"我本来期望事情不会走到这个地步。"她说着自霍拉袋中取出火恶魔头骨。

坎莉娃极度轻蔑地仰头狂笑。"火恶魔头骨?你太令我失望了,英内薇拉。我以为你有什么厉害的神秘法宝。"显然她的办公室里刻满防火焰魔印。她双手高举空中,摊开双手表明没拿东西。"动手吧。等我杀了你后,骨骰会挑选别人。"她啧啧摇头。"太可惜了。"

"的确。"英内薇拉微笑着慢慢点头道。她转身释放一大团烈焰,但并没对准坎莉娃。她攻击遮蔽办公室大窗户的厚重绒布窗帘。窗帘猛烈燃烧,转眼间烧得干干净净。耀眼的阳光洒入石室,反射在烟尘上,照亮每个阴暗的角落。

一圈显然是为了困住英内薇拉的霍拉突然爆炸,在厚重的地毯上留下许多燃烧的洞。坎莉娃的办公桌上传来更大的爆炸声,老女人在燃烧的碎片撞击下尖声惨叫。

这时英内薇拉已将火恶魔头骨收回保护袋中。她冷静地绕过办公桌，站在老女人面前。浓烟刺痛她的双眼，呛进她的胸腔，但还在忍耐范围内。"没有任何魔法能帮你，老太婆。我们用沙鲁沙克来一决生死。"

老太婆顿时像打了鸡血似的振奋起来——真不愧为达玛基丁。即使已经几十年没有和人动手，也没有轻易遗忘练习一辈子的沙鲁沙克。她的攻击，如折断棕榈树的风，一招一式精确无比。

但她的动作太慢了。她的招式或许完美，但坎莉娃比英内薇拉年长五十岁，而这完全表现在了出招的速度上。摇晃的树枝改变风吹的方向，她向旁让开，一脚踢中老女人的后膝。她脚下一绊，英内薇拉立刻将她压在地上。

坎莉娃立刻翻身，在两人倒地时反过来钳制英内薇拉。沙鲁沙克的要诀在于找寻机会借力打力，只要有足够的空间，就算是老太婆也可能极难应付。她们在浓烟和逐渐减小的火势中翻来滚去，连声吆喝。门上传来急促的敲门声，不过英内薇拉把门闩死了。坎莉娃比预期中更难应付。但当英内薇拉不再给达玛基丁借力机会时，放慢动作以肌肉推挤，逐步钳制对方的同时，此战的结果已经注定。片刻过后，她扯脱坎莉娃的髋关节。达玛基丁的叫声在英内薇拉双脚紧紧夹住对方腰部，伸手去扯早该属于她的黑面纱时戛然而止。她握住面纱，扯下来缠住坎莉娃的喉咙，把达玛基丁的头脸朝下使劲压在地毯上，憋得她满脸涨得发紫。没过多久，老女人停止了挣扎。英内薇拉继续勒住她的脖子很长一段时间，才松手解开黑色面纱。

当门被魔法炸开时，魁娃、安基德以及十几位达玛丁和奈达玛丁冲进来时,英内薇拉手中已经握着黑头巾和面纱。

魁娃惊惧地看着办公室内的残破景象。大部分火苗已经熄灭,但被恶魔火爆炸和焚烧过的焦黑家具碎片散落一地。她看见母亲的面巾已被英内薇拉拽手里,她的尸体躺在地上一动不动。大家随即一脸怨毒地转向英内薇拉。

"坎莉娃年迈力衰。"英内薇拉大声说道。"该交接黑头巾了。"

"你大胆!"魁娃大声说道。杀死达玛基丁夺取继承权绝对不是没有先例,但从来没人胆敢如此公开横抢暴夺。"母亲和我对你关爱有加。我们如此帮扶你,你竟然敢恩将仇报……"

英内薇拉大笑。"帮扶我?我可不是街上的乞丐或奈丁。不要篡改历史,改成你自己是拯救我的人。你二话不说就把我从母亲的怀中拉走,丢到地洞里让你女儿蹂躏折磨。"梅兰也在人群里。英内薇拉通过她畸形的手掌一眼就能认出她来。她直视梅兰的双眼,挑衅她出言反驳。

"而当我对继承人之位不感兴趣时,"英内薇拉继续道。"她竟多次派人刺杀我。骨骰告诉我,不下七次。今天,至少我还是面对面地挑战她的权威。"

"你撒谎。"魁娃怒吼道。

英内薇拉摇头。"当说什么都无关紧要的时候,我有什么理由说谎?我是骨骰唯一挑选的坎莉娃继承人。只要我还活着,卡吉达玛丁就由我来管辖。"

"如果你能从我手下逃生的话再说吧。"魁娃冷笑道,摊开沙鲁沙克架势朝她逼近。当她走出阴暗的壁龛时,阳光照到她用来炸门的霍拉,骨骰立刻在她手中爆炸。魁娃尖叫,注意力涣散,被爆炸的冲击震倒在地。

英内薇拉迅速抢上,打算趁她分神之际搞定她。只要能尽快除掉她，就只剩下梅兰有资格出面挑战自己。

但安基德挡在两人之间，一招骆驼踢让英内薇拉倒在房间另一侧的地上。

"杀了她！"魁娃在英内薇拉挣扎起身时命令道。

"你要让个宫人来决定谁能领导部族的女人？"英内薇拉大声反问道。正如她所期望，所有人的眼睛都转向魁娃，等待她的回应。她趁那一瞬间把手伸进霍拉袋，紧紧握住一颗魔印骨，小心不让阳光照射到它。

"如果你连宫人安基德都打不过，你有什么资格领导我们？"魁娃吼道。"我母亲让他成为自己身故之后的长矛。"

英内薇拉还来不及说话，安基德已经迅速冲上，施展前所未见的沙鲁沙克。对方有着沙鲁姆般的体魄与威猛、达玛般的柔韧和灵巧，以及达玛丁的阴狠。她从未在此人身上感应到今天的愤怒，但他此刻浑身散发出强烈的怒意。

所有沙鲁姆都得为达玛主人复仇，就算牺牲生命也在所不惜，《伊弗佳》如此训示。而他也不会因为坎莉娃是女人就不把她当主人。她切下他的舌头、阉割他的男根，但安基德痴迷沙鲁沙克胜过一切，她让他内心获得满足。安基德施展平生所学攻向英内薇拉，而她得承认，如果少了魔法之助，她肯定早就败下阵来。

但是掌心里的魔印骨在她手臂灌注魔力，令她的四肢取得凡人无法比拟的力量与速度。她感应到安基德一击不中时的困惑，随即挺直手指点向他的腰肋。

这一击理应造成严重的伤害，不过这回轮到她吃惊了。安基德衣内垫有内衬。她的手指击中沙鲁姆进入大迷宫时会在长袍内部缝上的陶板。她能感觉到陶板被她击碎，但这一击之力也随之消逝，只留下疼痛不已的手指。

她勉强避开他的反击。但他再度转身，反手击中她的脸，令她的头如同鞭子般甩向后方。紧接而来的快脚踢断她几根肋骨，撞烂还在冒烟的办公桌。聚集在办公室里围成一圈的群众同时惊呼。

英内薇拉使劲捏紧拳头，避免霍拉见到阳光，同时吸收撞击的力道，身体蜷成球状，顺势翻身而起，从办公桌残骸上跳开。

安基德继续追击。但她已站稳脚步，做好戒备。

两人你来我往，一旦安基德失准，英内薇拉迅速反击，不过对方不痛不痒地承受大部分攻击，其他则让护甲挡下。如今两人出招过于谨慎，没露出丝毫破绽，不会随意浪费力量。英内薇拉望向魁娃，只见她耐心地站在围观众女之中等待，以逸待劳地准备在安基德败下阵时上演车轮战。

到时候她也会使用霍拉。

安基德使出一招枯萎花，英内薇拉本来可以侧身闪开，但她在行动下决定硬接下这一击。她双脚软瘫，安基德乘势追击，不过英内薇拉吸收恶魔骨的力量，在虚软的双脚上重新灌注力量。她使劲出招，手指插入护甲板间的缝隙，令他反射性地抱住腹部。趁他弯腰之时，她精确地击中他脖子和肩上的血脉枢纽，接着重重一脚踏碎了他的膝盖。

人即使没有了舌头也是会叫的，不过宫人倒地时并没有呻吟。他试图挣扎起身，但无论如何使劲，手脚都不听使唤。他冷静下来，深深吸气，不卑不亢地抬头看她，毫不畏缩地等待接受死亡。

但英内薇拉并不打算杀了他。"你已为主人尽复仇之义，沙鲁姆。艾弗伦对你另有安排。"她感到手中的霍拉化为灰烬，怀疑如此展现慈悲是否正确。她已经开始呼吸困难，在烟雾弥漫的空气中开始咳嗽。

魁娃摆出沙鲁沙克的入门势,但英内薇拉并不按照规矩回应。

"我们难道是盲目的达玛,只懂得追随最强的战士?"英内薇拉朝围观众女问道。"《伊弗佳丁》传授我们阿拉盖霍拉,就是为了不让我们退化到这种野蛮的状态。"

她望向魁娃。"当初掷骰选出我的人是你。你大可以轻易赶我走,但既然选择了我。为什么?你看到了什么?"

"你的未来充满未知。"魁娃说。"母亲要我找寻的就是未知。"

英内薇拉点头,这点她早就知道了。"如今我的未来不再朦胧。再掷一次骨骰。现在去影之殿,在众达玛丁面前掷骰。"

魁娃双眼大睁,随即在感应到其中有诈时眯成两条直线。围观众女中爆出认同的声浪,沉重的压力袭来。

提出只有蠢人才会拒绝的条件。

两名黑头巾候选人领头进入地下宫殿,宫殿里所有女人和女孩通通跟在后面。当她们锁上影之殿的大门,远离男人的视线后,魁娃取出骨骰,一脸憎恨地来到英内薇拉面前。"现在先来几滴你的鲜血,不要担心,结束这些程序后,我会取走你剩下的血,让你死个瞑目。"

英内薇拉撩起面纱,吐出几滴来自嘴唇伤口的鲜血到魁娃的骨骰上。她本来以为已不能更进一步激怒魁娃,但对方的眼神显然表示她办到了。"很抱歉,魁娃,但我得在众目睽睽下将你如同吉娃森般彻底击败。"

围观众女屏息以待,看着魁娃摇骰祷告。霍拉绽放出耀眼

的光芒，在人群身上笼罩一道不祥的色彩，但英内薇拉并不怕它，也不怕她们。她昂然而立，而魁娃跪在地上。自己可以趁她施法时一脚解决她，但英内薇拉并不想杀死魁娃，跟不想杀安基德一样。魁娃在荣誉的要求下必须誓死杀她，但英内薇拉的骨骰显示她内心深处其实不想这么做。

——你比魁娃的亲生骨肉更像她的女儿。她或许想杀你，但绝不会背叛你——

魁娃掷出骰子，当骰子停止滚动时，所有女人都失去控制，艾弗伦之妻和未婚妻同时拥上前去解读骰出的图案。

有些人，比如魁娃和梅兰，立刻就解出骨骰。并且失声惊呼，就像之前贝丽娜和其他人一样。大多数人凝望骨骰一段时间才终于读懂其中的寓意。

魁娃抬起头来，英内薇拉举起黑头巾。那东西在她眼中微不足道，自己根本不屑于争夺它。事实上，自己从来不想要它。那只像是整座阶梯上的一级，让她握持片刻就可以抛在脑后的东西。

"黑头巾将会归你所有，魁娃姐妹。"她说着转向梅兰。"黑面纱则是你的，梅兰姐妹，我还是把心思放在丈夫身上，没空理会卡吉部族的品茶政治。我有我自己的宫殿，以及更崇高的目标。"

魁娃点头，伸手去接头巾。英内薇拉微微缩手，旁观众人同时吸气。

"你将在议会上代表卡吉部族达玛基丁发誓。"英内薇拉说。"说的人是你，话却是我的。"

魁娃鞠躬。"遵命，达玛佳。"她再度伸手，这一次英内薇拉让她取走头巾。

她将黑面纱举在梅兰面前，对方立刻深深鞠躬。"遵命，达玛佳。"

英内薇拉扬起面纱,强迫梅兰抬头面对她的目光。"你们不能在公开场合使用这个称谓。"石室中所有人都听见了,但她依然转身,一一直视女人和女孩的双眼。"所有人都不能——暂时还不能。"

接下来六个月里,英内薇拉三度需要安德拉变更法令,每一次他都索取同样的报酬。如今他变得肆无忌惮,仿佛把她当作枕边舞者。当他放肆到胆敢咬她胸脯时,她差点拿刀捅死他。

够久了。她心想。阿曼恩已建立起自己的声望,巩固自己的权力基础。安德拉无法收回白头巾,而没有法令值得她如此付出。

一天早上她召见夸莎,沙拉奇部族的吉娃森,贾迪尔最宠爱的妾室。

"今晚我会再度邀请安德拉前来。"她说。"你假装失言把他趁沙鲁姆卡不在宫殿时偷偷来访之事泄露给阿曼恩,我要贾迪尔知道我被那肥猪欺负。该让安德拉懂得恐惧,也让贾迪尔更了解自己的荣誉得来不易。让那个肥猪滚得远远的,等着被宰杀。"

第十一章　罗杰的婚约

333 AR　新月前第二十八个拂晓

"别在那里晃来晃去了,罗杰。"黎莎不耐烦地说道。"转得我头昏眼花了。"确实,吟游诗人身着鲜艳的五彩服饰来回踱步,令她头疼眼花。她不停地以掌根和手指按摩太阳穴,眼皮也不停地抽搐。

阿曼恩要在他们跟随车队回到解放者洼地前共进早餐,为他们送行——黎莎以为他是指黎明时分,也就是一般来说,踏上长途旅程前的早点,但是克拉西亚人似乎存心拖延。使得他们在接待室里等了好几个小时,还不见送行者的踪影。

苦等一个小时后,罗杰拿出小提琴开始演奏,一如往常地借助音乐抒发心中的伤感和愁苦,结果拉出了一段让黎莎联想到指甲划过石板的尖锐旋律。她强烈要求他住手,但已经太迟了。她感觉到自己的静脉紧缩。她很熟悉这种感觉——头痛即将来袭。

她一直为头痛感到苦恼。有时候疼痛和恶心的感觉会持续超过一小时,有时候则会如同春雨般来来去去地缠绵一周以上。大部分情况下,头痛只会让她烦躁不安,通常只要调点药水或是避开容易让她发脾气的事就好了。比较严重时,黎莎就只能在承受剧痛与强烈到会让她胡言乱语的猛药之间做选择。最糟糕的情况——幸好也是极少数情况——除了找个安静的地方哭泣外，她什么也不能做。

头痛的问题随着她年岁增长，肩负起更多压力与责任而越来越严重，并在她成为解放者洼地的草药师后更是时常发生。现在，在艾弗伦恩惠里，身处敌人老巢之中，她几乎每天都会头痛，感觉像是永远也见不到春天到来迹象的寒冬漫漫长夜。

她不是唯一坐立难安的人。解放者洼地使节团的成员也全沉浸在一种紧张与恐慌的气氛中，等待着展开归乡之旅前最后一场正式餐会。她父亲厄尼更是在一个小时内跑了不止七趟厕所，并在她母亲不停唠叨此事时羞得面红耳赤。

"这样一次尿个几滴不正常，厄尼，应该让黎莎给你检查检查。"伊罗娜位于房间另一边。黎莎头痛时嗅觉会变得比狼还要灵敏，她能闻到母亲身上刺鼻的香水味，腹中一阵恶心痉挛，血压也随之越来越高。

两个姓卡特的人就像其他人一样假装没听见。汪姐，自诩为黎莎贴身保镖，巨大的身形背着没有绑上弓弦的巨型魔弓和箭袋一起挂在背上，腰带上还插着一把大匕首，有意思的是，她坐在一张十分窄小的椅子上。

尽管年近十六，汪姐·卡特的身材壮硕到能把壮汉当沙袋一样甩来甩去，而当她紧张时，就像现在这样，她很明显地坐不住，不停地用手指抚摸脸上的恶魔伤疤。

加尔德·卡特，身高将近七英尺，肌肉贲张，是接待厅中体型唯一能超过汪姐的人，不过两人的血缘关系很淡。此刻他既无聊又没有东西可吃，只好尝试雕刻木马，但他那一双巨掌只适合扼杀坠落地面的风恶魔，根本不擅长干这种精细的活儿。他施加在刀上的力道太猛，导致刀刃连连打滑，在他粗糙的手掌上划出不少伤口。

"恶魔养的！"他将流血的拇指塞入嘴巴，作势想要狠狠甩

掉木块，但黎莎扬眉止住他，他随即自觉地克制自己。她立刻后悔，因为虽然只是扬一扬眉，还是传来一阵抽痛和头痛。

罗杰立即转身面对她。"又不能走动，又不能拉琴。我能干吗？女王陛下。"所有人抬起头来。大家都知道黎莎就算心情好的时候也不会容忍别人用这种语气调侃她。

然而此时此刻，黎莎最不想做的事就是与人争吵。她还有机会减缓头痛，而每大声说出一个字都会大幅降低减缓头痛的机会。她喝了一口调药瓶里的水，服下头痛粉。液体流入腹内，同时激起一阵饥饿与恶心感。此刻黎莎最不需要的就是食物，但如果不尽快吃点东西，情况将会更糟糕。

她暗自后悔自己早上竟然没吃阿邦的妻子们在镜宫里所准备的茶点，但她当时才刚刷过牙，打算口气清新地迎接阿曼恩。他邀请他们时是说共进早餐，启程前最后一次送行餐，但此刻太阳已经高挂天际，却还没见人影儿。

白痴女孩，她听见布鲁娜在她脑中骂道，下次赶紧取片薄荷叶来嚼。黎莎知道老师的在天之灵点醒了自己。她在围裙口袋中翻东西嚼，但尽管那里面的东西可以制成一千零一种药剂，却找不到一粒可供果腹的坚果。

罗杰仔细盯着她的一举一动，她压抑着大声讲话的冲动。"很抱歉，罗杰。我和你一样心烦。照这个时间来看，我们得过中午才能启程。"

"如果他们真的说过放我们回去的话。"罗杰说。"等得越久，我就越觉得今天日落前我会被关到某间地牢里，而且担心睾丸还被人割下来摆在盘子里当作卤蛋吃。"

罗杰有正当理由害怕。几个礼拜前，阿曼恩把货真价实的达玛丁长女阿曼娃和外甥女希克娃许配给他当老婆。后来他们发现这两个却是英内薇拉亲自挑选来，安插在他们身边的间谍；

明明会讲提沙语却装模作样，并在黎莎威胁到艾弗伦恩惠的现状时试图下毒灭口。

尽管黎莎很反感，但罗杰还是放任自己接受她们诱惑，在阿曼娃的哄骗下与希克娃上床。那天晚上以后，他就如坐针毡，担心解放者长矛队的人会为了还没同意结婚就和女孩上床的事跑来把他插成刺猬一样。

"或许你应该检点一点。"她提醒道。

"好像你自己也没有好到哪里去一样。"罗杰笑笑说。

"你这话是什么意思？"黎莎板起脸问。

罗杰的表情滑稽到让黎莎差点笑出来，但他接下来说的话又让她无地自容。"你真的以为这个房间、这座宫殿，甚至这座城市里——有任何人不晓得你和阿曼恩·贾迪尔鬼混的事情吗？"

黎莎闭上双眼，深吸口气。"我和阿曼恩的事是经过审慎思考，考量过所有变数之后所做的决定。你却是完全用下半身思考。"

"思考？"罗杰笑道。"我是在妓院长大的，黎莎，我很清楚该如何思考那种事儿。"

"够了，罗杰！"黎莎脑侧抽动，脑中仿佛有颗剧痛光球在大放光明，赐给她力量站起身来。

但罗杰拒绝让步。"不然怎样？我受够了你那种布鲁娜似的，自以为高人一等的态度，黎莎。你又不是安吉尔斯老公爵夫人，我无须遵从你的懿旨，也不打算让你再像个妓女一样搞上沙漠恶魔之后还摆出一副比我高尚的姿态。"

加尔德悠然起身，拿雕刻用的匕首指向罗杰。"不准你用那样肮脏的词语形容黎莎，罗杰。魔印人要我保护你安全，但是如果你再说一次那种脏话，我会拿肥皂洗你的嘴巴和牙齿。"

罗杰手上多了把飞刀。"试试看呀，你这个乡巴佬，我保证一刀射瞎你的眼睛。"

加尔德脸色发白，接着化为愤怒的猛兽。汪姐转眼间绑好弓弦，搭上羽箭。"你敢射飞刀，我就——"

"够了，通通给我住手！"黎莎吼道。"汪姐，把弓收起来。加尔德，坐下。"她转向罗杰。"还有你，嘴巴给我放干净点，别忘了要不是我像个妓女一样搞上阿曼恩，别说你的睾丸，就连你的脑袋八成早就没了！"

"黎莎·佩伯！"厄尼叫道。所有目光转移到他身上。厄尼已经六十好几，比妻子年长许多，但是外表看起来更老得像伊罗娜的父亲。他很瘦，头上只有几撮灰发。他戴着细框眼镜，皮肤苍白到近乎透明。片刻之前，他还垂头丧气，病怏怏地听着伊罗娜唠叨，但现在却目光锐利地瞪视黎莎。"我是这样教你的吗？你要别人尊敬你，也得值得人家尊敬——你同时也要尊敬别人，而且不该乱讲话。"

黎莎满脸发凉，吃惊之余顿时连头痛都忘了。她父亲很少大声说话，更少用这种语气说话。但是当他这么做时，她除了遵命照做外没有其他选择，因为她很清楚怎么做才对。

"很抱歉，罗杰。"她说。"我饥肠辘辘，头痛欲裂，讲话不分轻重。他们一开始送那两个女孩来，就是想要你把迷惑恶魔的天赋传承到儿子身上。如果杀了你，或是夺走你的睾丸，这件事情就没机会成功了。如果你是跟解放者外甥女上床的卡菲特或青恩，或许你还需要担心。但是在英内薇拉故意演那一出希克娃不是处女的苦肉计，我确定这一切都是事先安排好的计划，不必担心。"

罗杰侧过脑袋。"什么，像是陷阱吗？"

黎莎微微一笑。"你一头栽进了陷阱。问题在于，事情爆发之后会怎么样？"

伊罗娜哼了一声。"或许他们会把你关在后宫里，一辈子负责帮他们育种外加训练小提琴巫师。"

加尔德哈哈大笑，以巨掌拍打膝盖。"总比成天看书要好，是不是？"

罗杰没有他那么乐观，吓得脸色发白，再度开始踱步。他搓揉胸口，碰触挂在衣服底下的金牌。

"为什么大家都忽略了最明显的解决之道呢？"伊罗娜问。"笨蛋，你和我女儿两个都是。只要跟她们结婚就好了，两个挑剔的家伙。"

"就算我想，"罗杰说。"他们也会期待一大笔聘金，我什么都没有。"

"他们唯一想要的就是你的种子。"她抓起胯下的一把衣料，若有深意地摇了一摇。"你拥有只有在杰克·鳞片嘴的故事里才听过的力量，而他们想知道你的能力能不能传承到子女身上。当初贾迪尔说要帮你婚配时就已经明白告诉过你了。天知道，或许他的想法就是这样，或许是你血液中的东西让你能够迷惑恶魔，确认一下又无妨。"

"我决不能……"罗杰说。

但伊罗娜毫不宽容，声音如鞭子般加重黎莎头痛。"不能怎样？接受有史以来最好的亲事？贾迪尔拥有难以想象的财富与权力。只要乖乖闭嘴坐在我身边，和苹内薇拉还有那两个女孩独处十分钟，你就可以拥有一切——土地、头衔，可供征税与统治的平民，比一座密尔恩矿坑还多的黄金。"

"偷来的黄金。"黎莎说。"偷来的人民，偷来的土地。"

伊罗娜轻蔑地挥手。"说到底，一切都是偷来的，特别是土地。失去土地的人绝不可能夺回他们的土地，而罗杰会是个比一些克拉西亚人更为称职的领主。"

她转向罗杰。"另外可别忘了天天和两个美女上床的权利。造物主呀！她们甚至还会帮你挑选更多妾室！你以为这种好事每天都会发生吗？相信我，孩子，"她的目光转向厄尼，转眼偏开。"在哪也找不着那么好的事儿了。"

"我——"罗杰吃惊地问道。

伊罗娜以残忍的笑容打断他。"还是说你喜欢男人？是了，或许这就是为什么有这么多投怀送抱的女人，你还是硬要追求我那高不可攀的女儿。想要三不五时找个男人来搞一搞也不是什么羞耻的事，但你还是应该接受她们，生几个小孩。只要闭上眼，想象是在跟加尔德搞就好了。"

"喂，够了！"加尔德叫道。

"我不喜欢搞男人！"罗杰换上一副表演的脸谱大声申明。

黎莎躬着身子，按摩太阳穴。"如果不快吃点东西，我就要尖叫了。"

"沙鲁姆早餐吃得都晚。"一个声音说道，黎莎转过头去，看见阿邦站在门口。"因为他们每晚都和恶魔大战到黎明，他们通常会珍惜早晨睡一觉。不过，不必担心，我马上带你们去见解放者。"

黎莎看着肥胖的卡菲特拄着骆驼拐杖一瘸一拐地走进大厅，不知道他刚刚听到了多少他们的谈话。汪妲神情紧张地看着他把手伸到长袍中，但阿邦朝她微微鞠躬，摊开手掌让她看清楚他手里拿着一个红彤彤的苹果。这下黎莎确认他全都听见了，她不排除是阿邦为了偷听谈话而故意让他们在这里等得心烦意乱。

"太感谢了。"黎莎接过苹果立刻大咬一口，香甜美味的果肉比她草药袋中所有药物都管用。就和嗅觉一样，她的味觉和触觉也会在头痛时变得敏锐,她闭上双眼,享受每一口美妙的滋味。

"请记住,女士。"阿邦以其他人听不到的音量说道。"你或许善于思考,阿曼恩却是靠着一股热情做事。他判断对错也都是一时的冲动,有些时候会瞬间翻脸。我想这对于战士与领袖而言,可是很让人敬畏的……"

"那么?"黎莎问。

"这表示,解放者相信你命中注定总有一天会嫁给他。这是艾弗伦的旨意。他或许现在会放你走,但永远不会放弃追求你。"

"至于你,吟游诗人。"阿邦提高音量,朝罗杰的方向一瘸一拐地走了过去。"我相信解放者和达玛佳不至于大发雷霆,但要担心哈席克。万一让他知道你还没有明媒正娶就动他女儿希克娃,他会将之视为强暴和侮辱。只要阿曼恩一不注意,他会让你吃不了兜着走,你那杂耍的小飞刀对他造成的威胁就跟丝帕没有两样。"

罗杰吓得面色惨白,不自觉地握紧金牌。"哈席克是希克娃的父亲?"他们都见识过贾迪尔那位强壮残暴的贴身保镖。

"如果哈席克发现的话,罗杰。"黎莎插嘴道。"而他不会发现的,不要被阿邦吓到了。"

卡菲特无奈地耸耸肩。"我只是实话实说,女士。"他鞠躬。"一切都充满变数,仅仅供你参考。"

"那就把所有变数都说出来。"黎莎又咬了一口苹果。这时已经快要吃到果核了,而她打算吃到只剩籽和梗。"我们都知道透露此事对希克娃或英内薇拉没有好处。《伊弗佳》律法禁止女人目睹强暴。阿曼恩会接纳罗杰的证词,就算他不这么做,承认此事就表示得要处死希克娃。"

"有这种事？"罗杰问。

"很恶心的规定，但事实就是如此。"黎莎说。

"《伊弗佳》律法在处理解放者家事上很有弹性，女士。"阿邦说。"要想想拒绝和她们结婚所代表的侮辱。"

"难道我不接受这场婚事，哈席克还会把我杀了不成？"罗杰说，仿佛在琢磨这句话的意思。

"只怕是先奸后杀哦。"阿邦点头道。

"先，先奸后杀——"罗杰面无表情地念叨。

"呿，他还没有汪姐壮。"加尔德说，挥动大手掌拍在罗杰的肩膀上。"别担心，虽然你刚才像个白痴，我还是不会让他鸡奸你的。"

罗杰比加尔德矮足足一英尺半，但还是一副不把他放在眼里的模样。"少往自己脸上贴金了，加尔德。虽然你当惯了池塘里的大鱼，但是哈席克还是很有可能几秒之内就能把你撂倒。"

"他还会当着其他沙鲁姆的面强暴你，让你在人前颜面扫地。"阿邦同意道。"他干过这种事。"

"你这个肥胖的小……"加尔德一扑而上，抓向卡菲特的脖子，但阿邦以那条完好的腿轻易地闪向一旁，接着扬起骆驼头拐杖戳向巨人的后腿弯。

加尔德痛得大叫，一膝跪在地上。他固执地再度出手，随即在看到拐杖顶指着自己喉咙之前，上面还冒出一截雪亮的尖刃时停止动作。

"啊！"阿邦说，尖刃移动到加尔德胡须里，令他忍不住倒抽一口凉气。"我摔断腿之后就没有进入过沙拉吉，但我记得的沙鲁沙克依然足以撂倒头脑简单的蠢人，而且还有办法让他们永远睡在地上。"

他后退一步,尖刃喀地一声消失在拐杖中。"所以我提供建议时,你最好洗耳恭听。每当哈席克趁阿曼恩不在场时就跑来我家,我就会深深鞠躬,不管他做什么事,或上任何人,我都会装作没看见。我见过许多杀手,那家伙是个杀人狂魔。跟着卡维尔训练官勤学苦练,有朝一日你或许能与之抗衡,但现在还差太远。"

他看着罗杰。"向你的黎莎女士多学着点。如果你不打算娶她们,就想办法拖延婚期。"

"怎么拖?"罗杰问。

阿邦耸肩。"你说你们的习俗要先……订婚,是不是?"

"订,订婚,对,对,对。"罗杰点头道。

"就说你们的习俗要先订婚一年,或是你得要先为婚礼创作一首伟大的歌谣。说你在学会克拉西亚语前不想结婚,或是在春天到来之前……你说什么都无关紧要,杰桑之子,只要能够保住我的主人和女孩们的颜面,并且争取到远离此地的机会就算你小子福大命大了。"

罗杰和其他人跟着阿邦来到贾迪尔的大餐厅里。阳光从高而宽大的窗户上洒落,餐厅中光线较好。这间大理石厅中有许多长方形矮桌,桌旁摆有枕头和坐垫,上面盘腿坐着数百名沙鲁姆——解放者长矛卫队,以及达玛基的贴身保镖。他们将矛与盾牌摆在身体一侧,大口吃着由身穿白色拜多布的男孩盛在美丽陶器中端上来的面包、蒸丸子及烤羊肉。

罗杰神态自若地走着,没有显露丝毫紧张,就像穿行在花园一样,但在路过那些战士时,他内心中还是不自觉感到一阵猛跳。他没有机会逃出这座大厅,不可能利用烟雾或是小提琴

来应付这些白天的恶魔。自己必须获得贾迪尔的批准才能离开，也很有可能是永远也没法离开。

阿邦带领他们走过战士群的底层台阶，踏上通往达玛基、贾迪尔的子孙，以及其他位高权重的祭司所坐的高层台阶——地板上铺着厚重的地毯，墙壁上挂着温暖的帷幔。他们坐在丝质枕头上，优雅地吃着由从头到脚包在黑袍下的女人端上来的各种美味珍馐。

祭司怨毒地看着洼地人走过他们身前，走上第二层高台。罗杰依然步履轻松、神态自若，不过他感觉胸口却在紧缩，仿佛肺里的空气正缓缓被挤出体外。他知道祭司们深不可测，即使赤手空拳都比手持锋利斧头的伐木工还要可怕。

更上一层高台显得较小，不过对于能在上面用餐的少数几个人来说，空间还是显得很宽敞，贴金的大理石地板上铺着厚而柔软的地毯，贾迪尔的餐桌就摆在正中间。餐桌旁的枕头就像镶有珠宝的碗、壶和餐盘一样绲有金边。在桌旁服侍贾迪尔用餐的是他的那帮妻妾，大多都是戴黑面纱的达玛丁。想到要在所有侍者都精通下毒之道的餐桌上用餐就让罗杰一阵胃痉挛。尽管她们全都从头到脚裹得跟木乃伊似的，罗杰还是一眼就认出了阿曼娃和希克娃，因为她们的身姿与优雅的体态永远烙印在他脑海里了。

贾迪尔坐在主位，旁边坐着英内薇拉。达玛佳的透明薄纱一如既往地想捕捉大厅里绝大多数男人的注意力；但除了贾迪尔，哪个男人胆敢多看一眼肯定会惨遭横死。坐在桌尾的是阿山和阿雷维拉克达玛基、他们的继承人阿苏卡吉和马吉、贾迪尔的长子和次子，贾阳和阿桑，凯沙鲁姆山杰特，当然少不了罗杰此时最惧怕看到的哈席克。

尽管没法像穿上隐身斗篷一样溜出去，罗杰还是感到一股转身就跑的强烈冲动。他若无其事地将手指伸入五彩上衣两颗纽扣之间，握紧冰冷的护身金牌。这么做还是让他放松不少。

那面金牌是安吉尔斯公爵用以表扬勇气的最高荣誉，授予罗杰的养父艾利克·甜蜜歌，借以表扬他把罗杰和他母亲丢给地心魔物，事后还撒谎隐瞒真相。就连艾利克也无法坦然面对此事，在他打包走人，被轰出公爵宫殿时，他带走了所有财物，却留下这面让他自己受之有愧的金牌。

那晚艾利克弃他而不顾时，其他人都在奋勇抵抗恶魔。信使杰若丢了面魔印盾牌给他母亲，然后跟罗杰的父亲一起挡在女人和小孩前面，抵抗从撞破的前门不断涌入的恶魔。他们就像多年后的艾利克一样，为了保护罗杰付出了性命。

黎莎将所有为了罗杰牺牲之人的名字刻在英勇勋章上，成为罗杰自己的新护身符。它不但是他在遭受威胁时的慰藉，同时也是提醒着他——自己的余生都是所有关心过他的人们用性命换来的。他很想相信这是因为他很特殊，值得被救。但事实上，他从来都看不出自己有何特殊之处。

黎莎在贾迪尔左边的枕头上坐下，接着依次是罗杰、伊罗娜、厄尼、加尔德及汪妲。阿邦来到他平时的位置，在贾迪尔身后一步之外跪下，几乎隐身在贾迪尔高大的背影之中。

希克娃立刻在罗杰面前放下一小杯浓咖啡，当他与她目光交会时，她那长满又黑又密的睫毛的眼睛朝他眨了眨。没有其他人看见那个神情，但这个隐秘而又魅惑的示意却令罗杰内心一阵悸动。幸好他常在镜子前面练习这个表情，所以不至于受骗。阿曼娃和希克娃或许喜欢他，愿意当他的妻子，但她们并不是出于爱。就算她们自以为爱上了罗杰，两个女人对他的了解也还没有深到谈得上爱。

罗杰也不爱她们——她们是很聪明、美丽的女人，而在这

样美现外表之后的真与善，依然是一团谜。可是话说回来……

他经常回想她们引诱他的那天晚上，不过令他魂牵梦萦的并非做爱的过程，至少不完全是。他最难以忘怀的是那首《月亏之歌》二重唱，她们的歌声中蕴含力量。罗杰是由号称当代最伟大的歌手亲手调教出来的关门弟子，他明白那是一股能撼动人心的魔力。

英内薇拉和伊罗娜竭尽所能地鼓动罗杰接受这门婚事。阿邦建议他拿订婚当作借口。黎莎似乎希望他一口回绝，不过她自己倒是已将阿邦那一套发挥得淋漓尽致。

好像完全没有人在乎罗杰自己的想法。

早餐似乎永远吃不完，席间充满听不完的祷告与寒暄，气氛中透露着些微的不信任。阿曼恩的注意力大部分都聚焦在黎莎身上，一侧的克拉西亚人显然对此感到不爽。他们开始私下嘀咕将会派多少沙鲁姆护送他们回洼地。

"我们说好十个人的。"黎莎说。"多一个都不行。加尔德说车队里共有将近三十名沙鲁姆。"

"我们说好会派十个专职护送的戴尔沙鲁姆。"贾迪尔同意道。"但是你需要人驾驭运送我送给洼地部族礼物的马车。他们还可以帮你猎食、照顾牲口、准备餐点，以及洗衣服。除非有必要，不然他们不会拿起长矛参加战斗。"

"那些工作传统上不都是你们的女人在做的吗？"黎莎问。"让那十名战士带着眷属同行。"她没有说"充当人质"，但是罗杰还是在心里听明白她的言下之意了。

"即使如此，"贾迪尔说。"十名战士还是不能确保你的安全。我的侦察兵回报，在通往洼地的道路上出现了许多危险的青恩强盗。"

"不是青恩。"黎莎说。

"呃?"贾迪尔问。

小心说话,罗杰心想。

"你教我的青恩是'外来者'的意思,"黎莎说。"那些人住在从小长大的土地上,或是被你的部族赶离家园。在这里,你们才是青恩。"

克拉西亚人中发出一阵愤怒的声浪。在艾弗伦恩惠里,贾迪尔具有绝对的权威,他即兴的念头就是法律。事实上,他的裁定经常可以压过流传数千年的法律。没有人,特别是女人——还是个外来女子——胆敢在公开场合如此肆无忌惮地反驳他的话。

贾迪尔扬起手指。所有人立刻安静下来。"咬文嚼字是不能改变危险程度的。二十名战士——十名卡沙鲁姆加上十名戴尔沙鲁姆,包括卡维尔训练官在内,好让他继续训练你们的战士,还有我的侦察兵克里弗。所有人都会带上妻室,以及一名子女同行。"

"子女要男女各半。"黎莎说。"而且年纪不能大到可以参加汉奴帕许。我不要从沙拉吉里拉出二十个即将脱掉拜多布的男孩。"

贾迪尔微笑,朝肩膀后方轻弹手指。"阿邦,这事儿交给你来处理。"

阿邦立即磕头领命。"没问题,解放者。"

"二十一个。"英内薇拉插嘴。"凑成神圣数目。阿曼娃是达玛丁,一定要有专属的宫人护卫。我会派安基德护送她。"

"同意。"贾迪尔说。

"这不是——"黎莎开口。但是贾迪尔打断她。

"我女儿需要保护,黎莎·佩伯。我想你尊贵的父亲,"他比向厄尼。"也会同意,这无须讨论?"

黎莎望向父亲，厄尼坚定地看着她。"他说得对，黎莎，你也清楚。"

"或许，"黎莎说。"如果她要跟我们回去。这点我们还没有决定。"

英内薇拉微笑看着自己盛水的金杯。"厄尼之女，这又是另一件轮不到你决定的事。"

所有目光转向罗杰，他觉得自己的胃都快吐出来了。他将思绪专注在胸口沉甸甸的金牌上，深深吸一口气。他伸手从七彩惊奇袋中拿出小提琴盒。

"伟大的沙达玛卡。"他说。"我一直在练习你女儿和她侍女教我的曲子——《月亏之歌》。你说过你的宫殿里欢迎演奏艾弗伦的音乐，我是否有幸演奏一曲？"

罗杰如此避重就轻的回应让全场的人都惊呆了。但贾迪尔只是挥手点头。"当然，杰桑之子。有美妙的音乐为我们的早餐伴奏，这是我们的荣幸。"

罗杰打开琴盒，拿出魔印人送给他的古朴典雅的小提琴，一把经过精心保养的上古遗神器。琴弦是新的，但是漆面木材依旧保持完好，产生的共鸣超越罗杰这辈子用过的所有乐器。他谨慎地停下动作片刻，接着抬起头来，仿佛突然灵光一现。"希望请阿曼娃和希克娃一同演唱是否恰当？"

"《月亏之歌》是荣耀之歌。"贾迪尔说着朝两名年轻女子点头。

她们静静地朝他走去，如同猎鹰飞向猎人的肩膀一样飞到他身后一步外的枕头上跪倒。

看不到她们也好，罗杰心想。此时此地绝对不能分心，更不能被他们看出什么……

他以残缺的手掌捏住上好的马毛弓一端，接着闭上双眼，隔绝嘴中克拉西亚咖啡的味道、鼻孔中的食物香气以及耳中的餐厅中杯盘碰撞声和喝酒的喧嚣。他集中精力，直到全世界只剩下手中的乐器，接着开始演奏。

一开始，他拉得平缓而富有节奏，顺着曲子开头的音调即兴演奏。最初的序章显得很轻柔，但是随着主旋律逐渐加入，他渐渐提高音量，直到琴声盈满贾迪尔的高台，穿越达玛基那一层，最后终于回荡在整座大厅之中。罗杰隐约察觉到大厅里变得鸦雀无声，但那对他毫无意义——唯一重要的只有音乐。

旋律奏罢后，罗杰等到琴音完全消逝，接着又重头开始拉起。他没有下达指示，没有像对学徒那样点头或是挥动琴弓示意，但阿曼娃和希克娃还是很完美地融入，轻轻地应和着罗杰之前的随性前奏。罗杰的曲调逐渐复杂，音调中时而高亢，时而低沉，超越刚才独奏的效果。

喔，神奇的肺呀。他心想，感受着空气随着她们的和声颤动的节奏。他感到胯下也渐渐亢奋，不过就像应付其他令他分心的事物般，他慢慢忘却这点——好的演出就会产生这种全身感官都亢奋的愉悦效果。幸运的是，吟游诗人的裤子足够宽松。

这一次，当旋律再度完全到位之后，两位黑纱女子开始歌唱。罗杰的克拉西亚语还没有好到能理解歌词，但是歌词听起来依然美妙——悲伤中带有警示意味儿。阿曼娃和希克娃曾解释过歌词的意义，但是尽管两名女子的提沙语说得十分流利，还是没办法充分解释音乐与原文歌词中融会而成的艺术性与意境。

这是罗杰做梦都渴望的挑战——《月亏之歌》中勾兑魔力，远古魔力。

每节韵文之后，都有一段没有歌词的和声，向远在天堂的艾弗伦祈求夜晚的力量。阿曼娃和希克娃的声音完美融合，几

乎无法分辨这句谁唱完了，下句又是谁起的头。

第一段他完全按照女人之前所唱的演奏，但是在第二段韵文结束前，罗杰开始加入新的变化，随着原始曲调即兴变奏。他只做了些细微的调整，但是唱歌的人要跟上却也是非常困难的。但是她们却轻易地跟上了，变更和声配合他的演奏。唱到第三段时，他更进一步变化，将音乐提升到足以令地心魔物望而却步的境界。她们再度轻而易举地跟上，仿佛他只是用左右手挽着她们的手腕在花园漫步。

第四段歌词描述于新月肆虐人间的恶魔之父阿拉盖卡。罗杰不知道这种怪物是否真实存在，不过前几天晚上趁着新月试图杀害黎莎和贾迪尔的恶魔王子就够可怕了。这段的音乐带有恐惧的音调，在转换到下一段时，罗杰将音乐化为能让石恶魔闻风丧胆的尖锐刺耳呼啸声。

这一次，阿曼娃和希克娃在没有练习、没有提示的情况下还是很完美地跟上他的节奏。

一段接着一段，罗杰引导着她们，将他的小提琴魔法——如果那真的算是魔法——提升到一个全新的境界，让整座大餐厅沉浸在他的力量之中。她们一步一步地配合演唱，就连他即兴创作出一段全新的收尾也能完美到无可挑剔。当最后一个音调消失在小提琴弦上时，罗杰扬起琴弓，睁开双眼。如同自沉睡中苏醒一般，慢慢恢复焦点。席间每一个人，包括贾迪尔和英内薇拉在内，全都如痴如醉地盯着他。罗杰从眼前望向大厅下面几层台阶上的沙鲁姆们，看到他们跟贾迪尔一样痴迷沉醉，大厅里的数百名沙鲁姆都被陶醉得不知身在何处……

接着，受到贾迪尔掌声的提示，整座大厅爆发出雷鸣般的喝彩。沙鲁姆高声欢呼，跺脚跺到仿佛地板都在震动。祭司比较自制，不过掌声还是很给力。加尔德举起大掌拍在他的背上，差点把他的心脏都给拍了出来,而黎莎则对他露出能令他曾经死而无憾的甜蜜笑容。就连哈席克也自豪地凝望着女儿,鼓掌跺脚。

然而,贾迪尔和英内薇拉引爆全场后渐渐冷静下来,餐厅里的所有兴奋的听众也跟着安静下来,一双双激动的目光都集中在解放者身上,等着看他如何示下。沙漠恶魔缓缓微笑,接着在众人惊讶之下朝罗杰深深鞠躬。

"艾弗伦一定对你有所启示,杰桑之子。"他说,这时刻,掌声与喝彩再次爆响起来。

罗杰鞠躬回礼,额头差点碰到膝盖前的餐桌。"我希望能娶你女儿与外甥女为妻,阿曼恩·阿苏·霍许卡敏·安贾迪尔·安卡吉。"黎莎被他的请求惊得低声轻呼出口。伊罗娜却很满意地哼了一声。

贾迪尔欣慰地点头,右手比向英内薇拉,左手比向伊罗娜。"女人将会安排……"

但是罗杰却摇了摇头。"我希望能在此时此刻就娶她们为妻,没有什么好让女人去安排的。我不需要,也不想要嫁妆,也没钱支付聘礼。"

贾迪尔十指交抵,考虑罗杰的请求,脸上不动声色得就连顶级吟游诗人大师都自叹不如。谁也看不出来他此刻的喜怒哀乐——想要命令哈席克把他当虫子一样踩扁,还是愿意接受他的请求——他的贴身保镖哈席克不自觉地伸手摸向身侧的长矛。

但此时此刻罗杰已经捕获听众的心,他毫不畏惧地继续说道:"再多的金银珠宝也不能与阿曼娃和希克娃相提并论。这些东西对沙达玛卡而言又有什么意义?我打算将《月亏之歌》翻译成提沙语,在族人之前演奏。要是如你所说,沙拉克卡即将到来,所有人都该知道新月的可怕。"

"你以为我会为了一首歌贱卖我的女儿？"英内薇拉说。

罗杰转身向她鞠躬。他知道自己应该怕她，但此刻他站得住脚，于是面露微笑。"请接受我的道歉，达玛佳，但那并非你决定的事。"

"没错。"贾迪尔在英内薇拉回嘴之前说道。她脸上不动声色，但是眼中却浮现比大发雷霆更骇人的锐利目光。

罗杰转过头去面对他。"你说艾弗伦对我有启示。我也说不清楚事情是否如此，但若真是如此，它是在告诉我此刻在你的宫殿里就存在着真实的魔法。他是在告诉我，如果和你的女儿一起追求这种魔法，我们或许能找到方法单凭音乐击杀阿拉盖。"

"它也是这样跟我说的，杰桑之子。"贾迪尔说。"我接受你的请求。"

哈席克发出片刻以前还能把罗杰吓得冷汗直流的欢呼声。下方传来更多鼓掌与跺脚的声响，桌旁众人则开始向他道歉。

"你这奸诈的浑小子。"加尔德说着抓起罗杰的肩膀，摇到他牙齿直打架。就连英内薇拉似乎都很满意这个结果，尽管罗杰知道她绝不会轻易忘记自己刚才的愠怒，和心中隐现的杀机。唯一看来不太高兴的人只有伊罗娜，显然她在暗自计算他的大义表白，给大家带来了多少财产损失。

但是罗杰对那些冷冰冰的东西不是很感兴趣——只求够过日子就好——魔印人已经给了他一生享用不尽的财富。就算没有那金币，他也可以靠拉小提琴换取一日三餐的温饱，与躲避恶魔和风雨的旅店客房。

贾迪尔指向阿曼娃。她立刻上前鞠躬。"杰桑之子，罗杰，我遵照《伊弗佳》的指示，以及艾弗伦之矛卡吉，坐在艾弗伦的桌脚等待在沙拉克卡来临时重生的解放者所树立的典范，献上自己与你成婚。我诚心诚意发誓将成为你千依百顺、忠心耿耿的好妻子。"

贾迪尔转向他。"跟着我说，杰桑之子。我，杰桑之子，罗杰，在万物创造者艾弗伦与沙达玛卡之前发誓，接纳你进入我的家园，成为你公正宽容的丈夫。"

罗杰伸手到上衣中，取出金牌握在手中。"我，杰桑之子，罗杰，在万物创造者艾弗伦与沙达玛卡之前发誓，接纳你进入我的家园，成为你公正宽容的丈夫。"

四周传来一些不满的声音。罗杰听到其中包括老达玛基阿雷维拉克在内，但贾迪尔充耳不闻，不过罗杰不至于蠢到以为可以轻易忽略他们。"你接受我女儿成为你的吉娃卡吗？"

"我接受。"罗杰说。

希克娃也与他交换同样的誓言，阿曼娃伸手揭下她的黑面纱。"欢迎，姐妹，亲爱的吉娃森。"她说着为她绑上白丝面纱。

哈席克站起身来，手持长矛与盾牌。一时之间，罗杰以为这名高大的戴尔沙鲁姆会冲上来给自己戳几个窟窿。但哈席克却以矛敲击盾牌，高声喝彩。接着在场所有战士全都和他一起呼喊，叫声撼动整座大厅。

✦

"如果你已经打定主意要这么做，至少也该先跟我们说一声，罗杰。"黎莎在阿邦带领他们前往车队时说道。

"我也是演奏结束后那一瞬间决定的。"罗杰回应。"但是就算我早就决定，要和谁结婚又关你什么事了？假如你处在我的位置，你会来和我讨论这种事吗？"

黎莎双手紧紧抓着裙子。"难道要我提醒你，那两个女人

可是间谍,她们曾经想毒死我吗?"

"是呀,"罗杰说道。"但后来在阿曼娃受解药所苦时出手医治的人是你,庇护她和希克娃的人也是你。"

"不要自欺欺人,"黎莎说。"她们仍然是英内薇拉的眼线。"

罗杰耸耸肩。"或许,暂时还是。"

"你真的以为你有办法把她们调教成贤妻良母?"黎莎有些愤愤地反问。

他们边说边聊走到了车队。罗杰耸耸肩说道:"难道你以为你的魅力能改变贾迪尔吗?"说完立刻消失在他和妻子即将共乘的华丽马车里。

"不要低估杰桑之子。"阿邦靠过来对黎莎说道。"他今天取得了强大的力量。"他比向手持账册站在车队最前面的女人。"我的第一妻室,莎玛娃。她会代我护送你们回到洼地,而她已亲自挑了驾车带着妻小随行的卡沙鲁姆。所有人,不管是妻子还是丈夫,都是我们家族的人,或帮我做事的人。他们不会给你添麻烦的。"

"我担心的不是卡沙鲁姆。"黎莎说。

阿邦点头。"你担心得有道理。我无权管理戴尔沙鲁姆。他们服从卡维尔的命令,尽管阿曼恩告诉训练官他还想要追求你,一切都要依照你的吩咐行事,不过我想实际上他们还是听命于阿曼娃。"

"那我们只能期待罗杰能改变她们。"黎莎说。

"不说那些了,看你离开,我们真有些舍不得,女士。"阿邦说。"我会想念我们的谈话。"

罗杰心满意足地跳上贾迪尔给自己安排的新婚马车。这辆马车是纯粹的来森工艺，上好的木材镀以金漆，并装有金属悬挂装置以减少路上的颠簸。这是贵族的马车，而且很富有贵族气息。

但是克拉西亚人进行过自己的改装，移除了座椅，在车内铺了色泽鲜艳的厚地毯，以及很多绣花丝织枕头。车墙和车顶上铺着红得发紫的深色绒布，车顶上挂着打洞的铜质香水壶，散发着草药的芳香味。窗户是玻璃的，可以打开透风，现在就开着，不过也有保护隐私的绒布窗帘。铜和玻璃所制的油灯挂在墙上，只要转动旋钮就能点燃或熄灭。

罗杰可是逛过很多条件很差劲的下等妓院。

看来他们希望罗杰提高效率。当然，他自己心里也跟猫爪子挠似的，饥渴难耐。罗杰已经和希克娃干过那事儿了，不过拒绝婚前在她体内播种——阿曼娃还是处子之身——他会尽量温柔些的……

他从惊奇袋中取出笔和笔记本，继续纪录《月亏之歌》。他认得不少字，也能写一手不太好看的字。艾利克教导过他读书写字，但是他对那些远不如音乐符号那般有兴趣。

"不是每个人都有办法只听一次就能一辈子把整首歌给记下来。"艾利克在他上课抱怨时责骂道，同时给了他一记耳光来强调自己的忠告。"想要把歌卖给别人，你就得学会做笔记，好记性永远赶不上烂笔头。"

当时，罗杰对老师满腹怨愤，但现在他很庆幸自己受益匪浅。他已经写下了歌曲的旋律和歌词的格律。翻译歌词要花很多时间。但他们在到达洼地之前，最少也得在路上熬过两个星期，况且也没有其他事情可做。

罗杰微笑，拍拍丝枕。应该说，旅途枯燥，几乎没有什么有意义的事情可做。

他听到有人说话的声音时，赶紧从窗帘缝隙中窥探一眼，只见两名白袍达玛，一名长相奇特的沙鲁姆以及另外两名侍女正陪着阿曼娃和希克娃向马车走来。

罗杰立刻认出，那是贾迪尔之子阿桑及其表兄阿苏卡吉。那个战士必定是阿曼娃的贴身侍卫，安基德。他身穿标准的战士黑袍，但手腕和脚踝上都铐着焊死的金属镣铐。

他不认得那两个女人。她们身穿黑袍，其中一人和希克娃一样戴着白面纱；另外一个没蒙面纱，表示她未婚，也没订婚。

阿桑和阿曼娃走在前面，正在争吵着什么。他们在马车前停下脚步，以罗杰听不懂的克拉西亚语低声争辩着。阿桑神色不善地抓起阿曼娃的肩膀使劲摇晃，理应保护她的贴身侍卫却站在一侧旁观。不太可能有任何克拉西亚人胆敢伤害解放者之子，更别说是地位卑微的沙鲁姆。罗杰感到一股恐惧的凉意从脚底升起。他知道阿桑杀死自己就像踩死只蚂蚁一样轻而易举，他曾见过达玛出手——最弱的达玛都能把他的脑袋当球踢——自己不能袖手旁观。他使出角色扮演的本领，在脑中挑选这辈子见过最无畏无惧的人，把他当成隐身斗篷般披在自己身上。

他踢开马车门，吓了所有人一跳。

"别碰我妻子！"罗杰以魔印人特有的低沉语调说道。他手掌一翻，亮出一把飞刀。

阿苏卡吉轻哼一声，摆出攻击的架势，但阿桑放开阿曼娃，伸手拦下他。

"很抱歉，杰桑之子。"阿桑说，不过没有鞠躬。他的提沙语吐词很清楚，但像阿曼娃一样沙漠口音很重。"只是兄妹间的小事情,我不会打算破坏你的新婚之喜。"他显然在压抑语气中的怒意。以前有人胆敢拿杂耍的飞刀威胁过这位沙漠小王爷吗?

"你的表达方式还真是有趣。"加尔德说着从马车另一侧现身。他一手轻松提着巨斧,魔印弯刀触手可及。罗杰透过眼角看见汪姐无声无息地自另一边走过来,手持长弓。罗杰知道她能在转眼之间搭弓射箭。

阿苏卡吉移动脚步,挡在她和阿桑之间。他看来一副胸有成竹的模样,不禁令罗杰怀疑汪姐有没办法在达玛扑到她身上前做出还击,以及能不能射中任何东西。前来护送他们的戴尔沙鲁姆都在附近围观。

罗杰浅浅鞠躬,动作只比点头要大上一点,转眼间收回飞刀,摊开空手。"你让我深感荣幸,兄弟,亲自前来祝福我们的婚姻,还不忘将你妹妹和堂妹献上。"

阿曼娃以神情暗示他。罗杰心知用这种放肆的语气刺激随时可以杀死自己的人讲话是十分危险的挑衅,但他已经掌握形势。只要他保持礼貌,达玛绝对不敢当众攻击解放者的新女婿。

"是的。"阿桑点头道,不过语气中显然没有一丝祝贺的意思,鞠躬回礼的动作就像罗杰一样毫不诚恳。阿苏卡吉也照做。"祝福你们新婚大喜……兄弟。"

阿桑转向阿曼娃,说了几句克拉西亚语,接着两名达玛掉头离去,所有人也都跟着松了一口气。

"他说什么?"罗杰问。

阿曼娃迟疑片刻,直到他转过头来直视她。"他说:'我们另外再找时间继续这段谈话。'"

罗杰仿佛毫不在意地点了点头。"如果你能介绍一下其他护送你的人,我会很高兴。"

阿曼娃鞠躬，指示另外两名女子上前。第一个是戴白面纱的女人。近看之下，罗杰发现她很年轻，或许还比希克娃小。

"我嫂子兼堂妹阿希雅，"阿曼娃说。"阿山达马基和解放者的大妹——神圣的英蜜珊卓的长女——我哥哥阿桑的吉娃卡。"

罗杰在对方鞠躬致意时难掩心中的惊讶。"祝福你新婚之日，杰桑之子。看到我深受祝福的堂姐与你成婚令我心中无比欢喜。"她的语气丝毫不像阿桑那样不诚恳，看起来简直像是想要吻他的样子。

他转向另一名年轻女子，没戴面纱表示她和其他人一样都已成年。

"我堂妹山娃，"阿曼娃说。"解放者长矛队队长凯沙鲁姆山杰特与我父亲第二个妹妹，神圣的霍许娃的长女。"

"我也祝福你，杰桑之子。"山娃利落地深深鞠躬，鼻子差点碰触地面。罗杰认识许多杰出的舞者愿意付出一切换取这样的力道与柔软度。

"我们四个从小就在达玛丁宫殿里接受安基德的指导。"阿曼娃说着朝希克娃点了点头。"她们是来送行的，我们将会有很长一段时间无法见面了。"

安基德在阿曼娃的指示下深深地向罗杰鞠躬。

"罗杰·阿苏·杰桑·安音恩·安河桥。"罗杰说着伸出手掌，以克利西亚语的习俗做自我介绍。战士好奇地看着他的手掌片刻，接着伸手握住他的手腕。他的手指硬如铜条，却没有说话。

"安基德是个宫人，丈夫。"阿曼娃说。"他自废了男根，所以可以在你不在的时候守护我们，也没有舌头泄露我们的秘密。"

"你让他们砍掉你的树？"加尔德震惊不已。所有目光都转向他，他立刻满脸通红。安基德只是一言不发地盯着他。

"安基德不会讲你们的语言。"阿曼娃说。"所以他不知道你多无礼。"

这话令加尔德更加羞愧，连忙将巨斧插回背上的束带，一边后退一边鞠躬。"很对不起。我……啊……"他转身快步走去照料他的马。

罗杰再度鞠躬，将众人的目光拉回自己身上。"很荣幸有这么多解放者的血脉前来送行。请不要让我打扰你们道别，要多久都没关系。"

他在众女开始伤心拥抱时转身离开，朝两名伐木工点头。"谢谢。"

"那是我们的工作。"加尔德悄声说。"魔印人吩咐要保护你，我们一定会竭尽所能。"

"很高兴我们要离开了。"汪妲说。"越早越好。"

"说得对。"罗杰同意道。

※

"刚刚究竟是怎么回事？"回到马车中独处后，罗杰立刻问阿曼娃。

"那是兄妹之间——"阿曼娃开口。

"我们的甜蜜的婚姻生活就要这样从回避问题开始吗？我的吉娃卡。"罗杰插嘴道。

阿曼娃讶异地看着他，但是很快就垂下眼睑。"你说得对，丈夫。"她微微颤抖。"你和你的同伴并非唯一急着想要离开艾弗伦恩惠的人。"

"你哥哥为什么那么生气？"罗杰问。

"阿桑认为当我母亲要求我嫁给你时，我应该拒绝。"阿曼娃说。"他和我争论过，而那次谈话……不欢而散。"

"他不希望你们家族与绿地人联姻？"罗杰揣测。

阿曼娃摇头。"完全不会。他清楚你所拥有的魔法，也看得出它的价值。但他认为，毕竟父亲有很多达玛丁女儿，将她们嫁给你就行了。他一直想把我当作礼物送给阿苏卡吉，虽然父亲健在时，哥哥无权把妹妹送人。"

"为什么是你？"罗杰问。

"因为只有最年长的正室妹妹才配得上阿桑最心爱的阿苏卡吉。"阿曼娃啐道。"他自己无法怀下基友的子嗣，所以想让最接近他身份的人去怀，就像阿苏卡吉说服阿山叔叔把阿希雅嫁给我哥哥一样。我能撑到现在都是因为身穿白袍的缘故。"她看着他。"我的白袍，还有你。"

罗杰觉得有点恶心。"在我的家乡，嫁给一等表亲是……不恰当的近亲繁殖行为，除非你住在偏僻小镇，没有其他选择。"

阿曼娃点头。"我们的族人也不常这么做，但阿桑是沙达玛卡及达玛佳之子，他为所欲为，肆无忌惮。如今阿希雅已经被迫产下一名他和阿苏卡吉视为己出的儿子。"

罗杰抖了抖，接着在马车开始摇晃时松了口气，终于启程了。

"不必再想那些破事了，丈夫。"阿曼娃说着挽住他的右手，希克娃则来到他的左边。"今天是我们的新婚大喜之日。"

第十二章 阿邦的卫队

333 AR 夏 月亏前第二十八个拂晓

阿邦喘着粗气,将汗水和其他体液沾在镜宫主卧房的上好丝绸床单上——阿曼恩就是在这张床上与美丽的黎莎女士发生了第一次——他是在阿邦的建议下从伊察奇达马基手中抢来这张床。能在这张床上忙里偷欢,让阿邦异常兴奋,在坎金部族领袖被赶去较差的地方住时弄脏这袭床单。

莎玛娃已经起身,穿上黑袍。"起来吧,大胖子。你也过足瘾儿了,我们时间不多。"

"水。"阿邦一边起身一边嘟哝道。莎玛娃拿起桌子上的冰凉银壶。倒水的时候,壶面上滑落许多水珠,一如此刻在他皮肤上的汗珠沾湿了床垫。

"总有一天,我会让你欢愉地死去,到时候家里的财产都将归我所有了哦。"她调侃道,先给自己解渴,然后又倒一杯水递给他。

如果是其他妻子这样开玩笑的话,阿邦会把她毒打致死,不过此刻他只是一笑置之——他的吉娃卡虽然不是他最美貌的妻子,而且早就过了适合生孩子的年纪,但她是唯一爱他的女人。

"你早就是我的大管家接管了家里所有钱粮了。"阿邦说着接过杯子,一边喝水一边让她帮自己穿上外套。

"或许这就是你要把我赶去千里之外的洼地的原因吧。"莎玛娃说。

阿邦伸手抚摸她的脸颊。他知道她只是在撒娇，但他还是难以忍受。"我诅咒我们分离的每一分钟。"他眨了眨眼。"而这不只是因为少了你，我的工作量会加倍。"

莎玛娃亲吻他的手。"是增加三倍不止吧。"

阿邦点头。"就是因为这样才遣走你，我不能信任其他人先去和洼地部族做买卖。我们必须巩固基础，赢得绿地人的信任，就算这表示一开始账册上不那么好看也无所谓。"

"我宁愿让奈抓去。"莎玛娃说。"赢得绿地人的信任并不会花多少时间，他们很好打交道。他们没有足够的耐力去掩饰自己的弱点。"

这话说得没错。刚到解放者洼地时，北地人一看到阿邦接近，他们立刻就会打住话题。他们不信任任何异种肤色的陌生人。但是阿邦总是会带些小礼品赠送给他们，而不是金银珠宝之类的名贵礼物——那些对他们就是一种侮辱——而是给一整天坐在马车板凳上腰酸背痛的人随手送个丝枕坐垫，适时地恭维几句；或在煮菜锅里添加些沙漠特有的香料，聊一些克拉西亚族人的习俗。

北地人愿意接纳这些东西，还会在学会用克拉西亚语说"请"和"谢谢"时兴高采烈，好像那是什么了不起的成就。

于是他们开始与他交谈，虽然只是些基本的寒暄，但是不再那么拘束，让阿邦将讨论天气的话题转向丰收祭典与节日、婚姻习俗与道德观念上。北地人很乐于分享自己的风俗文化。

当然，阿曼恩想要的不是这些。解放者想知道的是部队的规模与驻地、有军事价值或特殊意义的据点，还有地图。他最想要的就是地图。来森信使公会在克拉西亚人攻城当天就烧掉了地图，而那些愚蠢的沙鲁姆完全没有出面阻止他们。伊东公爵图书馆里的地图只有更新他自己的领地，疆界以外的地图都已经是十年前的版本了。北方的解放者洼地的领土迅速扩张。小村落涌入大量难民，新的村落开始出现，很多都远离阿曼恩的主力部队赖以行军的信使大道。

"疆域在改变。"阿曼恩说。"不清楚这些变动，我们就无法取得胜利。"

这是高明的军事观点，但是尽管容易受骗，洼地人还是蠢到会泄露这种情报。虽然阿曼恩对于闲话家常的流言蜚语不屑一顾，阿邦却深知这些东西的价值。

闲聊之中往往隐藏有很多有用的秘密。他父亲过世前常这么说。

绿地人抵达镜宫后，莎玛娃也如法炮制。阿邦所有妻子和女儿都会说提沙语，但是她命令她们假装只会几个字，把简单的互动弄得非常复杂，导致洼地人很快就不再与她们交谈，虽然她们常常出没于镜宫中。她们总是默默地端食物、清理垃圾、更换床单，好像隐形人一样。

几周过去后，绿地人不再掩饰彼此间琐碎的口角。当他们无视他们的存在时，其实通常会站在镜宫里多到数不清的通风孔旁，而莎玛娃命令众女经常"清理"中央通风井。阿邦阅读她们记录的报告，从隐私习惯到性交活动全都悉心地记录下来。有些报告他看得特别起劲。

如今北地人的喜好就像敞开的画卷一样摊在他面前。查出他人的欲望，父亲曾告诉过他，你就可以狠狠敲他们一笔。

如同楼梯的台阶一般，他累积他们的信任，保守他们的秘密，提供中肯的建议。偶尔甚至会建议一些似乎有损他主人权益的事，这所有在大市集里长大的小孩都知道不能轻信的策略。

但这个把戏似乎永远都对绿地人有效,连最精明的绿地人都很不耐烦讨价还价。

最棒的地方在于他可以提供英内薇拉的秘密,一边阻扰达玛佳的计划,一边赢取他们的信任。

现在她已经开始怀疑他在背后搞鬼,但是无所谓。他的手法微妙,利用不知情的人帮他做事——包括阿曼恩在内,所以她找不到机会公然反对他。沙达玛卡或许会在公开场合虐待阿邦,但不允许其他人这么做,就连他儿子和最亲近的顾问试图威胁卡菲特都会遭致严厉惩罚。

但这样还不够,要不了多久,英内薇拉或其他人就会开始下毒害他,或是趁夜暗杀他,除非他大力强化自己的安全戒备。

"我担心你的安危。"莎玛娃说,仿佛看穿他的心思。"如今必须搬离镜宫,我很担心你和我们的家人。"

"接下来几个月里,你只要管好自己就好了。"阿邦说。"你不在的期间,我可以保护自己和家里的女人。"

"我们的儿子和女儿呢?"莎玛娃问。

阿邦深深叹气,在镜子前绑好头巾,伸手去拿骆驼杖。"那就比较难了。"他承认。"但是问题总得一个个解决。现在,你的车队就要出发了。"

送走妻子和绿地人后,阿邦一拐一拐地赶回阿曼恩的宫殿——伊东公爵曾经的住所——尽管赶不上沙漠之矛的宫殿,但还算是艾弗伦恩惠里最壮观,防御也最森严的建筑。阿邦自己在克拉西亚的住所看起来就像贫民窟里的仓库,但内部装饰比这所宫殿有过之——聪明的卡菲特不敢让当地的达玛和沙鲁姆知道自己有多富有,那是很不明智的举动。

占领来森堡时，达玛基和最有权势的达玛占据了艾弗伦恩惠里最壮观的建筑，沙鲁姆则瓜分了其他的豪宅。作为卡菲特的阿邦只能蜷缩在城里最贫穷、最偏僻角落的泥砖屋里，这间屋子的居住空间根本容不下他的所有妻子、女儿和仆役。他在新大市集里的店面都比这住房大。

简而言之，阿邦的瞒天过海之计就是，借助侍奉黎莎把所有人搬到镜宫里去住，然后趁机买下他那蜗居附近的所有土地。让来森堡的奴隶们夜以继日地挖掘逃生地道。他会在地道中填满石头，打好外墙的地基，这些材料比沙漠地区好购置。他会在被人发现之前筑好外墙，隔绝墙内的景观，就算有人爬墙偷看也只会看到地面上的景象，看不见屋内的奢华。

但是没有战士守护的话，仅仅有高墙也毫无意义。阿邦不是战士，但他深知战士的价值。他有很多肌肉发达的青恩奴隶，但他们比真正的沙鲁姆差远了。如果没有预先防备，一等到他家完工，达玛基会毫不手软地强占他的新宅。

沙达玛卡宫殿的走道上到处都是达玛和达玛丁，以及四下巡逻的沙鲁姆，守卫所有廊道和门户。一身黑衣的戴尔丁拿着餐盘和洗好的床单忙进忙出。阿邦目光低垂，躬腰驼背，刻意做出夸张的瘸腿走路姿势，让拐杖在厚地毯上敲出稳定的声响。

永远切记，在人前保持低调。父亲曾教过他——阿邦谨记在心。他的脚已经摔断数十年了，至今还是隐隐作痛，不过没有表现出来的那么夸张，就连在阿曼恩面前也一样装起来。他只要简单的手杖就能行走，但拐杖让他看起来更虚弱。这样做达到了预期的效果，几乎所有人都懒得正眼瞧他一眼，省得恶心了自己。

哈席克站在王座厅门口，恶狠狠地盯着阿邦走过来。阿曼恩所有心腹都很鄙视卡菲特，尤其以哈席克最为偏狭和残暴。

此人身材高大威猛，可与解放者洼地的巨人媲美。痛苦对哈席克而言不具有任何意义，就连凯沙鲁姆都害怕面对他。因为哈席克不只是简单地打败对手，他还会把人打成残废，并且当众羞辱。

他们是在沙拉吉里认识的，当时阿邦和阿曼恩还是生死兄弟，哈席克则是训练营里最大的魔头，并且多次羞辱他和阿曼恩——如今哈席克死心塌地地效忠阿曼恩，而对阿邦的恨意和厌恶有增无减，特别当解放者却对他言听计从时，阿邦一有机会就喜欢暗示哈席克只是个头脑简单的盾牌。而由于不敢当着解放者的面直接收拾阿邦，哈席克只好将满腔怒火发泄在阿邦的女人身上，常常借替解放者传令而到他家和店里去，每次总会打坏一些值钱的东西或者强暴那时在场的阿邦妻子或女儿。

当然，躲进镜宫后，他的女人不必担心哈席克的魔爪了，而封闭了这种发泄渠道让这个残暴的恶魔对他加倍怨恨。卡菲特走近时，他的鼻孔张得如同公牛鼻孔一样大，阿邦总是担心他会无法克制自己。

"别老是像根木桩似的傻站着，开门。"阿邦大声说道。"还是要我告诉解放者你刻意阻拦我觐见解放者？"

哈席克愤怒得发狂，一副好像要咬死阿邦的模样。阿邦却饶富兴味地看着他被气得只有吐口水，不过还得乖乖为自己开门的样子。

阿曼恩已经教训过很多胆敢虐待他的顾问阿邦的战士，就连哈席克也不敢不看时机鲁莽行事。哈席克在阿邦路过时眼中闪烁着熊熊的愤恨火焰。但阿邦只是微笑着享受这一刻。

阿邦一拐一拐地步进王座厅时，厅内还有几名达玛基和一帮逢迎拍马之徒。但是阿曼恩只是挥挥手让他们离去。"出去。"

男人们走出时全都狠狠地瞪着阿邦，但是没人胆敢吭声。阿曼恩起身走进一侧较小的密室。厅中摆有一张有二十张椅子围绕的椭圆形黑木桌，主位是王座。王座后方的墙上挂着覆盖整面墙壁的大地图，桌上摆满新鲜的食物和美酒。

"她离开了？"阿曼恩在两人独处时立刻探问道。

阿邦点头。"黎莎女士同意让我在洼地部族设立贸易分店。这样会加速文化融合，并且与北方维持必要的联系。当然，个人以为还可以随时探听那里的情报。"

阿曼恩点头。"你干得很好。"

"但是，我需要有人来回押送货物，以及保护贸易站的商店，以免被那些北方的野人哄抢。"阿邦说。"从前我可以找仆役来干这种粗活，也可以是卡菲特，但总之都是身强体壮的男人。"

"现在这些人都晋升为卡沙鲁姆了。"阿曼恩说。

阿邦鞠躬。"你看出我的难处了。不管在任何情况下都不会有戴尔沙鲁姆听命于卡菲特驱使，但如果你允许我挑选一些卡沙鲁姆担任这个工作，大家应该都会满意这样的安排。"

阿曼恩眯起双眼。他不擅心计，但也不是笨蛋。"多少人？"

阿邦耸肩。"一百人足够了，微不足道的战力。"

"没有战士的战力是微不足道的，包括卡沙鲁姆，阿邦。"阿曼恩训道。

阿邦鞠躬。"我会自掏腰包贴补他们的家人，当然。"

阿曼恩琢磨片刻，然后耸耸肩。"去挑吧。"

阿邦在拐杖容许范围内深深鞠躬。"我需要带个训练官去继续他们的训练。"

阿曼恩摇头。"这个嘛，我的朋友，我没多余的训练官可

派遣。"

阿邦微笑。"我想或许可以请克伦大师出马。"克伦是阿邦和阿曼恩在沙拉吉时的训练官之一。他很严厉、很固执，而且极度痛恨卡菲特；不过后来被田野恶魔咬伤了脚，伤势严重而被达玛丁截肢。训练官的身体复元了，但是心理却没有。

阿曼恩惊讶地看着他。"克伦？当年因我没让你摔死而惩罚我的那个疯子？"

阿邦鞠躬。"就是他。如果解放者本人都决定宽恕我，并且看出我这个卡菲特还有可用之处，或许这么多年来也会让训练官改变对我的成见。我听说他这些年来也过得很艰难，尽管还在沙拉吉里授课，但是奈沙鲁姆已经不像我们当年那样尊敬他老人家了。"

阿曼恩嘟哝一声。"奈沙鲁姆在血溅沙场之前都是些不知深浅的小孩，但是不久之后所有人都知道战场的残酷。如果你想请克伦出山帮着你办这趟差事，你应该自己去求他，但我不便于命令他，也就是不想让他觉得受辱。"

阿邦再度鞠躬。"你对洼地部族女族长的承诺会影响我们的计划吗？"

阿曼恩摇头。"我的承诺不影响任何事情。我依然有责任统一指挥北地人民参与沙拉克卡，我们将于春天进军雷克顿。"

阿邦抿起嘴唇，似有话要说，不过还是很明智地点点头。

"你觉得这是个错误。"阿曼恩瞥见了阿邦脸上的表情，继续追问道。"你想要我等。"

阿邦鞠躬。"一点也不，我听说你已经开始召集部队。"

阿曼恩点头。"杀害恶魔王子肯定激怒了阿拉盖卡，下一次月亏阿拉盖卡将会降临人间。我打从心里感觉到，我们必须悉心准备好应战策略。"

"当然,"阿邦同意道。"青恩已经接受安抚,就算调回大部分战士,青恩也不太可能反叛。他们的女人都已穿上我们规定严禁裸露的服饰,男人沦为奴隶,小孩们也都去参加汉奴帕许——不过那些男孩还要很多年的时间才能接受戴尔沙鲁姆的测验,而我听说他们的父亲,青恩沙鲁姆,训练的成效很差啊。"

阿曼恩扬起一边眉毛。"你在沙鲁姆的帐篷里窃听了不少消息,卡菲特。"

阿邦只是微笑着耸耸肩。"我的朋友,我的脚或许残废,耳朵却没有聋。"

"参加汉奴帕许的男孩已经远离家人,趁他们还年轻纠正他们错误的信仰,日后将会遗忘从前的生活方式。"阿曼恩说。"不少人将会成为称职的戴尔沙鲁姆,少数会变成宝贵的达玛,可以利用他们去改变绿地人的信仰。然而他们的父亲记得太多,学得太少。大多都不会敞开心胸接受训练,在沙拉克卡中作战。"

"你要求他们先与他们的绿地兄弟展开沙拉克桑,"阿邦说道。"他们内心中会有抵触情绪,对任何人而言都很难接受。"

"白昼之战早就出现在预言中。"阿曼恩说。"想要战胜阿拉盖,将它们永远逐出世界,我们就非这么做不可。"

"但预言都是很隐晦的,阿曼恩,往往在后悔莫及的时候才发现被人误解。《伊弗佳》里有很多故事都如此告诫我们。"阿邦扬起账册,一本又大又重的书,里面用工整的蝇头小字写满难以解析的密码。"利润比语言真实多了。"

"我们让他们的沙鲁姆充当钝器。"阿曼恩说。"去当敌人投石器和弓箭的活靶。他们会是我们部队的挡箭牌,真正的沙鲁姆则是长矛。"

"至少你的长矛拥有强健的坐骑。"阿邦说。"我们自以为在克拉西亚的马品种优良，但是在艾弗伦恩惠的绿地上奔跑的野马却令它们相形见绌。青恩称它们为野马，高大强壮的野兽。"

阿曼恩哼声道："要在黑夜中生存就非得够壮才行。"

"戴尔沙鲁姆很擅长抓马及驯服它们。"阿邦说。"你的部队行动迅速，也没有多少东西能够抵挡他们的冲势。"

阿曼恩赞同地点头。"希望春天快点到来。我们每多等一天，敌人就有更多时间聚集兵力。"

"我同意。"阿邦说。"这就是你不该多等的原因，趁今年冬季第一场降雪时进攻雷克顿。"

阿曼恩惊讶地看着他。但阿邦脸上不动声色，他很高兴能如此让朋友受惊。

"懦夫阿邦什么时候开始渴望进攻了？"阿曼恩问。

阿邦扬起账本。"有利可图的时候。"

阿曼恩凝视他很长一段时间，接着走过去倒了一杯花蜜酒，坐上王座。他示意阿邦坐下。"非常好。你现在简直都成达玛丁了，能预知未来？告诉我你要如何获利，怎么知道第一场降雪何时来临？"

阿邦微微一笑，自己也倒了杯酒，坐在桌前，打开账本。"第一场降雪不是天气变化，而是提沙历法中的特定日子。秋分后第三十日。在雷克顿，这个日子特殊之处就在于所有小村落都要在那之前将收成税缴给雷克顿公爵。"

"你要我们夺走它？"阿曼恩猜道。

"兵马未动，粮草先行——长矛在饿着肚子的人手里是没有战斗力的，阿曼恩。"阿邦说。"今年初春你的部队差点发生饥荒，特别是在那个蠢达玛放火烧掉谷仓之后。我们不能容许这种荒诞的事情重演。"

"有道理。"阿曼恩说。"但现在我们控制了北地最大的粮食产区，还要更多谷物做什么？"

"我们确实掌控了粮食产区。"阿邦点头道。"但你的部队也扩编了。现在我们有数千名青恩沙鲁姆，以备统治持续扩张的领土。更重要的是，你必须夺走雷克顿的冬季存粮。他们的城市位于巨湖之中，据说从城市中心朝四面八方都看不到湖岸。"

"听起来不太可能。"阿曼恩比向墙上的大地图。"但是绿地人似乎认同这一点。"

"没有巨蝎刺或弓箭能够从湖岸射进雷克顿的城堡。"阿邦说。"如果所有船只都满载粮食回到雷克顿，他们或许能在里面撑上一整年。"

阿曼恩十指交抵。"你有什么好点子？"

阿邦吃力地站起身来，靠着骆驼杖一拐一拐地走到墙上的大地图前。阿曼恩饶富兴味地转头打量他。

"雷克顿就像艾弗伦恩惠一样，城如其名。"他举起拐杖指向地图上的大湖和临近西岸的城市。"领地里散落着数十座小村镇。"他以杖头在湖外围画了一个更大的圈子。"这些村镇的土地跟艾弗伦恩惠的一样肥沃，收成一样非常可观，而且全都没有军队驻守。"

"那为什么不干脆吞并外围村镇？"阿曼恩问。

阿邦摇头，再度比画刚才的区域。"沿湖周围的土地广大到超出我们的想象。你目前没有足够的人马去占领；而且这样做就必须亲自收割粮草，前提是那些村民没有一看到大军杀来就放火烧了田地——当然，不少人会拔腿就跑，及时赶到城市通风报信。船务官员会收集存粮，起锚回城，然后紧闭城门。"

"最好还是等到第一场降雪,然后进攻这里。"他指向大湖西岸的一座大城镇。"码头镇。青恩会把征收的粮食税集中在这里,交给船务官员统计清点,装运上船,然后送往位于湖心的城堡。船务官员的所有船只都会停在码头或是于附近下锚,等着装货。

"码头镇防御不严,这个季节里只要没有截获战报根本就不会备战。但是你的部队在野马的帮助下可以闪电杀到。只要一支精英部队就能夺下谷物收成,雷克顿主要的码头,以及半数船只。奇袭完毕后再派出你的钝器去进攻邻近村镇。首先攻下位于湖岸周围的村镇,切断他们的后路,到时候雷克顿居民就会在缺乏粮食的情况下于岛上困守一整个冬季。很可能熬不到来年春天,他们就会不战而降;如果没有,你就派遣满载沙鲁姆的船舰攻城。"

阿曼恩皱着眉头盯着地图看了很长一段时间,说道:"我会考虑你的建议的。"

你的意思是还得咨询英内薇拉的骰子,阿邦心想,但没有笨到把话说出口。进行这种风险极高的事情前咨询霍拉是理所当然之事。

阿邦手持阿曼恩的令状,一拐一拐地前往训练场,走向卡吉沙拉吉。小时候和他一起受训的祖林立刻认出他来。祖林在阿邦坠落大迷宫墙时曾嘲笑他——阿邦就是那时摔断腿的,后果就是自己也被克伦训练官摔下墙去。但是祖林后来痊愈了,没和阿邦一样摔得终身残废。他没有忘记这件往事。

祖林正在卡吉大帐里和其他人一起休息,一边喝着库西酒,一边玩着沙拉克。阿邦很惊讶地发现绿地人也会玩这种游戏,不过他们称之为沙克，而且规则不太相同。一名沙鲁姆将骰子哗啦哗啦地掷在碗里，在一群面带怒色的人面前吆五喝六。

"你跑来男人的地方做什么？卡菲特。"祖林怒叫道。其他战士也抬头朝阿邦看过来。阿邦看到其中两名战士心中立刻一沉，法奇和苏斯顿——自己的儿子。

祖林站起身来，完全看不出来一周前背上曾遭受鞭刑的模样。他向来恢复得很快，早在他开始吸收恶魔魔法前就是如此。

战士迎向前来，挡在阿邦面前。阿邦身高绝不算矮，但祖林还是比他高，比他瘦，而肥胖的阿邦则因为体重的关系弯腰驼背，关键是腿曾经摔断过，没法痊愈，得靠拐杖支撑。

祖林不敢碰阿邦——即使阿曼恩不在场，但就和哈席克一样，他绝不会错过任何伤害及羞辱老同学的机会。哈席克把怒气发泄在阿邦的女人身上，祖林和山杰特则是利用他的儿子。毕竟这两个年长的男人都是解放者长矛队成员，沙达玛卡的战士里最赫赫有名的一群，也最凶残，战阵经验最丰富，并且每天晚上利用吸收的魔法保持年轻力壮。而阿邦的儿子法奇和苏斯顿崇拜他们。

年轻男子跟在祖林身后走来，但没向阿邦招呼，根本不把他放眼里。他们不时盯着地面、看着对方、望向远处，就是不看自己的父亲。在一个父亲之名比自己的名字更重要的现实面前，这算是奇耻大辱。

"你的儿子都成了真正的战士。"祖林恭贺道。"一开始软弱——卡菲特的后裔本当如此。"法奇朝地上吐口口水。"但我照顾他们，将他们磨炼成钢铁一样坚强。"他笑嘻嘻地道。"一定是遗传自母亲。"

三名战士同声大笑，阿邦紧紧握住拐杖的象牙握柄，用力到手掌疼痛。藏在拐杖里的利刃上有脓毒，他可以在祖林有机

会反应前刺伤他的脚。尽管这样做能在儿子眼中争取到片刻尊重,但是这点儿尊重只是昙花一些。毕竟毒药是懦夫的武器,而且不管出于任何理由,卡菲特攻击沙鲁姆就是死罪。如果他不是解放者最宠信的顾问,就算语气稍有不敬也会招来杀身之祸。

法奇和苏斯顿瞪视着他,毫不遮掩眼中的厌恶之情。如果他动手,他们会毫不迟疑地把他交给附近的达玛,然后在阿曼恩获悉之前就地处决。

阿邦面无表情地强迫自己鞠躬,拿起盖有解放者印信的卷轴。祖林就像许多战士一样不识字,但他认得王冠和长矛的印信。"是沙达玛卡派我来的。"

祖林脸色一沉。"有什么事情重要到必须让你来玷污战的营地?"

阿邦站直。"那不关你的事。带我去见克伦训练官就行了,动作快点。"

苏斯顿吼道:"不准用那种语气跟比你高等的战士说话,卡菲特!"

阿邦目光冰冷地瞪向他。"你或许继承了母亲的勇气,孩子,但从你胆敢拖延沙达玛卡的正事来看,显然没有继承她的智慧。去找点有用的事情做,不然下次见到解放者时,我会告诉他有些沙鲁姆在训练时间玩沙拉克,还违禁喝库西酒。"

两个男孩吓得脸色惨白,互看一眼,然后快步离开。阿邦感到一股冰冷的满足,但无法止住心里流淌血的现实。阿邦早就习惯别的男人看不起自己的瘸腿和懦弱。但是连儿子都不尊重自己,实在愧为男人——快了,他承诺自己,快了。

许多沙鲁姆无视《伊弗佳》的规定，会在夜里开战前喝库西酒壮胆，并在白昼忘记黑夜的团结。不过只有少数人会醉到连达玛经过都没办法立正站好。

克伦就属于这种烂醉，典型的酒痴。训练官坐在脏兮兮的枕头上，背靠大帐的中柱，黑袍湿淋淋的，满身呕吐物的臭味。他身旁摆着上好的魔印矛，矛上特别加装了横杠，以便他把武器当作拐杖使用。他的左脚膝盖以下已然截肢，小腿的裤管固定在后面，断口处绑了根简单的木桩。

他在阿邦走进帐篷时瞪了他一眼，惺忪的小眼里充满愤懑。"该死的卡菲特，想来看我的笑话吗？尽管现在我变成和你差不多的废物，但至少死后还有机会上天堂。"

阿邦放下帐帘，与外面的围观者隔绝起来。接着他一口啐在克伦脚边。

"我不是废物，训练官。我每天都在服侍我们的解放者，从来不曾像女人一样怨恨诅咒命运，更别说喝酒喝到变成一摊骆驼尿。艾弗伦赐给你强健的体魄，如果少了库西酒，你就狗屁不是。"

克伦怒不可抑，伸手抓向长矛，打算起身刺穿阿邦的喉咙。但他还没习惯用木脚站立，库西酒更让晕头转向的他站立不稳。他绊了一下。阿邦趁机出手，将训练官的木脚一杖打飞出去。克伦倒地时，他再度出击，击落对方的矛。

训练官重重摔倒在地，阿邦的拐杖刀喀的一声弹出，刀刃指向他双眼中间。

"你以前杀过很多恶魔，训练官。"阿邦说。"但要是被让你赶出沙拉吉的残废卡菲特宰掉，死在自己的排泄物里，你还

能保证艾弗伦会为你在天堂留有一席之地吗?"

克伦僵立不动,双眼紧盯自己鼻梁前的利刃。"你想怎样?"他终于颤抖着问道。

阿邦微笑,后退一步,收回杖头利刃,倚靠拐杖鞠了个躬。他从色彩鲜艳的背心中拿出盖有解放者印信的卷轴。"没什么,只想帮你重振雄风。"

阿邦和克伦一拐一拐地穿过训练场,前往卡吉卡菲特沙拉吉时吸引了许多战士的目光。训练官在吉娃沙鲁姆的协助下脱下脏衣,洗漱一番,然后换上干净的黑袍。阿邦看他在日光下眯眼,确信库西酒令他头痛欲裂,但是训练官已经找回了一些自我,没将身体的不适表现出来。他行走时抬头挺胸。阿邦按规定走在相距他一步左右的身后,虽然他可以轻易超越克伦,为了维护他的尊严而表示的敬意和谦卑。

他们来到褐袍的沙鲁姆的训练场所——单是卡吉部族就有数千人。大多数人都在练习阿邦印象中仿佛是前辈子学过的最简单矛和盾组合战法,一会儿整齐划一地转换方向,一会儿盾牌交叠,一会儿同时刺出长矛,旁边还有少数人在练习进阶技巧。

克伦啐道:"这些人大部分都还在穿拜多布,或去帮忙抬水擦盾。"

几名年轻的沙鲁姆列队走过。他们身穿黑袍,但垂在脖子上的面纱却是褐色的,表示他们是卡菲特训练官。

"一群小狗,"克伦不屑地说。"期待能靠训练卡菲特来赢得红面纱。"一名年轻的训练官看见他们,迎上前来,不屑地打量着他们,直到看见克伦的红面纱。他瞪大双眼,在看到训练官的脸后终于认出他的身份。克伦原先是解放者长矛队的成员，称得上是声名远播。就连沙达玛卡本人都接受过他和卡维尔训练官的指导。

年轻的训练官们纷纷鞠躬致意，却完全无视阿邦的存在。"我是哈马许·阿苏·吉马斯·安卡吉。"

克伦回礼。"我训练过你父亲。吉马斯是个勇敢的战士，可惜在大迷宫中壮烈牺牲了。"

哈马许再度鞠躬，这次更深。"你来卡菲特沙拉吉有何指教？尊贵的训练官。"

阿邦撑着拐杖走上前来，拿出令状。训练官就和凯沙鲁姆一样接受过写字与魔印等训练，但从哈马许皱眉的样子来看，他显然没有完全读懂。

阿邦假装没发现，这对他而言是件好事。"解放者要十名最顶尖的卡沙鲁姆，由我来负责挑选。"

"你，一个卡菲特，想要挑选最优秀的战士？"哈马许说着目光看向克伦。

阿邦微笑。"有谁比我更恰当？毕竟他们都是卡菲特战士。"

"但至少是战士。"年轻的训练官吼道。

"克伦训练官负责测试他们的战技，"阿邦说。"我则负责面试他们的智力。"

"只要十个？"克伦压低声音问道，尽力不让哈马许听见。"你说解放者要一百个。"

"解放者不分部族，训练官。"阿邦说。"我们会从每个部族中挑选十名战士。"

"那就超过一百个了。"克伦说。"克拉西亚有十二个部族。"

就沙鲁姆而言，克伦还算挺聪明的。阿邦饶富兴味地想道。"我还记得你的训练方式，训练官。有些人会在严格的训练过程中死去，有些人则会在训练完毕后成为残废。"他若有深意地用拐杖敲敲自己的脚。"我们挑选一百二十个人，这样以防万一发生没法预料的事情。"

克伦嘟哝一声，一直看着两人交头接耳的哈马许和他目光相对。他厌恶地抿起嘴唇。"即使是残废的训练官也不该让卡菲特这样调侃。"

克伦双眼平静，丝毫不动声色，手中长矛已经击中哈马许的两腿之间。年轻的训练官弓身弯腰，克伦转动武器，重重打中他的脑侧，将他击倒在地。

哈马许连忙滚向一旁，但克伦早就料到对方会有这种反应，顺着他的滚势挥落金属矛柄。打在哈马许的嘴角，皮开肉绽，几颗牙齿粉碎。他口吐鲜血与碎牙，努力挣扎着起身，但是还没结束。克伦站稳脚步，一下接着一下出矛。大部分攻击都很痛，但是没有造成永久性伤害，不过由于年轻训练官持续抵抗，克伦的矛柄终于打断了他的右手肘。他痛得放声大叫。

"白痴，闭上鸟嘴，拥抱痛苦吧！"克伦嘶声喊道。"你的人在看嘞！"他说得没错，所有训练官和卡沙鲁姆都停下训练，目瞪口呆地看着他们交手。

克伦转身看向其他训练官。"教他们脱到只剩下拜多布，列队准备接受检阅！"他吼道。

他们连忙照办，仿佛下令的是解放者本人。没过多久，矛和盾整齐架好，长袍叠好，所有人立正站好，身上只穿褐色拜多布。

克伦以矛柄戳向还在地上疼得直打滚的哈马许。"站起来跟我走。我已经摘下了你的褐面纱，要是跟不上我的脚步或是再敢貌视我，我连你的黑袍都给扯了。"

阿邦强忍笑意，看着哈马许挣扎起身，苍白的脸上血迹斑斑。看来，我挑对训练官了。

哈马许面无血色，鲜血沿着脸颊流下，跌跌撞撞地跟着跛行的两人来到第一队卡沙鲁姆之前。另外一名褐面纱训练官立正站在他们前面，向克伦鞠躬，额头差点触到地上。

他们沿着第一排队伍行走，克伦把每个人都叫出来，简直把他们当作拍卖区的奴隶看待。

"不够结实。"克伦捏捏第一个小伙子的手臂，评论道。"但吃上几个月稀粥，加上搬石头跑城墙就能解决问题。打一套沙鲁金来看看。"对方开始冒汗，不过还是奉命行事，慢慢打完一套沙鲁金。

克伦啐道："即使就卡菲特的标准来看都很差劲。"

"你在回应解放者召唤参与沙拉克前都干什么的？"阿邦拿出账册和笔问道。

"我是油灯匠。"对方回答。

阿邦嘀咕一声。"你是师傅还是学徒？"

"师傅。"男人说。"店是我爸开的，不过他让我训练我儿子。"

"这有什么差别？"克伦大声问道。但阿邦不去理他，又问了几个问题才换下一个人。这个身穿拜多布的家伙瘦到只剩皮包骨。他眯起双眼看着他们来到面前。

阿邦扬起三根手指。"几根？"

男人眼睛眯得更紧。"两根。"语气有点迟疑。

阿邦后退几步，对方不再眯眼。"三根。"男人较为肯定地说。

克伦轻轻推了瘦子一把，他立刻坐到地上。

"站起来，你这条瘦狗！"一名褐面纱训练官吼道，同时以矛柄朝他扫去，男人立刻站起来跑回队伍。

"这家伙根本不属于这里，更别提要加入解放者的精英。"克伦说。阿邦再度忽视他，依然面对那个男人。"你识字吗？会珠算吗？"

男人点头。"戴眼镜就可以。"

他们继续差不多的挑选过程，克伦戳戳捏捏，阿邦则负责提问题。他们命令某些人出列，站在旁边等待阿邦和克伦进一步挑选。

他们来到一个比其他人都高一个头的人面前，他胸膛厚实，手臂肌肉鼓胀。阿邦满意地微笑起来。

"你们不会想挑他的。"其中一名训练官说道。"他跟骆驼一样强壮，但就是听不见号角声，什么都听不到。"

"没人问你。"阿邦说。"我记得他，他是最早回应解放者召唤的人之一。他叫什么名字？"

训练官耸肩。"没人知道，我们都叫他聋子。"

阿邦迅速比画几个手势，巨人离开队伍，与刚刚挑出来的其他人站在一起。

首都里的卡吉卡沙鲁姆超过千人。达玛自尖塔上吟唱宵禁之歌时，他们才检阅完一半而已。他们决定从刚刚跳出来的人中挑选，不过还是有五十几人。阿邦和克伦带他们进入大帐，继续测试盘问，直到剩下二十人，然后十人，最后定选四人，包括耳聋巨汉在内。

克伦不喜欢那个巨汉。"听不见号角声的战士会影响训练和战争。"

"在阿拉盖沙拉克里，或许是。"阿邦同意道。"不过我需要永远不会偷听任何秘密的人，就像达玛丁的哑巴宫人一样。"

第二天议会结束后，他们又回到沙拉吉，日落前都在挑选、测试、辩论，直到满意。克伦六七次威胁阿邦，如果否决某个人选，自己就要退出。

"那就退出吧。"阿邦在他下一次如此威胁时说道，引发争论的是个来自沙石村的挖掘工。他是个外表彪悍的壮汉，但是目光呆滞，迟钝木讷，就连算手指都数不清楚。"我不要白痴士兵。"

壮汉瞪向阿邦，但无耳站在他身后，双手抱胸，于是他决定不要吭声。

克伦等着他决定，但阿邦瞪回去。终于，训练官耸肩。"如果你小时候这么有骨气，我或许能把你训练成男人。"

阿邦笑了笑，微微鞠躬。"我向来这么有骨气，训练官。只是对残酷的战场确实不感兴趣。"

"你眼光不错。"克伦看着十名新血，终于不太情愿地说道。"我可以把这些人训练成战士。"

"很好。"阿邦说。"明天我们去玛嘉部族的卡菲特沙拉吉继续挑选。"

※

在玛嘉部族也花了一天时间挑选，穆罕丁也是一天。他们沿着训练场的部族大帐一个接着一个挑选下去，由于其他部族人数越来越少，挑选的速度也越来越快。最小的部族是沙拉奇，一共只有三打戴尔沙鲁姆及将近百来名卡沙鲁姆。

"我们挑选卡吉部族时跳过了几百个人。"克伦在他们挑完沙拉奇部族最精锐的人选后说道。就像许多在阿曼恩统治部族之前受训的年长战士一样，克伦对自己的部族异常忠诚，希望能多训练一点自己部族的士兵。

阿邦点头。"但沙拉奇部族是阿拉盖捕捉环的专家。"确实，他们见识了沙拉奇战士操演这把武器的过程，那是种矛的底端有着专套恶魔或人类颈部的钢圈的中空长矛。矛的横档旁有根拉杆快速控制钢圈的大小。沙鲁沙克中有一套专为这种武器而创的招式，方便他们控制猎物。

"我对这种武器有些了解。"克伦说。

"只是有些了解还是不够啊，训练官。"阿邦说。

训练官亮出白森森的牙齿。"解放者的战技都是我一手调教的，那样还不够好吗？"

阿邦不为所动。"你教了他很多，但达玛教他的更多，将两边的战技融会贯通才成就了今日的他。如今阿曼恩习练所有部族的沙鲁金，你日后也会。你将会指导这些人，但你同时也要学会他们的招式。南吉部族的矛和锁链、克雷瓦克的铁梯等所有战技。如果你办不到，我就去找别人。"

"我学得会那些低贱部族的三脚猫功夫。"克伦吼道。

"当然，"阿邦点头道。"你肯定还得继续提升自己。我挑选现世最伟大的训练官不是没有理由的，你会把这些人里最差的人训练成相当于任何凯沙鲁姆的战士。"

这话似乎对克伦起了安抚的作用。沙鲁姆就是这么单纯。先激他几句，最后加句恭维话，他们就俯首帖耳了。

"我能教导他们凯沙鲁姆的达玛之道。"克伦承认道。

阿邦微笑。"那个交给我来担心，训练官。"

※

阿邦和克伦带着一百二十名卡沙鲁姆回家时，他家四周已经围上木围栏。木桩插得很深，也捆绑得很紧，从外面完全看不到墙里面的景象，不过刻意弄得好像很不结实。木墙外围绘有强大的魔印，不过看来十分简陋——没有任何引人注目的地方。

　　当然，这一切都是刻意布置的伪装。进入围墙之后，克伦大吃一惊。数百名青恩奴隶搬运着打磨切割整齐的巨石，沿着木墙内缘建筑真正的围墙——此刻已经垒到齐腰高。其他人在清理着这块土地上的简陋房舍所遗留下来的废墟。空地上搭起许多搭茅棚，某些茅棚中冒着浓烟，闪着火光，金属敲打声、石块打磨声以及工人呐喊的声音混杂在一起，此起彼落。

　　"你在建造堡垒。"克伦感叹道。

　　"一座用来强化沙拉克卡战力的城堡。"阿邦说。"同时也是座需要守护的堡垒，特别在它最不堪一击的起步阶段。"

　　打从阿邦把他从醉生梦死的生活里拉出来后，这或许是克伦第一次流露出赞赏的微笑。他经验老到的双眼沿着木墙，以及内墙的地基扫视。"交给我吧，你精选的卡沙玛姆入夜之后就会开始轮班巡逻。"

　　"目前那样就可以了，但是之后却不足够。"阿邦说。"我的手下在拍卖区购入大批奴隶，劳役锻炼了他们的体魄，但他们不是战士。我要你也训练他们。"

　　"我一直不喜欢沙达玛卡训练青恩的主意。"克伦说。"《伊弗佳》告诉我们要让敌人缴械，不是驯化他们。"

　　"你不喜欢无关紧要，训练官。"阿邦说。"沙达玛卡的命令已经颁布了。他们不是敌人，是奴隶，而我不会亏待他们。他们睡得暖，吃得饱，很多人都和家人在一起，不用担心害怕哪天起来造反。"

　　"轻信他们可绝非明智之举。"克伦建议道。

　　阿邦忍不住大笑，笑到得停下脚步，依靠拐杖才站得稳。他擦拭泪水，转头看向克伦，只见他皱着眉，不明白自己哪里出了洋相。"信任？"他又轻笑几声。"训练官，我什么人都不信。"

克伦哼了一声,继续参观。阿邦带他前往护甲匠的帐篷,里面的熔炉炙热,充斥着打铁声。即使沿着墙上开有抽风管,帐内的空气还是燥热难闻,充满煤炭灰土、烟雾、高温、汗水味儿,以及淬铜水槽的蒸汽。大帐内隔成许多工作间,有金属或玻璃的熔炉、铁匠、研磨匠、木工、造箭师、铁匠以及魔印师。

每个隔间里都由数名身穿厚黑袍的戴尔丁在劳作,她们似乎对湿热的环境丝毫不以为意。克伦同样没有显露出丝毫不适,不过他开始像沙鲁姆拥抱痛苦一样做深呼吸。

阿邦深深吸了一口污浊的热气,然后心满意足地吐气来,仿佛在拿水烟筒享受顶级烟草一样——这是获利的味道。

大帐中央整整齐齐地排列着完成的物件:矛、盾、铁梯、绳勾、阿拉盖捕捉环以及侦察兵暗藏在身上较小但同样致命的暗器。这些武器旁边还有巨蝎刺,还有须以拖车载运,用以发射它们的巨弓。

训练官从一堆武器中随手挑出一支长矛,站稳木脚,耍了一系列回旋与突刺的招式。"好轻。"

阿邦点头。"绿地人有种唤作金木的树,这种树名副其实,和宝贵的黄金同样有价值。与克拉西亚的沙罗姆矛所采用的藤木相比,金木更轻更强韧,也不太需要经常上漆强化其上的魔印。"

克伦以掌心刮了刮矛尖,发现轻轻一压就划破皮肤时面露微笑。"这是什么金属?竟然这么锋利。"

"不是金属,"阿邦说。"是玻璃。"

"玻璃?"克伦问。"不可能,那一旦遇上硬物质碰撞可不是会破碎了。"

阿邦指向熔炉隔间里的铁砧。克伦毫不迟疑,跛着脚走上前去举起长矛，用足以砸断钢刀的力道狠狠挥落。只听见哐的一声，铁砧凹了一块。

"我们从洼地部族那里学来的一些新的技艺。"阿邦说。"魔印玻璃——比钢铁更轻更强，坚硬到能够磨出最锐利的刃面。我们在玻璃上镀银，借以掩饰它的真实面目。"

他带克伦来到另一个隔间，交给他一个陶盘。"每个戴尔沙鲁姆战袍内袋塞了这些坚硬的陶板。"

"这没什么新奇的。"克伦冷冷说道。

"那你该知道它们一打就碎，最多只能承受一击，而且碎片常常会造成更严重的二次伤害。"阿邦说。

克伦耸耸肩表示默认。

阿邦递给他一个陶板，是能在熔炉之前反射火光的透明魔印玻璃板。"更薄、更轻，硬到可以撞断石恶魔的铁爪。"

"那么，解放者的部队将会所向无敌。"克伦低声感叹道。

阿邦轻笑。"普通戴尔沙鲁姆那点薪水哪里付得起这种装备的价码？训练官，但解放者长矛队当然要用最好的。"他眨眨眼。"我的百人部队也必须如此装备，你要训练的人将会使用媲美沙鲁姆卡精英部队的装备。"

阿邦看见训练官眼中绽放着贪婪的目光，忍不住微笑。再加一项礼物，他就会成为我的忠实奴才了。

"来，"他说。"我请来的训练官绝不能靠着根廉价木桩走路。"

※

阿邦心满意足地看着克伦在他所挑选出来受训的卡菲特和青恩面前来回踱步。训练官的木桩已经扔进火炉里，已经被魔印加持的弹簧钢取而代之。这根义肢简单优雅，让他找回失去

的战斗力。他还是习惯于依赖长矛保持平衡，但已经明显超越以往了。

受训者身上只穿着拜多布，其他衣服都扔去烧掉了。卡菲特的拜多布是褐色，青恩的则是绿橄榄色。

"我不在乎沙拉吉的训练官如何称呼你们。"克伦吼道。"在我眼中，你们都是奈沙鲁姆，直到你们证明自己是沙鲁姆。如果表现良好，我会奖励你们。战士的长袍和面巾、最精良的武器与护甲、更高级的食物、女人。如果让我蒙羞——"他暂停片刻，望向众人，仿佛同时对上所有人的目光。"我就让你生不如死。"

底下的人像木桩般一动不动地立正站好，即使在晨间的寒风中，还是有不少人吓得脸色发白，冷汗直流。克伦转向阿邦，点了点头。

"就是现在。"阿邦对自己的外甥詹莫瑞低声说道，不过这名年轻的达玛已经大步上前。他身材高而不瘦，从未理会过《伊弗佳》的饮食禁忌，不过他也不长赘肉，因此以祭司特有的流畅体态移动。

詹莫瑞这辈子大部分的时间都住在沙利克霍拉，抄写或窃取每个部族的沙鲁沙克手稿，知晓战技禁忌。他很乐意将这些招式出售给他舅舅。

"在达玛詹莫瑞面前跪下！"克伦下令道，所有人立刻跪下，手掌毫不迟疑地趴在地上的尘土里。

詹莫瑞扬起双掌，一手拿些阿曼恩签署的令状，一手拿着《伊弗佳》圣典。"忠心的奈沙鲁姆！阿曼恩·阿苏·霍许卡敏·安贾迪尔·安卡吉，沙达玛卡及艾弗伦在阿拉上的代言人，将你们赐给他的仆人阿邦。是他让解放者注意到你们，让远离艾弗伦之光的人们有了救赎的机会，证明忠诚的机会。"

他扫视众人。"你们忠诚吗?"

"是,达玛!"所有人齐声呐喊。

"艾弗伦在青天之上看着我们!"詹莫瑞叫道,双手迎向太阳。"怀抱忠诚与信念者不论在阿拉与天堂都会赢得奖赏。背弃承诺或辜负期望者将会在死前承受莫大的痛苦,被它丢入奈的深渊。"

阿邦忍着不笑。他外甥眼中狂热的目光只是一场熟练的演出,就像北地吟游诗人那样夸张。这家伙毫无信仰可言,打从他接受祭司召唤后已是如此。

但是人们眼中的恐惧显示他的演出很完美。就连克伦似乎都在詹莫瑞扬起《伊弗佳》圣典时面露敬畏。

"伸出你持矛之手。"詹莫瑞命令道,训练官将右手放在古旧的皮革封面上。

"你是否宣誓服侍阿邦·阿苏·查宝·安哈曼·安卡吉?"詹莫瑞问。"从现在到你死去,尽心尽力守护他,除了解放者本人外只听从他的命令?"

克伦迟疑,目光瞟向阿邦,气得眉头紧皱。稍早三人聚在一起讨论宣示仪式时,没有人告诉训练官他也得宣示效忠。阿邦要求卡菲特和青恩宣示效忠是一回事,但要求戴尔沙鲁姆效忠又是另一回事。

阿邦以微笑回应。自己决定吧,训练官,他心想。艾弗伦在看,你不能收回誓言。服侍我,或是回去用廉价义肢走路,像猪一样睡在充满自己的呕吐物的猪圈里。

克伦也很清楚。阿邦给他很多以前不敢想象的待遇和荣耀、机会,但是一切都是要付出不菲的代价。训练官看向底下的奈沙鲁姆,心知自己迟疑得越久,就会在这些人心中种下更多疑虑。

"我宣示服侍阿邦。"他终于低吼道,直视阿邦。"直到我死,或是解放者废除誓言约束。"

阿邦把手伸到怀里,掏出一瓶库西酒。他举瓶向战士敬酒,然后一饮而尽。

第十三章　库西酒

333 AR　夏　新月前第二十八个拂晓

　　黎莎看着昏暗的天空，伸手揉着眼眶，让头痛稍微舒缓一些。由于离开阿曼恩宫殿时已经延误了时间，解放者洼地车队第一天只赶了一点点路——大概十英里吧，孤身上路的信使或许能在半个月内从来森堡赶往解放者洼地；而不畏恶魔、就连夜里也能迅速赶路的解放者长矛队也得昼夜赶上一周赶到。尽管来来森堡时他们给她体力欠佳的父母提供一辆缓行的马车。他们还是很快就抵达宿营地。

　　黎莎的父亲年轻时就小病不断，况且他已不再年轻。来时厄尼每天都会腰酸背痛，她必须给他服用舒缓药物才能让他安眠。回洼地时，他们的马车比之前舒服多了，不过虽然他没抱怨，黎莎还是看到他在自以为没人注意时搓背揉肩，这段旅程对于年老多病的他来说很不好受。

　　"应该准备扎营了。"黎莎对莎玛娃说。她们与黎莎父母共乘一车——黎莎是在莎玛娃没在外面命令其他女人时说的。克拉西亚女人有自己一套尊卑制度，莎玛娃是卡菲特之妻并不影响她的地位。所有女人，还有卡沙鲁姆都遵守她的命令，打理车队的琐事。

　　沉重的马车移动缓慢，让戴尔沙鲁姆的漆黑战马及加尔德和汪姐的壮健载重马走走停停，很不爽。黎莎想起阿曼恩提起

的强盗,轻轻咬了咬嘴唇。克拉西亚的领土上,有不少人想要她的命。但是离开克拉西亚之后,装满食物与衣服的车队或许会招致克拉西亚人夺走家园的难民的抢夺。沙鲁姆能吓阻少数强盗,但是他们队伍中还有不少女人和小孩。而黎莎很清楚强盗会利用这种弱点。

"当然。"莎玛娃的提沙语几乎和她丈夫一样流利。"过了下个山头会有一座村落——卡吉顿——我们已经派人过去准备应有的欢迎仪式。"

卡吉顿。这座村落以克拉西亚解放者命名,后面还生硬地再加个提沙后缀。这个村名完全表明了来森的现状……或者说是艾弗伦恩惠,她最好习惯如此称呼它。阿曼恩像是切生日蛋糕分给家人般将土地划分给各部族。尽管小村落的遭遇没有来森堡那么凄惨,从黎莎的马车车窗看出去,显然各部族都已深入民间,《伊弗佳》律法已经深植人心。

除了体力衰退或身有残疾的人,这里看不到正值作战年纪的男人,而在田地里工作的女人则是从头到脚包覆着深色长袍,头发小心翼翼地包在头巾中。当达玛吟唱祷告之歌时,甚或只是走入他们视线,他们就会迅速扑地拜倒。空气中弥漫着克拉西亚辛香料气味,四周传来一种融合克拉西亚语、提沙语以及手语的混杂方言。

她所熟识的提沙土地已经不复存在,就算日后赶跑克拉西亚人,此些人也不太可能回复以往的生活习惯……

所谓"恰当的欢迎仪式"就是让村里所有人在车队路过时鞠躬问好,并且把镇上旅舍的旅人清空,只留下服务人员。尽管有成千上万的居民在克拉西亚人入侵时逃离家园,洪水般涌入艾弗伦恩惠东北方的所有村落和城镇,但显然还有更多人留在家乡,或是被抓回来。只是卡吉顿里就有数百名提沙人。来森的土地肥沃，人口比其他公爵领地加起来还多。

进入镇中广场时，黎莎看见广场中央有根大木桩，一个女人的手腕铐着锁链挂于其上。她显然已经死了，一丝不挂的身上的伤痕及散落一地的小石头显然就是死因。木桩上方的牌子上以流畅的字迹写着一个克拉西亚字，黎莎不需要翻译，因为她在《伊弗佳》中经常看见此字——通奸者。

看着这一幕，她的脑袋再度开始剧痛，伴着强烈的呕吐欲。她忙乱地在药草围裙的口袋里翻找，拿出草根和一把叶子，就直接塞到嘴里嚼起来。这些草药很苦，但很能调理她的胃病。她不想在克拉西亚人面前示弱。

他们停下车队，小孩在马车车门和旅舍台阶之间撒下花瓣，仿佛十几英尺外没有挂着腐败尸首。

"小孩眼中没有善恶。"布鲁娜以前常说，根据黎莎的经验也确实如此，但小孩不该被奴化来干这种事。

当地达玛在等待他们，他看起来像是用坚硬的橡木雕刻出来的一样。他的胡子铁灰，双眼呈深蓝色。在前领队的卡维尔用与其花白胡须不匹配的矫健身手拉住缰绳翻身下马，于达玛面前鞠躬交谈。祭司在黎莎走下马车时微微鞠躬。

"原来诱惑沙达玛卡的北地女巫就是长这个样子。"他以克拉西亚语向卡维尔低声说道。

脚下的花瓣香味无法掩盖他们的罪恶与死亡的气味，而头痛与愤怒让她火气上涌。这下他又开始批评她了？黎莎必须竭尽所能阻止自己拔出腰间的匕首插入他的喉咙。

结果她以从英内薇拉那里学来的傲慢眼神瞪了他一眼。"北地女巫听得懂你的话，而且绝不敢用这种语气和达玛佳讲话，因为达玛佳可以因为这种冒犯的行为处死他们。"

但是黎莎这话是用克拉西亚语说的,表示她很清楚他们的习俗,而她提及解放者的名字显示她和解放者亲密到能让最有权势的达玛基吓得尿裤子。

达玛迟疑片刻,脸上露出骄傲与自保的本能神色。最后他再度鞠躬,这一次鞠到胡子都可以扫地的程度。"安朱达玛。很抱歉,神圣的未婚妻。我没有不敬的意思。"

"在我的故乡,没有不敬意思的人都会记得要有礼貌。"黎莎说,尽量挑选简单的句子,因为她的克拉西亚语一点也不流利。"现在放下悬挂在木柱上的那具女尸,交还给她的家人,依照他们的习俗安葬。今天是解放者长女嫁给罗杰·阿苏·杰桑·安音恩·安洼地的大喜之日,那具尸体会亵渎这个日子。"

她并不真的有权代表罗杰说话,但是把他的名字说成"安洼地"——而不是以其出生地河桥镇为名称他为"安河桥"——她就等于是将他纳入洼地部族,这在克拉西亚人眼中等于是说他们是一家人。

安朱达玛的眉毛开始扭动。只有达玛丁敢用这种语气命令达玛做事,而那纯粹是因为《伊弗佳》明白指出,透露任何方式伤害或是阻碍达玛丁都会被判处死刑,并且丧失进入天堂的资格。黎莎不是达玛丁,但她的语气显然表示她自以为神圣未婚妻的头衔赋予了她同样的权力。

达玛屏住呼吸。黎莎知道自己越权了。她看着他的脸随着愤怒而涨红,便伸手到围裙中抓起一把布鲁娜的盲目药粉。他会在转眼之间展开攻击,到时候她就会在众目睽睽下废了他。

安朱开始移动脚步。

"别动。"卡维尔低声警告。

达玛看向训练官，发现卡维尔手握长矛。四周传来其他声音，安朱转头看见护卫黎莎的戴尔沙鲁姆全都作出同样的反应。汪妲的箭头已经指向自己，加尔德则拔出巨斧和弯刀。

安朱立刻采纳卡维尔的建议，但是面红耳赤，呼吸急促。黎莎难忍一股落井下石的冲动，大胆地直视他的目光。"为了帮这件神圣的婚事增添荣耀，如果你依照天堂七柱之数释放七名青恩，杰桑之子将会非常高兴。"

达玛蓝眼中无奈的怒火流露出一种哭笑不得的情绪。

已经很便宜你了。她心想。

黎莎在安朱进一步回应前离开，朝旅店走去。她边走边听到达玛按照自己的命令吩咐下人，脸上不动声色，丝毫没有流露任何情绪。

她在学习。

☙

"又来了。"黎莎在吟唱结束时哼声说道。

罗杰和两名妻子刚结婚的那一个星期，马车里不时传出歌唱和呻吟声。没过多久，希克娃开始叫床，然后阿曼娃也一起叫。黎莎将头摆在双掌之间，按摩自己的太阳穴。她的头已经整整痛了一个星期。如今痛苦稍稍减缓一些，但是左眼四周肌肉后开始抽搐，表示随时有可能复发。"黑夜呀，那两个荡妇就不能闭嘴五分钟吗？"

"不太可能。"伊罗娜幽幽叹道。"十八岁的男孩最威猛了。随便一阵风吹过都会刺激到全身僵硬，即使疲倦后只要十分钟就能再度恢复。"

"比较像是每隔三个小时就叫一阵子。"黎莎喃喃说道。

伊罗娜大笑。"即使如此，还是令我满怀敬意，我可不是

轻易表达敬意的人。那玩意儿得取悦两名年轻的新娘,而从她们的声音听来,他比大部分同龄男孩……以及不少年纪更大的男人更厉害。"她眼睛瞟向看起来想要找个地缝钻进去的厄尼。"我没有针对你,你不要对号入座啊。"

这会儿,叫声越来越大了。黎莎摇头。"她们肯定是假装的,没人会那样肆无忌惮地大叫。"

"当然是装的。"伊罗娜说。"任何善解人意的新娘都知道让丈夫感觉像是在征服新领土的国王和探险家。"她看向黎莎。"不过我在你眼中看见一丝妒意,这叫声一定让你想起你的克拉西亚情人了?"

黎莎被说得满脸通红。厄尼也无趣地望向车门,仿佛考虑要跳下移动中的马车。"不是那样的,母亲。我只是不信任她们。她们毕竟是英内薇拉的人,这样做肯定只是在媚惑罗杰。这点白痴都看得出来。"

"显然不是这么回事。"伊罗娜说。"因为我们的专业白痴没看出来,不过我想你说得没错。是我就会这么做,你也会。你离开时有没有把沙漠恶魔的种子处理干净?"

黎莎无语地长叹一声,直接扭头伸出窗外,深吸新鲜的空气。"我只想赶快安安稳稳地回到洼地,明天我们就会离开艾弗伦恩惠的控制范围了。"

"太好了。"伊罗娜说着,扭头朝她那边的窗外吐口口水。

"是呀。"黎莎说。"但在这里保护我们安全的沙鲁姆离开边境后就会引起不必要的注意。强盗和公爵的人马会竭尽所能地搜寻我们的车队,阿曼恩想得没错,只派二十个战士或许不够。"

"他说过要派更多人?"伊罗娜说道。

黎莎点头。"但是不管有多厉害,二十名战士在洼地里都不会造成多大的麻烦。更多人就会变成大问题，而我们的问题已经够多了。我们离城之后，你有看到任何六岁以上的男童吗？"

伊罗娜摇头。"他们全都被抓去参与汉拉帕许，还是什么玩意儿的。"

"汉奴帕许，"黎莎说。"训练兼奴化教育。要不了多久，他们就会说道地的克拉西亚语，奉行《伊弗佳》之道。十年内，他们就会拥有一支能像孩童踩扁蚂蚁般轻易攻陷自由城邦的大军。"

❧

"造物主在上。"罗杰一边喘息，一边就着希克娃拿在他嘴边的冰凉水袋喝水。阿曼娃轻抚他汗湿的头发，在他耳边呢喃细语。

他本来以为克拉西亚女人深受压抑，在公开场合确实如此，不过在和丈夫独处时，她们又是另一个模样了。在马车里，阿曼娃和希克娃脱掉朴素的白袍，换上能与吟游诗人的戏服媲美的鲜艳丝绸。其中有半数布料薄到近乎透明，剩下的一半也没有厚到哪里去，衣服上绲有金边、蕾丝或是刺绣。她们依然戴着面纱，但都是装饰用的——只遮盖鼻头到嘴唇之间的七彩透明丝巾。她们的头发没有包巾，油亮动人，束以金饰。

"我们丈夫的本领比沙鲁姆高强。"阿曼娃说着。她在新婚之日所流的血显示她是处女，但她"枕边舞蹈"的技巧不比希克娃差。

"吟游诗人经常有机会练习。"罗杰说。"以前女人都会对我老师投怀送抱，而我敢说我学到不少本领，但是——没有不敬的意思——两位会使一些能让林白克公爵妓院里的妓女都感到羞愧的招式。"

希克娃笑道："你们北地公爵后宫里的女人并未在达玛丁的宫殿里受过训练。"

罗杰摇头。"但我总觉得你们还没施展出自己所有本领。"

阿曼娃与希克娃和他想象中完全不同。最初他觉得两人很像，但是随着对她们认识越深，他越能看出两人独特之处。阿曼娃比较高，胸脯较小，四肢修长柔软。希克娃臀部圆润，手脚比较有肉。两个女人肌肉都很结实，举手投足间都能清楚看见肌肉的线条。这是她们每天在做伸展动作的成果。她们称之为沙鲁沙克，但动作与沙罗姆和魔印人所教的凶猛摔跤手法截然不同。

阿曼娃处变不惊，希克娃则很情绪化。他本来以为身穿白袍的阿曼娃会是两人中比较保守的人，但往往会在举止失当时大惊小怪的都是希克娃。

"睡吧，丈夫。"阿曼娃说。"你需要恢复活力。希克娃，拉下窗帘。"

希克娃立刻拉下马车窗口透明窗帘外的绒布窗帘。看来"第一妻室"不光只是个头衔，从交谈到做爱都是由阿曼娃领头，将希克娃当成佣人般使唤。希克娃从不曾有丝毫违逆，总是奉命行事，仿佛所有事都是自己的主意。她只有在有人和她讲话时才会开口，或是阿曼娃不在车里，或有其他事情要忙。只有这种时候希克娃才会恢复本性。

他微笑，在两名妻子的克拉西亚摇篮曲中缓缓坠入梦乡。他之前经常白天打盹，这是吟游诗人惯有的行为，好让他们有精力应付晚间的演出。大部分平民都不识字，每天太阳下山、晚餐吃完后，大家就没有多少事情可做。

"人们工作结束后，我们工作就开始了。"艾利克以前常说。

罗杰在马车突然停下时猛然惊醒,他刚拉起厚重的窗帘,就被刺眼的阳光照得睁不开眼,赶紧放下窗帘。此刻天色还早,他们停在一间路边小旅店外。阿曼娃和希克娃已经在鲜艳的丝绸外套上件素袍和面纱。

"现在投宿会不会太早了?"

"这里是离开艾弗伦恩惠前最后一座村落了,爱人。"阿曼娃说。"莎玛娃认为最好休息片刻,补充各种用品,然后再出发。如果你还是很困的话,可以趁着卡菲特补给物品时再睡一会儿。"

这表示他有很多时间,他的妻子需要不少补给。罗杰揉去脸上的倦意,开始穿上衣服。"啊,没关系。我的脚需要活动活动。"两个女人立刻凑过来帮忙。

不久后,他穿戴完毕后跳下马车,在附近走了一会儿,开始做些弯腰压腿和翻筋斗的热身练习。这种练习本身就是表演,有大筋斗还有空翻、滚动等动作。

一如往常,这个小型表演开始吸引不少路人的注意,不管是克拉西亚人还是提沙人,都停下来围观。当他开始倒立行走时,引得几个三五岁的小孩跟在他身后加油呐喊,有些还在地上模仿。

罗杰本能地带领他们朝村子中央的石板地前进,转几个圈,清出一大片空地。空地外围很快就挤满人——本地居民,以及不知道是哪个部族的沙鲁姆、卡菲特,还有戴尔丁。一名达玛冷眼看着他,但是没有蠢到胆敢做出干涉解放者女婿的举动。

阿曼娃和希克娃也在看着他。希克娃和其他观众一样为他

的精彩表演鼓掌大笑，或许是所有人里最热情的。阿曼娃则完全相反，目光冰冷地看着他。

"唯一比每个哈哈大笑的女人还糟糕的，"他听见艾利克的声音。"就是什么都不觉得好笑的女人。"

他走到她们面前时，阿曼娃问。"丈夫，你在做什么？"

"热场。"罗杰说。"只管欣赏和鼓掌就是了。希克娃，快去拿我的惊奇袋来。"

"啊，我马上就去，丈夫。"希克娃说着鞠了个躬，挤出人群。阿曼娃继续凝视着他。但罗杰眨了眨眼，继续回去热场了。他尽挑简单的表演方式，不确定自己的低级笑话和歌曲会不会冒犯克拉西亚人。在克拉西亚，音乐只能在卧房里或是赞扬艾弗伦时演奏。他的妻子教了他几首赞美曲，但其中狂热的歌词让他不大自在。在《月亏之歌》翻译完毕前，罗杰打算先用乐器表演，没过多久，克拉西亚人也开始随着节拍鼓掌跺脚。

轮到表演魔术时，热爱表演的希克娃是最完美的助手，毫不迟疑地执行他指示的每一个动作。如果她不是穿着朴素的黑袍和面纱就好了。换上你的枕边舞蹈服，爱人，我们就能来场全提沙最精彩的演出。

他轻而易举地虏获观众的心，就连达玛也忍不住笑出声来。只有阿曼娃铁人一般无动于衷。

表演结束时，天色已经暗了。罗杰最后一次鞠躬还没站直身子，阿曼娃已经转身走回旅舍。希克娃却兴奋地立刻扑到他身上。

"很抱歉你的吉娃卡不能在此陪你一同演出，神圣的解放者之女已经移驾去为你的演出祈福了。"她很高兴地说着，好像这是理所当然的事。

她是说解放者之女很讨厌我的表演，他心想。我触怒她了，而我甚至不知道哪里冒犯了她。

"跑去她的密室了吗?"罗杰问,希克娃点头。

罗杰习惯在旅舍住一间房,但阿曼娃总是要求至少三间房——一间客厅,一间给罗杰,还有一间她随时可以使用的私人房间。阿曼娃只接受最好的房间,里面放满她私人物品。每天晚上卡菲特都会搬来沉重的地毯、油灯、焚香炉、丝质床单,以及一大堆化妆品。在这座村落里,旅店老板和家人被迫把自己的房间腾出来给阿曼恩·贾迪尔的女儿做行宫。

回房之后,罗杰看到安基德站在阿曼娃紧闭的大门之外,就算知道自己肯定哪里冒犯这位长公主了,就算知道该去赔不是,他也没办法通过高大威猛的宫人这一关。

食物是由旅店老板的女儿呈上来的。她是个年近五十的胖女人,慈眉善目,叫她做什么就做什么。由于没有男人的关系,希克娃已经换回鲜艳的半透明绲边丝服,殷勤地服侍罗杰用餐,只有在他要求下才腼腆地吃上一小口。

"丈夫,那场精彩的表演一定让你累坏了,你需要洗个澡了吗?"希克娃在罗杰用完晚餐时问道。

每天晚上都是这样。阿曼娃会突然安静下来,然后告退,躲在她的密室里好几个小时不出来。这时候希克娃就会迎上来满足他所有需求,悉心侍候他,直到她回来就寝。

通常希克娃的服侍都能成功地迷住罗杰。但罗杰从未看过阿曼娃不认同的表现——即使他们快要吵架了,而他想尽快把架吵完。

"看在地心恶魔的分上,她究竟躲在里面干什么嘛?"他咕哝。

"跟艾弗伦交流。"希克娃说着开始清理碗盘。

"她花好几个小时就玩她那几颗骰子?"罗杰说。

他的语气似乎有点触怒希克娃。"阿拉盖霍拉可不是游戏，丈夫。你的吉娃卡咨询骨骸，以便预测你的吉凶，为你指引成功的道路。"

罗杰紧闭嘴唇，显然不太赞同这种说法，但他没有说出来。他发现自己很想喝酒，不过怀疑能不能弄到酒。酒是达玛在小村落里最先禁止的东西，他想象着老师艾利克对这种事会如何反应。他或许会哭泣，或许会帮自己省点麻烦，直接上吊自杀。

这时，阿曼娃打开房门——你能从一个人开门的方式看出不少东西——所有曾经上台表演过的吟游诗人都知道这点。阿曼娃开门时没有反省过的人那种迟疑，也没有怒气冲冲的人那种冲动。那是个很冷静且果断的动作。她戴上了面具，依然身穿一身素白外袍。

恶魔养的。罗杰心想，在阿曼娃来到他对面坐下时换上吟游诗人的面具。她的目光沉着又锐利。他微微转身，感受贴在胸口沉重的金牌带给自己的力量。

"作吟游诗人就是这样？"阿曼娃问。"站在球上跳舞，摔倒时戴上假面具，却只为逗村民和孩童发笑？"

罗杰脸上不以为意，心里却觉得很不爽。这就和安吉尔斯那些自以为是的贵族没什么两样，一方面瞧不起吟游诗人，一方面又雇用他们在舞会和晚宴中演出——同样的话从自己妻子口中说出令他更加难过。

黑夜呀，我究竟惹上什么麻烦了？

"你在艾弗伦恩惠时似乎并不在意我为沙鲁姆和达玛们表演。"罗杰说。

"那是在解放者的宫殿里，在贵客与忠诚的沙鲁姆前赞美艾弗伦！"阿曼娃嘶吼道。希克娃立刻退开，在房里找其他事情忙去了。"那天你荣耀非凡，丈夫，但你不能拿那天的演出来与在卡菲特和青恩面前扮小丑相提并论。"

"卡菲特？"罗杰说。"青恩？这两个字眼对我来说没什么区别。我也不在乎他们的身份——我在广场上只看得到人，所有人的生活里都该有点小欢乐。"

阿曼娃的面具戴得很好，但罗杰还是看到她额头上血管鼓动，知道自己这下真冒犯到她了。对我来说，这才重要。

阿曼娃起身。"我待在我房间。希克娃，帮他洗澡。"

希克娃鞠躬。"是，吉娃卡。"阿曼娃迅速离开。

"我该帮你放水吗？丈夫。"希克娃问。

罗杰难以置信地看着她。"当然。洗澡时想顺便把我的睾丸割掉。"

希克娃僵在原地。罗杰立刻后悔把她吓成那样。"我……我不是……"

"别说了。"罗杰插嘴，站起身来，披上七彩披风。"我要下楼走走。"

希克娃担忧地看着他。"你需要什么吗？食物？茶？想要什么我都可以帮你拿。"

罗杰摇头。"我只想散散步，独处一段时间。"他指向卧室。"你去帮我暖床吧。"

希克娃似乎不太满意这个要求，但罗杰的命令很明确，而他知道她不会违逆这种语调，除非有很好的理由或是阿曼娃下令，而阿曼娃从未这么做过。"如你所愿，丈夫。"

他离开房间，发现安基德和加尔德都在走廊上。戴金镣铐的宫人直挺挺地站在阿曼娃的门口，对罗杰离开房间没有采取任何行动。

加尔德与他相反，躺在倾斜的椅子上，朝几英尺外的帽子里投纸牌。他的武器靠在触手可及的墙边。

"啊，罗杰。我以为你现在已经上床干活了。"他眨了眨眼，然后仿佛说了个好笑的笑话似的哈哈大笑起来。

"你不用整夜站岗，加尔德。"罗杰说。

加尔德耸肩。"我没有，不过我通常都会等到你上床后才会溜回床上。"他向安基德点头。"不知道那家伙是怎么办到的，像棵树般整晚站在那里。我怀疑他是不是无须睡觉。"

"跟我下楼。"罗杰说。"我要去吧台找找看有没有比茶更带劲的饮料逃过本地达玛的搜查。"加尔德嘟哝着起身。罗杰以熟练的手法捡起纸牌，一边洗牌一边下楼。

酒吧里只有旅店老板达洛一个人在做打烊前的清扫。就像艾弗伦恩惠内所有信使路边的小旅店一样，其他旅客都被赶出去，被黎莎的车队包了下来。她和她家人、加尔德、汪姐、罗杰及他的妻子全都有自己的房间，正式的戴尔沙鲁姆和他们的妻子也一样。女人、小孩及卡沙鲁姆则睡在旅店外的马车上。

尽管达洛已然算得上体格壮健，但明显已经过了适合战斗的年纪，天生的浅棕色胡须大部分都已花白。"尊贵的主人。"他鞠躬。"有什么我能效劳的？"

"首先，免了那套臭规矩。"罗杰说。"这里只有我们青恩。"

对方明显松了口气，在罗杰和加尔德就座时来到吧台后方。"抱歉，这些日子天知道有谁在看。"

"说得是，"加尔德说。"好像在担心哪里的魔印画错了一样。"

"有没有刺激点的东西喝？"罗杰问。"老子憋死了，不想喝水。太久没喝酒了，就算给我一罐消毒剂也行。"

达洛对着陶痰盂吐痰。"达玛来的第一天，就砸烂了我所有酒桶。拿比较烈的酒去烧光村里所有'罪恶的东西'。他们抢走了我孙女的布娃娃,说它穿着太暴露了。"他又呸了一声。"我孙女超爱那个布娃娃的,幸好他们没把她抓走。"

"一直都这么糟吗?"罗杰问。

旅店老板耸耸肩。"第一个礼拜最难熬。达玛拿着沙漠恶魔的法令文件,宣称本村属于他的部族所有。有些村民抗议,沙鲁姆狠狠教训了他们一顿。那之后大多数人就不敢说话了。"

"所以你们就这样任由他们接管?"加尔德低吼道。

"我们不像你们洼地人一样能征善战。"达洛说。"村里最高大的男人为了不受接管,让比他矮一半的达玛给折断了手臂。我还得养家活口,要是死了就什么都不能做了。"

"没人责怪你。"罗杰说。

"只要习惯了,情况也没有那么糟了。"达洛说。"克拉西亚圣典大部分的内容都和《卡农经》差不多,而就像我们一样,他们有些人比别人更爱布道。"他压低声音,微笑说道:"还有一些很虚伪。"说完这话,他拿出小陶瓶,以及两个小杯子。"两位尝过库西酒吗?"

"嗯哼。"加尔德嘟哝。

"听过一些传说。"罗杰说。

达洛窃笑。"尽管满嘴'灵魂'、'原罪'什么的,他们沙漠人还是会酿一种能把你家门口洗干净的烈酒。"

罗杰和加尔德接过酒杯,好奇地打量着它们。即使用残废的手拿,罗杰还是拿得很轻松。加尔德手中的酒杯看起来像是小孩给洋娃娃喝茶的小水杯。"这差不多就只有一口的量,是舔一舔还是一口干了?"

"头两杯一口干,"达洛建议道。"然后慢慢喝。"

他们碰杯,然后一饮而尽,接着瞪大双眼。罗杰打从十二岁开始喝酒,自以为已经尝过最劲的烈酒,但是此刻感觉像是

喝火一样。加尔德也是一阵猛咳。

达洛只是微笑,帮他们重新斟满。他们又一口干了,这次就像老板说的一样,感觉好了一点——或许只是因为舌头和喉咙都麻了的关系。

加尔德若有所思地轻啜第三杯酒。"尝起来像——"

"肉桂!"罗杰帮他说完,把酒含在嘴里来回品尝。

"克拉西亚人就像库西酒,"达洛捋捋胡须。"也像他们强迫所有男人留的烂胡须。要花时间习惯,但一段时间过后也不算太糟。他们让我继续营业,只要准时交税并且守规矩。而且等孙女初经来潮可以安排婚事时,我不用担心那些白袍女巫会帮她安排。"

他突然脸色发白,转头看向罗杰。

罗杰微微一笑,扬起残废的手掌。"别吓得尿裤子。我或许娶了个达玛丁,但那并不表示我就不怕她们。不过你最好改掉叫她们白袍女巫的习惯,'夜路走多了,总会遇到鬼的'。我的老师以前常这么说。"

达洛附和道:"至理名言。"

"你刚才说——"罗杰追问道。"克拉西亚人没那么糟?"

"难以置信。"加尔德说。"那就像说被人揍得趴在地上,并被用脚踩在背上很爽一样。"

达洛给自己倒了杯库西酒,熟练地端起酒杯一口喝干。"并不是说我不怀念从前自由自在的日子,也有不少人过得比我更糟糕。但整体而言,只要记得什么时候该低头,不要违反规定,克拉西亚人就不会找你麻烦。与邻居起争执的话,你还是先去找镇长,如果不能立刻解决,他就会向达玛汇报。达玛基本上处事还算公正,但是他们完全遵照《伊弗佳》里以重典治罪的规定来施法。有个家伙因为偷鸡而被砍掉一只手掌,还有人强暴女人，结果被迫看着自己的姐姐被人强暴。"

加尔德怒目圆睁，握紧拳头捶打吧台。"那还不算糟糕？"

达洛又猛喝了一杯。"是很糟，没错，但我既不偷鸡又不去强暴女人。我想日后这种事情会大幅减少。《伊弗佳》法律严苛，但你不能否认它的威慑力。"

"他们掳走了村子里所有男孩？"加尔德问。"我要有儿子的话，绝不会坐视这种事发生。"

这时，达洛端起酒杯，慢慢品尝第三杯酒，严肃地咽下肚去。"他们带走我的孙子。我不喜欢这个安排，但每逢新月他们还是让他回家。月亏，他们这么讲。小男孩过得很苦，会带着瘀青回家，有时甚至会有骨头被打断，但克拉西亚男孩也是如此伤痕累累。他们比其他人更快学会克拉西亚语和法规，达玛说赢得黑袍的人将会成为克拉西亚的正式公民，拥有所有沙鲁姆领主享有的特权。没有赢得黑袍的人会被踢出来成为卡菲特。"他微笑着，搔搔脖子。"那和我们没多大不同，只是没留痒死人的胡子而已。"

罗杰轻啜着第四杯库西酒——还是第五杯？他开始头昏眼花。"他们从……这里带走多少男孩？说起来我们到底在哪里？"

"这儿以前叫苹果顿，"达洛说。"如今变成一长串沙漠语。我们叫它沙拉奇村，因为我们现在属于这个部族。这里有三十名符合什么汉奴帕许年龄的男孩。"

上楼时，罗杰得靠加尔德扶住才走得稳。他喝了一大罐水，嚼了片酸草叶，但他怀疑如果自己跌跌撞撞上床，他妻子还是会发现他喝了酒。幸运的是，身为艾利克·甜蜜歌之徒，罗杰非常熟悉假装清醒的技巧。

"他们在组织一支比所有自由城邦的军力还要庞大的部

队。"他低声说道。"雷克顿毫无胜算。"

"我们必须做点什么。"加尔德说。"找回魔印人、作战,随便什么都好。我们不能坐视他们夺走洼地以南的所有村镇。"

"首先必须警告雷克顿。"罗杰说。"我是有个主意,不过得先睡上一觉,或许还得找个痰盂来。"

他施展所有默剧与杂耍的技巧,在路过安基德时保持稳健的步伐。如果高大的宫人看到了他,他也没有丝毫表现出醉态来。阿曼娃依然待在她的私人房间里,门缝传出邪恶的魔印光。他没有遇到任何阻碍就回到了床上。希克娃在暖暖的床上等着他,不过在他脸朝下瘫入枕头中时没有多说什么。他感觉到她在帮自己脱鞋脱衣,尽管他没有抗拒,却也没有力气帮忙。她轻轻帮他捶背,温柔地让他入眠。

第十四章　月亏之歌

333 AR　夏　新月前第二十个拂晓

　　第二天天亮前一小时左右醒来时，罗杰只觉得头痛欲裂。本来他已经开始对希克娃随侍在旁——洗澡、挑选服饰、穿衣——从一开始的新鲜渐渐感到无趣，但此刻非常庆幸有她在身边。他觉得脑袋好像被驴子踢过一样，嘴里仿佛塞满了棉花。

　　"自从当年跟随老师离开安吉尔斯后，就没这么快活过了。"他喃喃道。

　　希克娃抬头。"呃？"

　　他摇头。"没事。今天早上请你在马车里陪厄尼和伊罗娜，我要找黎莎谈谈。"

　　"这样做不太恰当，丈夫。"阿曼娃手里拿着光滑的黑色木盒从她房间走了进来。她整个晚上都在里面吗？罗杰记不清楚她昨晚上床睡觉没有，但他确实睡得太沉了。"厄尼之女未婚，还是我父亲的未婚妻，而你是个已婚男人，不能……"

　　希克娃正在扣他的袖口，罗杰突然甩手，吓得她惊呼。"恶魔屎。我诚心发誓会当尽责又忠诚的丈夫，但那并不表示我要放弃与我朋友私下交谈的权利。如果你我观念差别太大的话，我们就麻烦了。"

　　希克娃似乎受到惊吓。阿曼娃则沉默了一段时间，低头看

着手中的盒子，手指轻拍盒面。罗杰知道，这大概是她在他面前表现出最恼怒的模样，即使她心中可能在考虑是否一刀插入自己眼中，或是命令安基德折断自己的手指。

但那时罗杰并不在乎。"婚姻是自由之爱的坟墓。"他老师从前常说。他摇摇头，刻意自己扣好袖口。我不接受，宁死不屈。

最后阿曼娃终于抬头面对他。"如你所愿，丈夫。"

当天早上，黎莎在罗杰要求与她共乘时感到有些惊讶，但没问他原因。她告诉自己还在生他的气——决定结婚却事先不告诉她，但事实上她非常想念他。这一年多以来，罗杰一直是她最要好、最亲密的朋友，他不在身边时，自己感到异常孤单和无助。

阿曼娃和希克娃利用唱歌和叫床声搭建起一堵难以跨越的高墙。晚上停车住宿，她们会像狮子守护猎物般困住罗杰。从他们启程开始，这是黎莎第一次与罗杰聊天，而他们还得依照克拉西亚的礼节拉开窗帘。沙鲁姆时常骑过窗口，毫不顾忌地窥探窗内，确保她和罗杰都还衣衫整齐地相对而坐。

但至少他们可以私下交谈。加尔德和汪姐骑马在马车两旁压阵，不让别人走得过于靠近来偷听，而黎莎挑选了一名肯定不会讲提沙语的马夫。会说"请"和"谢谢"等基本提沙语的克拉西亚人都会尽量掩饰这个事实，就像阿曼娃和希克娃从前那样，但现在洼地人已经看穿她们的把戏，而且这一周来，她们查探出了队伍中大部分会提沙语的人。伊罗娜特别擅长让人露出破绽。她会故意大声发表一些很不合常理的言论，然后观察旁人的反应。

"我母亲有点喜欢你的马车了。"黎莎说。"等我们停车用完午餐后,她可能不想换回来。"

"马车内的气氛现在有点糟,"罗杰说。"阿曼娃和希克娃不希望我们两个独处。"

"那她们得自己学会习惯。"黎莎朝路过窗口的卡维尔点头道。"阿曼恩也一样。我跟他睡觉的时候可没同意要和生活中所有男人断绝关系,不管他的族人怎么想。"

"我也是这么想。"罗杰同意道。"不过我想此事得要有长期抗战的准备。"

黎莎微笑。"据我所知,婚姻就是如此。现在后悔了吧?"

罗杰摇头。"没有免费的表演。我会在收钱帽里丢钱,但绝对不会被超收费用。"

黎莎点头。"那是什么事情让你不惜惹火妻子也要过来和我聊天?"

"你的未婚夫。"罗杰说。

"他不是——"黎莎开口。

"你在克拉西亚人面前表现得一副他就是你未婚夫的模样。"罗杰说。"所以到底是不是?"

黎莎一听到这个话题就感到脑疼,于是假装拨头发,趁机揉揉。"关你什么事吧?你结婚时也没来问我。"

"我的妻子可没绑架所有十岁左右的健康男孩。"罗杰说。"就算只有半数能通过汉奴帕许……"

"要不了几年,阿曼恩就能统率一支足以征服这里到密尔恩的庞大军队。"黎莎接口道。"我不是瞎子,罗杰。"

"那我们该怎么办?"罗杰问。

"建立我们自己的军队。"黎莎说。"我们要持续扩张洼地,训练伐木工战技。阿曼恩已经将我们纳为部族的一支,只要我们不先挑起战争，他们不会主动攻击我们。"

"你真相信他这虚假承诺吗？"罗杰问。"我承认他和我想象中不同，但是你信任他吗？"

黎莎点头。"阿曼恩有不少缺点，但他绝对诚实。他并没有掩饰要征服所有不愿主动跟他参与沙拉克卡的人，但这并不表示所有人都得臣服在他脚下。"

"如果他要所有人都臣服在他脚下呢？"罗杰问。

"那或许我会嫁给他，当作象征性的征服。"黎莎说。"我并不喜欢这种做法，但总强过两族自相残杀。"

"这样做或许能拯救洼地。"罗杰说。"但雷克顿依然难以幸免。雷克顿城或许能撑得比来森堡久，但外围村落毫无招架之力。克拉西亚人很快就会开始吞并他们。"

"我也同意。"黎莎说。"但我们无能为力。"

"我们可以警告他们。"罗杰说。"让他们把话传开，趁着道路畅通时在洼地接受庇护和训练。"

"要怎么做？"黎莎问。

罗杰微笑。"拿出你的公主权威。在穿越雷克顿领土时要求晚上住宿旅舍，但是不要赶走所有客人。我要发表新歌，会需要观众。"

🝗

"我认为这不是好主意，女主人。"卡维尔说。他是职位最高的沙鲁姆，阳光下他的红面巾松垮垮地系在脖子上。他们停车午餐，让众人伸展手脚。训练官的语气彬彬有礼，但是隐约透露出一股沮丧。他并不习惯向女人解释自己的想法。

"我不在乎你怎么认为，沙鲁姆。"黎莎说。"除非距离洼地只有两天路程，不然我不打算明明有旅店却要错过，而等着晚上露宿野外，拿石头当枕头。"

卡维尔皱眉。"我们已经离开沙达玛卡的领地。最安全的做法——"

"难道是在强盗随时可以趁夜突袭我们的道路边扎营？"黎莎反问道。

卡维尔啐道："那些青恩懦夫绝不敢趁夜偷袭我们，阿拉盖会杀光他们的。"

"不管是强盗还是恶魔，反正我不要在有他们出没的野外露宿。"黎莎大声说。

"女主人之前并不怕阿拉盖。"卡维尔指出这点。"我比较担心在这些青恩村落中遇袭。"

"你们在讲什么？"阿曼娃走过来问道。

卡维尔立刻单膝下跪。"女主人希望今晚在青恩的村落中住宿，达玛丁。我告诉她这样很危险……"

"她说得对。"阿曼娃说。"我和她一样不想露宿野外。如果你害怕那些本地青恩，"她语带嘲弄。"那就把我们留在旅店里，自己到树林中搭个帐篷，天亮再回来吧。"

黎莎忍住得意的笑容，看着卡维尔咬牙切齿地深深鞠躬。

"战士无所畏惧，达玛丁。"训练官说。"如果你如此希望，我们就征用——"

"不准做那种事，"黎莎插嘴道。"如你所说，这里不是解放者的领地。我们要付钱住宿，不能征用民宅。我们不是山贼。"

黎莎发誓有听见咬牙切齿的声音。卡维尔目光瞟向阿曼娃，等着她出面提出异议，但女孩却明智地默许。她已经恢复了一定程度的傲慢，但黎莎和她都还记得两人上次交锋时的结局。

"召集沙鲁姆。二十人迅速到齐，叫他们坐在这里。"黎莎

指向一小块空地。"我要在他们吃饭时和他们说话。我不要任何人误解什么是可以接受的行为,不管是先遣的信差还是当车队抵达村落之后。"

她转身离开,走向莎玛娃和戴尔丁准备午餐的大锅。午餐时,大多数人都会分到一大碗牛杂汤,以及裹面粉的马铃薯蔬菜羹,外加半块面包。沙鲁姆的食物比较好,汤里多了羔羊肉串和有大个的牛肉丸子。黎莎、她父母。罗杰,以及他的妻子吃得更好,有药草烤雏鸡和羊排,而他们的蒸丸子中有添加香料和奶油。

黎莎走到莎玛娃身旁。"我要在午餐时和沙鲁姆有些话说,我要你帮我翻译。"

"当然,女主人。"莎玛娃鞠躬道。"这是我莫大的荣幸。"

黎莎指向战士们已经开始聚集的空地。"让他们围成半圆形坐下,然后分发午餐。"莎玛娃点头下去。

黎莎走到准备给沙鲁姆盛汤的女人身旁,接过汤勺尝汤。"香料不够,再多加一些。"她说,自厨师摆出来的香料碗中抓了几把香料丢入汤中,外加一些从自己围裙取出的药草。

她假装再度尝汤。"完美。"

※

罗杰拉长《月亏之歌》最后一个音,闭上双眼,感觉手中木头所传来的共鸣。他突然结束尾音,阿曼娃和希克娃很有默契地收尾。

"欢呼前的宁静。"艾利克如此称呼它——精彩演出的最后,一个音节和观众鼓掌之间的短暂宁静。由于他们拉下沉重的窗帘,就连车队嘈杂的人声都细不可闻。

罗杰感到胸口跟压了块石头似的难受,这才发现自己刚才屏住了呼吸。虽然没有观众鼓掌，但他还是听见了掌声。他可以毫不谦虚地说，他们三人配合演出的精彩程度远远超过自己独奏。

他缓缓吐气，与阿曼娃和希克娃同时睁开双眼。那两双美丽的眼眸让他知道她们同样感受到了三人汇集而成的力量。

但愿你们了解这个力量，罗杰心想。快了，我的爱，再过不久，我就会让你们大开眼界。

我的爱。他已经开始这样称呼她们，虽然只是在心里叫。本来他只是当作开玩笑，如此称呼根本不熟的女人，但这个称呼从来没让他感到好笑。他们的相处有时激情，有时有点苦涩，比方说昨晚和今早上的争执，也有像此刻这种情况，在音乐结束时的空隙中注入他这辈子所感受过最真诚的爱意。他望向妻子，从前面对黎莎·佩伯时的感觉根本不能与她们相比。

"从前我的老婆总说没有完美的音乐。"罗杰说。"但鬼才相信我们这样还不算接近完美。"

克拉西亚版的《月亏之歌》歌词共有七段，每一段有七行，每一行有七个音节。阿曼娃说这是因为天堂共有七柱、阿拉共有七块大陆、奈的深渊有七层的典故。

翻译版让他之前的作品——《伐木洼地之战》听起来像是廉价小调。《月亏之歌》能同时影响人类和地心魔物，他的音乐能让恶魔产生莫大的反应，而歌词则能向雷克顿人传达所有必要的讯息。

魔印人想要训练更多像他这样的小提琴巫师。但是罗杰却办不到，甚至怀疑自己的天赋有没有办法传授给其他人。他觉得自己在原地踏步，十八岁就抵达了人生的高峰。但现在他踏入了全新的领域，感觉自己的力量与日俱增。这不是他和魔印人原先想要找寻的东西，这是更加强大的力量。

当然，先决条件是他的妻子愿意陪他演出，而且了解他在做什么的克拉西亚人没有把他宰了。

阿曼娃和希克娃鞠躬。"能够伴你左右真是我们莫大的荣幸，丈夫。"阿曼娃说。"诚如我父所言，艾弗伦真是宠爱你。"

艾弗伦。罗杰十分厌恶这个词，世界上没有造物主，不管是叫这个名字还是其他什么。"圣徒和吟游诗人没有多大不同，罗杰。"艾利克酒后常说。"他们一再重复同样古老的麦酒故事和潭普草传说，迷惑乡巴佬和蠢人，这样可以让他们忘掉生活中的痛苦。"

接着他会苦笑。"只不过他们赚得更多，也深受敬仰。"

罗杰心中浮现一个画面——每天晚上从阿曼娃房门下传出的邪恶红光。她是否整晚都待在里面？

你的吉娃卡咨询骨骸，借以指引你的成功之路。

罗杰并不了解达玛丁的骨骸魔法，但根据黎莎的解释，他知道骨骸并非神圣之物。古世界的科学不是曾经掌握"天上的闪电以及风和雨"吗？他不知道骨骸告诉了她什么，但那绝非造物主的话，而他不喜欢按照它们的话做。

"你的骨骸同意吗？"他问，维持正常的语调。希克娃深深吸气，但阿曼娃已经戴好面纱，丝毫没有透露真实的情绪。他体内的吟游诗人暗自咒骂。吟游诗人在公会里常会借由让其他吟游诗人发笑或是做出不符合角色之举来打发时间，罗杰自认是这方面的专家。

他侧头看着她。我这辈子是否都要在读你的真实想法中度过？

"阿拉盖霍拉并非既定之道，丈夫。它们只能用来参考。"

"那它们是怎么说我的？"罗杰问。

希克娃低声说："我们不能问……"

"我才不管!"罗杰说。"我不会随着想象的曲调起舞。"

阿曼娃将手伸入大绒布袋,就是达玛丁放恶魔骨的那种。此刻厚重的窗帘拉起,马车中没有自然光源,正适合施展霍拉魔法。他浑身不自觉地僵硬起来,暗自希望自己有在手腕上绑一把匕首。

但阿曼娃只是拿出一个包裹,鞠躬交给他。"骨骰说了很多关于你的事,但又透露得很少,丈夫。你的力量无可否认,但你的人生充满矛盾。在某些未来里,阿拉盖随着你的音乐起舞,但其他未来里。你的天赋白白浪费。你可能是伟人,也可能是个一无是处的小丑。"

罗杰解开包裹上的白布,里面装的是她那天早上手里拿着的木盒。"但当我问它们是否该嫁给你时,它们说'是',而当我问什么结婚礼物能帮你踏上伟人之道时,它们指引我送你这个。"

罗杰突然感到羞愧。她花那么多时间独处就是为了帮他做结婚礼物?造物主呀,她有没有期待他也会送礼物?没人告诉他这个规矩。他暗自提醒自己要在晚上住宿时去找黎莎弄清楚习俗,如果有需要,请她建议礼物。

阿曼娃深深鞠躬,头顶差点碰到马车上的地毯。"请接受我的道歉,这么久才送你礼物。我是两个礼拜前才开始准备的,当时我以为还有几个月的时间。骨骰没有预料到你会这么快要求举行婚礼。"

罗杰以右手的三个指尖触摸盒子光滑的表面,感受着上漆之前就已经烧入木材上的魔印。有些是守护魔印,不过大部分他都不认得。罗杰一直都不擅长绘印。

这里面是什么?他心想。恶魔骰命令她做什么给自己?他的脑中浮现安基德的模样。如果是一副金镣铐,我立刻抓起惊

奇袋跳车，不管马车有没有在动。

他打开盒子，瞪大双眼。里面有个丝质台座，上面放着用光滑檀木所制的小提琴腮托，中央镶以黄金铸模，其上固定着一个金色尾夹。腮托上布满魔印，蚀入黄金，刻在上漆的木面上，并镶以金边。美不胜收。

就像所有现代乐器，艾利克和杰卡伯的小提琴都有腮托，但是罗杰从魔印人的藏宝室里取出的远古乐器却没有，或许因为那把小提琴制于腮托发明之前的年代。腮托能让乐师仅以脖子固定小提琴，让他能在必要时腾出双手。

"这个腮托是伊东公爵的乐器匠专为皇室传令使者打造。"罗杰在阿曼娃说话的同时虔敬地伸手去摸腮托。"我花了很多个夜晚刻蚀魔印，镶入霍拉。"

罗杰吓了一跳，仿佛碰到滚烫的茶壶般立刻缩手。"霍拉？这里面有恶魔骨？"

阿曼娃轻笑，发出一阵他鲜少听到的天籁。她是说真的，罗杰心想，还是只是在做戏？

"它不会伤害你，丈夫。奈的邪恶意志随着阿拉盖身亡而死去，但骸骨却依然带着阿拉的魔力。艾弗伦早在奈制造深渊储存它之前就已经制造出阿拉的魔力了。"

罗杰抿起嘴唇。"尽管如此……"

"那只是一小片骸骨。"阿曼娃说。"混在魔印与黄金中。"

"它有什么作用？"罗杰问。

阿曼娃的笑容开朗得连半透明面纱都遮不住，而即使在他世故的双眼看来，这个笑容依然十分真诚，这令他内心一动。

"试试看。"阿曼娃轻声说道，拿起小提琴递给他。

罗杰迟疑片刻，接着耸了耸肩，接下乐器，将尾夹夹在弦板上共鸣最响亮的位置。他小心转动旋钮，在没有弄坏木制部位的情况下锁紧腮托，然后夹在下颌下，不用双手固定乐器。下颌接触腮托的地方隐隐传来刺痛，像是手脚麻痹时的感觉。

罗杰等待片刻。"应该会有什么效果？"

阿曼娃再度轻笑。"拉就是了！"

罗杰以残废的手握持琴弓，另一手握着琴格，迅速拉了一段小调。共鸣声让他吓了一跳，琴音比之前响亮两倍。"实在太神奇了。"

"那还是大部分魔印被你的下颌遮住的时候，"阿曼娃说。"抬起下颌还会更大声。"

罗杰扬起一边眉毛看她，接着继续演奏。一开始，他紧压腮托，琴音似乎比平时响亮一点。他慢慢扬起下颌，露出一些魔印，音量随即开始变大。他继续抬下颌，音量倍增，然后再度倍增，震得他牙齿晃动，妻子们伸手掩耳。最后他终于承受不了，停止演奏，而大部分的魔印还让下颌遮着。

"这会盖过你们美妙的歌声。"罗杰说。

阿曼娃摇头，撩起面纱，只见一条中央镶颗魔印球的颈链戴在她的喉咙上。希克娃脖子上也戴着差不多的首饰。"我们会配合你，丈夫。"

罗杰摇头，一时间说不出话来——或许恶魔骨魔法和骨骸也不是那么可怕。

"我不知道该怎么说。"他终于开口道。"从来没有人送过我这么棒的礼物，但是我没有东西可以送你们。"

阿曼娃和希克娃笑了笑。"你已经忘记我们刚刚唱的歌了吗？"阿曼娃说。"那是你在我们神圣的父亲面前呈上的结婚礼物。"她伸手抚摸他的手臂。"今晚我们会与你一起为青恩歌唱。"

罗杰点头，突然感到一股罪恶感——她们一点也不知道这

首歌会对雷克顿人传达什么讯息。

当黎莎的车队抵达时,绿牧镇看起来一派颓败的景象,田野上没有任何一个人影,连牲口都看不到。远处,依稀有几条人影迅速钻进山坡上的树林里躲起来。他们将篷车留在信使大道上,只有马车驶入镇中。不过还是见不到半个人。

"我不喜欢这种情况。"卡维尔说。克里弗跟他说了几句克拉西亚语,他听完哼了一声。

"怎么了?"黎莎问。

"他说青恩的声音只比雷鸣小一点点而已。他们藏身四周,躲在每扇窗户、每个街角后偷看我们。我会派他前去探路……"卡维尔答道。

"不行。"黎莎说。

"他是雷克瓦克侦察兵,"卡维尔说。"我向你保证,女主人,绿地人不会发现他的。"

"我不担心他们。"黎莎说。"我要他待在我看得见的地方。这些人害怕也是可以理解的,我们尽量不去干些威胁他们的事情。"

一会儿,镇中广场出现在不远处,广场周围都是村民的住房和一些小店铺。有五个人站在旅店台阶前恭候,两人拉弓搭箭,两人手持甘草叉。

黎莎下令停下来,自己钻出马车,跳了下去。罗杰、加尔德、汪妲、阿曼娃、安基德、莎玛娃及卡维尔紧随其后。"让我出面跟他们解释一下。"黎莎在走向旅店时说道。

"他们看来并不打算听你解释,女主人。"卡维尔说着朝左右两侧扫了一圈,他发现镇中广场旁所有窗户背后都藏有弓箭手。

"除非给他们理由，不然他们不会放箭。"黎莎说，希望自己就像嘴里的话那般充满信心。她撩起药草围裙，让所有人看见她只是位草药师。罗杰的拼布斗篷表明他是吟游诗人——这点也对他们有利。

罗杰和安基德站在弓箭手和阿曼娃之间，加尔德则上前守护罗杰。黎莎身旁站着卡维尔和汪妲。

"嘿，旅店门口的兄弟朋友！"罗杰叫道。"我们没有恶意，只是想要付钱找个安全的地方过夜。可以提供方便吗？"

"把你们的长矛留在地上！"其中一名男子回叫道。

"我绝对不会——"卡维尔开口道。

"留下长矛，或是留在原地，训练官。"黎莎插嘴道。"这是合理的要求，而且他们可以轻易地射杀你。"卡维尔低吼一声，但还是弯腰放下长矛，安基德也照做。

"你们是什么人？"对方领头的男人在他们来到前廊时问道。

"黎莎·佩伯。"黎莎喊道。

男人眨眼。"解放者洼地的女镇长？"

黎莎微笑。"正是本人。"

男人眯起双眼。"你跑到南方来做什么？还和沙漠人混在一起？"他朝克拉西亚人偏了一下头。

"我们在与克拉西亚领袖谈判后返乡。"黎莎说。"希望能在绿牧镇过夜歇个脚。"

"草药师什么时候开始像皇家信使一样执行外交任务了？"男人问。"那信使的饭碗可能保不住了。"

罗杰迎上前去，甩动七彩斗篷，伸出一手。"我是解放者洼地的传令使者，罗杰·半掌，艾利克·甜蜜歌的学徒，曾担

任安吉尔斯林白克公爵的传令使者。"

"半掌？"男人问。"人称小提琴巫师的那个小伙子？"罗杰心中一喜，笑着点头。

"你知道我们的姓名，却还没告诉我们你是谁。"黎莎说。"我猜你是镇长哈沃德？"

"是，你怎么知道？"男人问。

"你们的草药师，安娜女士，曾写信请教我如何医治你女儿希亚的喘咳。"黎莎说。"她现在好了吧，没有复发吧？"

"那是十年前的事了。"哈沃德说。"如今她已经生儿育女，我不想让一群凶狠成性的克拉西亚人睡在我们镇半里之内的地方。我们听去年路过此地的难民说过不少关于他们的血腥故事。"他翘起蓄须的上唇，对卡维尔和安基德龇牙。

黎莎祈祷训练官不要受挑衅，回头看到保持沉默的他们算是松了口气。"我不想评论克拉西亚人的作风，但我保证车队里的克拉西亚人不会闹事。只要没人招惹他们，他们绝对不会伤害任何人。他们大部分都会待在信使大道上的马车里，但我父母年纪老迈，而我非常希望能在旅店找几张硬床过夜。如同我的传令使者所说，我们会付账，提供金钱和免费表演。"

哈沃德的嘴巴抿成直线，他犹豫了一会儿不过还是点了点头。

※

黎莎跟父母、加尔德、汪妲、卡维尔和安基德坐在酒吧里看着罗杰取出小提琴调音。他坐在昏暗角落里的硬背椅上，阿曼娃和希克娃跪在罗杰两旁干净的布毯上。黎莎看得出来训练官和宫人都不希望阿曼娃和希克娃上台——这在克拉西亚是前所未有的事——但在被达玛丁低声责骂几句后就不再多说。其他桌旁和吧台座位上坐满了绿牧镇民,后面还围了更多站着看热闹的镇民。在任何情况下,吟游诗人都会引来大批好事的村民围观,不过黎莎发现看向他们这桌克拉西亚人的目光与看向舞台上的一样多,而这些目光多半不太友善。嘈杂的人声让她听不太出来交谈的细节,但她听到不少愤怒的语气。

至少在音乐声响起前是如此。

罗杰没有和昨天一样热场,没有特技和杂耍,没有魔术、笑话或故事。当妻子在台上时,他唯一表演的就是音乐。

与在阿曼恩的餐厅里一样,罗杰以缓慢轻柔的旋律开场,逐渐加入复杂的曲调并且提高音量,直到音乐回荡在整间酒吧里,让所有人都能分享自己的音乐。观众静静地听着,鸦雀无声,一双双闪闪发光的眼睛,充满兴奋和感激。内心深处,黎莎知道他的音乐并非真正的魔法,但是人类和恶魔深受影响的事实偏偏又摆在眼前——他的天赋毋庸置疑。

音乐渐强到一定程度时,阿曼娃和希克娃开始演唱,一开始没有歌词,接着以完美的提沙语唱道:

造物主艾弗伦
看见奈的冰冷黑暗
心中毫不满足
于是创造神圣的阿拉
它点燃日月,带来光明
并以它自己的形象造人
艾弗伦心满意足

奈对于玷污自己完美黑暗的万物大为冒火
动手摧毁阿拉

当艾弗伦阻止她时
奈将黑暗纳入它的世界
成为所有恶魔之母
——阿拉盖丁卡出世

艾弗伦吐出一口大气
吹醒世间万物
神圣的日与月
诅咒阿拉盖丁卡
恶魔女王落荒而逃
遁入阿拉地心的
黑暗深渊

阿拉的世界轮回,黑夜降临
阿拉盖卡丁宣告
奈的黑暗子孙现世
破坏者,阿拉盖
艾弗伦对抗奈的力量
命令人类守护自己
在冰冷的月光下坚守阵地

总在月亏时
阿拉盖持续壮大
当月亮黯淡无光时
阿拉盖卡赶走阿拉
月亏时,以魔印守护心灵
莫让恶魔之父

THE DAYLIGHT WAR

左右你的思想与梦境

伟大无敌的艾弗伦
送给子民最后的礼物
赐给我们解放者
沙达玛卡带领世人
踏上荣耀之光与天堂之路
联合艾弗伦的子孙
消除恶魔女王的瘟疫

沙达玛卡即将再生
统一全人类
在他与艾弗伦面前下跪
或在矛头下屈服
沐浴在阿拉盖的血液中
参与荣耀的战争
沙拉克卡，人类与恶魔的大决战

突然，沉醉于音乐的黎莎被手上一丝刺痛惊醒——自己握茶杯的手用力过度，好些指节都泛白了。她强迫自己放松，看向酒吧座位上所有忘记喝酒和呼吸的观众。唱到最后一段歌词时，她以为克拉西亚人会勃然大怒，拿出武器突然发难——不过他们全都把武器留在房里——也生怕镇民会突然袭击。结果所有人同声欢呼，卡维尔和安基德也一边呐喊一边跺脚，震得天花板上的灰尘纷纷撒落下来。绿地人的那暴风雨般的掌声听起来就像庆典时节的声声爆竹。

这不是她第一次对自己看待罗杰的眼光提出质疑——他看

起来充其量就是个大男孩，年仅十八，脸上才刚刚开始长胡须；行为举止常常让人感觉他年纪更幼稚——任性、鲁莽、有勇无谋。每当他不顾她的建议时，黎莎就会恼羞成怒，她比他懂事，她能解决他所有问题，只要他肯听她的话，乖乖照她的吩咐去做就行了。

但罗杰只用一首歌就达到了远远超乎黎莎想象的境界，把绿牧镇民必须知道关于克拉西亚人的事情与信仰全都告诉他们，警告他们下一个新月可能面临的危险，明白指出阿曼恩的大军即将杀将过来。

最重要的是，他明目张胆地在克拉西亚人面前通风报信，而且说的全都是他们的达玛在传道神庙里和尖塔上大肆鼓吹的东东。这些东西在克拉西亚人耳中听来就跟他们自己鼓吹的信仰口号一样让他们只有狂热，忘了此时此地的深意。阿曼娃和希克娃以为她们是为了父亲的荣耀而唱，但事实上她们是在告诉镇民赶快收拾行囊，举家北迁。

自洼地解放战争以来，黎莎已经习惯于发号施令，突然间却迷失为找不到方向的人，而罗杰却能看出魔印网中的条理。

"太美了，罗杰。"她在他们鞠躬回桌时站起来祝贺。卡维尔和安基德立刻站起来，走到达玛丁身边保护她们。

"谢谢，"罗杰说。"但这是团队的效果。没有阿曼娃和希克娃就没有这么精彩的演出。"

"丈夫，你太谦虚了。"阿曼娃说。"我们只是教你一首大家都会唱的歌，并帮助你了解歌词的意义，是你将歌词改编成你们能听懂的寓意，我们绝不可能找出恰当的韵律与节拍。"

黎莎微笑。"我也感谢你如此谦虚，阿曼娃。"她望向罗杰。"但罗杰确实为这首歌增添了……算是画龙点睛之笔吧。"

罗杰立即给她使了个眼色，快到没人注意。阿曼娃好奇地凝视着她。黎莎发现罗杰并非自己唯一低估之人。达玛丁或许年轻，但绝非表面上看来楚楚可怜的萌少女。

哈沃德在表演结束后来到他们桌旁，黎莎教他心灵恶魔魔印，还有制作魔印头带，以及在新月时使用的方法。

"你是说那种恶魔真的存在？"哈沃德惊问。

"歌词里提到的所有威胁都是真的，镇长。"黎莎说。"每一样都不缺。"

※

第二天早上，阿曼娃和希克娃起床时，将身体挪开柔软的羽绒被时尽量轻，不惊醒了罗杰。但在充满摸包高手的吟游诗人公会里度过许多年后，罗杰早就懂得保持警惕的重要性。

他保持规律的呼吸，假装在睡梦中转身，换个便于观察的角度，眯起眼能够看清楚女人点燃油灯、展开晨间锻炼等一切活动。但当时离天亮还有一段时间，罗杰至少还能多眯上一个小时再起床坐着马车赶路，但很明显，眼下有些事情比睡觉更有吸引力——偷偷欣赏两位年轻漂亮的妻子锻炼——阿曼娃和希克娃只穿着半透明的睡衣，比练习沙鲁沙克时穿得更单薄。罗杰看着看着，一阵心神荡漾，于是在毯子下轻轻变换着姿势，调匀呼吸，给自己释放一点空间，一边想着自己有多幸运，一边吞下欢愉的呻吟。

就像往常一样，这两个女人似乎有办法与他心灵相通，能感应到他的心灵变化。她们突然转过身来看他。罗杰来不及闭眼，被她俩逮了个正着。她们立刻停下动作，朝他走来。

"不，拜托。"罗杰说。"别让我打断你们，我喜欢看。"

希克娃看向阿曼娃，阿曼娃耸了耸肩，两人继续之前的姿势。

"你们的沙鲁沙克与卡维尔教加尔德和汪姐的大不相同。"罗杰说。

阿曼娃嗤之以鼻。"沙鲁姆的沙鲁沙克就像狼群对着月亮嚎叫,就连达玛的沙鲁沙克也不过是蟋蟀在唱歌。这,"她施展一系列招式。"才是真正的音乐。"

罗杰集中精神,想着解放者洼地其貌不扬的草药师姐西·卡特,想象她脱光衣服的画面,直到勃起完全消退,这才跳下床来,走到阿曼娃面前,模仿她的动作。这些动作出奇的困难,即使对经常上台表演的人来讲也一样。罗杰可以倒立行走、滚翻、空翻,还学过适合从皇家舞会到乡村集会所有场合的舞蹈,但是沙鲁金会用到一些他听都没听说过的肌肉,需要比在球上演奏小提琴更高超的平衡感。

希克娃笑道:"你做得很好,丈夫。"

"不要骗我,吉娃。"罗杰笑嘻嘻地说道,确保她知道自己是在说笑。"我知道我做得很糟。"

"希克娃没有骗你。"阿曼娃说着走来调整他的姿势。"你的姿势很好,只是缺少心中的自我。"

"心中的自我?"

"把你自己想成一棵棕榈树,在风中摇摆。"阿曼娃说。"你会弯腰,但不会折断。"

"我很愿意这么做,"罗杰说。"只是我从没见过棕榈树。这和教我想象自己是妖精瓦罐没什么区别。"

阿曼娃没有皱眉,但也没有微笑。在她眼中,沙鲁沙克是不能拿来开玩笑的。他收敛笑容,让她调整姿势。

"你心中的自我就是连接你全身的无形线条,是天堂。"阿曼娃说。"它是平衡,但又不能单以平衡解释。它是无声无息之地,当你拥抱音乐时会坠入的境界,当你无视痛苦时的慰藉之源。"

接下来的几天,他们继续雷克顿境内的一座座村落里表演同样的节目,说服村民放下对沙鲁姆的恐惧,然后为他们表演。罗杰对于不让妻子知道歌词中隐藏的讯息感到有点愧疚,但既然她们一开始也没说她们听得懂提沙语,他也就觉得理所当然——这也算不上背叛,自己只是在传播他们沙漠人的神话传说。

每天早上,阿曼娃和希克娃都会拉着他一起练习沙鲁沙克,保镖安基德却面无表情地站在一边观看。罗杰自己觉得倒不像是练武,更像是在表演,不过他玩得很开心。黎莎向他提过英内薇拉那攻击神经系统的致命招数,以及毫不费力就扣住她咽喉的独特手法。他妻子的课程里没有那些招式。尽管他有些进展,但还是没有熟练到学习复杂的高难度动作。

"想学跳舞得先学走路。"阿曼娃说。

离开克拉西亚控制的土地后,他们开始加紧赶路。车队还遭遇一次攻击——十几名强盗拿投掷矛和短弓突袭他们,试图分散注意,好让另外一批强盗抢夺一辆行李车。沙鲁姆却不吃那一套。他们死命抵抗,在对方撤退之前打死四名强盗,打伤好几个人。吓得那帮强盗还嫌逃得不够快,哪有人还顾得上打车队的主意。

离解放者洼地不到一个星期路程时,他们终于放慢脚步,黎莎也有机会跟借宿的村落的草药师们进行更多的交流。尽管有些草药师与她通信多年,却素未谋面。在北耙村,她与自己通信多年的草药师相拥而泣,不过罗杰却只感觉到一股逐渐酝酿的紧张情势。这里的村民不太害怕沙鲁姆,这也让他们更难

以控制事端。

那天晚上，罗杰和两位娇妻在酒吧里表演完《月亏之歌》之后，现场传来一阵礼貌性的掌声，接着酒保叫道："好了，来段《伐木洼地之战》吧！"不少人起哄呼应，伴随许多呼喊、捶桌子和跺脚声。

罗杰压抑住一股想皱眉的冲动，差点取下他吟游诗人的面具。以前，他在所有表演场合都会演出那首歌，并以高价出售给吟游诗人公会。

他望向妻子。阿曼娃却很体贴地建议："想演奏的话就请演奏吧，丈夫。希克娃和我会回桌上去坐下倾听，我们很荣幸有机会听听这首描述我们新部族英勇事迹的歌谣。"

她们顺势起身。罗杰在她们走过时亲吻她们，但是尽管她们逐渐习惯北地习俗，当众接吻对所有克拉西亚女人而言还是太过分了，除了达玛佳本人以外。

我们的新部族。罗杰咬牙切齿。她们真的知道这是首什么歌吗？他没有蠢到在艾弗伦恩惠里演唱《伐木洼地之战》——那首歌对沙漠人的信仰是直接的讽刺。

但如今他们已经离开艾弗伦恩惠，身处雷克顿的土地上，四周都是提沙人。他们有权得知北方的正义之师正日益壮大，有权得知他们也可以投靠自己的救世主。罗杰并不真的认为亚伦·贝尔斯就是解放者，就像他不认为阿曼恩·贾迪尔是一样，但如果人们需要别人带领他们在黑夜中寻求力量，继续存活下去，他依然认为魔印人是比沙达马卡更人性化的领导者。他不打算一辈子隐瞒这个事实。

现在就是道出真相的好时机。

慢慢地，他开始演奏。随着他沉浸在音乐中，恐惧和焦虑开始如同晨风中的恶魔灰烬般消逝。创作这首歌时，他感到无比自豪，而当他的手指演奏出熟悉的旋律时，他发现自己依然骄傲。《伐木洼地之战》或许没有《月亏之歌》那么强大的魔力，但他可以用这首歌在黑夜中形成一道防护网，阻挡恶魔接近，而且它还能鼓舞北地所有善良朴实的村民。这首歌已经广为流传，很可能在他死后依然会传诵下去，如同古老的英雄史诗传说般永垂不朽。

他每次演奏都会陶醉其中，将妻子、沙鲁姆、黎莎和观众抛在音乐之外。准备好后，他开始唱歌。

他刻意保持曲调简单，一方面让听众朗朗上口，一方面也还是为了自己着想。他的歌声比不上阿曼娃和希克娃，也赶不上他那鼎鼎大名的老师——艾利克·甜蜜歌。即使在艾利克成天买醉，遭人讥嘲为"臭酸歌"，经常还会唱到一半就忘词儿的时候，老师的歌声依然让罗杰无法望其项背。

但他接受过顶尖歌手的训练，尽管欠缺肺活量和歌唱的天赋，罗杰还是可以用尖锐清澈的声音唱好一首歌。

当流感肆虐
带走当时草药大师布鲁娜
她的学徒远在天边时
伐木洼地陷入绝境
没人愿意藏头缩尾
他们挺身而出
在夜里奋起击杀恶魔
迎接魔印人来到洼地

北方遥远的安吉尔斯
黎莎收到噩耗

老师去世、父亲重病
洼地相隔一周的路程
没人愿意藏头缩尾
他们挺身而出
在夜里奋力击杀恶魔
迎接魔印人来到洼地

没人带她穿越黑夜
仅有吟游诗人的旅行魔印圈
但那只能阻挡地心魔物
却无法抵抗盗贼
没人愿意藏头缩尾
他们挺身而出
在夜里奋力击杀恶魔
迎接魔印人来到洼地

孤立无援，只能等死
地心魔物成群结队
他们遇上浑身刺青之人
徒手屠杀恶魔
没人愿意藏头缩尾
他们挺身而出
在夜里奋力击杀恶魔
迎接魔印人来到洼地

他们抵达时，洼地几成废墟
没有完整的魔印

The Daylight War

半数镇民非死即伤
没人愿意藏头缩尾
他们挺身而出
在夜里奋力击杀恶魔
迎接魔印人来到洼地

魔印人鄙视绝望
号召众人起身战斗
只要在黑夜里并肩作战
我们就会看见明天的黎明
没人愿意藏头缩尾
他们挺身而出
在夜里奋力击杀恶魔
迎接魔印人来到洼地

他们使用斧头及长矛
以屠刀与盾牌奋战一夜
黎莎带伤者前往圣堂治疗
没人愿意藏头缩尾
他们挺身而出
在夜里奋力击杀恶魔
迎接魔印人来到洼地

洼地人守护心爱之人
尽管黑夜艰辛漫长
战场如今人称魔物填场
绝非没有理由

没人愿意藏头缩尾
他们挺身而出
在夜里击杀恶魔
迎接魔印人来到洼地

如果有人问为何日落时
恶魔都在颤抖
洼地人会实话实说
只因人人都是解放者
没人愿意藏头缩尾
他们挺身而出
在夜里奋力击杀恶魔
迎接魔印人来到洼地

"真正的解放者!"人群中有人叫道,不少人大声呐喊。

罗杰听见椅子倒地的声音,睁眼看见卡维尔气冲冲地朝他逼来。加尔德跳起身来,挡在两人之间。身形巨大的伐木工比对方高八英寸不止,重过一百磅还多。他抓起卡维尔,一时之间似乎取得上风,但是训练官扭转他粗壮的胳臂,加尔德痛得大叫,身体随即腾空而起。卡维尔不再理他,加速冲向罗杰。

汪妲本能地伸手拿弓,但发现自己距离过近时,她毫不迟疑地徒手攻向训练官。她站稳脚步,小心防守,同时施展迅速又有效率的拳脚招式,明智地避免贴身扭打。她比加尔德多撑了几秒,接着卡维尔架开她的拳头,以手刀击中她的喉咙。他趁她窒息一刹那抓住她的手臂,近身扭转,将她整个人摔倒在桌子上,当场把桌子撞成两半。汪妲和着一堆木屑、麦酒以及碎玻璃摔落在地上。

酒保拿出棍子，所有人都开始奔走呼号，但是他们都来不及帮助罗杰。他手腕一翻，手中多了把飞刀，但在卡维尔逼近时手忙脚乱，吓得把飞刀掉落在地。

接着安基德突然现身，勾住卡维尔的腋窝，将他的冲势转为摔掷的力道。训练官很熟悉这招，迅速侧步跨开，双脚扎稳马步。他以克拉西亚语吼了一句话，同时狠狠出脚，紧接着补上一拳。这两下全都从安基德身边擦过，他避开那一脚，抓住卡维尔的手腕化解那一拳，另一手突然出击，重重击中训练官的肩窝。安基德放开他的手，训练官的手臂无力地瘫垂下来。卡维尔以另一手出拳，结果仿佛击中一堆烟雾。安基德轻飘飘滑出数步，躲过训练馆的攻击范围，轻易出手击中卡维尔的另一边肩膀，接着移形换位，一脚踢在他的后膝弯处。

他踏着骇人的轻松步伐来到训练官身后，扣住软瘫的双臂，将他压在地上。卡维尔面容扭曲，肌腱剧痛，但一声不吭。安基德一如往常般沉默，脸上没有丝毫表情。

"够了。"阿曼娃说，宫人立刻放开训练官，后退一步。卡维尔转向达玛丁，咬牙切齿地以克拉西亚语申辩。罗杰听不懂他在说什么，但他狂热的眼神已经说明一切。

阿曼娃以提沙语回应，语气冰冷。"如果你或任何沙鲁姆胆敢碰我丈夫一根寒毛，训练官，你们就会永远待在天堂门之外。"卡维尔目眦欲裂。他额头抵地，但神情依然义愤填膺。

阿曼娃转向罗杰。"还有你，丈夫，今后再不能演奏这首歌。"

罗杰无须借助金牌获取勇气，单靠他心中的愤怒就足够了。别人没资格告诉他可以演奏什么，不能演奏什么。"不能才怪。我不是圣徒，没资格告诉人们该信什么，只负责讲故事，而这两首歌都是事实。"

阿曼娃额头上青筋突起，一股无名之火蹿上眉梢。她无声地点点头。

"那我父亲将会得知此事。卡维尔，挑选最强、最快的戴尔沙鲁姆。我要写一封信，让他交到沙达玛卡手中，绝不能假手他人。让他带两匹马，除非造成阻碍，不得浪费时间去猎杀阿拉盖，沙拉克卡的成败或许就取决于他的速度。"

卡维尔点头，翻身而起，奉命行事。但黎莎起身站在他面前，双手交叉胸前。"他赶不回去。"她警告道。

"什么？"阿曼娃问。

"我已经给你的沙鲁姆下毒了。"黎莎说。"毒药的作用远比我加在他们汤里的解药要持久。这里离你们距离最近的盟友都要好几天的路程，少了解药，你的手下还没跑到半路就死翘翘了。"

阿曼娃凝视黎莎很长一段时间。罗杰也怀疑她是不是只是吓唬一下沙漠人。当然不是。黎莎做得出很多事，但是下毒害人？不可能。

阿曼娃眯起双眼。"卡维尔，照我的话做。"

"我不是在虚张声势。"黎莎警告。

"不，"阿曼娃点头。"我相信你不会的。"

"而你还是会派人去送死？"黎莎问。

"是你害死他的。"阿曼娃说。"我是为了保护他在艾弗伦恩惠里的同胞而做必要之事。我会为他掷骰子，帮他准备草药，但如果你真的下毒，而我猜不出解药，他就会升入天堂。而当你走完孤独的旅程，将接受造物主的审判，他的灵魂将会站在天平的另一端与你决战。"

"这件事情过后，我们两个都不可能清清白白地去见它。"黎莎说。

"你用半真半假的谎言恐吓、迷惑这些人是没有用的。只要我父亲想夺走他们的土地,那他们的土地就守也守不住。这些人会变得更坚强,并且有我父亲授予他们取得荣耀与进入天堂的资格。"阿曼娃轻弹手指,训练官马上离开。酒吧里有几个人蠢蠢欲动,但卡维尔露面挑衅,他们立刻明智地让开。

又瞪了罗杰一眼后,阿曼娃和希克娃愤然离去,与安基德一起回房。罗杰悲伤地看着他们走上楼梯,消失在眼前。我决不可能不再演奏《伐木洼地之战》,但我没必要在舞台上告诉她们。他知道演出到一半突然遭人冷落是什么感觉。

心情平静下来后,罗杰发现自从返程以来,这是他第一次与其他洼地人独处。汪妲和加尔德看起来心理伤害远比身体严重,因为他们一直默默站在一旁。

"刚才真是太可怕了。"罗杰说。

"你运气好。"黎莎说。"在他们不知情的情况下利用《月亏之歌》告诉人们远离克拉西亚人是一回事,但在他们面前歌颂另一个解放者又是另一回事。你这样做与唾弃他们所信仰的神祇有什么区别。"

"那我们应该假装《伐木洼地之战》从来没有发生过吗?"汪妲大声问道。"我们的努力毫无意义?假装我爸就这么死了,而不是拖一堆木恶魔与他同归于尽?假装魔印人没有做歌里所描述的那些英雄事迹?"

"我已经受够了假装是非颠倒,黑白不分了。"加尔德说。

"当然不是这样。"黎莎说。"但我们在路上孤立无援。很快我们就会回到洼地,在那之前,还是小心为上。"

"哎,大家都没事吧?"旅店老板送上刚倒的饮料。他身边跟着北耙镇镇长盖瑞,以及当地草药师妮可儿。

"还过得去。"罗杰说着请他们坐下。"要是我没差点死掉,

黑夜就不够精彩了。"

盖瑞眨了眨眼,不过还是和妮可儿在一边的座位上坐下。"现在到底是什么情况?你们说他们是跟你们来的,但看起来你们比较像是跟他们来的。你们是他们的囚犯吗?"

罗杰知道他们在等他回应,但他觉得麻木、脑袋混乱,答不上来。黎莎摇了摇头。他很高兴有让她代表发言,至少在她开口说话前是如此。

"我们很安全,镇长。"黎莎说。"情况比想象中还要复杂,你们暂时帮不上忙,那个白衣女子是克拉西亚恶魔头子的女儿……"

罗杰神色一凛,身体前倾。小心说话。他心想。

"……也是罗杰的妻子。今晚过后,这些战士绝不敢在没有沙达玛卡的命令下伤害我们,而那道命令一时之间还不会下来。到时候我们已经回到洼地,比北耙镇的镇民更有能力应付接下来的局面。"

"这话是什么意思?"镇长大声问道。"你们告诉我们一个事实,然后唱另一首歌传递另一个事实,现在又有第三种版本?"

"意思就是克拉西亚人马上就要进攻了。"黎莎说。"只要你们没有蠢到出手抵抗,他们或许不会像在来森那样残暴,不过结果都是一样的。所有男孩都会被抓去接受对抗恶魔的奴化训练,所有男人都会变成奴隶,所有女人都会被虐待。你们的小镇会有沙漠武士巡逻,所有人都要服从他们所谓的《伊弗佳》律法。"

"她是在提醒你们趁有机会时赶快往北边跑。"厄尼解释道。"你们就处在他们进军的必经之路上。聪明的话,你们就该赶紧收割所有成长中的作物,打包所有财物,远离信使大道。"

"又能逃到哪里去呢?"盖瑞问。"我家族一直以来都住在北耙镇,大部分镇民也一样。难道就这样放弃家园吗?"

"没错,如果你们重视性命胜过土地。"黎莎说。"如果想要拥戴你们的公爵,那就逃到雷克顿城里去,希望他们会收容你们。几个月前我就派人去警告他们了。湖中的城市应该很安全,至少暂时还守得住。"

"我只见过一次雷克顿湖,把我吓得直哆嗦。"盖瑞说。"我想我们不适合住在那么一大片水上。"

"那就去伐木洼地。"黎莎说。"我们还没有扩张这么远,但是还在持续扩张。我们不会拒绝任何投靠过来的难民,且允许人们保有原来的聚落和村镇长。我们会分配上好的土地给你们,以及安全的魔印,还会给你们提供各种先进的魔印武器,训练你们使用它们。要不了多久,洼地就会成为除了密尔恩欧克公爵的堡垒之外最安全的地方。"

"不管哪一种情况,所有适合战斗的男人都会被迫去对抗根本不该对抗的东西。"盖瑞一口啐在酒吧地上。

"喂!"旅店老板叫道。

"抱歉,辛姆。"盖瑞说。"没有不敬的意思,佩伯女士,但是北耙镇民都很单纯,不想和洼地人一样成为恶魔杀手。"

"绑架克拉西亚公主或许比较容易。"辛姆说。"拿本镇当作赎金。那些黑袍混蛋很剽悍,但我们人多力量大。"

"你们不会想那么做的。"罗杰说。

"他说得对。"黎莎说。"胆敢碰她一根寒毛,克拉西亚人就会杀光北耙镇所有男女老幼,然后烧成灰烬。伤害达玛丁是唯一死刑。"

"他们得抓到我们。"辛姆说。

罗杰瞬间抽出飞刀，抓起辛姆的衣领，将他押在桌面，刀刃在喉咙上划破一条血痕。

"罗杰！"黎莎叫道。但他毫不理会。

"别管克拉西亚人。"罗杰低吼道。"你们不能那么做，因为她是我老婆。"

辛姆吞咽一大口口水。"我喝多了，半掌大师。我不是认真的。"

罗杰轻哼一声，放开对方，飞刀转眼消失。

盖瑞拉起辛姆。"去清理吧台，闭上你那张鸟嘴。"辛姆立刻点头，慌忙跑开。盖瑞转向罗杰。"很抱歉，半掌大师。每座村落都有些人脑袋不开窍。"

"嗯。"罗杰还在冒火，情绪有些激动，不过已经像一位正儿八经的吟游诗人那般和善，坐回座位上。

"没人逼你一定要去哪个地方。"黎莎对镇长说。"但是待在这里就得面对一场你们无力对抗的暴风。你看到一个愤怒的沙鲁姆有多厉害了，想象一万个沙鲁姆外加五万个来森奴隶有多可怕。"

盖瑞吓得脸色发白，不过点了点头。"我会考虑考虑。今晚请好好休息。从现在到你们明早离开之前，不会有人蠢到挑起任何事端。"话一说完，他推开椅子，扶起妮可儿，然后离开旅舍。

"那家伙今晚肯定会做噩梦。"伊罗娜说。

"他和我们一样，都是人。"黎莎说。

这时一名全副武装的年轻沙鲁姆和卡维尔走进旅店，手持长矛和盾牌。两人朝阿曼娃的房间走去。几分钟后，年轻战士冲下楼来，如箭离弦般窜出门口。

"你不会真的给沙鲁姆下毒吧？"罗杰问。

黎莎瞧他片刻，接着深吸口气，站起身来，沿着吧台旁的走道前往自己房间。汪妲紧张地跟在身后。

罗杰叹了口气，拿起面前一杯麦酒，分三口喝个精光，冰凉的液体自嘴角淌下，流到下颌。"我还是得回去面对老婆。"

厄尼抬头看他，以偶尔责备女儿时用的口气说道："你是个很棒的小提琴师，罗杰，但身为丈夫，你还有很多东西要学。"

※

加尔德陪罗杰回房，以为会看到守在门口的安基德，但是宫人却不见踪影，这表示他在房里。这种情况更令他不安。

"要我送你进去吗？"加尔德问。

罗杰摇头。"不，没关系。你保持警戒，以防有哪个蠢蛋听辛姆的挑唆跑来绑架阿曼娃。里面的事情就交给我了。"

加尔德点头。"我就待在走廊上。如果听见什么动静，我会立刻破门而入。"

罗杰脑中浮现一个画面，十五年前石恶魔打烂父亲旅店大门时木屑纷飞的景象。罗杰毫不怀疑加尔德同样能够毫不费力地打烂沉重的木门。

谁都没有说出刚才那一幕残酷的事实。卡维尔像收拾小屁孩一样把加尔德打得满地找牙，而安基德也同样轻松地收拾掉卡维尔。尽管这个鲁莽的伐木工经常惹他生气，罗杰还是不希望他做无谓的牺牲。如果他没办法在不动粗的情况下离开那间房，他多半也无法离开了。

罗杰假装整理上衣，实为从金牌中索取一些勇气和亲人的保佑。他让自己镇定下来。"我们都需要一些东西来面对坎坷的人生。"艾利克在罗杰问他为什么要喝那么多酒时说道。"而

我年纪太大，不能只听吟游诗人说故事。"他伸手握住门把。

进门之后，罗杰立刻注意到安基德站在门边，双手交抱胸口。一如往常，宫人似乎根本没看罗杰一眼。

阿曼娃和希克娃换上鲜艳的丝绸，罗杰直觉这是个好兆头，不过她们在罗杰进门的时候对他怒目而视。

"你和黎莎在背后向我们捅刀子。"阿曼娃说。

"怎么这么说？"罗杰问。"你父亲知道我们并未臣服他。他提出和平协定，我们还在考虑。我没有宣誓要维护他所有的利益。"

"不维护他的利益和反抗他是两回事，丈夫。"阿曼娃说。"我父亲不知道你在宣扬那个冒牌解放者的故事，也不知道黎莎女士会对他的战士下毒。"

"你父亲很清楚魔印人的事迹，以及他和洼地的关系。当初他来到洼地时，我们就已经告诉他了。"罗杰压低眉毛。"而你没资格数落别人下毒。"

尽管阿曼娃没有扯下面具，但是罗杰从她没有立刻说话这点直觉自己说到她的痛处了。

"但你教你的同胞逃走。"阿曼娃说。"而我们根本没有进攻的计划。你教他们打包行李，前往大绿洲城，或是逃往你们洼地，壮大你们部族的势力来对抗我们。"

罗杰火气又上来了。"你怎么知道？你偷听我们谈话？"

"阿拉盖霍拉告诉我的，杰桑之子。"阿曼娃说。

"造物主啊，我受够了你那些隐晦的答案和那些可恶的骨骸！"罗杰吼道。"你把骨骸的训示看得比人命还重要。"

阿曼娃再度停顿，保持冷静。"或许等你回到洼地之后，面对你亵渎的行为，我们或许无能为力，丈夫，但是我们不会继续在城镇过夜了。即使当我们抵达洼地，希克娃和我也不会去唱你那首对艾弗伦不敬的歌曲,也绝不会允许你在我们面前演唱。"

罗杰耸肩。"我也没逼着你们唱。但我参与过伐木洼地之战,妻子。我亲身经历,知道事情的真相。我不会只因为这样会降低你父亲的威信,假装那场可歌可泣的战争没有发生过。如果他真的是上天所指定的解放者,这根本无关紧要。如果他不是……"

"他必须是。"阿曼娃嘶吼道。

罗杰耸肩微笑。"那你就没什么好担心的了,不是吗?"

"我父亲是艾弗伦亲自选定的代言人。"阿曼娃说。"但奈的力量强大。如果各部族子民都不肯效忠,他还是有可能失败的。"

罗杰再次耸耸肩。"这些并非他的子民,至少现在还不是。如果要让他们成为他的子民,他必须赢得民心。沙拉克卡来临时,我会与恶魔对抗。但我效忠于谁,此刻还未定论。"

阿曼娃嗤之以鼻。"你有很多优点,杰桑之子,但你不是战士。"这话仿佛出其不意地甩了罗杰一巴掌,气得他差点抹下吟游诗人虚假的面具,直接跟她翻脸。他站起身来,吹胡子瞪眼,就连阿曼娃也被他勃然大怒的表情吓得连连后退。

"作为你丈夫,我命令你跟我来。"他说,拿起琴弓和小提琴,转身冲出房间。

安基德立刻上前阻挡他的去路。

罗杰直接走到他面前,侧头直视宫人死气沉沉的双眼。"妻子,叫你的阉驴退下。"

罗杰在安基德眼中看到一丝暴怒的神色,不过那个眼神一闪即逝。"不会说我们的语言,看不起我的红发。你这个烂屁眼的大混蛋!你每个字都听得懂。所以要么就杀了我,不然就

给我退下。"

第一次，宫人开始面露暴怒——一股跟卡维尔扑向罗杰时差不多的怒海狂涛。但罗杰毫不在乎，以同样愤怒的目光瞪着他。

"安基德，退下。"阿曼娃说。宫人面露惊讶，但立刻让开。罗杰打开房门，怒气冲冲地踏上走廊，把加尔德给吓得跳了起来。

阿曼娃和希克娃在他朝楼梯走去时跟了出来。"你疯了，你要去哪里？"阿曼娃大声喊道。但他根本懒得回答。

下楼时，酒吧的镇民已经散得差不多了，只剩下几个镇民坐在吧台前。他们惊讶地看向罗杰，接着瞪大双眼看着身穿鲜艳半透明丝绸的克拉西亚女人。

"丈夫！"希克娃叫道。"我们穿的都是睡衣！"

罗杰头也不回，穿过酒吧，拉开前门的门闩。

"喂，你到底发什么疯？"辛姆叫道。

但罗杰也没理睬他，大步走了出去。

就和大部分提沙村落一样，旅店位于铺石板地的镇中广场边缘。附近许多建筑都有魔印走道通往旅店，方便镇民天黑之后聚在旅店里，但广场本身占地太广，难以在每个角落都加持魔印。石板会防止恶魔在广场中央现形，但风恶魔飞得高，自然会在攻击移动目标时，要注意避开这些绘有魔印的石板。其他恶魔偶尔也会从道路上晃到这附近来。

旅店前廊外站着卡维尔和另外两名沙鲁姆，三人都全副武装。

"别挡路。"罗杰推开他们，仿佛他成了有权命令他们的沙达玛卡一样，几位沙鲁姆在他走进广场时自动让开道路。罗杰看到对面有两个小型木恶魔正在测试建筑物的魔印，寻找魔印网的缺口。它们在听见罗杰的脚步声时停下来，简直就像两株扭曲的歪脖子树。

当妻子跟着他来到前廊的屋檐下时，罗杰听见战士们大声吼叫起来，接着在他们全都偏开头去时偷着发笑。他的妻子都是解放者的血脉，而且已经结婚，任何胆敢偷看她们的身体的人将会遭受挖眼的酷刑。

由于没穿魔印斗篷，他一离开魔印守护立刻被恶魔发现。它们随即开始缓缓朝他接近。罗杰毫不理会，轻松地扬起提琴。天空中，风恶魔的叫声划破黑夜。

阿曼娃和希克娃在前廊栏杆前停步。"别再胡来了！"阿曼娃叫道。"赶紧回来！"

罗杰摇头。"你没资格命令我，吉娃。还是你过来吧。"

"《伊弗佳》禁止女人踏入黑夜。"阿曼娃说。

"也禁止其他男人看见我们身穿透明的彩色睡衣和不戴面纱的真实模样！达玛佳规定要投石砸死这样的女人。"希克娃叫道。他回过头去，看见她弯下腰，试图遮掩自己。

恶魔已经十分接近，张牙舞爪，准备开餐。罗杰毫无惧意，毅然转身面对它们，以残缺的手掌扬起琴弓。

恶魔是受原始情绪所制的生物，控制它们的关键就在于控制它们的情绪。此时此刻，它们的注意力都集中在罗杰身上。罗杰利用这种感觉，加以强化，将这种专注转化到他的音乐之上。

我在这里！他告诉它们。看清楚没有！

接着他停止演奏，向旁踏出两步。恶魔摇头晃脑，不知道他是怎么消失的，罗杰再度开始演奏，强化这种困惑的情绪。

他去哪里了？我怎么到处都找不到他！他告诉恶魔。它们开始疯狂地左顾右盼，即使当它们的目光扫过他时，找不到他

的沮丧感依然停留在它们心中。罗杰小心翼翼地绕到它们背后,戴上表情轻松的吟游诗人面具。

"我也可以说《伊弗佳》同时要求你们要听从丈夫的命令。"他告诉妻子。"但《伊弗佳》没有遇过我们这种情况。绿地的女性吟游诗人会穿七彩服饰,而你们现在人在绿地。这样一来,英内薇拉得将所有住在艾弗伦恩惠之外的女人通通投石处死才行。"

这时前廊栏杆后聚集了一群镇民。手持武器的加尔德、黎莎和拿着魔印弓的汪妲、加上一群镇民及三名沙鲁姆。两个女人迟疑片刻,接着阿曼娃深吸一口气,抬头挺胸大步朝他走去,希克娃连忙跟了上来。

"达玛丁,不要!"卡维尔叫道。

"闭嘴!"阿曼娃大声道。"就是你的冲动把我们逼到这个地步!"

加尔德和战士跟着她们踏上广场,包括手里拿着长矛和盾牌的安基德。

"待在栏杆后,加尔。"罗杰叫道。"其他人都一样,今晚我们不需要长矛。"沙鲁姆不理会他,直到阿曼娃朝他们挥手止步。他们才慢慢后退,但是随时准备在恶魔扑上来时,不顾一切地冲上来营救。

木恶魔注意到两个女人,但它们已经测试过广场四周的魔印,知道鞭长莫及。罗杰察觉对方这种情绪变化,立刻加以利用。他侧过脑袋,下颌稍微离开魔印,将音乐瞄准恶魔的方向。

她们有魔印加持,他在妻子踏入没有魔印守护的区域时对恶魔灌输——你们动不了她们,否则,你们将会面对强光与剧痛,去找其他猎物。

恶魔奉命行事,当阿曼娃和希克娃来到他身边时,罗杰旋律一转，拉起《月亏之歌》的前奏。响亮的回音增强了音乐的效果，她们随即在罗杰的带领下开始大声歌唱。借着这股力量，他在三人周围编织出一道音乐魔印屏障，让他们在地心魔物面前隐形。恶魔可以闻到他们的气息、听见他们的声音、透过眼角看见残影，但这一切感官的源头都消失了，它们的目光一再错过三人。

不必担心攻击后，罗杰又增加了一层曲调，阿曼娃和希克娃立刻跟上，对着黑夜呼出嘹亮的召唤。慢慢地，罗杰抬起下颌，露出更多阿曼娃雕刻的魔印。他的妻子伸手碰触喉咙，调整颈链，配合他提高音量。

音乐远远传出，吸引广场附近的居民趴在窗口或挤到前廊前。一盏盏点燃的油灯，在石板地上投射出微弱的温暖。镇民们目瞪口呆地看着歌曲发生神奇的效力，引来附近所有恶魔。

一开始还不是很多，但没多久，广场上就集结了十多头地心魔物。五头木恶魔扬起鼻子在嗅着空气中的气味，寻找看不见踪影的猎物。两头火恶魔又叫又跳，在广场上拖拽这橘色的火光，转来转去就是找不到音乐的来源，但又没法抗拒它的引诱。三头风恶魔也正盘旋在空中，猛禽的尖叫声在漆黑的夜空里回荡。两头田野恶魔低伏在地，腹部摩擦石板，试图掩饰行踪。甚至还来了一头砾恶魔——石恶魔体型较小的表亲，但依然比将近七英尺高的加尔德还雄壮。它站着不动，不枉负砾恶魔的名头，但罗杰知道它在利用所有知觉寻找他们，并会在找到猎物之后立刻行动。

黎莎曾说起过心灵恶魔的邪恶力量，让人心有余悸，它能左右她按照它的意思说话和做事。或许小提琴音乐里拥有同样的魔力，罗杰心想。或许人类最初创造音乐就是为了模仿那种能力，这就是为什么某些曲子能让听见的人产生心理共鸣。

《月亏之歌》就具有这种强大的魔力。在妻子第一次唱给他听时，罗杰就感觉到了，一种能和他的音乐产生融合放大效果的力量，但却……渐渐消失，因为数千年来没有使用这种力量的必要而被世人遗忘。

现在，罗杰找到这股力量并带回人间。而且在他的导演下，这首歌的魔力源源不断地向恶魔发出召唤，让恶魔将注意力集中在永远都找不到的目标身上，无视周围的一切。如果要的话，加尔德和沙鲁姆可以直接上前砍掉恶魔的头。

然而罗杰告诉他们，今晚不需要武器并不是讲谭普草故事。

他开始进入第一段歌词的部分，阿曼娃和希克娃赞美艾弗伦的荣耀，编织他第一道法术，他和妻子在马车里练习过许多次的法术。唱到过渡的部分，也就是女人哼着音乐呼唤造物主时，恶魔已经忘记了找寻猎物，开始随着音乐舞蹈起来，就像镇民在庆典时听着音乐轻快地舞蹈一样。

接着，罗杰开始演奏另外一段排练已久的旋律，他们进入下一段歌词。他开始在广场上轻松漫步，妻子紧随其后。恶魔就像小鸭跟着鸭妈妈下水一样在他们身后走成弯弯的一长队。

他让这种情形延续到过渡的调子唱完，且第三段歌词开始，不过这里他增添了一个突出的音符，让妻子知道曲子即将出现的变化。这段歌词唱完后，恶魔已经站在他圈定的位置，三人同时转身，以一串尖锐的高音攻击恶魔，让它们如同遭鞭打的狗一样四下逃窜。

当它们即将逃出音乐范围时，罗杰进入下一段歌词。地心魔物立刻收住脚步，如同试图观察猎物的猎人一样僵立在原地，以免惊动猎物。他轻而易举地让恶魔变得更紧张，直到它们忍无可忍，在广场附近疯狂奔跑，不断挥爪吼叫，迫切地想要找出音乐的来源，阻止它的魔力。

罗杰继续支配它们,发出错误的暗示让它们一次次扑空。魔印网外有根老旧的拴马柱,他将音乐覆盖其上。

我就在这里啊!来,攻击我吧!

恶魔立刻尖叫着冲上去。田野恶魔率先扑倒,利爪在木柱上爪下深深的痕。风恶魔从天而降,攻击柱子,撞飞了一头田野恶魔。两头地心魔物在地上摔成一团,开始自相残杀。黑色脓汁飞溅在地上,风恶魔展翅升空,膜翼上布满裂痕。火恶魔朝拴马柱使劲喷火,柱子转眼间起火燃烧,照亮了广场。

接着罗杰借助魔法让音乐从砾恶魔身上传出。一大群田野恶魔照样猛扑上去,但砾恶魔一把抓住一只,将它脑袋使劲摔到石板地上。然后返身抓住另一只的尾巴,像人甩动链球一样把它甩得转飞出去。另一头风恶魔照样飞速俯冲下来,不过在砾恶魔甩动田野恶魔旋转时改变了方向。它狠狠地抛出田野恶魔,在前廊魔印网上撞出一道刺目的闪光,随即坠落在地面上,浑身冒着浓烟,不再动弹。一头火恶魔吐出火焰唾液,砾恶魔的双脚立即着火,不过还是飞起一脚把火恶魔踢得翻着筋斗滚出广场,撞上魔印网时绽放出一阵耀眼的火光。火恶魔死翘翘了,砾恶魔的脚却安然无恙。

罗杰面露得意之色——这些音律上的技巧以后可以传授给他人的——这些过渡的旋律以及对恶魔施展的"魔法"都是经过反复揣摩并且记载下来的旋律。其他演奏者或许无法达到我们三人组合的效果,但可以利用强记的方式学会召唤恶魔或驱赶恶魔的方式,也可以藏匿行踪或让它们发狂。

但这些形而上的技巧跟罗杰与妻子合力施法时所感受到的形而下的强大魔力相比不过是些枝叶,他永远不可能真正记载下达到那些微妙效果的控制手法和心率。那些必须身临其境才能体会,不但因恶魔的种类而异,还要考虑环境变数,依据当

时的具体情况而定。

这就是他一直没办法传授给学生的最关键的神韵。他回头看向他的两位身着鲜艳睡衣的吉娃，在她们吃惊的大而美丽的双眸中看见无限的敬意，伴着一抹恐惧。就连阿曼娃也情不自禁地取下了面具，脸上再也挂不住身为达玛丁那自以为是的淡定表情。她们可以模仿他，但创新和魔法无以复制，更不可能超越。

还没完呢，我的爱。罗杰心想，继续回过头去面对恶魔。他采取掠食者的姿势，和妻子一同驱赶恶魔，将各类不同的恶魔都驱赶到一个不同的圆圈里。尽管歌词已经唱完了，但罗杰的提琴伴奏却还在继续，尽最大可能地拉长结尾的旋律，并提高音量，以阿曼娃和希克娃所能赶上最快的速度增加更多起伏变化。恶魔们挤作一团，朝不同的方向胡乱挥爪，面对诱导他们锁在一团的力量充满莫名的恐惧，众恶魔争先恐后地往中间挤，根本不敢掉头逃跑，以免被人从不可思议的角度将自己猎杀。

接着罗杰开始痛下杀手，以自己所能达到的最快速度用琴弦拉出极其刺耳的声刀朝不同方位的恶魔堆飞去，恶魔就像真实中被来自不同方位的刀刃所伤，刀刀伤透肺腑。它们纷纷仰头尖声哀嚎，有些摔倒在地，撕破自己的脑袋，仿佛想要挖出自己躯体里那致命的声音，或是刺入体内的冰刃。就连天上的风恶魔也哀鸣声声，但是音乐如影随形，让它们无处遁形，只能烦躁地耗尽最后一丝体力在抵抗中扭曲着死去。

罗杰抬起头，再次改变拉弦的方式，如魔印利箭将中魔的风恶魔射落夜空。

风恶魔以极快的速度坠落，但罗杰和妻子根本不在音乐指引的地点——在旁边一段距离外，而且位置低了好几英尺。风恶魔就像寻求解脱一样，以惊人的力道一头撞向坚硬的石岩，空心的骨头在撞击中化为碎片，转眼之间粉身碎骨。

接着他转向大声呼救的木恶魔——仿佛十二级强风中被吹得即将连根拔起的树木。

罗杰想到吞火人，安吉尔斯里假装吞火，接着又用酒精和火星将火吐出来的吟游诗人。吟游诗人将之视为"低级"的表演——用以掩饰欠缺天赋的危险演出。表演吞火的吟游诗人常常会受伤，而且在森林堡垒里，除了特殊表演场合外，吐火是犯法的行为。那通常是帮知名吟游诗人暖场的开场表演。

现在就让火恶魔帮我做开场的吐火表演吧。罗杰在驱使火恶魔对木恶魔吐火时想到。火恶魔瞄准木恶魔喷火就像汪姐搭弓放箭一样举手即来。

木恶魔立刻着火，与砾恶魔不同之处在于，木恶魔根本扛不住恶魔火。它们惨叫着拼命挣扎，冲过去抓起火恶魔将其立毙杖下，但一切都于事无补了。它们在墨烟凝聚成浓密恶臭的乌云中倒地不起，化作一堆焦炭。

最后收拾的是砾恶魔，身高将近八英尺的它们，极其雄壮，表皮布满如同河卵石般的坚硬外壳。它像雕像般耸立在广场上，看着同伴们一个个惨死，四处搜寻着掠食者的身影，找寻自己的逃生之路。但罗杰只是得意地微笑着，心知它正在拼命找寻逃脱厄运的出路。

三人组开始绕圈，强化声音的变换和迷惑性力量，声音在飘摇不定中越来越高，同时露出越来越多的扩大魔印。恶魔开始恐怖地嚎叫，以利爪捂住脑袋，中魔一般地剧烈摇头。但罗杰三人的圈子越来越小，让恶魔被四面八方包围的音乐海浪困死在恐惧中。恶魔身躯摇晃，接着趴倒在地，发出如同哭泣般哀怨的死亡之声。

这时就连广场四周的镇民都已捂住耳朵。罗杰自己也脑袋呜呜作响，双耳膜隐隐作痛，但他忽略痛苦，下颌完全离开小提琴。

砾恶魔身体完全趴在地上抽搐着，发出一声如同山体滑坡般的哗啦声响。厚厚卵石的外壳开始崩裂成许多碎石屑——死也算是它的回归。

罗杰的琴弦拉出一个一个完美的惊叹符，声音立刻止住，两位妻子也跟着收住歌喉——广场上陷入一片死寂，罗杰很放松地保持拉弦的姿势，闭上眼享受这一刻欢呼前的宁静……

第十五章　佩伯家的女人

333 AR　新月前第十六个拂晓

"闭上嘴,亲爱的,"伊罗娜对黎莎说。"你看起来像个木脑壳乡巴佬。"

黎莎扭头想回嘴,结果发现自己真的嘴张得大大的。北耙镇广场四周所有人爆出热烈的欢呼、叫喊、鼓掌、跺脚,她趁机闭嘴,牙齿喀的一声撞在一起。

其中有个沙鲁姆发出一声愉悦的叫好声,就连卡维尔仿佛也忘了自己憋了一晚上的怒火。这种反应是可以理解的——沙鲁姆只崇拜猎杀恶魔的神力,而罗杰刚展示了让他们吃惊到几近恐惧的魔力——无须身强体壮和披坚执锐,他就能像踩死地上的小蚂蚁一样随意屠宰一大群恶魔,各种恶魔。就连沙达玛卡也不具备如此高超魔力。他们敬畏地仰望着他,本地居民更是如见解放者现世一样呆望着罗杰。就连加尔德眼中都绽放出狂热的目光,他以小提琴迷惑恶魔的次数多到数不清,但威力从来不曾升华到如此登峰造极的完美境地,还能让地板震动。他敢打赌其中一定有霍拉魔法加持。

阿曼娃才刚满十七岁,很容易让人把她当作小丫头看待——曾经受制于黎莎的小丫头。但她身穿达玛丁白袍,这表示她身怀恶魔骨魔法的秘密。黎莎曾见过英内薇拉施展的强大魔法。她对罗杰的小提琴做了手脚,还有她和希克娃脖子上戴

的颈链,他们能利用魔法来强化音乐。

现在黎莎了解恶魔骨魔法的基本原理了——即使周遭没有恶魔,也能利用恶魔骨提供魔印力量。她已经开始做些小实验,但是克拉西亚女圣徒有数世纪的经验积淀,而她此刻只是凭着一时好奇胡乱尝试。

黎莎在观众的欢呼声中走出前廊,来到三人身边。罗杰像是表演大师一样很绅士地鞠躬,示意妻子们照做。希克娃遵从指示,依照习俗腰弯得比丈夫还低,不过由于身穿半透明睡袍,这个动作看来极不保险。阿曼娃显然很不情愿向地位比她低贱的人倾了倾上半身,于是像是老公爵夫人向仕女回礼般微微点了点头。

罗杰在黎沙走近时对她微笑,她则无视阿曼娃不满的嘶声上前拥抱他。"罗杰,真是太了不起了。难以置信。"

罗杰露出稚气的笑容,嘴角仿佛要咧到耳朵旁。"没有阿曼娃和希克娃,我绝对办不到。"

"的确。"黎莎朝两个女人点头。"你们的声音有如造物主的天使。"

这句恭维让两个女孩瞪大双眼,黎莎在她们恢复之前再度看向罗杰。"阿曼娃加持了你的小提琴?"

罗杰点头。"只有腮托。上面的魔印让我弦上拉出来的声音有石破天惊的魔力,而使用它让我觉得……"

"活力无穷?"黎莎问。"那样的话,演奏一场下来应该会让你半聋才对。"

罗杰吃了一惊,伸手捏了捏耳朵。"呃。没什么感觉。"

"可以让我见识一下吗?"黎莎语气轻松地问道。罗杰取下腮托,想也不想就递给她。阿曼娃试图阻止他——太迟了。黎莎一把接过,随即后退一步,解开草药围裙上的特殊口袋,拿出亚伦帮她做的金框眼镜。

镜片没有矫正作用,但是镜框和镜片上的魔印让她拥有亚伦般的魔印视觉,可以看见魔法流动的痕迹。腮托绽放强大的能量,魔印耀眼得像是闪电在流动。几乎所有魔印她都认得,吸收魔印和连接魔印,外加投射魔印,以及……共鸣魔印。

"这里面不仅仅有扩大作用。罗杰。"她说。"还有共鸣魔印。"

罗杰神色迷惘。"什么意思?"

"这表示在这个小提琴附近所说的话都会传递到其他地方。"黎莎转向阿曼娃。她耳朵上有好几个耳洞都隐隐绽放魔光。"比方说耳环?"

阿曼娃看似冷静,但她的迟疑暴露了一切。罗杰看着妻子,愉悦的神情变得受伤。"你就是如此得知我们在酒吧里的谈话?"

"你们在耍阴谋诡计——"阿曼娃开口道。

"恶魔屎,别跟我来那套!"罗杰大声喊道。"你花了几周时间制作那个腮托,和我在路途中所做的任何事都没有关系,你打从一开始就计划要窃听我们的谈话。"

"你是我丈夫,"阿曼娃说。"我有责任保护你,了解你的一言一行,不让你惹上麻烦,并且在你需要时帮助你。"

"你一直都在说谎!"罗杰吼道。沙鲁姆神情紧绷——对达玛丁吼叫是杀头的罪行,但此刻他们依然震慑于罗杰的魔力,因此没有像之前那样暴力介入。就连安基德也没有出手,等待女主人指示。

"每当对你有利的时候,你马上就会引用《伊弗佳》,"罗杰继续责问。"但难道《伊弗佳》没有教你要诚实吗?"

"事实上,"黎莎插嘴。"那本书明确表示对青恩许下的承

诺与誓言不具有任何意义,如果他们会以任何方式阻碍艾弗伦。"阿曼娃瞪向她,但黎莎只是微笑,挑衅她反驳。

"我不要你这破东西。"罗杰怒吼一声,从黎莎手中抢回腮托,高高举起,往石板地上砸去。

"不!"阿曼娃和黎莎立刻大叫,同时伸手去抓他的手臂,阻止他的愚行。阿曼娃好奇地打量着黎莎。

"你看见它所蕴含的力量了,"黎莎说。"不要在冲动下放弃你的天赐神力。"

"女士说得有道理,丈夫。"阿曼娃说。"要做新的得花一个月以上的时间,前提是能够找到适合加工的腮托。"

罗杰冷冷地看着她。"你把礼物盒给我的时候,我还怕里面会是一副金镣铐。现在看来跟镣铐也差不多,我不要当你的奴隶,阿曼娃。"

"我们会因为火能改变我们的世界,难道我们就成了火焰的奴隶吗?"黎莎反问。"现在你知道它的力量了,罗杰。我可以拿个盒子绘制沉默魔印专门装它,当你需要隐私时就收起来,无须摧毁它的。"

"把它丢去砸石头并不会摧毁它。"阿曼娃补充道。"魔力强化了金属和木质部分。你会发现它很难摧毁,也找不到足以跟它媲美的替代品。"

罗杰像个泄了气的皮球,一脸悲哀地看着手里的腮托,接着把它塞进口袋,转身走向旅店。"我要去睡了。"他没心情顾忌看有没有人跟来,径直朝卧房走去。阿曼娃和希克娃像狗一样赶紧跟了上去,安基德则保持一定距离地跟着她们。

少数镇民晃到广场上去,以惊惧和迷惑的神色打量着焦黑的恶魔尸体。在听到夜空中传来风恶魔的叫声时,所有人连忙逃回室内。

黎莎也朝旅店走去，虽然她围巾上的魔印足以转移任何地心魔物的注意。进屋之前，她又回头看了信使大道一眼，此时此刻正有一名沙鲁姆朝艾弗伦恩惠赶去。

　　　　　　　　　※

黎莎独自坐在房内哭泣。

她并不完全了解骨骰的运作方式，达玛丁严密守护它们预知未来的秘密。《伊弗佳》提到过预言魔印，但是没有写在圣典里面，而黎莎认为自己没办法说服任何艾弗伦之妻拿骨骰给她研究。

但是根据她的观察，骨骰不会提供精确的预测，只会暗示未来可能发生的事件。阿曼娃很可能没有猜出黎莎给沙鲁姆下的是什么毒，这种毒的解药很难调配，也很耗时。从战士离开时的速度来看，黎莎怀疑阿曼娃并没有为他提供任何治疗。一天后，他会变虚弱。两天后，他会死在半路。

她也是不得已而为之，她不知道阿曼恩对于她打算把洼地建设成对抗他的堡垒时会有什么反应。她不能永远瞒着他，但她需要时间。警告雷克顿和阿瑞安老公爵夫人需要时间，回归洼地并且准备对抗月亏之日与沙拉克桑也需要时间。但这么想并没有让她在爬上床铺、盖上被子时睡意更浓——没有立即毒死那些沙鲁姆，看来自己还是心太软。

第一次，黎莎后悔曾前往米森堡。黑夜呀，她希望从没有离开伐木洼地，没去老巫婆布鲁娜的小屋，没有成为什么草药师。她本来可以成为顶尖的造纸工艺师，而那会让父亲非常自豪的。

尽管她很想要把责任推卸到其他人身上，但黎莎却很清楚那样做太容易了，充其量只是自欺欺人。

"我为什么要学毒药?"很多年前,她曾这么问过。

"为了解毒,女孩。"布鲁娜对她说。"学会调配毒药和草药的症状不会让你变成黑心肠的杂草师。"

"杂草师?"黎莎问。

布鲁娜啐道:"失败的草药师。他们会卖些狗皮膏药,往往会毒害贵族的敌人。"

黎莎难以置信。"真的有女人做这种事?"

布鲁娜嘟哝道:"并非所有人都和你一样好心善良,亲爱的。我有个学徒后来就变成那样了。我宁死也不会再让那种事情发生,但你必须提前知道日后将会面对什么。"

我将会面对自己。黎莎心想。为了一己的目的杀人,我这样跟杂草师相比有什么差别?

她有一种想哭的冲动,身体颤抖到疲惫不堪,几滴释放的泪水流出后才缓缓入眠。即使在睡梦中还是无法安宁,梦里所见尽是暴行。英内薇拉被自己掐到脸色发青。阿曼恩,袖手旁观自己的战士屠杀来森的男人,强暴他们的女人。加尔德的喉咙被阿邦拐杖中的利刃划破。罗杰在床上被妻子勒死。卡维尔把汪妲暴打至死,宣称那是"训练"。洼地人和沙鲁姆在长矛与巨斧中血腥交锋,亚伦和阿曼恩则手持武器指向对方。

一名孤身上路的沙鲁姆,死在道路上……

突然,她被噩梦惊醒,感觉胃里一阵翻腾,于是赶忙翻身起床伸手去床下的夜壶,一不小心摔下床来。她赶忙爬起来,从床下取出夜壶时,尽管如此,她手脚还是不够快,不仅洒出一些尿液,还弄把呕吐物直接喷在地上了。她跪在地上,胃里一阵绞痛,泪水从胀痛的眼里沿着脸颊流了下来——头痛的前兆——哦,布鲁娜,我怎么变成这样了?

这时,门上传来咚咚咚的敲门声,黎莎被吓得呆坐在原地——窗外的天色应该还有些暗紫。车队不可能这么早就出发啊?

敲门声再度传来时,她以有些反感的语气朝门外人说道,"走开!"

"赶紧给我开门,黎莎·佩伯,不然我就让加尔德把门撞开了。"她妈说。"你等着瞧。"

黎莎捂着还在翻腾的肚子站起身来,一双沾满胃液的脚站在湿淋淋的地板上。她立刻躬身过去,找了条干净毛巾擦干脸上的泪水和呕吐时嘴角沾上的残留物,顺便抬手拉了件长袍裹紧身子,系上腰带,遮住脏兮兮的睡衣。

她走到门口,拉开门闩,开启一条门缝。伊罗娜的脸看起来好像刚刚吞下一颗柠檬,这可不是她一大早想要看到的景象。

"现在有些不太方便……"黎莎开口。但是伊罗娜没理会她,直接推开黎莎按着的门冲了进来。黎莎叹了口气,关上房门,闩上门闩。"你想干吗?妈。"

"我以为你已经长大了,不会在半夜里哭哭啼啼把我和你爸吵醒。"伊罗娜说。"对害死那个男孩感到良心不安?"

黎莎眨眼。尽管母亲经常毫不掩饰地把自己的心思说出来,但这次她还是习惯性地感到吃惊。

"不要觉得心里有什么舍不得。"伊罗娜说道。"你必须如此——其实,第一天开始,那头沙漠恶魔就很清楚自己和你只是一场游戏,你们的感情不会有结果,你也不会为他生儿育女。"

"事情没有你想的那么简单——"黎莎开口辩白。

"呸!"伊罗娜轻蔑地挥手。"你想想,入侵来森时他杀了多少来森人?不让那个沙鲁姆通风报信可以拯救多少条人命?"

黎莎感到一阵脚软,瘫坐在床上,但她竭力控制住速度尽

量装得自然点。她的胃里又一阵翻腾,感觉随时会再度冲出咽喉。"我非这么做不可,但也没什么值得炫耀的。"

伊罗娜嘟哝一声。"或许不,但不管怎么说,我以你为傲,孩子。我知道我很少这么说,但现在说了。我原本以为你没有能力挺身而出,很高兴看到你还是遗传了一些我的性格。"

黎莎皱眉。"有时候我觉得我遗传太多你的性格了,妈。"

伊罗娜轻哼。"那是你的好运气。"

"为何改变心意?"黎莎问。"之前是你逼我嫁给阿曼恩,要我成为他的皇后的。"

"我后来看清了他们的真面目。"伊罗娜说。"我绝不忍受把自己残留的青葱岁月包裹在密不透风的厚袍子里,只用一双眼睛寻找食物。"她挺起已然高耸的胸脯。"如果不能公开展示,欣赏男人流口水、女人嫉妒的模样,拥有傲人的身材又有什么意义呢?"

黎莎扬起一边眉毛。"青葱岁月?"

伊罗娜怒瞪了她一眼,示意她别跑偏了。"放过那名战士将会破坏你所有的努力。这趟旅程或许太过戏剧性了点,但无可否认会为洼地带来好处。你达成有条件的和平协议、刺探敌营、在敌人领袖耳边提供建言与疑虑、得知心灵恶魔和骨骸魔法等事。除了那些之外,你还让你的青春真正风流了一把。要是老巫婆布鲁娜还活着,她会比詹·卡特炫耀他的冠军牛还要自豪。"

黎莎勉强挤出一丝冷笑。"但愿如此吧,我刚才还觉得自己让她失望了。"

伊罗娜转向窗户,以批判的目光打量着她的倒影。尽管附近没有男人,她还是反射性地撩直头发,抚平衣服。"或许有点失望。身为布鲁娜的学徒,以及我的女儿——黑夜呀,你应该能在生孩子前更多享受甜美的性爱。"

黎莎满脸涨红。"什么?"

伊罗娜指向地板上那摊恶心的呕吐物,没有动手帮忙清理。"我记得你确实是个多愁善感的孩子,但你从没因此而反胃呕吐过啊。黑夜呀,我甚至在记忆里找不到你吐的印象。你遗传了老妈我的胸脯和臀部,还有绝对过硬的肠胃。"她微笑,拍拍肚子。"但当年怀你的时候,我从头到脚都在呕吐。"

黎莎被她的调侃吓得觉得全身冰凉。她回想上次例假,试着吞咽口水,但怎么吞似乎都吞不下去——真有这么快吗?

黎莎以比刚才更急迫的动作冲向草药围裙,就像吟游诗人抛彩球一样,她手法纯熟地取出草药与工具,又磨又洗地弄出一小瓶乳白色液体。她把自己的体液样本放到小瓶子里,屏息以待。

试剂开始产生反应之前,她几乎忘了要呼吸。她刻意转过身去,开始一百一百地数数计算时间,直到她转回来看看试剂有没有从乳白色变成粉红色。

一百、两百、三百……

"你应该早知道结果了。"伊罗娜说。"别再怀抱其他幻想了,尽快想想该怎么办吧。"

黎莎扬起眉毛。"怎么办?"

"别跟我装傻,孩子。"伊罗娜训斥道。"我也当过布鲁娜的学徒。想要的话,你可以立刻解决这个问题。"

"真的吗,妈?"黎莎苦涩地问。"你不是一直都在逼着我生孩子,现在却要我做掉孩子?"

"它不是一个普通的孩子,只是一时冲动的念头。"伊罗娜说。"而且不是什么好念头。傻子都能看出那个孩子将在我们的魔印中造成裂缝,让恶魔之母乘虚而入。"

黎莎用力摇头,摇到脑袋都在震动。"不。既然我已经开始呕吐,就表示这已经是一条生命,不是什么冲动。你总说我已经错过最适合生育的岁月,妈,而你说得没错。如果造物主打算这样赐我一个孩子,我就应该接受它。"

伊罗娜两眼一翻。"现在不是死嚼《卡农经》的时候,孩子。"她耸耸肩。"但是如果你不打算拿掉它,你最好尽快公开诱惑别的男人上床,给你自己后半生争取时间和空间。"

黎莎被她的话惊吓得下颌都掉下来了。"我发誓,妈,如果你敢提起加尔德……"

她没想到伊罗娜竟会面露恶心地挥一挥手。"呸!"

"加尔德·卡特根本配不上你!如今你对驾驭男人很有经验了,不如再去诱惑另一个解放者试试。瞎子都看得出来他需要泄欲。把他搞得跟沙漠恶魔一样爽,冬天之前,你就能让他们两个都臣服在你的石榴裙下。"

"或是大打出手,还会导致两军开战。"黎莎说。

"这场战争无可避免,你自己也清楚。"伊罗娜说。"你最多只能选择开打的地点和方式。"

黎莎脸色一沉。"这世界上我最讨厌的事就是你讲的话很有道理,妈。"

伊罗娜得意地笑起来。

"让魔印人以为是他的骨肉或许不太可能。"黎莎说。"他已经不碰我了,他生怕会生下遭受恶魔魔法污染的孩子。"

伊罗娜耸肩。"那就告诉他你会煮庞姆茶。弄点庞姆叶摆在他看得到的地方,告诉他只是放松一下而已。"

黎莎摇头。"他没那么好糊弄,妈。"

"恶魔屎。"伊罗娜说。"他是男人,黎莎,每个男人隔三差五都需要获得释放。用甜言蜜语引诱他跟你回家一两次。让他解开心里的防线，然后灌醉他，再和他爽一次。在他还没搞清楚状况前就已经结束了。"她笑嘻嘻地说。"只要让他高兴了，他或许会上瘾的，以后会经常回来求你。"

黎莎觉得肚子又开始闹腾了。自己真的在考虑这种做法吗？"用不着一年时间，当他发现孩子长着沙漠人的橄榄肤色，眉眼倒竖时怎么补救？"

伊罗娜耸肩。"天知道，孩子或许会像你。至少你的外表上就根本找不到你父亲厄尼的影子，这可是件好事。"

"幸好我遗传了他的心肠。"黎莎同意道。"还有他冷静的头脑。"

"不错，但你有我的骨气。"伊罗娜说。"这可得要感谢造物主。克拉西亚人现身洼地那天，厄尼·佩伯唯一做的事就是屁滚尿流。你并非软弱无助，但危急时，身边最好还是有个强壮的男人。"

黎莎很想对她吼叫，却感觉力不从心。近来老妈的话越听越有道理——她在改变，还是自己？

"我对魔印人的信任并不比沙漠恶魔多。"黎莎说。

伊罗娜耸耸肩。"那就再找别人。我真是看错小提琴男孩了。他很有潜力，而且就算孩子带着贾迪尔的大胡子出生，他还是会欣然接受的。但你已经错过机会了——除非你想用更脏的手段搞定他。"

"罗杰的婚姻不用我瞎搅和就已经够头大的了。"黎莎说。

伊罗娜点头。"那么就真的只剩下一个选择了。"

黎莎看向母亲，在她脸上看见胜利的笑容。"妈……"

伊罗娜扬起一手。"你叫我别提他的名字，我不会提，但你自己考虑考虑。他壮得像头牛，比洼地里其他男人都还勇敢。魔印人不在时，伐木工里的事都是他说了算。而且他爱你爱得

死心塌地。尽管表现的方式过于粗暴,但一直以来都深爱着你,可惜智商低了那么一丁点儿,你可以在那样的男人辅佐下统治洼地。"

黎莎白了她母亲一眼,转身去看药瓶。

她心里也随之一沉。

※

一碗热乎乎的草药茶让黎莎的胃稍稍平静下来,但是她服用的药物都解决不了头痛的问题。当她和伊罗娜终于离开房间时,她们发现加尔德、汪妲,还有厄尼已经等在酒吧里,碗里的早饭粥都吃完了。

莎玛娃在向旅店老板讨价还价。一如往常,她对所有小事都挑三拣四,而从辛姆的表情来看,他似乎被那女人烦透了,只求能早些打发她走,开多少价钱都无所谓了。

莎玛娃头也不回地打了个手势,一名黑袍戴尔丁女人立刻走去提黎莎的行李。通常她会拒绝,但是黎莎已经无法思考,头痛到让她麻木。她们帮她准备了一碗粥,但她没动,只是烦躁地坐在那傻等着。她一心只想早些爬上马车,一个人静一静。

事实上,似乎没人有心情说话,大家都不太自在地看着莎玛娃为了一点完全可以接受的小事严厉指责辛姆。她就这么一路挑剔,直到黎莎想要尖叫。

"黑夜呀,直接付钱给他吧!"她终于吼道。"房间没问题!"

所有人都被她吓了一跳。莎玛娃鞠躬。"如未婚妻所愿。"语气听来颇不情愿。她迅速结账,大家才起身出门。站在楼上的安基德敲敲一扇门,阿曼娃、希克娃和罗杰走了出来。

下楼出门的路上,罗杰的妻子如同保镖般跟在他身旁,对黎莎怒目而视，仿佛在挑衅她上前一样。

黎莎根本没打算这么做。昨天晚上大家吵来吵去，黎莎根本不记得是谁在对谁发脾气了。

她以最快的速度冲向自己的马车。当头痛严重到这种程度时，就连阳光都会令她难受。前廊遮棚到马车阶梯只不过几尺的距离，她却感觉像穿越阿曼恩口中常提及的克拉西亚沙漠上的烈日。进入马车后，她立刻拉起窗帘。

厄尼坐在斜对面角落，自动拉上窗帘，不过留下一丝阳光照亮膝盖上的书本。伊罗娜坐在她正对面，脸上挂满喜悦、默默地偷着乐、目光四处飘移，很明显想着什么开心的事。

黎莎得承认她至今依然美丽。不认识她的人或许会因为那种空洞的眼神而将她误认为无脑的美女。跟其他装腔作势的姿态一样，这种表情也是伊罗娜刻意装出来的一种武器，类似吟游诗人。她绝对不是个愚蠢的女人，不少人都已得到教训。大家听说黎莎的智慧遗传自父亲厄尼，但她不敢如此肯定。伊罗娜·佩伯有很多缺点，但绝对不是蠢人。

这天早上，罗杰的马车里没有传来往常的音乐，也没有他两位妻子的娇喘声，取而代之的是吵架声，很嘈杂；更糟糕的是，中间会间隔很长的时间才爆吵一通。

停车午餐时，黎莎不愿意下车和他们聚餐，自己直接端了一碗食物窝在马车里吃。路过时，她瞥见罗杰下车伸展手脚，不过与他保持距离，以免触怒站在他旁边的妻子希克娃。

各阶层的克拉西亚人在罗杰接近时全都默默无语，然后在他路过后，在背后嘀嘀咕咕、指指点点。显然他昨晚的光辉战绩已经传为神话。

晚饭时分，黎莎感觉好多了。克拉西亚人没有请示，直接路过小镇，在数里之外围着车队扎营。沙鲁姆在营地外围以长

矛刺杀胆敢接近的恶魔。汪妲也和他们一样，以弓箭点杀射程内的地心魔物。加尔德却拿着魔印巨斧和弯刀解决中箭未死的恶魔。

黎莎看着他们，琢磨着母亲的话——没错，加尔德很英俊，自己也曾爱过他，可惜他太过自私，占有欲极强，这一点完全让人难以忍受。但难道他和其他男人不一样吗？没有男人可以达到要求——加尔德难道就比罗杰、马力克、亚伦以及阿曼恩糟糕吗？

她有自己的帐篷，地毯十分温暖，用枕头铺成的床看起来也很舒适。汪妲手持魔印弓，在帐帘外护卫。

在她的要求下，汪妲从她杀死的恶魔身上给黎莎弄了一碗恶魔脓汁。那玩意儿在魔印视觉下闪闪发光。黎莎拿出一把马毛刷和最素的披巾，在上面绘制误导和迷惑的魔印，加上那天晚上英内薇拉将她困在枕头室里所使用的魔印。这些魔印能对人类和恶魔造成同样的影响。

她披上披巾、撩起帐帘时，魔印隐隐发光。汪妲神情紧绷，环顾四周，侧耳倾听，但她的目光就像罗杰之前对付地心魔物一样，自黎莎身上移开。她走过来检视帐帘，不过黎莎已用枕头和毯子制造自己熟睡的假象。她嘟哝一声，放下帐帘，回到原先的位置站好。

黎莎近乎隐形地穿越营地，前往加尔德的帐篷，沙鲁姆哨兵完全没察觉她的路过。她依然不太确定自己打算找他做什么。就算她真的和他睡了，她还是不认为自己有勇气按照母亲的指示告知其他人。但是如果不公开举办婚礼，这么做又有什么意义呢？

她深吸一口气，下定决心，伸手去撩加尔德的帐帘。帐篷里的声音让她惊得僵立当场。

"女士,我们不能继续下去。这样是不道德的。"

"当年你爸睡在十英尺外的时候,你可不介意我教你该把什么东西放在什么地方。"伊罗娜说。"而现在就是不道德的了?"

一阵窸窸窣窣过后,加尔德急迫的呻吟之声传了过来。

"最后一次,"伊罗娜说。"好让你记得我的好。"

"会被抓住的。"加尔德说,不过,接下来又是一阵窸窸窣窣声,这回换成了伊罗娜撩人的呻吟。

"之前都没被抓到过。"她喘息道,接着是一阵规律的啪啪声,让黎莎直恶心得当场呕吐。她拉开帐帘,径直走了进去,扯下披巾。伊罗娜双手搂着加尔德的脖子,他刚将她凭空抱起,她的裙子拉到腰间,他的裤子则落在脚跟下。

"你们这下被抓到现行了。"黎莎冷冷地说。

"黑夜呀!"加尔德被吓得大叫,顿时松开抱着伊罗娜的那双巨手。伊罗娜光着屁股摔上帆布地毯时大声哀号一声。

黎莎双手叉腰。"妈,每当我以为我已经堕落到谷底时,幸运的是还有你垫底。"

"哦,这可不是五十步笑百步吗?"伊罗娜喃喃说道,站起身来拉下裙子。加尔德已经提起裤子,努力想将勃起的家伙塞回去,不过很明显,一切都徒劳无功。

"等我告诉爸……"黎莎要挟道。

"你不能告诉他。"伊罗娜说。"就算不是因为你那可怜的父亲能否承受得了这种打击,你也要顾及草药师的誓言。"

"这跟草药师誓言毫不相干。"黎莎说。

"当你系上草药围裙时,一切都是草药师的事!"伊罗娜辩白道。"布鲁娜有到处宣传镇民通奸的事吗?我敢发誓,洼地发生的一切她都知道。"

她一脸不屑。"再说，又不是只有我有不可告人的秘密——伟大的草药师，这么晚了，你不在马车或帐篷里休息，跑来找加尔有何贵干？"

黎莎看向加尔德，不过他尴尬得转身背对她们，还在手忙脚乱系裤带。老妈握有我的把柄，她很清楚这点。

"找你啊，跟我来。"她说着撩起披巾，裹住伊罗娜的肩膀。它能在回帐篷的路上保护她们两个。

加尔德一脸很受伤的表情木在那里。"不是我的错！"

"当然不是。"伊罗娜在裹着黎莎的披巾转身离开时说道。"是佩伯太太引诱你的，而你就像来森女孩面对沙鲁姆时一样无助。"

🐉

第二天，黎莎做好应付晨间打嗝呕吐的准备，没有让任何人察觉任何不对劲。到午餐时，她已经恢复正常。

加尔德在她伸展双脚时走过来。"可以谈谈吗？"

黎莎叹气。"我和你没什么好谈的，加尔。"

加尔德点头。"我猜我是罪有应得。"

"你不觉得过分吗？"黎莎问。"加尔德，你竟然跟我老妈上床！"

"那关你什么事？"加尔德问道。"你很久以前就已经宣告我们的婚约解除了，而我之后就没再来烦过你。我并不欠你什么。"

"那我父亲呢？你们家毁了的时候，是谁接纳你们的？"黎莎问。"你有没有亏欠他？或你自己的父亲？"

加尔德摊开双手。"你不懂得那是什么感觉，黎莎。布鲁娜逼我公开自己说谎的事情后，没有女孩愿意和我独处片刻。

即使在你跑去安吉尔斯后，我还是跟一只烂草鞋没什么两样。"

"那不能怪她们。"黎莎说。

加尔德忍气吞声，保持耐心。"是，或许如此。但我很孤独。你妈是镇上唯一还肯理会我的女人，唯一还把我当回事的女人。"

他叹气。"而且在适当的光线下，她看起来很像你。我可以闭上眼睛假……"

"嗯——"黎莎叫道。"我才不要知道你在什么情况下会想到我……"她觉得恶心的感觉再度浮现，嘴里涌现胆汁。

"抱歉，"加尔德说。"只是想要向你坦白，我从来没有忘记你。"

黎莎将嘴里的苦味吐到他的脚上。"只要不乱讲话，十五年前你就可以得到真正的我。"

"我知道。"加尔德说。"每天晚上我都诅咒自己，这就是我总是怒气冲冲的原因。但我不禁要想，或许这一切是造物主的计划？"

"什么？"黎莎说。

"如果我们结婚，全世界都跟现在不同。"加尔德说。"你或许根本不会去当布鲁娜的学徒，或是离乡背井跑去自由城邦学习，或许不会带着解放者一起回来。"

"魔印人不是解放者，加尔德。"黎莎说。

"你怎么知道？"加尔德问。"你怎么确定你能超越布鲁娜，对世间的一切了如指掌？或许造物主基于某个理由而不让他完美无瑕；或许他也是在测试我们；或许解放者本来就只是要帮我们指引道路，而真正踏上那条道路的还是我们。"

黎莎好奇地打量他。"怎么了，加尔德，这么深的想法什么时候跑到你那颗大木脑袋里的？"

加尔德脸色一沉。"我对你来说只是个白痴,是吧?根本不值得你那颗大木脑袋费心留意?"

"加尔德,我不是那个——"

"当然是。"加尔德打断她。"你总是保持谦逊,但在头脑简单的人面前只是装模作样。"他愤然转身离去。

黎莎伸手去拉他的手臂。"不要走。"

但加尔德甩开她,甚至不愿多看她一眼。"不,我懂了。对佩伯家的女人而言,我只是把强韧的斧头和坚挺的老二而已。"

他拂袖离去,留下黎莎一个人,独自拥抱前所未有的寂寞和迷惘。